PRIX C

Ce livre a été lu en avant-
de la France entière, m
Chaque mois, ces pas
leur amour des livres ; cha
Pour en savoir plus sur le

Librairie Le Pavé dans la Mare à Élancourt (78)
Chantal, Geneviève, Hélène, Jacqueline, Laurence, Marie-Claude, Marie-Espérance, Marie-Thérèse, Maryse, Nadine, Sophie, Stéphanie

Librairie Charlemagne à Hyères (83)
Anne-Marie, Coralie, Élodie, Martine, Sabine, Sabrina, Stéphanie B., Stéphanie P.

Librairie Olbia à Hyères (83)
Anne, Colette, Danielle, Fabienne, Françoise, Jacline, Lucie, Marcello, Maryse, Monique, Odile, Sabrina

Espace Culturel E. Leclerc Porte de Gouesnou à Gouesnou (29)
Annaïg, Audrey, Brigitte, Florence, Gwen, Hélène, Inès, Isabelle, Karine, Marilyn, Marion, Morgan, Nathalie, Nelly

Librairie Un point un trait à Lodève (34)
Anne J., Anne S., Colette, Çynthia, Élisabeth, Hélène, Isabelle M., Isabelle P., Magali, Marie, Marie-José, Michèle, Raoul, Stephan

Librairie Vauban à Maubeuge (59)
Agnès, Anne, Catherine, Édith, Henriette, Isabelle, Ketty, Medina, Nathalie, Sylvia

Librairie Colbert à Mont-Saint-Aignan (76)
Brigitte, Catherine C., Catherine M., Christiane, Christine, Jérôme, Monique, Odile, Véronique

Espace Culturel E. Leclerc Plessis-Belleville au Plessis-Belleville (60)
Anthony, Aurélie, Carole, Cécilia, Christine, Élodie, Ilona, Lou-Ann, Océane

Librairie Forum à Saint-Étienne (42)
Amel, Camille, Catherine, Cécile, Clémence, Dominique, Fernando, Floriane, Isabelle, Raphaël, Samia, Stéphanie, Varouna

Cultura Venette à Venette (60)
Delphine, Gwenaelle, Isabelle D., Isabelle N., Maryline, Noémie, Régine, Sylvie, Typhaine

L'Odyssée de Sven

NATHANIEL IAN MILLER

L'Odyssée de Sven

ROMAN

Traduit de l'anglais (États-Unis)
par Mona de Pracontal

TITRE ORIGINAL
The Memoirs of Stockholm Sven

ÉDITEUR ORIGINAL
Little, Brown and Company

Pour Eilis

Océan Arctique
ÎLE MOFFEN
ÎLE AMSTERDAM
Flathuken
Biskayarhuken
Velkomstpynten
Breibogen
Gråhuken
Smeerenburg
Smeerenburgfjord
Raudfjord
Bruceneset
Alicehamna
Reinsdyrflya
Woodfjord
Wijdefjord
TERRE DE
HAAKON VII
Ny-London
Ny-Ålesund
Spitzberg
Pyramiden
Nordenskiöldbreen
Billefjord
N
Longyear
Isfjord
Cap Linné
Barentsburg
TERRE DE
NORDENSKIÖLD
Mer
du Groenland
Kolfjellet
Camp Morton
Van Mijenfjord
0 Miles
50
0 Kilomètres
50

Svalbard

NORDAUSTLANDET

BARENTSØYA
(ÎLE DE BARENTS)

EDGEØYA

PROLOGUE

Depuis une minuscule cabane au bord de l'océan

Je m'appelle Sven. Certains me connaissent sous le nom de Stockholm Sven, d'autres sous celui de Sven le Borgne ou Sven le Baiseur de Phoques. Je suis arrivé au Spitzberg en 1916. J'avais trente-deux ans et pas grand-chose à mon actif.

J'ai une idée de ce que les gens disent sur moi, du moins les rares personnes susceptibles d'en dire quoi que ce soit : que j'ai mené une vie de trappeur solitaire dans la vaste baie et les chasses du Raudfjord, tout au bout du Grand Nord ; que j'ai été la malheureuse victime d'un accident minier ; que je ne pouvais contenir mes extravagances et que je rejetais la société. Tout cela est vrai, dans un sens, pourtant ça ne saurait être moins vrai. Et qu'on efface des tablettes cette idée que j'aurais été un cuisinier enthousiaste et doué, comme d'aucuns l'ont prétendu, car c'est on ne peut plus faux.

J'ai passé la majeure partie de ma vie au Spitzberg, un archipel situé au nord de la Norvège, dont les confins septentrionaux ne sont qu'à une poignée de degrés du Pôle invisible. Aujourd'hui le lieu est appelé le Svalbard par les hommes politiques, les généraux et les cartographes. Ou n'est rien appelé du tout, si ce n'est par quelques rares et précieuses personnes. Car l'ère des explorations est terminée depuis longtemps, et si le Spitzberg a encore sa place dans l'imagination populaire, il n'y est plus qu'un écho lointain, un mot dont on se souvient à peine.

Les gens pourraient se demander – ou est-ce moi qui me fais des idées ? – comment je parvenais à m'occuper durant ces longues décennies solitaires. Peut-être croient-ils qu'une vie est faite de jalons, de grands monolithes dressés dans une mer vagabonde et infinie qui les baigne et les érode tout à la fois. À mon avis, c'est une idiotie. On écrit peu de mémoires et on en lit encore moins, de sorte que dans la plupart des cas, lorsque nous tentons de voir derrière la vitre crasseuse de l'existence d'autrui, nous devons nous contenter de deux ou trois balises, souvent discutables. Une vie est quelque chose d'autrement plus étrange et banal que les récits ne veulent bien le montrer. Et la vérité c'est que, même si je suis connu – dans les cercles minuscules et improbables, les bulles de rosée où on a eu vent de mon existence – comme un chasseur arctique solitaire et sans égal, je ne suis rien de tel et j'ai rarement été seul.

Voici mon histoire.

PREMIÈRE PARTIE

1

Je suis né Sven Ormson, à Stockholm bien sûr. Mon père travaillait dans une tannerie et je n'avais que peu de respect pour son métier, jusqu'au jour où je me mis moi-même à trimer sur des peaux. Ma mère s'occupait de moi et de mes deux sœurs. Il n'y a rien de remarquable dans cette période de ma vie. Je ne peux pas avoir été le seul à trouver la ville étouffante – la puanteur, le bruit incessant, les interactions humaines. Parce que dans ma famille il n'y avait pas d'argent en trop, mes sœurs et moi entrâmes à l'usine dès que nous pûmes. Je n'eus jamais grand enthousiasme, dirons-nous, pour ma situation. Je n'admettais pas qu'une vie de besogne ingrate dans ce bled de merde, crasseux et puant, fût tout ce à quoi je pouvais aspirer. Je pense que ma mère me comprenait, mais jamais elle ne l'aurait dit.

Pourtant je n'étais pas de ces jeunes gens qui se croient destinés à la grandeur. À l'époque, le destin ne m'intéressait pas. Je savais que je n'étais pas sur terre pour faire plaisir à qui que ce soit, encore moins à Dieu. Je trépignais, c'était tout. La fierté nationale, le service militaire, les chansons grivoises, les rires bruyants des hommes, l'air partagé par plusieurs dans un lieu exigu – tout cela fait partie d'un ensemble de choses que je trouvais répugnantes. Je ne pense pas avoir changé d'avis. Mais ce sont aussi des valeurs de base chères à la société suédoise. En proie aux affres assez banales de l'aversion et de l'éloignement, je me tournai, comme tant de jeunes avant moi, vers les livres.

Personnellement, c'est dans l'exploration polaire que je m'évadais, et dans la myriade de souffrances qu'un individu pouvait endurer quand il mesurait sa volonté contre l'impitoyable mort blanche. Au tournant du siècle, tout le monde en Suède parlait encore de Fridtjof Nansen et de Salomon Andrée : le premier pour ses brillantes innovations maritimes et l'histoire de sa survie spectaculaire, le second pour ses idées ridicules et sa disparition geignarde dans le vide arctique. Et puis Roald Amundsen remporta ses deux grands triomphes. J'avais vingt et quelques années à l'époque et je me souviens que mon vif intérêt s'était alors mué en obsession bénigne. Comme j'aspirais à partir pour des terres inconnues ! Je ne souhaitais nullement « marquer un point pour la Suède » ou autres absurdités. Au contraire, je me sentais prisonnier et la Suède était ma cellule.

Je lisais tout ce que je trouvais sur le sujet : des récits de voyages d'un ennui mortel – à part celui de Nansen, bien sûr ; il savait écrire, lui – ainsi que des histoires hautes en couleur et principalement fictives, comme la *Vie d'Horace Nelson* de Southey. J'avais toujours été un lecteur omnivore, disparaissant dans les livres aussi longtemps que l'autorisait mon père, mais à présent je les consommais avec une concentration singulière, fiévreuse, comme un toxicomane retrouvant son vice après une trop longue séparation.

Mes rares jours de congé, je traînais aux abords de l'Institut polaire. Je regardais les hommes aller et venir, fringants dans leurs costumes de ville, et j'essayais de me les représenter en peaux de bêtes et crevant de faim. Certains avaient des sacoches en cuir que j'imaginais pleines de cartes mystérieuses. Étaient-ce des explorateurs ? Sans doute pas. Mais ils étaient plus proches de l'aventure arctique que moi. Ils avaient la main sur la poignée. Quand je rôdais près de l'entrée en m'efforçant de ne pas avoir l'air intéressé, j'essayais d'entrevoir leurs yeux – me demandant s'ils contenaient tous la même agitation sauvage que d'autres, supposais-je, trouvaient dans les miens. Mais je ne remarquais rien de spécial. Pour la plupart, ils avaient juste l'air impatients ou préoccupés. C'est peut-être l'apparence qu'ont les animaux en cage.

Je posai la question à ma petite sœur. Nous étions proches, Olga et moi. Ma sœur aînée,

Freyja, était un monstre qui me détestait – elle m'en voulait encore, je crois, de mon intrusion initiale dans son monde. Olga, en revanche, avait toujours été ma confidente. Elle était timide et un peu fragile, mais il n'y avait pas de barrière entre elle et la vérité. J'admirais cette qualité chez elle. Elle était incapable de feindre, à quelque prix que ce soit. Ma mère craignait que cela porte préjudice à ses perspectives de mariage.

« Olga, lui dis-je alors que j'avais peut-être dix-neuf ans, et elle dix-sept. Regarde-moi dans les yeux.

— Oui ? fit-elle.

— Qu'est-ce que tu vois ? »

Elle réfléchit à la question.

« Je ne vois rien.

— Ne vois-tu pas le désespoir asservissant d'une créature ligotée ?

— Non, répondit-elle.

— Regarde de nouveau. Je sais qu'il y a une tempête qu'on ne peut pas ne pas voir.

— Sven, non. Tu écarquilles les yeux et tu lèves les sourcils comme un fou. S'il te plaît, arrête. »

2

Quelques années de plus d'un travail abrutissant dans différentes filatures avaient eu raison, une bonne fois pour toutes, pensais-je, de ma méfiance animale.

Les tâches ingrates et monotones ont toujours éveillé en moi une torpeur voisine de la somnolence. Mes paupières s'alourdissent, mon corps ralentit presque jusqu'à l'inertie. Mon esprit vagabonde, se perd dans des rêveries sans but. Ce n'est pas ce qui fait un bon ouvrier textile. Dans un secteur qui s'enorgueillit de sa vitesse et de son efficacité, j'étais plus souvent une gêne qu'un rouage. Régulièrement, j'étais brutalement rappelé à la vigilance par mon chef de rangée, planté derrière mes épaules affaissées, qui me criait à l'oreille que j'étais une « misérable limace ». Régulièrement aussi, je me faisais renvoyer. Je ne devais qu'à mon père, contremaître doté de nombreux amis et très apprécié, de retrouver chaque fois de l'embauche dans d'autres filatures. Ce vieux salaud me le faisait alors bien sentir – encore un effet de sa magnanimité, à l'instar de ma propre existence, dont je lui étais redevable.

Je suis bien certain que mes collègues, tout comme mon père, considéraient que j'étais soit lent, soit homosexuel. Contrairement à la plupart des hommes de mon âge et de ma classe sociale, je ne passais pas mes soirées libres dans les bars, ne m'enfonçais pas dans des sous-sols gras pour des parties de beuverie et de chansons folkloriques suédoises. J'économisais sur mes paies et, discrètement, j'en donnais toujours une petite part à ma mère. Je ne me mariai pas ni n'engendrai d'enfants que je n'aurais vus que rarement. À la fin de la journée, je rentrais à mon minuscule et lugubre appartement et je lisais des livres qui parlaient d'explorateurs, de trappeurs et de Samis gardiens de troupeaux de rennes. Je buvais seul, parfois sans modération.

Lorsque Olga finit par se marier, avec un poissonnier aussi ennuyeux qu'irréprochable – Freyja quant à elle l'avait été à dix-huit ans, à un contremaître de filature presque aussi insupportable qu'elle –, je crois que ma mère abandonna tout espoir de perspectives brillantes pour mon avenir et accepta l'idée que j'étais une anomalie bénigne : un bon garçon, mais un garçon bizarre.

J'avais des attirances, bien sûr, mais elles étaient toujours très au-delà des paramètres acceptables pour quelqu'un de ma condition : la fille d'un riche avocat qui jamais ne m'accorda un regard, une boulangère mariée qui faisait des petits pains exquis et laissait toujours ses doigts effleurer les miens lorsque je tendais la main pour payer ; je pourrais, tant que j'y suis, avouer le cliché d'une prostituée, laquelle me passa une maladie vénérienne. Peut-être est-il absurde de dire que chacune porta un coup terrible à mon cœur, et à égale mesure, alors qu'en réalité, c'est l'infection qui me fit frôler la mort de près, mais je soutiens qu'un amour non partagé ni partageable est plus barbare et meurtrier que tous les guerriers vikings.

C'étaient là des préoccupations banales, cependant, et je menais une vie banale. Le douloureux désir de m'aveugler de lumière blanche dans les régions polaires s'était estompé, et avec lui ma capacité à espérer. Je devenais un peu fataliste, ou du moins cynique. J'étais amer. Parfois je pouvais même me montrer cruel.

Olga avait vingt-deux ans lorsqu'elle donna le jour à son premier enfant, un garçon. Ma douce Olga. Elle recherchait si ouvertement mon approbation ; moi qui pleurais si puérilement notre séparation, je la lui refusais. L'âge adulte n'est pas souvent tendre envers les amis, ou parents, les plus proches. Je n'aimais pas son mari, Arvid, qui était un rustre. Toujours ravi de me voir, toujours généreux des modestes conforts de sa cuisine et de son foyer, et toujours en butte à ma froideur et mes rebuffades. J'usais souvent d'un registre élevé que j'avais acquis en lisant Nansen et d'autres grands hommes, dans le seul but de nous éloigner davantage. Cela ne me procurait aucune joie, mais je le faisais quand même.

« Sven ! disait-il par exemple, avec un grand sourire. Comme c'est merveilleux de te voir. J'espère que ça va bien ou, disons, à peu près bien, à la filature. Entre, je t'en prie, je vais te faire du thé.

— Arvid, étais-je alors susceptible de répondre, l'industrie mécanisée n'est rien d'autre qu'un cancer infligé au monde moderne. Mon esclavage dans les ruches enténébrées de cette ville est un cauchemar dont je n'ai guère de chances de me réveiller. Ça ne va pas *bien* et ça ne va pas *à peu près bien* non plus. Où est ma sœur ? »

Cette froideur ne manquait pas de s'étendre à Olga, impliquée par sa proximité à Arvid. Pourquoi lui mettais-je la barre si haut ? Comment pouvais-je en attendre tellement plus d'elle, alors que moi-même je m'étais résigné à si peu ? Ce souvenir m'est encore douloureux.

Lorsqu'elle donna le jour à Wilmer, elle ne se contenta pas d'écrire ou de demander à son mari de traverser la moitié de la ville pour m'annoncer la nouvelle. Non, elle emmaillota son nouveau-né vagissant dans un lange épais, l'enroula dans des écharpes et se lança par les quartiers sales de Stockholm à pied pour pouvoir me le présenter en personne. Elle avait perdu des quantités de sang non négligeables lors de l'accouchement, quatre jours plus tôt, et elle était encore faible. J'ignore comment elle survécut. C'était un geste audacieux pour une femme dans son état. Si seulement j'avais eu le bon sens de l'en complimenter à l'époque. Ma vaillante sœur.

Je n'avais pas fini mon poste lorsqu'elle arriva devant mon appartement. La porte étant fermée à clé, elle attendit dans le hall, pendant trois heures, en s'efforçant, j'en suis sûr, de protéger mes voisins des cris perplexes de son enfant. Lorsque je rentrai enfin, elle se leva pour me saluer. Son visage était fatigué, incroyablement fatigué, mais il y avait dans ses yeux une lumière que je n'y avais pas vue depuis plusieurs années.

« Cher Sven ! dit-elle. Regarde ! C'est Wilmer. Tu te rends compte qu'il vivait à l'intérieur de moi il y a encore quatre petites journées ? Le monde est un lieu tellement étrange.

— Ah oui ? répondis-je, avant d'ouvrir la porte. »

Une fois dans ma cellule miteuse, qui avait pour seule vue un pan de briques sous la maigre lumière blême d'une ruelle, nous nous assîmes à la table minuscule. Je détournai les yeux quand elle donna le sein à Wilmer. J'étais bien conscient qu'elle attendait que je prononce des louanges ou une bénédiction d'une forme ou d'une autre pour son enfant, pour cet exploit stupéfiant, et cette conscience qui emplissait peu à peu la pièce ne faisait que m'irriter ; j'étais incapable de parler. Les jeunes gens sont d'un égoïsme sans pareil. Il les enveloppe comme une brume.

« Sven, finit-elle par dire. Je sais que ta vie est en deçà de tes attentes. La mienne aussi, bien sûr. Mais nous sommes dans le même bain. Alors, mon cher frère, ne vas-tu pas regarder cet enfant et me dire qu'il est merveilleux ? »

Je jetai un bref regard au parasite ridé qui gigotait dans ses bras. Elle avait raison. Elle avait toujours raison. C'était quelque chose d'extraordinaire que cet enfant. Il s'était battu pour arriver dans le froid et la crasse, et ce n'était que le début. Dorénavant, chaque jour serait tout aussi difficile. Il me regarda en louchant, de ses grands yeux humides. Malgré moi, je ressentis de l'admiration pour cette créature à demi humaine. Il était laid, mais intrépide. J'aurais dû le dire.

« Hmm, fis-je. Sûr qu'il a devant lui un brillant avenir à peiner et suer dans qui sait quelle usine infernale, en claquant ses maigres salaires pour survivre jusqu'à sa mort prématurée.

— S'il te plaît, Sven.

— S'il te plaît, toi-même. S'il a une chance extraordinaire, peut-être qu'il prendra la relève de son père. Alors il aura la joyeuse perspective de passer sa vie à compter des choses, acheter des choses, vendre des choses, se préoccuper constamment de l'offre et de la demande des choses, parler indéfiniment du coût des choses, et ce jusqu'à ce que lui et tous ceux qui l'entourent deviennent complètement fous. »

Je crois – non, j'en suis certain – que les larmes coulaient sur son visage lorsqu'elle partit.

3

Quatre années passèrent. Je devins quelqu'un dont les journées ne composaient pas une vie, mais plutôt une mort en cours. Le temps était une chose qu'il fallait endurer. À cause de mon absence générale d'enthousiasme pour le travail sous quelque forme qu'il soit, je fus relégué aux pires boulots à la filature, et je m'en acquittais durant les pires postes. Ayant touché le fond, j'y demeurai, soit à cause de mon père soit parce que personne ne sait vraiment ce qui se passe pendant le poste de nuit ou ne s'en soucie, du moment que les tâches simples sont correctement exécutées.

Freyja avait quatre enfants et ma mère me tannait sans cesse pour que je les voie. J'étais incapable de me souvenir de leurs noms. Olga en eut deux autres après Wilmer : une fille, Helga, et un troisième, mort peu après la naissance. Dans les années qui avaient suivi la naissance de Wilmer j'avais laissé un vide narquois se creuser entre Olga et moi, l'avais même favorisé – du moins était-ce ainsi que je percevais les choses –, aussi n'appris-je cette perte qu'environ une semaine plus tard.

Ma mère vint me voir et s'il lui fallut vingt minutes devant sa tasse de thé avant de l'évoquer, presque comme si ça lui traversait l'esprit, je crois qu'à sa façon désuète, elle implorait mon aide. « Ta sœur ne prend pas soin d'elle au mieux », dit-elle.

Ça pouvait sembler dur, mais je parlais la langue secrète de ma mère, comme la plupart des enfants, et j'en compris le sens véritable : Olga était désespérée. Il faut parfois un coup de couteau émotionnel pour vous arracher au voile de l'apitoiement. Je sursautai comme un ivrogne qui se réveille dans un lieu inconnu.

Lorsque j'arrivai chez Olga pour la voir, Arvid était sur le pas de la porte. Il était huit heures du soir. Il avait l'air épuisé, mais il me salua avec son exaspérante politesse habituelle et m'invita à entrer. La maison était étrangement silencieuse – Wilmer et Helga devaient être au lit. Il y avait des assiettes sur la table. Manifestement ils avaient dîné tard, ou alors personne n'avait débarrassé. Arvid jeta un coup d'œil aux assiettes, puis reporta le regard sur moi.

« Si seulement nous avions une bonne ! dit-il avec un sourire forcé. Le travail d'un homme n'est jamais fini. »

J'émis un grognement pour toute réponse. J'étais encore en train d'examiner la table. Deux petites assiettes au contenu tout écrabouillé, certaines choses mangées, d'autres délibérément repoussées sur le bord : Wilmer et Helga. Deux grandes assiettes : l'une immaculée, comme si elle avait été léchée, l'autre couverte de nourriture. Arvid me regarda longuement.

« Je suis content que tu sois venu, Sven, mais comme tu peux le voir, Olga est déjà partie se coucher. Peut-être pourrais-tu revenir demain ? Je suis sûr qu'elle serait ravie de te voir. »

Je l'ignorai et grimpai lourdement le minuscule escalier chaussé de mes godillots de travail. Ma sœur était dans son lit. La lampe était encore allumée ; elle avait un livre entre les mains, mais les yeux fermés. Lorsque je m'assis à côté d'elle, le matelas s'enfonça en grinçant.

« Sven », dit-elle, ne manifestant aucune surprise à ma présence de rôdeur dans sa chambre.

Son visage était étrangement vide.

« Tu m'as manqué. »

Puis elle se mit à pleurer. De grands sanglots déchirants, qui ne faisaient pas de bruit, juste une sorte de plainte rauque, de sifflement.

Je la pris dans mes bras et ma chemise se trouva vite trempée par ses larmes.

« Je suis vraiment désolé, Olga. Désolé de ne pas avoir été là. Toutes ces longues années. »

Elle ne parla pas beaucoup ce soir-là. Elle n'en avait pas besoin. Sa douleur était stupéfiante par son ampleur. Assis contre elle, je l'enserrai dans mes bras. C'était un nuage d'orage qui emplissait la pièce, la maison entière. Je n'avais aucun doute que ses voisins la sentaient sur plusieurs pâtés de maisons à la ronde.

Au bout d'un moment, elle jeta un coup d'œil à l'horloge, sur le manteau de la cheminée.

« Ton poste, Sven. Il faut que tu y ailles sinon tu vas être en retard. Maman dit que tu as perdu trop d'emplois et que tu ne peux pas te permettre d'en perdre un autre. »

Je fis la grimace.

« Oui, sans doute. Mais...

— Ça va aller. Seulement reviens, s'il te plaît. Wilmer et Helga adoreraient te voir. »

Une expression de honte assombrit son visage. Elle essaya de sourire.

« Je n'ai pas, enfin, je n'ai pas été la plus attentive des mères, ces derniers temps, et Arvid s'éreinte à essayer de les calmer. »

Je l'examinai et reniflai le piquant âcre du désespoir qui flottait dans la pièce.

« Je vais peut-être embrasser les petits en sortant. Bonne nuit, sœur.

— Bonne nuit, Sven. Merci. »

Je soufflai la lampe et quittai la pièce en refermant la porte derrière moi. Sur la pointe des pieds pour faire grincer les vieilles lattes du plancher le moins possible, je gagnai la chambre des enfants et soulevai tout doucement le loquet de la porte. Ils paraissaient paisibles dans leur sommeil, le visage bouffi, rose et détendu, les cheveux en bataille, les bras grands ouverts en une démonstration exagérée de leur épuisement, comme si chaque journée était un combat, couronné par le triomphe final du sommeil. Je n'osai pas les embrasser sur le front. Je savais que le sommeil des enfants était une affaire sérieuse. Alors j'attrapai une couverture de laine rêche sur l'étagère et l'étendis entre les deux petits lits. Puis je retirai mes godillots et m'allongeai, les mains croisées sous la tête. Je les écoutai respirer. Nez bouchés, minuscules ronflements. L'heure du poste de nuit vint, puis elle passa.

4

Ainsi commença une période relativement heureuse de ma vie. À l'âge de vingt-huit ans, je quittai le monde de l'industrie et devint la nounou des enfants de ma sœur. Arvid, bénie soit son âme épaisse, n'aurait pu se réjouir davantage. Comme il lui eût été facile de mal prendre cette intrusion dans son foyer, cet « échec » de son épouse face à ses devoirs, ou encore cette pression supplémentaire sur sa stabilité financière (minime, toutefois, car je consacrais mes économies à faire des courses et acheter des vêtements pour les enfants). Il devait savoir que ses voisins et amis parlaient sous cape de la femme dont le frère avait dû venir s'installer à la maison parce qu'elle ne s'occupait pas de ses enfants. Il n'exprima jamais que du soulagement. Limité comme il était sur le plan affectif, il n'avait pas su faire face à la situation et ça lui avait causé de l'anxiété. Il savait très bien comment acheter et vendre le poisson ou être un mari agréable. Une décompensation face à une perte inimaginable, en revanche, c'était hors de son étroit domaine de compétence.

Mon Dieu, comme ces enfants éprouvèrent ma patience. Passé la joie initiale de l'étrange et du nouveau, il s'écoula un mois ou deux où nous ne partageâmes que de l'hostilité. Leur éducation dans l'art de l'obéissance et de la courtoisie s'avérait, au mieux, sommaire. Arvid avait la poigne molle. Tout ce qu'il pouvait obtenir de Wilmer et d'Helga, c'était au mieux un mur de résistance inébranlable. Assister à ses tentatives pitoyables pour les faire manger, par exemple, était éprouvant. Quant à ma sœur – eh bien, c'est difficile à dire. Peut-être avait-elle eu plus d'aptitude à la discipline avant la mort de son troisième enfant resté sans nom. J'en doute, pourtant. Ce qui est certain, c'est que le fait d'en avoir perdu un rendait ses deux survivants précieux et irréprochables à ses yeux.

Oh, ils voulaient lui faire plaisir, bien sûr, en particulier lorsqu'elle se renfermait sur elle-même, le regard lointain. Et ils savaient qu'elle ne les laisserait jamais tomber, concept que les enfants saisissent plus tôt que nous le croyons, même s'ils ne connaissent pas encore les limites de ce monde – ce qui est réel, ce qui ne l'est pas. Seulement ils étaient incontrôlables. Arvid se faisait régulièrement traiter de « Gras de Baleine » et « Fesse de Crabe ». Ils l'adoraient, mais n'avaient pas de respect pour lui.

Naturellement, j'entrepris de leur inculquer un peu de discipline. Ignorant tout des enfants et de leur entêtement, je fus bon pour une surprise. Ils furent choqués au début – blessés, même – de voir ce dont j'étais prêt à les priver quand ils n'écoutaient pas (par exemple leur rituel du soir, long et si rigide – le bain, l'histoire, la chanson). C'étaient d'horribles monstres – vraiment abominables. Comme la plupart des enfants. Mais petit à petit, ils commencèrent à voir que je n'étais pas foncièrement mauvais – que j'avais bien plus de tolérance, en fait, pour des comportements ou activités que la plupart des autres adultes semblaient trouver aberrants ou malsains (de par une interprétation grossière et fort répandue de la Vulgate) – et nous acquîmes un respect mutuel. Ils découvrirent à quel point je pouvais être obstiné, et je découvris à quel point ils pouvaient être obstinés. Impossible de m'attendrir, par exemple, dès qu'il s'agissait de respecter une alimentation suffisante ou d'aller se coucher assez tôt pour permettre à chacun de régénérer son humanité. Quant à eux, ils ne transigeaient pas sur les questions d'hygiène, de vulgarité, sur la présence de certains prédateurs équatoriaux dans leur placard, etc.

Par la force des choses, les règles de l'impasse et du cessez-le-feu évoluèrent au fil du temps et j'en vins à les aimer, ces horribles petits garnements. Leurs remarques étranges et libres de préjugés me prenaient souvent de court, et la joie qu'ils tiraient des inepties ridicules du quotidien me rajeunissait. Je me souviens avec tendresse de la fois où Wilmer, cinq ans, ayant remarqué qu'il n'y avait plus de saindoux et voulant faire frire un hareng – un des plats préférés d'Olga – entreprit de faire fondre sa sœur. L'odeur nous parvint avant même les hurlements. Lorsque Helga sortit de la cuisine en titubant, le bras cramoisi et couvert de méchantes cloques blanches, Wilmer suivit en expliquant allégrement : « Maman dit toujours qu'Helga a encore des bourrelets dodus de bébé phoque », ce à quoi Helga, levant la tête de ses blessures, partit d'un grand fou rire.

Il est sans doute absurde – et certainement banal – de suggérer que deux tyrans aussi dénués d'empathie aient pu me donner une raison de vivre, pourtant ça ressemblait bien à ça. Peut-être étais-je juste trop occupé pour m'apitoyer sur mon sort.

5

Lorsque Wilmer commença l'école, je restai chez ma sœur et tissai un lien particulier avec Helga. Alors que Wilmer avait commencé à montrer des tendances indéniablement héritées d'Arvid, devenant velléitaire, voire obséquieux dans certaines circonstances, Helga s'avérait une puissante tempête qui ne faisait que forcir d'année en année. Elle pouvait être tour à tour blasée et sincère, obtuse et futée, mordante et indulgente.

Je savais bien que je serais en plan quand elle finirait par aller à l'école, mais, fidèle à moi-même, j'étais incapable de concevoir une option de rechange. Je n'avais aucune intention de retourner à la vie d'usine à Stockholm ni, pire encore, de choisir entre la charité d'Arvid et la vie à la rue.

Ce fut Olga, bien sûr, qui me trouva une issue.

« Sven », me dit-elle un jour, tandis que nous prenions le petit déjeuner ensemble, Helga, elle et moi. Je devinai à l'intonation musicale qu'elle donnait à mon nom qu'elle n'était pas du tout sûre de l'accueil qui lui serait fait.

« Oui, sœur ?

— As-tu réfléchi à ce que tu pourrais faire quand Helga aura commencé l'école ?

— Je ne vais pas aller à l'école, dit Helga. Je vais traverser l'Antarctique avec Oncle Sven.

— Oui, ma chérie. Maintenant laisse-moi parler avec ton oncle. »

Ces mots furent accueillis avec une expression d'une insolence étonnante, qui m'amusa. Sans cela, peut-être aurais-je été moins enclin à considérer la question.

« Oui, sœur. J'y ai réfléchi. Je me suis dit que je pourrais tenter ma chance dans la pêche à la morue. Ou m'acheter un casque et partir faire la guerre en France.

— Sois sérieux, Sven. Sais-tu ce que tu feras ?

— Bien sûr que non, Olga. La question n'est jamais loin, et elle m'amène bien près du désespoir.

— Eh bien, dit-elle, hésitante, me permettras-tu de te proposer une alternative au désespoir ? » Je dressai les sourcils. Elle scruta mon visage, puis poursuivit. « Je sais ce que t'inspirent les basses besognes, mais j'ai entendu parler récemment d'un intérêt minier…

— Oh, je t'en prie ! dis-je en me rembrunissant. Ne me parle pas de ce métier misérable. Cette idée vient-elle de Papa ? »

Son visage rougit pour s'assortir au mien et sa voix se fit cinglante :

« Non, *certainement pas*, et je suis offusquée par cette suggestion. »

Nous contemplâmes nos assiettes en silence quelques instants, sous le regard d'Helga qui avait l'air ravie et inquiète.

« Excuse-moi, finis-je par dire. S'il te plaît, continue. »

Elle s'éclaircit la gorge.

« Un intérêt minier dans le Spitzberg.

— Le Spitzberg !

— Oui, le Spitzberg », reprit-elle, et elle me raconta qu'elle avait vu un prospectus affiché à l'extérieur de l'Institut polaire.

Un certain nombre de Scandinaves, dont une part non négligeable de Suédois, signaient d'intéressants contrats avec une compagnie basée là-bas. La colonie s'appelait Longyear City. L'archipel regorgeait littéralement de charbon, à ce qu'il semblait.

Je m'aperçus, l'entendant parler, que mon pessimisme si bien arrimé avait vacillé.

« Le Spitzberg, répétai-je. J'ai toujours été fasciné par ce lieu.

— Oui, Sven, je sais », dit-elle avec indulgence.

Je lui demandai ce qu'elle faisait à l'Institut polaire, mais c'était évident. Elle m'aidait, bien sûr. Elle avait sans doute passé des mois à essayer de me trouver une vie nouvelle, heureuse. Je la regardai avec tendresse.

« Ma sœur chérie, dis-je. Mais la mine, mon Dieu. C'est une vie difficile. Les contrats sont de quelle durée ?

— Deux ans, dit Olga, avec deux semaines de congé à la fin de la première année. Tu pourrais faire un peu d'exploration, j'imagine.

— D'exploration ?

— Oui, d'exploration, bien sûr ! » Elle haussa légèrement le ton et me jeta un regard dur, impatient. « Depuis combien d'années tu nous bassines sur le grand morse à moustaches qui plonge et se prélasse, l'ours polaire toujours affamé, avec ses pattes palmées et son museau ensanglanté, les bancs de narvals insaisissables et leurs longues dents torsadées, qui réussissent l'exploit de ne pas s'embrocher quand ils se rassemblent et nagent en groupe, comme s'ils étaient guidés par une vision collective ? Tu nous bassines, Wilmer, Helga et moi avec les chatoiements de l'aurore boréale et son bourdonnement à peine audible, avec le craquement retentissant de l'iceberg qui vêle. Et la glace ! Mon Dieu, la glace ! Apparemment illimitée dans ses sons, ses incarnations, sa capacité à écraser, estropier et tuer de bons marins chrétiens. N'est-ce pas ce dont tu rêves depuis toujours ? N'aimerais-tu pas voir ça de tes yeux ? Peut-être qu'alors tu t'en lasseras enfin et que tu trouveras autre chose à raconter. »

Je ne pus m'empêcher de rire. Comme elle me connaissait bien. Avec quelle précision elle avait disséqué mes exposés monotones et pédants.

« Oui, j'imagine que je pourrais faire de l'exploration. » L'idée me semblait légère et pétillante – comme une blague. Pas du tout sérieuse.

« Et toi, qu'en penses-tu, jeune Helga ? De cette aventure arctique ?

— Un ours blanc te mangera la figure, Oncle Sven », répondit-elle en souriant.

6

Je crois que nous fûmes tous plus qu'un peu surpris quand je me lançai bel et bien dans cette aventure. Cela se passa très vite. En l'espace d'une semaine j'avais signé un contrat. En l'espace d'un mois j'étais parti. À la gare, les adieux furent brefs. Olga ne flancha pas l'ombre d'un instant. Elle me prit par les épaules et me scruta longuement, comme pour m'extorquer un serment. Arvid me serra la main, suivi résolument par Wilmer. Helga refusait de croiser mon regard. Elle me tourna le dos, agrippée à la robe d'Olga, jusqu'au tout dernier moment, quand le contrôleur annonça le départ imminent du train. Sur quoi elle s'arracha au flanc de sa mère, courut vers moi et me cribla le corps de ses petits poings pareils à des pommes sauvages. Puis elle leva les yeux, des traînées de larmes fendues en deux par un sourire féroce.

« T'as intérêt à avoir quelque chose de formidable à me raconter quand tu reviendras », dit-elle.

Les séparations sont moins douloureuses lorsqu'on aspire à sa destination, même si (surtout si ?) on est incapable de concevoir la chose qu'on est en train de faire, ni la durée qu'elle prendra. C'est ainsi que, montant dans le train pour Tromsø puis, de là, dans le bateau pour le Spitzberg et Longyear City, je n'éprouvai pas l'appréhension à laquelle j'aurais pu m'attendre. Il y avait trop d'inconnues. Mes volumineuses lectures m'avaient peu préparé à ce que j'allais trouver en arrivant. Les paquebots, le charbonnage, la vie dans un campement créé spécifiquement pour les mineurs – tout cela était à mille lieues du danger et de la griserie qu'il peut y avoir à explorer des côtes inconnues dans un navire à hauts mâts. L'idée de ce qui m'attendait était apaisante, d'une certaine façon. Je n'avais, à ma connaissance, rien à craindre. Et hormis ma sœur et ses enfants, rien de ce que je laissais derrière moi n'aurait pu retenir mes pensées.

J'ai travaillé très peu de temps dans les mines du Spitzberg. Certains aimeraient peut-être que je raconte plus en détail ma brève carrière dans ce métier épouvantable. Je ne puis qu'espérer que le récit tronqué qui va suivre ne les décevra pas. En l'état actuel des choses, on en a déjà écrit plus qu'assez sur les souffrances et les indignités d'une vie de mineur. Les horaires terribles et la privation de soleil qui en découle. Le labeur brutal. La nocivité de l'air. La crasse, permanente et insidieuse. L'ennui et la monotonie. Les blessures et les morts, survenant à une cadence qui rend l'observateur (et même la victime) imperméable à la surprise. L'exploitation criminelle des mineurs, dont la maigre paie se trouve encore davantage réduite par la mainmise de la compagnie minière sur les denrées et ressources locales, en particulier dans des zones isolées comme le Spitzberg.

Longyear City, du nom du baron américain du bois d'œuvre et des gisements miniers John Longyear, était nettement plus civilisée que la moyenne des camps miniers, mais néanmoins entièrement dirigée par une entreprise – en l'occurrence la SNSK, la Store Norske Spitsbergen Kulkompani, qui venait de remplacer l'ACC, Arctic Coal Company de Longyear, laquelle était l'entité fondatrice. Ce changement de propriétaire expliquait l'afflux de nouveaux contrats ainsi que l'annonce qui avait attiré l'attention d'Olga en Suède.

À mon arrivée en 1916, la ville n'existait que depuis dix ans. Tout était encore en anglais : les panneaux, les denrées non périssables laissées par les prédécesseurs, les revues cochonnes cachées sous nos matelas. L'atmosphère y était houleuse, durant les années que j'y ai passées, car la ville s'était vidée de ceux qui s'y trouvaient pour se remplir de nouveaux venus. Il y a une étrangeté inhérente à un lieu qui n'a pas de citoyens établis. Les hommes viennent et repartent, apportant parfois quelques vestiges des cultures qu'ils ont quittées, mais guère plus. J'ai souvent eu l'impression particulièrement troublante que jamais personne ne vivait là pour de bon. Les gens ne restaient pas assez longtemps pour laisser une empreinte durable, même s'ils y mouraient et que leurs corps restaient, conservés pour toujours dans la glace jalouse. La civilisation – si l'on peut dire – était, si ce n'est transparente, du moins translucide. Les gens et leur ville : des spectres, de vivants échos. Le Spitzberg : l'unique constante.

City n'est, ou n'était, certainement pas le mot juste. Avez-vous jamais vu une bernache accrochée à un rocher noir criblé de trous, sans cesse assailli par les flots ? Parfois la marée se retire, ou les vagues se font moins hautes, accordant un bref répit à la courageuse bernache, mais toujours la mer revient, forte de sa vieille rage, pour frapper une fois encore. Les colonies de l'Arctique sont pareilles. La différence étant, je suppose, que les bernaches sont plus coriaces que les humains.

Une ville ne grandit pas beaucoup en dix ans, sauf peut-être en cas de ruée vers l'or. Il n'y eut pas de ruée vers l'or à Longyear City – seulement de la folie. J'y arrivai pendant l'été, saison où on peut plus facilement se bercer de l'illusion qu'on va faire un séjour convenable. Quelques piètres bâtiments et cabanes étaient perchés au flanc de la colline, certains sur pilotis pour se protéger de la boue du dégel, d'autres plantés dans la pierre. À leur pied, une grande plage de rochers brisés. Au-dessus, la montagne qui se dressait, brune, dépourvue d'arbres, inamicale, comme si sa seule raison d'être, son unique but, était de faire de l'ombre.

Mes impressions, quand j'ai débarqué, furent doubles : tout d'abord, malgré tous les récits poignants de fins cruelles dans le Nord que j'avais lus, j'étais déçu. Où était-il passé, mon sentiment d'être frappé de stupeur par l'horrible pouvoir de la froide mort blanche ? Je m'étais attendu à ressentir un frisson menaçant en découvrant l'Arctique ; ce que j'éprouvai tenait davantage du haussement d'épaules. Ma deuxième impression – plus précise et plus durable – fut celle d'une désorientation visuelle totale. L'Isfjord est tellement vaste d'est en ouest qu'il scinde pratiquement l'île du Spitzberg en deux, avec des ramifications qui s'étirent loin vers le nord et vers le sud, Longyear étant située presque au milieu. Quand je regardais derrière moi la mer et les montagnes qui se chevauchaient, je n'avais pas la moindre idée de la distance. L'autre côté de la baie pouvait être à cent mètres, ou à cent mille.

1916 fut une année de grande activité pour la Store Norske. Les Américains avaient sombré dans la ruine financière à Longyear et les Norvégiens étaient bien décidés à réussir sur toute la ligne. Ils construisaient plusieurs nouveaux baraquements pour les mineurs et venaient d'émettre un billet papier portant le logo de la compagnie, contre lequel les ouvriers maugréaient déjà.

Je commençai le travail le lendemain de mon arrivée. Le travail à l'usine et la mine : les ressemblances sont innombrables. Si vous vous engagez dans une activité en sachant que vous allez être pressé comme un citron jusqu'à l'avant-dernière goutte, voire la dernière, au moins n'avez-vous pas à vous colleter avec vos espoirs brisés. Ce qui aggrava ma situation pendant un certain temps, c'était que je n'avais pas fait de tâches ingrates depuis plusieurs années, de sorte que j'avais le cerveau vif et le corps mou. La transition fut désagréable. Une conversation pauvre, voire son absence totale, tue les élucubrations les plus raffinées de l'esprit, pendant qu'un travail brutal transforme la forme physique en une chose méconnaissable – une toile rouge, toute de force et de douleur.

J'étais parvenu à me convaincre que le lieu en vaudrait la peine – qu'il en vaudrait toutes les peines. À Stockholm, l'homme qui a le désir et la volonté de visiter la ville après son poste de travail peut le faire. Les vraies villes continuent d'exister passées les limites diurnes. Mais le désir et la volonté de voir les merveilles et les terreurs du Spitzberg ne valaient pas plus qu'un sifflement dans le vent. Les changements de poste n'y faisaient rien. Bien sûr, la lumière du jour ne cessait jamais en été, mais je n'avais aucun moyen d'aller où que ce soit.

Il y eut un temps où je perdis l'espoir. Je ne connaissais personne et ne parlais pas norvégien. Le petit noyau de Suédois sous contrat formait un groupe uni, mais je n'appartenais pas davantage à cette communauté que lorsque je vivais à Stockholm. Cette distance, accentuée par l'isolement géographique, suffisait presque à m'achever. Cet été-là j'envisageai à de multiples reprises de rentrer à la maison. Mais comment ferais-je le voyage ? La perspective était ruineuse, financièrement. Et la Compagnie me permettrait-elle seulement de rompre mon contrat ? Les directeurs de mine ne sont pas mondialement connus pour leur compassion.

Je songeai à me tuer, naturellement. Ça ne manquait pas d'un certain attrait. Mais n'ayant pas misé sur la religion et ses divers baumes ridicules, j'avais une peur terrible de ma propre non-existence. Depuis l'époque où j'étais un enfant sceptique et précoce, l'idée qu'on s'éteignait comme ça, comme une ampoule ou une étoile, suffisait largement à me plonger dans des souffrances existentielles quasi paralysantes. Je savais que je cesserais d'être, pourtant j'avais du mal à imaginer le monde sans moi. C'est une forme de narcissisme, bien sûr, mais comment pourrions-nous vivre jour après jour sans nous convaincre fallacieusement de notre importance ? Les enfants suivent la logique jusqu'à son terme, et ceux qui ne veulent ou ne peuvent croire en la vie après la mort arrivent immanquablement devant ce gouffre mental sidérant. La seule réaction raisonnable consiste alors à fermer les yeux, replier les genoux contre la poitrine et geindre.

Quand on faisait son poste long et brutal dans l'obscurité souterraine, il n'y avait guère de place pour l'introspection. Si un mineur se laissait aller à rêvasser ou à geindre, il lui arrivait malheur. J'en ai été témoin à maintes reprises. Il était fréquent que des wagons débordant de charbon passent sur les pieds des inattentifs, mutilant leurs orteils au point de leur faire perdre leur apparence d'appendices humains, voire les sectionnant complètement. Des pics et des pioches s'enfonçaient dans la chair tendre des mollets des hommes. Les mineurs trébuchaient dans l'obscurité et se cognaient la tête et les dents avec une étonnante régularité. De gros blocs de pierre tombaient sur les têtes. L'insalubrité de l'air passait inaperçue. Ou bien, pire encore : l'indolence était repérée par un contremaître, vivement réprimandée et payée d'une perte financière supplémentaire.

Ces étourderies sont pour beaucoup imputables à la fatigue et à la faim, mais les mineurs – et c'est également vrai des ouvriers en usine – n'épuisent pas leurs maigres forces en bavardages. La vie est trop dure et trop bruyante. Les hommes se retrouvent donc livrés à leurs pensées et si certains – la plupart, sans doute – ne trouvent pas grand-chose à en faire, d'autres se perdent dans une réflexion morose qui laisse leurs corps vulnérables à toutes sortes de punitions.

Je savais que j'étais de ceux-là, aussi faisais-je tout mon possible pour garder l'esprit présent, si ce n'est actif, pendant le travail. En revanche à la fin d'un poste, lorsque le reste des ouvriers se retirait au saloon de la Compagnie pour le plaisir de bavarder et dépenser les billets de la Compagnie gagnés au prix de leur sang en gin et bière de la Compagnie, je devenais soudain un risque beaucoup plus grand pour moi-même. On m'invitait, bien sûr, malgré mon indifférence manifeste et quelque peu maussade pour la camaraderie virile. La petite escouade de Suédois se targuait de noblesse, comparée aux gros buveurs qu'étaient les Norvégiens. Mais c'est comme tout. Si vous persistez à refuser, on finira par cesser de vous solliciter.

À Stockholm, ça ne me gênait pas spécialement. À la fin de mon poste, je pouvais retourner à ma chambre et mes livres avec une relative fatuité, ou arpenter la ville à la recherche de sa putain la plus belle, la plus intelligente et la plus mélancolique. Mais au Spitzberg ! Au Spitzberg, hélas, il n'y avait nulle part où aller, à part un baraquement vide et froid, un maigre matelas sur un lit grinçant, un bout de chandelle vacillante et aucun livre, à part ceux, rares et précieux, que j'avais apportés avec moi et lus et relus jusqu'à ce que les pages en tombent. L'ironie de la chose ne m'échappait pas : j'étais venu au Spitzberg pour voir un monde plus vaste – plus vaste que Stockholm, plus vaste que tout ce que je pouvais concevoir – et mon univers était devenu minuscule.

J'étais au désespoir. J'écrivais des lettres angoissées à Olga, ne me sentant nullement coupable à la pensée qu'elle puisse se sentir impuissante ou, pire encore, responsable. Je comptais les jours et ils passaient avec une langueur terrible. Durant cette période, je me mis à penser davantage aux marins de ces expéditions polaires qui m'avaient tant fasciné. Les sombres hivers, prisonniers de la glace. L'absence d'espoir. Certains officiers novateurs, qui tentaient de lutter contre la léthargie (et le scorbut) chez leurs hommes en leur faisant faire de l'exercice et du théâtre. Ces passages-là des récits m'avaient presque toujours paru plats. Il est difficile de transmettre des souffrances lorsque leurs circonstances ne trouvent pas d'écho chez le lecteur. À présent elles en trouvaient un. Je comprenais enfin que la réalité d'un ennui implacable dans un lieu froid et mort, ce n'était peut-être pas si romantique que ça, en fin de compte.

7

Quand je fis la connaissance de Charles MacIntyre, j'étais dans un grand creux de la vague. Un de mes pires. Depuis six mois interminables, je travaillais dans un inconfort extrême et, pour le reste, vivais sans aucun des stimuli – instruction, loisirs ou contacts – dont un être humain a besoin pour garder sa santé mentale et physique. Cette privation m'avait marqué de pitoyable façon. Je me traînais du baraquement au puits de mine les yeux baissés ; quand il m'était demandé de parler, je balbutiais entre mes dents ; ma peau était blanche comme de la chair de maquereau. Sauf si le travail exigeait le contraire, je gardais les mains enfoncées dans mes poches, doigts repliés, telles deux boules de racines torses endolories par les sévices et le froid. À plusieurs reprises, je trébuchai contre les bois flottés et les grossières planches de pin jetés au hasard, en guise de passerelle, sur la gadoue qui ne cessait de geler et fondre à nouveau. Mains clouées sur les côtés, je tombais en avant, m'écrasant sur mon visage barbu et contusionné. J'y laissai ainsi deux dents et demie. Les autres ouvriers m'évitaient résolument, désormais. Déjà, en un ou deux mois de contrat, j'avais fait montre d'une misanthropie suffisante pour tenir la plupart d'entre eux à distance, mais à présent mon état honteusement dégradé était perçu comme une sorte de maladie ou de malchance spectaculaires, susceptibles l'une comme l'autre d'être contagieuses. Les mineurs ne sont pas sans ressembler aux marins, à cet égard.

Et puis, bien sûr, il se mit à faire noir. Noir tout le temps. Le mineur y est peut-être mieux préparé que le marin. Il se lève déjà avant le jour, travaille dans d'épaisses ténèbres et regagne son lit à la nuit. Nous fûmes peu nombreux, je pense, à remarquer le moment où le soleil disparut pour de bon. Le linceul de l'hiver tombe avec une rapidité trompeuse dans les régions polaires. En l'espace de deux à trois semaines seulement, le soleil estival – présence impitoyable à peine quelque temps plus tôt – est englouti à grosses bouchées, comme si la nuit, se réveillant d'un long sommeil, avait vraiment une grosse fringale.

Les effets de l'obscurité chronique ne sont pas immédiats. Une fois qu'on s'y habitue, l'obscurité a plus en commun avec le froid qu'avec toute autre chose – elle n'est pas tant foudroyante qu'éprouvante. Un lent poison plutôt qu'un poignard. L'usure agit par accumulation ; elle peut passer inaperçue pendant des semaines, mais agit néanmoins. Durant cette première saison en Arctique, je me réduisis à une enveloppe humaine, vide et désespérée, chassée du pied sous une pierre. Où était mon nouveau moi d'après la mue ? Il mit du temps à se montrer.

C'est ainsi que, sortant d'un pas léthargique de l'intendance par une froide soirée de janvier, je ne reconnus pas mon nom en l'entendant. Mais la voix était insistante et, à contrecœur, je finis par m'arrêter et me retourner. Un homme se tenait en équilibre sur les planches derrière moi. J'aurais pu dire un homme âgé, ou plus âgé, sauf que, à la lumière de sa lampe-tempête, je vis qu'il dansait d'un pied sur l'autre d'une façon qui détonnait avec ses années apparentes. Une barbe grise sortait de son cache-nez dans un angle improbable. Des rides semblaient fuser de ses yeux et se répandre sur ses joues et son front. Elles bougeaient et sautaient selon l'animation frénétique de son visage. Il me fallut un moment pour me rendre compte qu'il s'exprimait dans un suédois convenable. Parfaitement compréhensible, bien qu'un peu guindé.

« Vous êtes Ormson, n'est-ce pas ? Le Suédois taciturne ? »

Je le dévisageai, perplexe et silencieux. J'avais perdu mes bonnes manières en même temps que ma capacité à converser.

Il continua sans se laisser perturber :

« Oui, vous devez être le Suédois. S'il vous plaît, accordez-moi l'honneur de me présenter. MacIntyre. Je m'appelle MacIntyre. Géologue de la Royal Society. Puis-je vous convaincre de vous retirer à mon domicile en ma compagnie pour nous abriter de ce fichu froid ?

— Vous parlez suédois ? finis-je par dire.

— Rien ne vous échappe, jeune homme », dit-il, en clignant de l'œil à plusieurs reprises. Pendant tout ce temps, ses pieds sautaient sur sa planche qui clapotait. Son mouvement incessant me donnait le tournis. Là-dessus il partit d'un gloussement rauque, comme si la situation où nous nous trouvions était hilarante. Il m'expliqua qu'il avait vécu un certain temps à Falun, célèbre pour sa mine de cuivre, et qu'il avait appris le suédois là-bas, même s'il devait reconnaître que son norvégien était meilleur. « Les langues n'ont jamais été un grand obstacle pour moi, ce qui est tant mieux car j'ai la triste tendance à renoncer quand les choses deviennent épineuses. Ma pauvre chère mère, hélas, le déplorait. Mais je vous en prie, ne pourrions-nous pas entrer un instant ?

— Vous travaillez pour la Royal Society ? Vous êtes britannique ?

— Écossais », dit MacIntyre. Et il cligna de plus belle, par spasmes rapides.

J'émis un grognement, assimilant lentement l'information. Cela faisait longtemps que je n'avais rien eu de plus à digérer que les épreuves du confinement sous tous ses avatars.

« S'il vous plaît, monsieur, insista-t-il. Venez. »

Je suivis donc MacIntyre. Il passa en tête, sautant et dansant le long des planches jusqu'à son petit cabanon, à l'autre bout du campement.

Tout en crapahutant derrière lui, je m'aperçus que je me fichais un peu de savoir qui il était, ou ce qu'il voulait de moi.

L'intérieur de son cabanon, tellement quelconque de l'extérieur, ne ressemblait à rien de ce que j'aurais pu imaginer. Pour commencer, la chaleur émanant de son poêle était d'une force oppressante après la température du dehors. Les deux fenêtres étaient entièrement voilées par une brume de glace qui gouttait. Le moindre souffle d'air ou flocon de neige qui s'insinuait par des fissures entre les bardeaux était instantanément réduit en vapeur. Je fus pris d'une suée aussi vigoureuse que déroutante, au point presque de m'évanouir. MacIntyre n'était pas avare de son bois de chauffage, comme les Norvégiens semblaient l'être.

Plus déconcertante encore que la chaleur, l'esthétique. La pièce était pleine à craquer – remplie copieusement, sans complexe. Des tapis jetés au sol couvraient jusqu'au dernier centimètre, se recouvrant l'un l'autre. Certains paraissaient coûteux à mes yeux inexpérimentés. Deux sofas étaient disposés à angle droit, tous deux jonchés de couvertures et de coussins. Deux sofas ! La chaude lumière jaune de plusieurs lampes à pétrole donnait une note vive et joyeuse à la minuscule cahute. MacIntyre n'était pas non plus avare de son huile lampante.

Les murs étaient tapissés d'étagères, mais MacIntyre avait quand même manqué de place, apparemment, à en juger par les livres entassés en piles précaires dans les coins, sur une table basse, sur une chaise. Il ne semblait pas avoir de lit. Sur une petite table, il y avait un réchaud à alcool, une bouteille de vin à moitié bue et rebouchée et un seul verre, bien que deux chaises en bois capitonnées fussent disposées de chaque côté.

L'endroit empestait la fumée de pipe et l'huile lampante brûlée, et l'air lui-même était lourd. Une espèce de table basse était placée entre les sofas, mais le dessus en était entièrement masqué par des cahiers, pour certains fermés, pour d'autres ouverts. Une écriture illisible s'étirait furieusement en travers des pages. Et dans un coin du cabanon, sur une petite table rien que pour lui, trônait un objet que j'avais vu quelques fois seulement dans ma vie : un phonographe Victrola.

Tout cela réuni composait le parfait microcosme d'une tente de sultan : l'opulence, seulement séparée de la morne désolation du dehors par la plus fine des membranes. Mais la bicoque de MacIntyre n'était pas un palais mobile. Elle dégageait une atmosphère de nid, plutôt. Je trouvai, par exemple, tout juste la place pour retirer mes godillots.

MacIntyre s'extirpa des siens avec légèreté, jeta ses vêtements du dehors en gros tas au bout d'un des sofas et m'invita d'un geste à en faire autant.

« Entrez, entrez, dit-il en suédois. Ne faites pas de manières. »

Il s'installa confortablement sur une chaise et entreprit de bourrer sa pipe. Il tirait déjà agressivement dessus que je ne m'étais pas encore défait ni n'avais décidé où me mettre. Je finis par m'asseoir sur un des sofas et regardai autour de moi, m'efforçant désespérément de me rappeler quel comportement il convient d'adopter en bonne société. J'essayais de ne pas regarder ses cahiers, bien que je n'aurais pas été capable de déchiffrer son écriture, même si c'était du suédois, ce qui bien sûr n'était pas le cas.

MacIntyre m'observait avec amusement. Il pouvait avoir la quarantaine aussi bien que la soixantaine. Ses cheveux, tout comme sa barbe, étaient gris, et les rides se prolongeaient le long de son cou. Il avait des mains usées par les intempéries, rougies aux jointures, mais fortes. Ses yeux étaient gris eux aussi – clairs, vivants et, pensai-je tout de suite, pleins d'intelligence et d'espièglerie. Pas des yeux de mineur. En fait, il vivait au-dessus de la mêlée malgré sa présence en son sein.

« Reprenons les présentations à zéro, dit-il. Il faisait franchement trop froid dehors pour s'en acquitter. Je m'appelle MacIntyre. Charles. Anciennement de Londres. Dernièrement du vaste monde. Ma famille est écossaise, bien sûr. Des Écossais déplacés. Vous, monsieur, vous êtes… ? Hum, monsieur Ormson ?

— Sven, dis-je, avant de m'éclaircir la gorge. Sven Ormson. De Stockholm. En Suède, c'est-à-dire. Mais vous le saviez. »

Les mots me venaient par à-coups.

MacIntyre réussissait à paraître patient et impatient tout à la fois. Il attendit que je continue.

« Je... comment me connaissez-vous, monsieur ?

— Oh, ça, c'est assez facile à expliquer. La vie quotidienne est très ennuyeuse, ici, comme vous ne le savez que trop bien. Évidemment le paysage arctique me tient sous son emprise – il vous prend carrément aux tripes, mon cher. Je vois bien à votre visage qu'il n'a pas encore eu cet effet sur vous, mais vous ne lui avez pas encore donné l'occasion de le faire, n'est-ce pas ? Non, non, pas en piochant toute la journée dans un tunnel lugubre. Et maintenant, bien sûr, c'est la période sombre de l'année. Une période faite pour l'introspection, pas pour l'exploration. » Il se tut, le front plissé comme si la simple évocation d'une profonde méditation avait déjà amorcé le processus. « Où en étais-je ?

— Comment vous connaissez mon nom, monsieur.

— Ah oui, bien. Je suis, comme je crois l'avoir dit, géologue. J'ai vécu en de nombreux endroits, les détails peuvent attendre. Dernièrement j'ai travaillé une dizaine d'années pour John Longyear, avec un certain bonheur. Sans me faire injustice, je dirais que le rôle que je jouais pour lui, et que je continue de jouer aujourd'hui pour les Norvégiens, était celui d'un *prospecteur*. Vous excuserez le mot. Il a des connotations déplaisantes. D'ailleurs, hélas, la Society n'approuve guère qu'un de ses membres choisisse de se lancer dans des activités scientifiques qui s'attachent moins à la découverte que, dirons-nous, au profit. Je jouissais de la confiance de M. Longyear et il se trouve que j'appréciais la compagnie des Américains. » Lorsque les Américains étaient partis, il y avait de ça un an, expliqua MacIntyre, et que la Compagnie avait été rachetée par Store Norske, il avait signé avec les Norvégiens. « Vous pourriez dire, mon cher garçon, que je suis ici, à Longyear, depuis le début. »

Je tentai de me composer un visage d'une aimable passivité. MacIntyre me plaisait déjà, mais j'étais encore complètement perdu.

MacIntyre se ressaisit.

« Et vous, monsieur Ormson. Me jugeriez-vous inexcusable si je vous disais que je trouve les Norvégiens terriblement ennuyeux ? Peut-être pas. Peut-être ne voyez-vous que trop bien ce que je veux dire. Le passage de l'administration des Américains aux Norvégiens m'a privé de bonnes conversations, quasiment. Les Norvégiens sont tellement mornes. Tellement *sérieux*. Les nouveaux administrateurs s'acquittent de leur travail de la façon la plus inlassable et fastidieuse qui soit, après quoi ils boivent et boivent jusqu'à ce que leurs jambes menacent de les lâcher, sans que leur humour s'améliore pour autant. On pourrait même avancer qu'il se dégrade. Quant aux mineurs… eh bien, vous connaissez les mineurs. »

Je l'observai avec beaucoup de scepticisme. Il disait vrai pour les Norvégiens, bien sûr. Son estimation n'aurait pu être plus précise, en fait – leur manque d'humour est de notoriété publique en Suède –, mais espérait-il trouver en moi un brillant causeur ?

MacIntyre se tut – il semblait prendre plaisir à jauger ses propres remarques, comme s'il pesait leur véracité après les avoir exposées. Puis il poursuivit :

« Les Suédois ne valent pas mieux, si vous me permettez. Ils sont faits du même matériau, en quelque sorte. Un pays âpre engendre des gens durs. C'est cette rudesse qui les a fait traverser la mer pour venir en nombres si terribles en Angleterre, n'est-ce pas ? Mais suis-je bien placé pour juger ? Prenez les Écossais. Plus pisse-vinaigre que cette bande de moralisateurs grincheux, ça n'existe pas. »

Une nouvelle pause, pendant laquelle, je présume, chacun de nous deux cherchait à évaluer s'il méritait d'être qualifié d'exception à la règle.

« Et puis il y a vous, monsieur Ormson. Maintenant que j'en viens au fait, je me rends compte qu'il y a très peu à dire. Je vous vois aller et venir, la tête basse comme si on venait de vous informer de votre propre mort. Je dîne à la cantine, comme tout le monde, mais peut-être ne m'avez-vous jamais remarqué, perdu comme vous l'êtes dans vos pensées lointaines. Les hommes parlent. Ils parlent surtout en norvégien, que vous ne parlez pas, apparemment.

Et je les ai entendus parler de vous. » Il agita la main vers moi dans un geste de refus, comme si ma curiosité avait été piquée. « Non, non, ne me demandez pas ce qu'ils disent. On s'en fiche de ce que pensent les mineurs, non ? Les seuls détails saillants que j'en aie retirés, c'est que vous vous tenez à l'écart et que vous avez un grand intérêt pour les *livres*. Les livres, monsieur Ormson. Me croirez-vous si je vous dis qu'il est extrêmement difficile de trouver un homme qui lise sur l'île du Spitzberg ? »

La question semblait plus que rhétorique.

« Oui, dis-je.

— Oui ! répliqua-t-il. Et voilà l'affaire. Un camarade bibliophile avec qui converser ! Tel que vous me voyez, j'ai besoin d'un compagnon qui ait une certaine – que dis-je ? –, même une modique, curiosité intellectuelle. Et vous, eh bien peut-être avez-vous besoin d'un ami. »

8

Moins de deux semaines plus tard, j'avais refait surface en tant qu'être humain, confiant à MacIntyre non seulement mes obsessions littéraires, mais aussi mes rêves et regrets. Il avait une façon bien à lui de causer, encore causer, puis soudain s'arrêter, l'air interrogateur, comme s'il avait attendu tout ce temps-là que je l'interrompe et qu'enfin, légèrement exaspéré, il me donnait l'espace de le faire. C'est dans ce vide que je me remis à parler.

MacIntyre semblait trouver ma rectitude et mes tentatives de bonnes manières à la fois amusantes et énervantes. Il m'appelait « monsieur le pasteur » ou « père Ormson ». Il adorait se moquer. Mais il faisait preuve d'un vif intérêt – inépuisable, en fait – pour les histoires de la vie en usine à Stockholm et celles de ma famille. Quant à nos connaissances respectives sur l'exploration de l'Arctique, elles se recoupaient, mais il nous restait largement de quoi nous régaler l'un l'autre d'anecdotes.

Peu à peu je me sentis plus à l'aise en sa compagnie et j'en vins même à lui retourner ses moqueries, parfois. Il me donnait libre accès à ses livres – ceux en suédois, relativement rares – à condition que je les lise dans son cabanon. Il ne faisait pas confiance aux conditions dans les baraquements, ni aux intentions des autres mineurs susceptibles, craignait-il, de profaner ses livres s'ils se trouvaient à court de papier à cigarettes ou de torche-cul. Cela signifiait, bien sûr, que ma lecture était interrompue à intervalles réguliers par les propos de MacIntyre. Il était plus que capable de lire, parler, penser, écrire, fumer, boire – parfois même dormir – simultanément. Ça ne me gênait pas. Pour avoir cette occasion de mobiliser mes facultés critiques, de réaiguiser mon intellect émoussé et corrodé – j'aurais supporté bien pire. Et lorsque MacIntyre jugeait bon de ponctuer mes rêveries, ses questions et observations étaient en général bonnes. Il était perspicace. Sa finesse d'esprit ne s'attachait pas seulement à l'histoire polaire et à la géographie, d'ailleurs. Il accordait beaucoup de réflexion à la musique, par exemple.

Au début, quand il me passait de la musique sur son Victrola, je ne l'entendais que de façon superficielle, comme on mangerait un filet de cabillaud fadasse parce que c'est l'heure de manger. Mon cerveau n'avait pas été formé à écouter. La musique n'avait pas eu sa place dans mon enfance. Je connaissais les chansons des ouvriers ivres et les nananère et autres railleries monocordes des gamins. Les arts musicaux plus élevés – tout ce qu'on aurait pu qualifier de raffiné – nous étaient complètement inconnus. Dans ma famille, même si nous avions été intéressés, nous n'aurions pas eu les moyens d'acheter les vêtements exigés pour aller au concert symphonique.

Cette histoire d'un éveil va sonner vrai – et peut-être rebattu – à tous ceux qui s'intéressent à la musique, mais qu'à cela ne tienne. MacIntyre était intrigué par l'étendue de mon ignorance. Ça l'amusait quand, plongé dans une lecture, j'exprimais de la stupéfaction ou tentais de formuler une révélation ou une autre qui lui était déjà venue à l'esprit, à lui ainsi qu'à d'autres personnes instruites, au moins une centaine de fois. Mais il n'était pas condescendant. Je croyais alors, et j'en suis certain à présent, qu'il était sincère dans son désir de cultiver mon intelligence.

Il continua de passer ses petits cylindres. Il les passait tandis que nous fumions, que nous lisions, que nous mangions du poisson séché. Pendant de nombreuses semaines, j'écoutai sans entendre. Et puis, un jour, sans avertissement, *j'entendis* la musique – l'entendis véritablement – pour la première fois. Je me souviens de l'instant précis parce que j'ai éprouvé la sensation dans mon corps avant d'en comprendre la source. J'étais en train de fumer le tabac de MacIntyre – il me faisait parfois l'effet d'un mécène plutôt que d'un ami car il n'aurait jamais accepté que je lui rende la pareille – lorsque j'ai remarqué un frémissement dans ma poitrine. Je l'ai pris pour une douleur, au début. Peut-être avais-je laissé trop de jus de tabac brûlant couler dans ma gorge. Père disait toujours que ça lui faisait mal à l'estomac. Mais alors le frémissement gagna mon cœur, ou une autre partie de ma poitrine – un battement agité, un peu comme une palpitation cardiaque. Qui monta, emplit mon cou, mes tempes et mon front d'une bouffée de chaleur. Je crus m'évanouir et, profondément gêné, je baissai les yeux sur ma pipe de crainte que MacIntyre le remarque et se gausse. Contrairement à la sensation fugace que procurent une pensée ou un souvenir particulièrement honteux, grisants ou galants, ce frémissement continua et prit de l'ampleur, s'étendit à mes épaules, resta. C'était la musique, bien sûr. Et rien qu'un simulacre de musique, pitoyable et métallique : fourrée dans un cornet en cuivre, gravée sur de la cire, pressée dans du métal puis recrachée.

Emporté par cette euphorie mineure, je perdis toute honte et demandai :

« Qu'est-ce que c'est ? »

MacIntyre releva les yeux de son livre, surpris par l'urgence dans ma voix.

« Qu'est-ce qui est quoi ?

— Cette musique. Qu'est-ce que c'est ?

— Ah, fit-il en comprenant, et son enthousiasme s'étala sur son visage. C'est Dvořák. »

Je fronçai les sourcils en entendant ce nom inconnu. MacIntyre se leva et alla examiner l'étiquette imprimée sur l'étui du cylindre.

« Antonín Dvořák, *Quintette pour piano et cordes en* la *majeur opus 81*. Et si je ne me trompe, le mouvement qui t'a frappé, mon cher ami, c'est le deuxième : la *Dumka*. »

Je ne l'écoutai qu'à moitié, fasciné que j'étais par le jeu et les flux et reflux funestes des violons. Le son du chagrin, ou du moins d'une profonde mélancolie, fendant le temps et l'espace sans rencontrer d'obstacle, me transperçait. Les larmes me vinrent aux yeux et je sentis mes mains chauffer étrangement. C'était une expérience passionnante et terrifiante. Je peux seulement la comparer à ce sentiment qu'on a lorsqu'on se rend compte qu'on a trop bu, qu'on voit son corps se muer en autre chose que son propre corps et qu'on sait que les choses vont se gâter, mais pour le moment, ça n'a pas d'importance.

Lorsque la musique passa à quelque chose de plus vivant et beaucoup moins lugubre, qui n'éveillait en moi aucune sensation particulière, je demandai à MacIntyre ce qu'était une *dumka*.

Il fit de son mieux pour me l'expliquer. *Dumka*, me dit-il, signifiait « pensée » en ukrainien, et ça désignait aussi une longue ballade folklorique de nature tragique ou mélancolique. Les précurseurs tels que Dvořák creusaient dans les traditions et les harmonies de la paysannerie, puis fondaient et refaçonnaient le matériau extrait en compositions modernes. Sans les expressions brutes et non diluées de l'homme ordinaire, dit-il, ces messieurs les compositeurs à cravate noire n'auraient rien compris à l'âme humaine, ou si peu. Mais c'était là le génie de Dvořák. Il prenait la vérité et le chagrin de l'existence humaine et les traduisait dans une langue compréhensible par tous.

Je n'étais pas sûr d'être d'accord. Je me dis que je préférerais peut-être entendre la *dumka* jouée ou chantée par un seul fermier avec son violon, assis au coin du feu dans ses bottes crottées, épuisé par son dur labeur et par les cruels revers du sort, mais ressentant encore vivement – ou désespérément désireux de ressentir – les plaisirs brefs, indéniables et rares qui se présentaient de temps à autre dans sa rude et courte vie. Je m'abstins cependant de le dire. C'était Dvořák, après tout, et non le fermier, qui avait éveillé mon âme.

« Pouvons-nous la réécouter, Charles ? »

MacIntyre rit avec indulgence.

« Oui, bien sûr. » Il sortit l'aiguille du sillon, l'amena sur le dessus et relança le morceau.

9

Mon premier hiver dans l'Arctique – si différent de tout ce que j'avais pu redouter ou espérer dans mes rêves de privation et de sublimation – se poursuivit de cette façon étrange. La camaraderie et les conversations pleines d'entrain me donnèrent peu à peu le sentiment que j'allais peut-être survivre, en fin de compte, ou du moins que j'en avais le désir. Mais il n'y avait toujours pas une once de romanesque dans mes épreuves. Je n'étais pas en train de survivre à de rudes traversées en traîneau sur la glace brisée, au noircissement de mes gencives et aux saignements de mes cheveux, à des attaques d'ours polaires ou à la folie de me trouver prisonnier de la glace pendant les mois d'obscurité. Certes, je luttais contre le froid, comme tout le monde ici, et contre le désespoir insidieux et enveloppant que provoquait l'obscurité perpétuelle. Toutefois mes ennemis les plus redoutables, surtout avant ma rencontre avec MacIntyre, étaient tellement prosaïques et universels qu'ils ne méritent guère d'être discutés davantage : les tâches ingrates qui vous broient l'âme, l'ennui, la mortification sociale. Choses qu'on peut trouver n'importe où. Peut-être était-ce là le problème. J'étais allé dans l'Arctique en quête d'aventure et découvrais que j'aurais tout aussi bien pu rester à Stockholm et retourner dans les entrailles de l'industrie.

Il est probable que je n'aurais pas survécu à une telle déception sans MacIntyre. J'ai donc ravalé ma crainte de prendre trop de son temps, d'abuser de son hospitalité – scrupules qu'il s'empressait toujours de balayer – et, grâce à cette étrange osmose par laquelle une amitié véritable insuffle de l'oxygène dans tous les coins d'une existence par ailleurs gangréneuse, j'en vins à me réveiller avant chaque poste avec au moins un sentiment de résignation, à défaut de gratitude, à être en vie.

Une brève période de répit. Puis, en mars 1917, seulement neuf mois après mon arrivée dans le Spitzberg, une montagne me tomba dessus. En début de poste, l'estomac gargouillant, encore gonflé par le thé bouillant et le biscuit rassis, le corps s'efforçant encore d'accepter les rudes vérités de la journée qui commençait, je me tenais debout, plus exactement à moitié debout à moitié courbé, devant une veine misérable, et chargeais du charbon dans un wagonnet. J'ai un souvenir très net de cette matinée. La lumière de ma lampe frontale renvoyait les prismes de couleur du minéral qui altérait notre maigre récolte – car cette montagne appartenait à d'autres formes géologiques, moins précieuses ; le charbon n'y était présent qu'en touriste – et je me souviens d'avoir pensé que j'apprécierais la beauté de la lumière qui étincelait dans cette fissure tartaréenne étouffée de poussière, si cela n'impliquait que chaque fichue pelletée soit si horriblement lourde.

L'homme qui travaillait à mes côtés était un Norvégien du nom d'Olaf, géant émacié d'une morosité impartiale qui m'était étrangement réconfortante. Nous bavardions parfois, partageant souvent le même poste, dans un sabir fait de suédois et de norvégien.

« Il paraît que le soleil va bientôt arriver », avança-t-il ce matin-là.

Je ne savais jamais avec certitude, au début du moins, s'il s'adressait à moi, au mur ou à sa pelle.

« Oui, répondis-je au bout d'un moment. Mais, Olaf, est-ce ton premier hiver dans l'Arctique ? Ne sais-tu pas quand le soleil revient ? »

Il réfléchit à la question, puis secoua mollement la tête, comme s'il était peu disposé à se fier à son propre passé.

Nous pelletâmes quelques minutes avant qu'il lève la tête à nouveau.

« À ton avis, y aura du porc à la cantine ce soir ?

— Je crois. On a souvent du porc le mercredi. »

Olaf hocha la tête, visiblement satisfait de cette réponse.

Je fus pris de cette vague sensation de rêverie, de pensée liquide, de flottement à l'intérieur de son propre corps qui naît quand on dort trop peu et qu'on ne parvient à se réveiller suffisamment pour savoir si c'est le jour ou la nuit et, tout en remuant doigts et orteils pour chasser cette sensation, je songeai à Olaf, me demandant s'il constituait une vision de mon futur moi qui m'était envoyée à titre d'avertissement. Mais qui m'avertissait de quoi, au juste ? Et c'est à ce moment-là que la lumière de ma lampe se mit à trembler, puis à danser, et qu'une fine pluie de poussière tomba de la voûte du puits. Je regardai Olaf, qui me rendit mon regard. Il avait les yeux vides, troubles, hébétés. Les yeux d'un homme vaincu. Soudain il y eut un grand grondement, comme un coup de tonnerre à la surface, accompagné d'un craquement perçant. La poutre du haut se cassa en deux, dans un angle aigu qui n'avait rien de normal. Et juste quand je me rendis compte que le grondement et les secousses étaient parvenus pile au-dessus de nos têtes, je sentis une bouffée d'air glacial ainsi qu'une douleur fulgurante dans la moitié droite de mon visage, et tout devint noir.

10

Je revins à moi dans l'abri à chèvres plein de courants d'air qu'on appelait « infirmerie ». Le vent s'engouffrait en sifflant entre les rondins non colmatés, tentant d'arracher le toit de tôle. Il y avait des coups et cliquetis continuels et je me rendis compte que j'étais en train de rêver de l'usine. J'avais l'impression d'avoir le cerveau apathique, comme un cheval sans allant, mais je savais où j'étais et je savais qu'il s'était produit une chose effroyable à la mine. M'efforçant de regarder autour de moi, je m'aperçus que mon cou était solidement bloqué par quelque chose. Une lumière diffuse et striée entrait par mon œil gauche, le seul qui semblât fonctionner.

« Y a quelqu'un ? » fis-je d'une voix glaireuse et rauque.

Pas de réponse.

« Y a quelqu'un ? » tentai-je à nouveau, avec à peine un peu plus de force.

Là-dessus la porte s'ouvrit et un Norvégien que je savais être le chirurgien de la Compagnie se dressa devant moi. Il ne parla pas mais, d'un geste ferme – non dépourvu de douceur –, me bascula sur mon côté droit. L'air légèrement préoccupé, il scruta mon visage et mon épaule, appuya un doigt curieux sur un pansement près de mon œil, dit quelque chose d'incompréhensible – du latin, peut-être ? – et ressortit. Un liquide visqueux suinta et coula le long de mon oreille. En quelques instants, il s'échappa suffisamment de cette humeur, quelle qu'elle fût, pour former une petite flaque sur le drap, de sorte que chaque nouvelle goutte s'y écrasait avec un gros floc. Ça sentait l'alcool et la viande avariée. On me drainait, compris-je en un instant de clarté qui me souleva le cœur.

À présent je voyais la moitié de l'abri, et la vue était lugubre. Quatre hommes étaient allongés sur des lits de camp semblables au mien, si serrés que le chirurgien avait à peine la place de passer. L'un d'eux était enveloppé de pansements de la tête aux pieds et gémissait à fendre l'âme dans son sommeil. Un autre regardait au-delà de moi, le visage blême de douleur, la bouche pincée, les jambes repliées contre la poitrine. Les deux autres, recouverts de draps, étaient manifestement morts. Je tentai de comprendre cet effroyable tableau. L'effort s'avéra trop éprouvant, et j'étais en train de sombrer dans le sommeil lorsque la porte se rouvrit et que le visage bienvenu de MacIntyre surgit en vacillant dans ma vision en péril.

Il souriait, mais d'un sourire fatigué et un peu forcé.

« Mon garçon, mon cher garçon, dit-il. J'ai eu très peur que tu ne parviennes pas à revenir à cette vallée de larmes. Pendant un certain temps on a eu l'impression que tu allais partir – peut-être vers un lieu plus chaud ? » Il tenta un de ses gloussements chaleureux, sans grand succès. « Maintenant dis-moi, comment vas-tu ?

— Mal au visage, dis-je.

— Oui, oui, j'imagine. Tu en as vraiment pris plein la tête quand le puits s'est effondré. Tu as, comme les vivants aiment à le rappeler aux presque morts, beaucoup de chance d'être encore en vie.

— Le puits... effondré ?

— Oh que oui. Tu ne savais pas ? Une avalanche l'a écrasé. Un coup du ciel impitoyable, si tant est qu'on puisse lui attribuer des catastrophes aussi infernales. » Deux puits de mine ainsi que plusieurs bâtiments au pied de la montagne avaient été entièrement détruits, me raconta MacIntyre. Neuf hommes étaient morts et cinq, dont moi, grièvement blessés.

Mon esprit, peinant à comprendre, vacilla d'effroi et je fus pris d'une nouvelle vague de nausée. Toucher la proximité de ma propre mort – rien que son insondable voisinage – éveilla en moi une sensation assez semblable à un vertige paralysant. Cela peut sembler impardonnable et sans cœur, de penser à soi avant tous ceux qui ne pouvaient plus penser à rien du tout, mais ce fut ainsi.

« Effondré, répétai-je avec stupéfaction. Comment m'a-t-on... ? Comment m'a-t-on extrait ? »

Un grand nombre de gens avait travaillé nuit et jour, me raconta MacIntyre, criant et creusant, creusant et criant. Les phalanges amputées de plusieurs d'entre eux en témoignent aujourd'hui. À un moment crucial, des chiens étaient arrivés, envoyés par des Néerlandais de Barentsburg, plus bas sur la côte ouest de l'Isfjord. Pour de rares chanceux, dont moi, ils avaient changé la donne.

« Combien de temps suis-je resté enseveli ?

— Trois jours, mon garçon. Ou peut-être un peu moins. J'avais perdu presque tout espoir te concernant. Lorsqu'ils t'ont sorti, tu avais l'air mort, et tu es resté allongé comme ça, insensible, huit jours de plus. Notre chirurgien a plus de talent que je ne lui en accordais. Ou, plus vraisemblablement, ta volonté de survivre était d'une force étonnante.

— Olaf ? demandai-je.

— Hélas, non. La tête broyée dans le premier effondrement. Comme la tienne a failli l'être. »

Je repensai à la femme d'Olaf, à Tromsø. Il m'avait dit une fois, en une rare confidence, qu'il aurait aimé qu'elle le critique davantage, comme ça il aurait su qu'elle en avait quelque chose à faire. Il ne savait jamais, lors de ses brefs séjours à la maison, si sa présence lui faisait quelque chose, dans un sens ou dans l'autre. Et maintenant, me demandais-je, est-ce que ça lui ferait quelque chose ?

« Ma famille est-elle au courant ? Olga ? » L'image de ma sœur, pleurant de façon inconsolable, un télégramme à la main, me traversa l'esprit. Un tressaillement soudain agita les pansements de mon visage.

« Non, non, répondit MacIntyre en posant la main sur mon bras. J'ai pensé qu'il valait mieux attendre que la situation se résolve, en bien ou en mal.

— Merci, Charles », dis-je en me détendant. Mais j'avais encore des pensées qui circulaient au hasard, se posant brièvement sur ceci ou cela, comme lorsqu'on plane juste au-dessus du sommeil aux heures du milieu de la nuit. Je n'arrivais pas à les organiser. Je demandai à MacIntyre ce qui allait se passer maintenant.

« Je ne suis pas devin, dit-il, mais je crois que l'heure du dîner approche à grands pas. »

Je grognai, et son sourire me parut plus naturel.

« Est-ce que je retourne travailler ? dis-je. Est-ce que je rentre à la maison ?

— Eh bien, il est presque certain que la Compagnie te libérera de ton contrat pour ne pas avoir à perdre plus d'argent sur ton triste cas. Et même si je ne connais pas grand-chose à la question, je doute que tu veuilles remettre le pied dans un puits de mine de sitôt, ou même jamais. Laisse-moi régler ces affaires-là. J'ai une ou deux idées qui pourraient mériter plus ample réflexion. Il faut que tu te reposes, reprends tes esprits et je reviendrai ce soir avec un ou deux solides Norvégiens qui m'aideront à te porter jusqu'à mon cabanon, où tu feras ta convalescence. » Il brandit un doigt sévère. « Ne proteste pas ! Je ne souffrirai aucune objection.

— Charles, je ne proteste pas. Dis-moi juste encore une chose. Mes blessures ? Comment se fait-il que je n'arrive pas à tourner la tête et que je n'y voie pas clair ? »

Le visage de MacIntyre, d'ordinaire tellement ouvert et joyeux, s'assombrit. Il détourna la tête.

« On aura tout le temps pour ça, cher Sven. Tout le temps au monde. »

Sur ces mots, il se leva et partit.

11

C'est ainsi que je devins Stockholm Sven le mineur défiguré. Stockholm Sven à la gueule amochée.

Il n'y avait ni miroir ni toilettes dans le cabanon de MacIntyre, bien sûr. Pour ses ablutions et ses rares tentatives de rasage, il se servait de ceux du baraquement de la Compagnie. Aussi, pendant une semaine ou deux, tandis que je luttais pour rééduquer mon seul bon œil et tenir sur mes jambes – car j'avais encore d'importants symptômes de commotion –, ce que je savais de mes blessures se limitait aux réponses circonspectes de MacIntyre et, de temps à autre, à mon reflet déformé sur une vitre gelée.

Je dis « bon œil » comme si l'autre – le droit, heureusement, vu que je suis gaucher – était simplement « moins bon » ou même « mauvais ». Mon œil droit n'était plus. Il avait disparu. Enfoui sous d'innombrables tonnes de glace, de roche et de charbon. Il n'y avait aucune trace de lui quand on m'avait retrouvé et personne n'avait pris le temps de creuser la neige crasseuse de ses doigts gourds pour rechercher une minuscule sphère gelée, vraisemblablement broyée par trois jours et trois nuits indescriptibles.

Cette absence criante aura peut-être contribué à la lenteur du reflux de liquide en provenance de mon cerveau, ou à la persistance de ses effets. Je ne parvenais pas à convaincre mon œil gauche de se comporter comme il le devait. Il me faisait l'impression d'un grain de raisin en suspension dans de la marmelade. Quand je lui intimais l'ordre de bouger, il répugnait à s'exécuter. Sa léthargie semblait parfois consciente, comme lorsqu'un chien entend un ordre qu'il déteste et n'y obéit qu'avec une lenteur réticente.

J'essayais de ne pas gémir, je m'y appliquais vraiment. J'avais vivement conscience de la présence mouvante de MacIntyre – parfois il était ostensiblement absent, pour me donner de l'espace, je crois ; parfois il se montrait attentif et inquiet. Toujours généreux, toujours patient. En dépit de tous mes efforts, les plaies que j'avais au visage, au cou et à l'épaule, ainsi que l'effroyable trou suppurant qu'était devenue mon orbite droite contribuaient tous à m'arracher des sons d'outre-tombe.

À de nombreuses reprises, je demandai à MacIntyre de me raconter l'avalanche, et il s'exécutait chaque fois. À de nombreuses reprises, je lui demandai des détails sur mes blessures, et il objectait ou bottait en touche chaque fois. Je ne lui en voulais pas alors, et je ne lui en veux pas aujourd'hui. Comment dit-on à un ami que ses traits ont été redessinés ? Que l'atlas aux pages cornées de sa forme humaine n'est plus bon qu'à jeter, qu'il faut l'oublier, maintenant qu'un volcan en éruption y a déversé des rivières de magma, remodelant sa topographie ?

« S'il te plaît, Charles, demandais-je. Dis-moi juste si c'est très amoché.

— Ce n'est pas glorieux, répondait-il.

— Qu'est-ce que ça veut dire ?

— Tu n'étais pas très beau, au départ, Sven, donc tu peux considérer que c'est une amélioration.

— Je ne suis pas d'humeur à plaisanter.

— J'imagine que non. Peut-être que maintenant, dans ce nouvel état d'absence d'humour et de laideur, tu te sentiras à l'aise avec les Norvégiens. »

Mais son inquiétude était palpable, et elle était fondée. Une infection de l'orbite stérile provoqua une fièvre qui tenta de me consumer jusqu'à la dernière miette de vie. Je sortais patauger dans la neige, me rafraîchissant tel un tonneau de bière. La quinine tardait à agir. Le chirurgien du camp réussit à convaincre MacIntyre de fumer moins pendant ma convalescence, puisqu'il avait été assez idiot pour me faire sortir de l'infirmerie – il craignait que la fumée ne fût un irritant. Peut-être le chirurgien avait-il raison, mais je crois qu'il savait, tout comme MacIntyre assurément, qu'il était essentiel d'enraciner en moi la volonté de vivre et qu'une manœuvre aussi délicate ne pouvait réussir que si j'étais transféré en un lieu accueillant et confortable.

Ainsi, je n'eus l'occasion de bien voir à quoi je ressemblais que plus d'un mois après l'accident, lorsque je fus suffisamment rétabli pour que MacIntyre et le chirurgien estiment raisonnable de me laisser traverser le camp, avec leur aide, pour aller me laver au baraquement de la Compagnie. Lorsque je me regardai dans un miroir pour la première fois, tous deux détournèrent la tête, comme si me voir découvrir mon propre visage était pire que mon visage en soi.

Peut-être avais-je eu le temps de m'y préparer. Peut-être qu'ayant redouté le pire, j'eus moins de mal à me familiariser avec mon nouveau visage. Je ne cherche pas à minimiser l'ampleur du choc ni le cauchemar vivant qu'était devenue mon enveloppe extérieure. Mais si vous avez déjà vu quelqu'un qui a été brûlé par un solvant industriel ou si vous êtes déjà passé devant la sébile d'un homme dont le corps s'est trouvé pris dans un engin destiné à des textiles ou du cuir, comme c'est le cas de la plupart d'entre nous dans ce monde de machines, mon visage ne vous surprendrait pas beaucoup plus qu'il ne me surprit alors.

Je ne me crois pas enclin à la vanité. Je n'éprouvai pas le sentiment d'une grande perte au niveau personnel. Ce qui me blessa le plus, ce fut l'attention – qu'elle prenne la forme de l'horreur ou de la compassion – de tous ceux que je croisais dans le camp. Les regards appuyés. La dissolution de l'anonymat.

Peu après, je résolus de passer ma vie en solitaire.

12

Passer sa vie en solitaire n'est pas chose aisée. Il était évident que cela ne pourrait jamais se faire à Longyear, aussi éloignée du reste de la civilisation que fût la ville, et je n'avais pas les compétences nécessaires pour partir à la recherche de ma douteuse fortune. J'étais perdu et je me sentais dans un état liminal. Ma convalescence dans le cabanon de MacIntyre commençait à m'abrutir. Le fardeau de l'impuissance se transformait en autre chose, en une forme d'agitation. Aussitôt mon œil restant suffisamment clair pour me permettre de distinguer un mot de l'autre, j'écrivis à Olga.

Chère Sœur,

J'espère et je veux croire que ce mot te trouvera en bonne santé. J'espère aussi, de tout cœur, que tu ne considéreras pas avec trop de désapprobation mon écriture abominable – une montagne a atterri sur la tête de ton pauvre frère et je suis à présent privé d'un globe oculaire, tandis que l'autre est encore recroquevillé d'effroi, ce qui rend ma calligraphie au mieux hésitante. Non, gentille sœur, ne te fais pas de souci ! Je suis soigné par le plus attentionné des géologues et s'il te venait l'idée de protester que les géologues ne sont pas connus pour leur bonté, en particulier les géologues écossais, alors je te prie de te montrer charitable envers moi dans cette période de faiblesse. J'ai certainement dû évoquer cet ami, M. Charles MacIntyre, dans une missive précédente, mais hélas j'ai encore l'esprit tristement embrouillé et je n'arrive pas à m'en souvenir. Comme ce gentleman a su ouvrir mes oreilles à la musique ! Au moins ces organes-là sont-ils restés miséricordieusement attachés à ma tête.

Je constate que ma carrière de mineur s'achève sans doute prématurément. Tu sais que je n'ai pas trouvé que c'était la profession la plus gratifiante qui soit au plan intellectuel ou spirituel, mais aucun de nous deux n'avait jamais été assez bête pour croire que ça le serait. Néanmoins, comme l'avait prédit MacIntyre, la Compagnie a jugé bon de me libérer de mon contrat et de me renvoyer chez moi avec une petite pension – dérisoire, vraiment – pour m'indemniser de ma douleur, etc.

Il se peut que je ne rentre pas. Tu trouveras peut-être que je suis un triste imbécile romantique – le héros torturé de quelque roman tragique mal ficelé, ayant la lande ou la mer pour cadre – mais je ne supporte pas qu'on me regarde dans cet état. Que ce soit toi ou quelqu'un d'autre. En réalité parler d'un « état » est fondamentalement trompeur, car la transformation de ton frère, gars au physique moyennement correct, en créature difforme comme il en rôde dans les méphitiques replis du chapiteau de quelque minable théâtre de variétés… enfin, c'est mon visage, maintenant, hélas. À l'intérieur, ton vieux Sven, toujours joyeux ! À l'extérieur, un rosbif oxydé, tout de graisse jaune durcie et de croûte noircie.

Tu sais que je n'ai jamais été du genre à rechercher l'attention, or sous ma pitoyable nouvelle forme, c'est elle qui me cherchera. La pitié, oui. Peut-être l'unique chose qui soit pire qu'un antagonisme flagrant.

MacIntyre, grand voyageur qui ne tient pas en place, connaît des gens à la Compagnie d'Exploration nordique, une autre entreprise minière à la recherche de richesses douteuses dans ce cruel archipel, et il pense pouvoir m'obtenir un poste d'intendant au Camp Morton. Ce n'est pas une métropole : Longyear, à côté, ferait figure de Stockholm, mais les mineurs et les patrons sont tous britanniques, là-bas, et tu sais ce que ça veut dire. Terminé, les satanés Norvégiens.

Ça veut dire aussi que ton pauvre Sven devra enfin essayer de parler anglais. MacIntyre reste à Longyear, pour le moment du moins, mais pendant cette période d'inertie il m'a déjà beaucoup appris de sa langue hideuse. Il maintient que ce n'est pas sa langue hideuse, mais le croassement rauque de l'oppresseur saxon. Peut-être vais-je me réinventer en « jolly gentleman » – shocking, n'est-il pas ?

Tout cela seulement pour te prévenir que je risque de ne pas revenir avant un moment, si tant est que je revienne jamais. Peut-être que ces déserts blancs ont davantage à m'offrir que je n'y ai trouvé jusqu'à présent, et que je devrais voir une opportunité, au contraire, dans la dernière en date des catastrophes de ma vie. Je te dirai si je parviens à cultiver avec succès cette philosophie insaisissable.

S'il te plaît, embrasse Wilmer de ma part et fais à Helga un récit haut en couleur de mes mésaventures dans le Grand Nord. Comme elle s'esclaffera et poussera des cris, la petite brute. Raconte ce que tu voudras à Mère, mais épargne-lui les détails. Je ne crois pas que je la reverrai.

Ton frère aimant,
Sven le Borgne

« Vas-tu attendre une réponse, me demanda MacIntyre, avant de te livrer à la merci de ces fichus Anglais ?

— Non, dis-je. Aie la gentillesse de prévenir ces fichus Anglais que leur nouvel intendant va arriver incessamment, qu'il est horrible à voir et qu'il ne sait pas cuisiner. »

DEUXIÈME PARTIE

13

Par chance, l'obsession britannique de la classe sociale exige que chaque personnage important dispose d'un intendant, ou assimilé. Et nombreux sont les Britanniques à se considérer comme des personnages importants. J'entrai donc en apprentissage, en quelque sorte, auprès d'un autre intendant, l'heureusement nommé Samuel Gibblet, à mon arrivée au Camp Morton, au début de l'été 1917.

« Songes-y, mon jeune fantôme de l'Opéra de mes deux, me dit-il à notre première rencontre, avec son accent presque incompréhensible – cockney, appris-je plus tard, rien à voir avec le grasseyement chantant de MacIntyre. Songe que sans le "l" de Gibblet, j'aurais été bon pour faire bourreau. »

Je n'aurais pas pu demander meilleur professeur. Gibblet, vieux matelot grisonnant de cinquante-trois ans, avait été intendant dans la marine presque toute sa vie. Il avait donc vu toutes sortes de blessures hideuses causées par des chutes de poulies, des éclats de chêne, des morsures de requin, le scorbut, la gangrène, la syphilis ou l'hostilité humaine. Mon visage ne le répugnait guère, mais il ne se gênait pas pour faire des commentaires à son sujet quand l'envie l'en prenait. Gibblet avait été renvoyé de la marine après avoir qualifié un de ses milliers de supérieurs, en l'occurrence un officier qui se trouvait pile sur le pont du dessus à ce moment-là, de « babouin au cul rose ». La patience n'était pas son fort – il avait grandi dans la marine, après tout – mais c'était compensé par le fait qu'il attendait très peu d'autrui.

Il savait dresser une table, nettoyer l'argenterie, faire et défaire des bagages, retirer les taches de sang et de vin sur du drap de laine. Il était aussi capable de confectionner une gamme époustouflante des plats les plus répugnants d'Albion, ayant travaillé sur de nombreuses traversées où le cuisinier du carré des officiers était soit mort, soit tombé gravement malade, et il était capable de le faire avec les seuls ingrédients, ô combien maigres et douteux, dont il disposait : de la viande en boîte ou en baril, de la farine, du lait concentré et un bloc de graisse de rognon granuleux. Ce talent lui était fort utile, et à moi aussi. Nilsen, le cuisinier du Camp Morton, était norvégien – l'unique nationalité, peut-être, pouvant prétendre à une cuisine moins goûteuse que celle de l'Angleterre. Les diverses expériences diaboliques de Nilsen à base de poisson trempé dans de la soude caustique semaient la peur et le désarroi dans le cœur des résidents du camp. Il est vrai que les Suédois font quelque chose de tout aussi abominable avec de la morue séchée, mais personne de ma connaissance. Pas même Arvid le poissonnier. On demandait donc souvent à Gibblet de préparer vite fait un « Spotted Dick » ou quelque autre infâme bouillie tremblotante pour que les hommes du Camp Morton ne sombrent pas dans le désespoir. J'appris à en faire autant sous sa tutelle et même, pourrais-je ajouter, à aimer quelques-unes de ces spécialités d'un raffinement douteux.

Je m'absorbai dans mes tâches, m'efforçant d'assimiler ou d'imiter les diverses prouesses d'hygiène, d'étiquette et d'alchimie gastronomique accomplies presque machinalement par mon mentor entre quatre heures du matin, heure de l'allumage des feux de cuisine et du chauffage de l'eau de rasage, et vingt heures trente, environ, quand nous rincions et polissions les verres à cognac et sherry, astiquions les cendriers. Je mangeais et dormais dans les mêmes tentes de toile que les mineurs mais ne fréquentais personne à part Samuel Gibblet. Notre relation était tout sauf complice – je parlais peu, tandis qu'il nourrissait un discours incessant sur les sujets qui lui venaient à l'esprit, ce qu'il aurait très bien pu faire indépendamment de son public – mais cela satisfaisait le besoin de compagnie que j'avais récemment identifié en moi-même et me protégeait, tout juste, d'une introspection fatale.

Les horaires stricts m'empêchaient aussi de voir quoi que ce soit du Spitzberg. Ce n'était pas nouveau. Je n'avais pas exploré l'archipel quand j'étais à Longyear et les seize heures de bateau m'amenant au Camp Morton – proche de l'entrée du Van Mijenfjord, le premier grand fjord au sud de l'Isfjord –, je les avais passées à travers une brume. Une brume au sens propre, puisque mon seul œil, encore flou et clignant dans la lumière du soleil arctique, s'était gorgé de larmes provoquées par le froid mordant, et que les larmes avaient gelé dans mes cils, si bien que je n'y voyais vraiment pas grand-chose.

C'est ainsi, donc, que mon premier été à l'ombre du Kolfjellet fila, puis les jours se remirent à raccourcir. La seule explication que je pourrais éventuellement trouver à mon inconscience, mon manque d'acuité mentale et la baisse de mes facultés critiques, ce serait que j'avais le cerveau ébranlé. J'étais incapable de faire face à mon préjudice, pas plus qu'aux rudes réalités de ma nouvelle vie. Par ailleurs, j'étais tellement soulagé de ne pas travailler à la mine que je me serais acquitté avec plaisir de tâches bien plus détestables, si on m'en avait chargé. Je devins donc, pour un temps, le genre d'ouvrier abruti que MacIntyre méprisait tant. Je ne lui écrivis pas, durant ces mois-là, pas plus qu'à Olga, et je tressaillais en imaginant le mécontentement qui ne manquerait pas de se peindre sur le visage d'Helga si elle avait vent de ce chapitre prosaïque de mon aventure arctique.

Un jour, j'eus un choc. Gibblet et moi étions debout devant une grande table en bois au Michelsenhut, le plus grand bâtiment du Camp Morton, qui faisait office de salle de réunion/cuisine/cantine. Il hachait des oignons tandis que je pressais de la neige contre mon œil larmoyant.

« Tu ne feras jamais carrière dans l'intendance, mon gars, si t'es pas fichu de hacher un oignon.

— L'œil est touchant, tentai-je de dire dans mon anglais boiteux.

— Ouais, je crois bien que t'es touché, mon pauvre. Un vrai fardeau pour le vieux Samuel Gibblet, mais ça le gêne pas, hein ? Non, il a l'habitude. »

J'étais toujours désarçonné d'entendre Gibblet parler de lui à la troisième personne. « Hein ? fis-je, retirant la neige pour le regarder.

— Bien ce que je disais, répondit-il. Bon, j'imagine que tu vas chercher un boulot de cuistot à Longyear et, même si je frémis, ouais, je frémis à l'idée de la pagaille que tu vas flanquer, je vais être réglo et te donner une lettre de recommandation, vu que je connais certains des gars de là-bas. Sauf si tu pensais retourner au pays des Suédois ? Peut-être que t'as une bourgeoise qui t'attend à la maison, même si, putain de moine, j'ose pas imaginer les cris qu'elle poussera si elle voit ta gueule se pointer dans sa chambre en pleine nuit. »

Là-dessus il partit de son rire de gorge.

J'en restai perplexe.

« Partir ? dis-je. Pourquoi partir ?

— Comment ça, pourquoi partir, mon garçon ?

— Suis-je renvoyé ?

— Quoi ? Mais nan, t'es pas renvoyé, espèce d'andouille ! Tu sais pas que... ? Au bout de presque six mois... ? » Il parut sur le point d'exploser, mais se contenta de soupirer en me regardant avec pitié. Il s'accorda un moment pour se calmer puis reprit, très lentement, comme on parlerait à un malade mental : « Nous. Partons. Tous. Pour. L'hiver.

— Comment, *tous* ? dis-je, stupéfait. Même les mineurs ? »

Gibblet leva les yeux au ciel. Il m'expliqua ensuite, s'arrêtant parfois pour réfléchir à l'impossibilité statistique de mon aussi longue survie, que le Camp Morton ne poursuivait pas son activité durant les mois sombres. Trop cher. Trop difficile de maintenir un approvisionnement pour l'équipe, qui était assez nombreuse. Longyear pouvait se permettre de rester opérationnelle – son port avait une certaine activité. Le Camp Morton était un trou paumé. Oui, les mineurs allaient bientôt partir, de même que le patron du camp, les intendants et les autres employés. Pour la plupart, ils rentreraient chez eux afin de goûter à « un peu de dysharmonie conjugale », comme disait Gibblet, ou de dépenser leur paie. Au printemps, ils reviendraient remplir leur contrat.

Toutefois, le camp ne pouvait pas être livré aux caprices dévastateurs de la neige, du vent et des ours polaires. Il fallait entretenir les cabanes, maintenir les puits de mine ouverts et empêcher les carnivores d'y hiberner. Cette tâche était confiée aux trappeurs, catégorie d'individus dont il me restait encore à faire la connaissance. Il allait en venir quelques-uns – d'où ? Gibblet n'en avait aucune idée et il s'en fichait un peu. En échange de ces tâches ingrates dont ils s'acquittaient par un froid de gueux, dans une obscurité et un isolement complets, ils avaient droit à un toit et accès aux chasses exceptionnelles que possédait la Compagnie. Quand venait le printemps, ils vendaient les fourrures et gardaient l'intégralité des recettes. La Compagnie ne touchait rien.

14

Ayant donc moins de quinze jours devant moi avant que le camp ne se vide et que les trappeurs ne prennent leur place, je rendis visite à l'administrateur du camp, le lieutenant Matthew Hare. Je ne savais rien de lui, hormis le fait que c'était un ami de longue date de MacIntyre. Depuis mon arrivée au Camp Morton, j'avais veillé avec un soin maladif à éviter tout ce qui pouvait ressembler de près ou de loin à un traitement de faveur, ce qui avait eu pour résultat que je n'avais jamais adressé la parole à Hare – jamais eu la moindre interaction avec lui, en fait, en dehors des occasionnels « Bonjour » de sa part et « Mon lieutenant » de la mienne.

Je frappai à la porte du bureau qu'il s'était installé à Clara Ville, deuxième plus grande structure du campement avec ses quelque quatre-vingt-dix mètres carrés.

« Entrez », dit une voix.

Une épaisse fumée de pipe flottait dans la pièce. Il m'a toujours paru illogique que des hommes qui vivent dans un environnement hostile, obligés de se parquer en intérieur comme des porcs tout l'hiver, choisissent de polluer chaque centimètre cube de l'espace dont ils disposent avec des émanations nocives. J'apprécie le tabac autant qu'un autre, je pense, surtout après un gros repas, mais pas jusqu'à l'exclusion totale de l'oxygène.

« Ah, Ormson, c'est ça ? fit-il en relevant, un bref instant à peine, le nez de la paperasse qu'il était en train d'éplucher.

— Mon lieutenant, dis-je.

— Et comment trouvez-vous la vie dans notre modeste hameau, dites ? Pourrions-nous vous persuader de nous honorer à nouveau de votre présence au printemps venu ? »

Sa gentillesse me surprit et me gêna, en partie parce qu'il était impossible de savoir si sa générosité jaillissait d'une source sincère ou si elle n'était qu'une faveur de plus pour MacIntyre. J'hésitai, douloureusement conscient de mon anglais atrophié.

« Eh bien, mon lieutenant, je pensais que peut-être…

— Non, bien sûr que non. Non, tout à fait, poursuivit-il, relevant de nouveau la tête et me scrutant à travers le brouillard, comme pour la première fois. Un jeune homme comme vous – le monde à découvrir, tout ça. »

Est-ce qu'il se jouait de moi ? Il devait certainement savoir que je n'avais aucune affaire urgente nulle part – zéro perspective d'avenir –, pourtant, s'il y avait du sarcasme dans sa voix, je ne pus le détecter. Je dis, choisissant soigneusement mes mots :

« En fait, mon lieutenant, j'espérais pouvoir demeurer.

— Demeurer ? » répéta-t-il.

Le mot sortit comme une toux.

« Oui, rester ici, je veux dire. Au camp.

— Vous voulez dire revenir en avril ou mai ? Oui, bien sûr, Ormson, c'est en fait la quintessence et la totalité de ma demande. Je vais juste inscrire votre nom – il s'interrompit pour écarter quelques papiers – ici, et au printemps nous pourrons parler d'une lettre de mission officielle si vous le souhaitez. Vous avez fait du bon travail, enfin à ce qu'il semble. Samuel Gibblet vous supporte, au bas mot, à moins que ce ne soit vous qui le supportiez, que Dieu nous vienne en aide à tous. »

Il ouvrit la bouche en un sourire usé par les intempéries, et une centaine de rides dessinèrent une carte complexe sur son visage, tandis que des dents jaunes pointaient dans sa barbe.

« Merci, mon lieutenant », dis-je, me rendant compte que je n'avais pas souri depuis l'accident.

Je n'étais pas du tout sûr que le tissu cicatriciel qui entourait ma mâchoire me le permette, mais je craignais de le froisser.

« Ce que je voulais dire c'est que je souhaite demeurer pour l'hiver.

— L'hiver ? »

Son expression se troubla. Il parut réévaluer mes capacités mentales.

« Non. C'est-à-dire impossible. »

MacIntyre n'avait-il pas expliqué la situation ? s'enquit-il. Ou Gibblet ?

« Ormson, reprit-il avec une pointe d'exaspération, nous tous, bons chrétiens travailleurs que nous sommes, nous peinons à la tâche jusqu'à la mi-octobre puis nous abandonnons notre poste pour le long hiver sombre, laissant ce lieu aux sauvages et frustes païens du Nord. Les trappeurs, si vous me suivez. C'est regrettable que MacIntyre ne vous ait pas préparé…

— Monsieur Hare, mon lieutenant, s'il vous plaît, permettez-moi de vous interrompre. Il est vrai que je suis resté assez longtemps dans une ignorance crasse de l'organisation du travail au camp, ce dont j'ai profondément honte. Mais à présent qu'on m'a éclairé sur ce sujet, mon vœu le plus cher est d'être autorisé à rester ici, au Camp Morton, avec les cannibales ou les païens, comme vous dites. Je n'ai aucune compétence dans le piégeage, hélas, mais les trappeurs n'ont-ils pas besoin eux aussi de manger, de se laver et de faire raccommoder leurs vêtements ? Ne vont-ils pas mettre cet endroit – et eux-mêmes – dans un très piteux état, si on les laisse hirsutes et mal rasés ? »

Pour dire le vrai, je crois qu'un bon nombre des mots que je prononçais étaient en suédois, mais ils coulaient avec aisance, à présent, et le vent frais de la compréhension pénétrait enfin dans l'atmosphère trouble de la pièce.

Hare me regarda longuement, sans un mot. Puis sa bouche se fendit à nouveau.

« Vous souhaitez les coiffer ? »

Une sorte de grondement, comparable au râle d'une personne souffrant de bronchite aiguë, monta des profondeurs de sa poitrine. Il dura plus longtemps, trouvai-je, que nécessaire. Puis finit par s'éteindre dans un sifflement.

Je restai assis, l'œil rivé sur mes genoux.

« Je vous prie de m'excuser, Ormson, dit-il en se ressaisissant. C'est juste qu'une image des plus ridicules m'est venue en tête. »

Je ne répondis pas.

« Écoutez, il n'y a que trois trappeurs ici l'hiver. Quelquefois deux. Je serais incapable de vous dire s'il leur arrive jamais de se laver, mais je sais qu'ils sont parfaitement contents de faire brûler au-dessus d'un feu la viande qu'ils ont bien pu attraper. Ils n'ont jamais demandé d'intendant et vous n'avez aucune chance d'être payé, que ce soit par eux ou par la Compagnie, si vous travaillez comme tel. Comprenez-vous ?

— Je comprends, mon lieutenant. Mais ce que je désire vraiment, c'est qu'on m'enseigne l'art du trappage des animaux à fourrure, et je suis disposé, pour cela, à travailler comme… intendant non payé ? Je ne connais pas le mot.

— *Apprenti* ? » Le scepticisme de Hare était cinglant. Mais ses yeux s'adoucirent au bout d'un moment, et sa posture sembla se détendre. « Je vais être parfaitement clair. Je doute – je doute sincèrement – que ça intéresse les trappeurs de prendre le temps de vous enseigner leur… comment dites-vous ? Leur *art*. Le trappage n'est pas une activité de loisir, et un hiver au Spitzberg, c'est pas des vacances à Bath. Ces hommes sont frustes, comme je pense vous l'avoir fait comprendre, et s'ils acceptent votre présence, ils sauteront immédiatement sur l'occasion pour vous mettre au travail. Pour vous faire trimer comme un âne, je parierais. En réalité, vous seriez leur domestique. Vous feriez la cuisine, le ménage, et vous n'auriez aucun moyen de partir. Aucun moyen de traverser la glace pour vous réfugier à Longyear ou ailleurs. De tout l'hiver. »

Il me fixa longuement d'un regard dur.

De mon œil gauche, je lui rendis son regard.

« Si c'est ce que vous désirez vraiment, je vais me renseigner. »

15

Je fis la connaissance de Tapio, le trappeur socialiste finlandais, au début du mois de novembre 1917. Il arriva par bateau quelques jours seulement avant que les Britanniques n'évacuent le Camp Morton. Hare et lui-même avaient dû se saluer et échanger quelques paroles, du moins je présume, mais je n'assistai pas à leur rencontre. Il ne m'adressa pas la parole, ni à moi ni à personne d'autre. Il se contenta de décharger ses maigres effets personnels et ses nombreux et cruels mécanismes à mordre, capturer, saisir et retenir, puis disparut de la circulation.

J'accostai Hare au moment où il s'apprêtait à monter à bord du bateau pour Longyear.

« Ah oui, Ormson, dit-il. Je vous souhaite bonne chance. Peut-être nous reverrons-vous au printemps.

— Le trappeur a accepté de m'embaucher ?

— À ma connaissance, oui. »

Je remerciai Hare et lui demandai si tous deux avaient précisé les conditions de mon emploi.

Il me regarda d'un œil sceptique, eut un rire sec, puis descendit la passerelle.

Je trouvai Tapio à Michelsenhut, occupé à redisposer le contenu de la resserre et du garde-manger de la cuisine. Lorsque je l'avais vu pour la première fois, avec son énorme toque à longs poils, sa veste et son pantalon de peau et de fourrure, ses gants de cuir tachés, il correspondait à l'image du trappeur assoiffé de sang que je cultivais. Là, je me trouvai face à un homme entièrement différent : rasé de près, des cheveux noirs coupés ras, habillé d'un chandail en laine et d'une salopette manifestement bien entretenus. Son visage était sévère, mais dénué d'hostilité.

« Tu dois être le Suédois, dit-il, me surprenant par la quasi-perfection de son suédois. Mon Dieu, mon gars, qu'est-ce qu'ils t'ont fait ? »

Je n'étais pas habitué à ce qu'on commente l'état pitoyable de mon visage de façon aussi directe. Les gens le font rarement. C'est un sujet qu'il est plus facile d'éviter.

« Pour dire le vrai, c'est le fait de Dieu lui-même, répondis-je, et non d'une de ses créatures bipèdes. Une avalanche.

— Oui, je sais, dit-il sans se démonter. C'était une question rhétorique. Hare m'a prévenu que ton aspect pouvait me faire un choc et m'a conseillé de m'y préparer. Eh bien permets-moi de te dire que j'ai vu pire. La question que j'aurais dû poser, peut-être, c'est : qu'est-ce que *l'industrie* t'a fait, à toi comme à tant d'autres prolétaires sans voix ? Je suppose que tu n'as pas eu d'indemnité ?

— Si, dans une certaine mesure. Ils m'ont libéré de mon contrat et autorisé à venir ici pour travailler comme intendant. J'espérais maintenant pouvoir entrer en apprentissage auprès de l'un de vous, éminents gentlemen. »

Mes paroles me parurent absurdes alors même que je les prononçais ; manifestement elles firent le même effet à Tapio. Il se rembrunit et fronça les sourcils.

« Libéré de ton contrat ? marmonna-t-il. Autorisé à travailler ? »

Il contracta les poings et les rouvrit, trois fois de suite. J'eus peur de l'avoir irrémédiablement offensé.

« Je suis désolé, monsieur. Je voulais seulement suggérer que...

— Monsieur ? Non, non ! »

Son expression s'adoucit d'un coup, comme une vague qui s'arrondit en atteignant sa crête. Il sortit une bouteille sans étiquette et la posa sur la table, ajouta deux petits verres. Il les remplit à ras bord, puis leva le sien et, d'un coup de menton, me signifia d'en faire autant.

« Recommençons depuis le début. Tu veux apprendre le trappage ? C'est un objectif honorable tant que tu ne deviens pas insensible à la mort. Chaque vie est une vie – tu comprends ? Le trappage en soi est facile à enseigner, facile à apprendre. Ce qui est difficile, c'est de préserver son humanité. Mais je te montrerai, à condition de ne plus entendre parler d'apprentissage, mot abject. À parts égales entre nous, désormais et pour toujours. Et maintenant, *kippis !* »

Je sais ce qu'on dit sur les Finlandais. Sévères, dépourvus d'humour, alcooliques. Tapio pouvait être tout cela, mais aussi complètement autre chose : fervent, sardonique, un homme aux principes enracinés, mais conscient de ses folies. Il était changeant.

Bien qu'il eût seulement sept ans de plus que moi – il venait tout juste d'atteindre la quarantaine –, Tapio fit mon éducation sur le monde et la politique. Je n'avais que vaguement conscience de la Grande Guerre, comme on l'appelait, qui faisait rage en Europe. Elle n'avait pas beaucoup marqué les esprits au Spitzberg, autant que je puisse en juger. MacIntyre y avait fait allusion une fois, mais d'une façon qui témoignait d'un désir de changer de sujet. Les Britanniques du Camp Morton devaient s'en préoccuper – peut-être avaient-ils des frères en France dans les tranchées, pris dans les barbelés, suffoquant sous les gaz –, mais les Britanniques ne me parlaient pas et Samuel Gibblet n'était pas porté sur les explications.

Les premières journées que nous passâmes ensemble, en attendant l'arrivée des deux autres trappeurs, Tapio entreprit de réduire mon ignorance. Il me mit au travail, me chargeant de nettoyer et préparer l'ensemble des pièges et de l'équipement sous son regard vigilant – chaque pièce avait son programme d'entretien, son huile de graissage approuvée, ses angles de biseau, etc. –, tandis que lui dissertait sur divers évènements mondiaux. Il fut véritablement horrifié d'apprendre que je n'avais pas entendu parler de la révolution de Février, et encore moins de celle d'Octobre. Apparemment la Finlande faisait partie de la Russie – je tentai, sans grand succès, de dissimuler le fait que je ne l'apprenais que maintenant (en Suède, tout le monde disait la Finlande, pas « le Grand-Duché » ou je ne sais quelle autre absurdité). Cependant, maintenant que l'Empire russe avait été renversé, le schisme au sein du Parlement finlandais se creusait : certains, les socialistes en particulier, s'empressaient de déclarer l'indépendance par rapport à la Mère Russie, tandis que les non-socialistes trouvaient que le nouveau Gouvernement provisoire russe ne ferait peut-être pas un si mauvais ami que ça.

Il y a socialistes et socialistes, disait souvent Tapio. Il passait beaucoup de temps à m'expliciter les mille et une façons dont un socialiste pouvait différer d'un autre, comme lui-même différait d'un bolchevique. Au bout d'un moment, je commençai à saisir les nuances. Jamais suffisamment, du point de vue de Tapio, mais tout de même. Il semblait apprécier mes efforts et, parfois, s'amuser de mes méprises.

Tapio était constamment à l'affût de nouvelles de Finlande. Je n'arrivais pas à comprendre pourquoi quelqu'un qui s'investissait aussi fortement dans les intrigues et bouleversements en cours dans son pays s'exilait aussi loin au moment même où tout semblait susceptible de basculer. Je ne suis pas sûr qu'il le sût lui-même. Je lui demandai à de nombreuses reprises pourquoi il ne rentrait pas. Et sa réponse était rarement deux fois la même.

« Parce que je suis trappeur, pas homme politique, dit-il la première fois. Je ne sais pas faire campagne. Je ne sais pas aller à un meeting. J'ai besoin d'entendre le vent hurler, le glacier vêler, la neige dure s'éparpiller. »

Tapio aborda ma formation de trappeur de la même manière très scolaire : je n'aurais pas le droit de l'accompagner dans les sauvages étendues blanches tant que je n'aurais pas appris, sur le papier, les rudiments de l'art de poser, d'amorcer et de relever les pièges, ainsi et surtout que de pister. Il était persuadé que je me ferais tuer ou au minimum atrocement mutiler par un ours polaire. Dans cette dernière éventualité, fit-il remarquer, je ne risquais pas d'en sortir plus amoché que je ne l'étais déjà, mais sa crainte était que, dans ma profonde stupidité, j'attire le même sort sur lui.

« Peut-être es-tu un peu… alarmiste ? »

Il ne répondit pas. Son regard aurait flétri même le tenace liseron. Je fis une nouvelle tentative.

« Les grandes bêtes sauvages doivent être rares et isolées, non ?

— Ormson, pauvre imbécile. Elles sont partout. Elles sont bien plus nombreuses que nous.

Le fait que tu n'aies pas encore vu d'ours blanc me dit que tu avais les yeux troubles avant même qu'on t'en vole un. »

Il m'affranchit aussi de l'idée que le trappage était une vocation dans laquelle un être pouvait se perdre, permettant ainsi à un réseau de tissu cicatriciel de recouvrir les malheurs de sa vie.

« Tu donnes dans le romantisme, me dit-il la première fois que je tentai d'exprimer ce désir.

— Je ne crois pas que je donne dans le romantisme », répondis-je.

Il partit alors dans une diatribe sur l'image entièrement fausse et fantasque que la bourgeoisie peignait du prolétariat. Selon lui, cela faisait partie des gaz toxiques émanant des entrailles rances du communisme : l'idée promue par l'État que le travail libère. « Soyons clairs, dit-il plus d'une fois. Le travail ne libère pas. S'il y a quelqu'un qui devrait le savoir, c'est toi, qui as grandi à l'usine. As-tu vu beaucoup d'hommes libres dans les filatures de Stockholm ? »

Ces tirades et inquisitions en mode mineur me dénouaient la langue. Je me surprenais à parler plus librement de nouveau, comme autrefois avec MacIntyre. Tapio ne supportait pas les silences butés.

« Je ne parle pas de n'importe quel travail, protestai-je. Je parle d'un travail qu'on fait sous l'aurore boréale ou le soleil de minuit. Suivre la piste de créatures sauvages et persévérer jusqu'au bout de ses limites, contre le vent arctique vivifiant. Cela n'apaise-t-il pas l'esprit ?

— Vivifiant, pour sûr, bougonna Tapio qui parut tout de même réfléchir à la question. Ce que tu décris est réalisable, oui, mais pas ici. »

Il eut un grand geste du bras, l'air railleur.

« Pas dans un *camp*. Pas ici en pleine civilisation. Trop de monde. »

Je regardai alentour. Nous étions seuls.

« Oui, oui, dit-il, voyant mon expression, mais c'est quand même, par essence, un lieu plein de monde. Sali par des objets humains. Des taches humaines. Pour calmer véritablement l'esprit, il faut de l'isolement et du silence. Du temps et du vide. Crois-tu que si tu étais marin à bord d'un de ces bricks anglais que tu affectionnes, dans la puanteur et le bruit de tes camarades matelots, tu ferais un avec la montagne ou avec les glaces flottantes ? Oh que non, dit-il sans me laisser le temps de répondre.

— Peut-être, s'ils mouraient tous sauf moi ? suggérai-je. Si j'étais le seul survivant ? »

Tapio leva les yeux au ciel.

« Imbécile romantique. Peut-être. Si tu quittais le bateau et tous ses fantômes avec lui. Quand tu te seras retrouvé à planter le camp seul dans un fjord rien qu'à toi – pas moins qu'un fjord entier, note bien – et que tu auras tellement écouté le vent que les grondements intermittents du glacier commenceront à te sembler aussi fréquents que les battements d'un métronome… À ce moment-là peut-être. »

Il semblait très loin.

« C'est une chose que tu as vécue, Tapio.

— Oui, Ormson, c'est vrai. Mais ce n'est pas aussi pleinement libérateur que tu l'imagines. Ça pourrait l'être si tu n'étais pas obligé de rentrer un jour. Une fois que tu as commencé à penser comme un morse, c'est difficile de te remettre à penser en humain. »

16

Les deux autres trappeurs arrivèrent au Camp Morton une semaine après Tapio. Ce dernier les salua avec une familiarité bourrue. Apparemment les trappeurs du Spitzberg se connaissaient tous, dans une certaine mesure. Le premier arrivé fut un Norvégien du nom de Sigurd. Le second était un autre Finlandais : Kalle Kaalinpää. Tous deux ressemblaient bien plus au stéréotype du trappeur que Tapio : longue barbe, vêtements souillés de sang, démarche chaloupée. Mais ils étaient aussi différents l'un de l'autre que Tapio différait d'eux.

Sigurd était sombre et revêche. Il puait l'alcool, qu'il ait bu ou non. C'était difficile de faire la part. Il avait les yeux constamment plissés et chassieux. Il mangeait seul aussi souvent que possible, sans rien partager, et semblait rester sur son quant-à-soi avec la même vigilance jalouse, comme s'il ne pouvait tolérer plus grande interférence dans ses activités quotidiennes que celle qu'apporterait un insecte ou une brise légère. Je ne l'intéressais pas du tout.

Kalle était sociable. Il parlait très bien le suédois, comme Tapio, et son rire grave et bruyant s'entendait presque à cinq cents mètres à la ronde. Il avait le sourire facile et adorait les blagues cochonnes. Kalle fut ravi de découvrir qu'il y avait maintenant quelqu'un au camp qu'il pouvait mener à la baguette. Le soir de notre première rencontre, il me donna une claque dans le dos, me serra l'épaule de sa grosse paluche et me dit que j'étais tout à fait le bienvenu. Sans tarder, il s'employa à me soûler puis me bombarda de questions sur mon visage. « J'ai vu des blessures de guerre, mais rarement d'aussi moches que la tienne. On dirait que tu t'es fait mâcher et re-chier par un ours. »

Au fil des ans, les gens ont rarement deviné mon âge avec précision. J'en suis venu à penser que les cicatrices qui défiguraient mon visage brouillaient certains signes évidents. Kalle, par exemple, avait la conviction inébranlable que j'étais beaucoup plus jeune, assez pour être encore puceau. Il proposait souvent, quand la saison serait finie, que nous fassions une virée tous ensemble à Longyear pour m'introduire à la compagnie des deux ou trois putains surchargées de travail de la ville, dont je n'avais même pas entendu parler. « Je ne sais pas quelle tête j'ai le plus envie de voir, la tienne quand tu seras enfin déniaisé, ou la sienne quand elle aura dû te regarder la baiser ! T'auras intérêt à la retourner, mon garçon, pour son bien ! » Là-dessus il riait tout son soûl.

Nouveau venu dans cet Arctique impitoyable, j'étais conscient que mes chances de survie seraient improbables si je ne me faisais pas bien voir de tous. Je m'efforçais donc de couvrir mon malaise d'une toile rigide, vaguement sympathique, bien qu'il ne soit pas facile de savoir si on a réussi à adopter une expression d'impassibilité polie avec un visage qui ne fonctionne pas vraiment.

Tapio, en revanche, était transparent. Soumis à ce genre de propos, il s'irritait, se renfrognait et, en général, quittait la pièce. Mais Kalle était le genre d'hommes – j'en ai rencontré plusieurs du même acabit – à qui il importait peu que leur public soit diverti. Sans se préoccuper de l'accueil qui lui serait fait, il suivait donc tout simplement sa muse lubrique.

17

Nous nous mîmes en route au clair de lune. C'était la fin du mois de novembre et ce jour-là le soleil ne s'était pas montré une seule fois. Je crapahutais derrière Tapio, m'efforçant de réguler ma respiration laborieuse pour faire le moins de bruit possible et ne pas me couvrir de honte. Tout ce que je savais de notre objectif, c'était que nous allions relever des pièges, mais j'avais une idée générale de là où nous nous trouvions car Tapio avait exigé que j'étudie les cartes jusqu'à pouvoir nommer tous les principaux fjords et montagnes dans un rayon de cinquante kilomètres.

« Que feras-tu si je meurs pendant que nous sommes sur la ligne de piégeage ? m'avait-il demandé.

— Je te pleurerai, je suppose. Je lirai un poème sur ta tombe.

— Très amusant. Tu rentreras au camp ou tu me rejoindras dans la mort, et il n'y aura personne pour lire de la poésie pour aucun de nous deux. »

Régulièrement, il s'arrêtait pour regarder le sol, courbé comme un ancien. Il cherchait des traces, je le savais, mais je ne voyais rien. Enfin, au bout de deux heures ou presque, Tapio me fit signe de le rattraper. Il montra du doigt des empreintes grandes comme des assiettes plates. La sueur hérissa, me sembla-t-il, jusqu'au dernier centimètre de ma peau, même les parties exposées à l'air nocturne et immobile. Je savais ce que je regardais mais je ne souhaitais pas dire le mot à voix haute. Mon cœur se mit à battre dans ma gorge.

Tapio paraissait plongé dans la réflexion et terriblement sérieux, mais ne tendit pas le bras vers son fusil.

« Il est près ? demandai-je dans un murmure étranglé.

— Non. Parti depuis longtemps, répondit-il en désignant d'un geste le jeu d'empreintes qui se trouvait juste devant nous. Tu vois comment le vent les a recouvertes de neige ? Les griffes manquent de définition. Parti depuis deux heures. Trois au maximum. »

Deux heures, ça ne me semblait pas très long. Je lançai la tête de droite et de gauche, croyant que j'allais pouvoir distinguer la silhouette massive d'un ours blanc s'éloignant – ou s'approchant – à lourdes enjambées. Je l'imaginai se matérialisant entre deux montagnes, blanc sur blanc, ligne de crête ambulante, ou bien émergeant de la mer, lustré et dégoulinant d'un grand frisson, tel un rêve rendu manifeste.

« Pourquoi refuses-tu de me confier une arme à feu ? »

C'était une cause que j'avais déjà plaidée.

« Tu n'es pas prêt, répliqua Tapio, imperturbable.

— Mais tu veux que je survive même après ton sinistre décès !

— Après mon sinistre décès, tu pourras prendre ce fusil et en faire ce que tu voudras. D'ici là, tu n'es pas prêt. Il faut énormément de pratique pour apprendre à se servir d'un piège. Il en faut bien plus pour savoir user d'un fusil à bon escient. »

Il se tut un instant, le regard posé sur moi.

« Il y a aussi que tu recherches le danger. Tu en rêves. Même si tu ne reconnais pas cette impulsion en toi, elle est là et cherche à t'attirer dans des lieux où tu ne devrais pas aller. »

Je voulus protester mais il leva la main.

« Ce n'est pas une critique. J'ai ressenti la même chose à certaines périodes de ma vie. Des périodes d'ignorance et de naïveté, mais d'autres également. Nous sommes nombreux à ressentir ça. À ton avis, qu'est-ce qui t'a amené au Spitzberg, au départ ? »

Je ne répondis pas. J'étais piqué par la façon dont il m'évaluait et me renfermai sur moi-même, pour y chercher avec morosité une preuve de cette mystérieuse force autodestructrice.

« C'est pas grave, Sven. Mais tu dois comprendre qu'une arme à feu entre les mains de quelqu'un qui recherche le danger, c'est un outil au service de ce même objectif funeste. Elle te conduira vite au bord du précipice et t'y poussera sans t'avoir laissé le temps de voir où tu es. Allons-y, maintenant. »

Après m'être traîné encore une heure environ, avec des chaussures de neige qui ne m'allaient pas, un havresac dont les sangles commençaient à m'entailler les épaules au point que cela accaparait toutes mes pensées, et la faim qui réduisait mon estomac en petite pierre difforme et ratatinée, je butai contre la main de Tapio. Il l'avait levée pour m'empêcher de le renverser. Visiblement, ma pitoyable rêverie n'était que trop manifeste.

« Pardon, dis-je. Quel piètre apprenti je... »

Tapio porta un doigt aux lèvres avant de le pointer sur sa gauche.

« Qu'est-ce qu'il y a ? chuchotai-je d'une voix rauque. Je ne vois rien.

— Sur la plage.

— La plage ?

— Oui, imbécile ! dit Tapio avec un de ces glapissements rentrés dont il avait le secret. Tu ne vois pas la plage, l'eau, l'océan Arctique, pour l'amour du ciel ? »

Je fouillai du regard la lueur violacée et finis par distinguer, à moyenne distance, une série de crêtes raides et déchiquetées qui se dressaient telle l'échine écailleuse d'une gargantuesque créature marine. J'avais déjà vu ce type de topographie, mais le clair de lune en accentuait la force et l'étrangeté. Tandis que mon œil se concentrait enfin sur autre chose que sur mes pieds, battant de la paupière pour tenter de chasser le larmoiement sans fin qui le voilait, je songeai que ces montagnes émergeaient d'une plaine anormalement plate. C'était l'océan, bien sûr : une vaste baie à l'eau calme comme du thé, et les montagnes se trouvaient de l'autre côté. Au premier plan, à une grosse centaine de mètres, s'étendait une plage de galets.

Si Tapio n'avait pas levé la main, j'aurais pu entrer tout droit dans l'océan et n'en jamais revenir.

« Est-ce que tu les vois maintenant, les petits monstres ? »

Il y avait trois formes blanches sur la plage, qui se mouvaient de façon désordonnée. Qui dansaient presque.

« Des ours ? » dis-je.

Tapio poussa un grognement.

« C'est ça. Des ours miniatures avec de longues queues touffues. Tu as découvert une nouvelle espèce. *Ursus blindswedus*, on les appellera. »

Je regardai à nouveau. Des renards, bien sûr. Des renards polaires. Ils s'échelonnaient avec zèle, à intervalles parfaitement réguliers, arrondissaient tous le dos très haut comme pour éloigner les vertèbres au maximum de la terre ou se dresser sur la pointe des pattes, par poussées rapides et décidées. Ils rasaient le sol comme des crabes.

J'eus l'impression d'assister à un étrange rituel. Était-ce là le meilleur moyen de récupérer des oiseaux de mer et poissons morts ?

Tapio avança, traçant un chemin parallèle à l'eau sans s'en rapprocher davantage. Les renards nous ignorèrent.

« Tu ne vas pas en tirer un ? demandai-je à son dos, en espérant qu'il me répondrait non.

— Un jour ils se retrouveront peut-être dans mon piège, dit-il. Je ne vais pas déranger leur conférence au clair de lune. »

Nous relevâmes de nombreux pièges ce soir-là – plus exactement Tapio les relevait et moi je restais planté là, mal assuré, en m'efforçant d'assimiler les détails, mais surtout en dormant debout. En vérité, je n'ai pas beaucoup de souvenirs de mon apprentissage du trappage, dans la période où je ne l'exerçais pas encore moi-même. Je n'ai jamais été doué pour apprendre en présence d'autres personnes. Les erreurs catastrophiques, en revanche, laissent une impression durable.

Après avoir longé la côte encore une heure environ, nous nous arrêtâmes et je demandai à Tapio si nous avions atteint la fin de la ligne de piégeage. Il me dit qu'elle s'était terminée presque un kilomètre plus tôt.

« Alors pourquoi diable avons-nous continué ? »

Je regrettai ma question dès l'instant où elle franchit mes lèvres et me la repassai dans ma tête pour analyser son degré de mauvaise humeur.

Mais Tapio n'eut pas l'air de s'en apercevoir, ou de s'en soucier. C'était un bon endroit pour manger, expliqua-t-il, et il voulait me montrer une chose que je n'avais encore jamais vue. Il me fit descendre sur la plage. Nous étions dans un fjord secondaire au sein de l'immense Van Mijenfjord. Les distances étaient impossibles à évaluer au Spitzberg, même par conditions idéales et avec des yeux idéaux, je ne peux donc pas juger de celle qui nous séparait de la rive d'en face – peut-être quelques centaines de mètres, peut-être un kilomètre ou deux. La lune se reflétait sur l'eau avec une parfaite clarté, de sorte que sa lumière mystérieuse, perçante, semblait provenir de deux lieux différents et tracer deux lignes d'ombre. De l'autre côté de la baie – massif, implacable – se dressait un glacier.

En général, les gens qui découvrent les glaciers – ou leurs rejetons impétueux, les icebergs – sont d'abord frappés par ce bleu fantastique. Il y a d'innombrables nuances, bien sûr, mais tous ont des tons de bleu qu'on ne s'attendrait jamais à rencontrer dans le monde naturel. Pour moi ce premier aperçu s'offrait de nuit et le ciel lui-même avait pris une étrange teinte bleu roi, transpercée par deux sphères célestes incandescentes, l'une dans le ciel et l'autre dans l'eau.

Le glacier forçait l'attention. C'était bien autre chose que le géant assoupi auquel je me serais attendu. Sous mes yeux, alors que j'observais les fissures verticales qui parcouraient son front comme celles d'une part de fromage à pâte dure, un bloc énorme se détacha et sombra dans l'eau. C'était comme si un immense merlin s'était abattu, débitant une tranche de frêne grande comme une cathédrale. Un instant plus tard, la détonation parvint à mes oreilles – un bruit semblable à un coup de fusil ou un grondement de tonnerre proche, et pourtant différent. Un bruit que je sentais dans ma poitrine.

« Il vêle ! » dit Tapio.

Il posa la main sur mon épaule et m'adressa un regard si chaleureux que je le reconnus à peine. Aussitôt, il jeta son équipement par terre et se mit à déballer notre dîner.

Moi, j'étais pétrifié. La baie, je m'en apercevais à présent, était criblée d'éclats de glace et de vestiges d'iceberg éparpillés comme des corps flottants. Lentement, de façon presque imperceptible, la houle soulevée par le vêlage du glacier arriva à leur hauteur, et ils se mirent alors à danser sur l'eau.

Quant au front en pente du glacier, il ressemblait moins au pan de glace lisse que j'avais imaginé se déployant vers la mer qu'à une série de marches blanches qui s'élevaient doucement, comme un champ en terrasses. De chaque côté, la glace s'accumulait en crassiers étroits. Les crevasses devaient être effroyables et je frissonnai à la pensée de plonger le regard dans le vide de l'une d'elles. Un souffle froid, expiré depuis un lieu profond où le monde ne savait que geler, écraser et broyer, et où le temps se mesurait en millénaires.

Alors la vague – qui tenait plus d'une ondulation, à présent – toucha notre plage où gisaient les naufragés de verre déchiqueté du glacier, pour certains de la taille d'un cheval de trait. L'eau les fit tinter comme un lustre sous une brise légère.

« Est-ce qu'on peut se rapprocher ? » demandai-je, en me souvenant de respirer.

Tapio leva les yeux. Il mâchait un morceau de viande séchée consciencieusement, comme une vache, tout à sa contemplation.

« Non, dit-il. Si le glacier est plus gros que ton poing, c'est que tu es trop près. »

18

Mes tâches en tant qu'intendant du camp avaient beau être minimes, elles étaient nécessaires pour faire accepter à Kalle et Sigurd la présence d'un quatrième homme sur leurs chasses d'hiver. Heureusement, ils avaient très peu de besoins et ni l'un ni l'autre ne souhaitait qu'on se mêlât de leurs habitudes de toilette. Je faisais le ménage et la cuisine, préparant une série répétitive de repas – certains britanniques, certains scandinaves, et d'autres encore essentiellement préhistoriques – et il était rare qu'ils me valent de plaintes graves. Nous dînions ensemble à Michelsenhut, où je logeais également avec Tapio, mais Kalle s'était arrogé Clara Ville pour lui tout seul tandis que Sigurd bivouaquait dans une cabane peu recommandable à la lisière du camp. J'avais ordre de ne pas pénétrer dans leurs domaines privés à moins que mes services de ménage n'aient été sollicités. C'est ainsi que s'étira le long hiver et, à mesure que je devenais légèrement moins incompétent, mes responsabilités de trappage s'accrurent. Pour finir, Tapio me donna des indications pour poser ma propre ligne de pièges, et je les relevais avec une ferveur absurde, quasi religieuse, mais le succès était rarement au rendez-vous. J'attrapai deux renards cette saison-là. Je me souviens des deux.

Le peu de variété des animaux que nous ciblions était étonnant. Nous piégions le renard et, même si, pour des raisons évidentes, je ne fus autorisé à le faire que l'année suivante, il pouvait aussi arriver que nous piégions l'ours. C'était tout. Les autres fourrures – phoque, morse, renne – portaient toutes la marque d'une balle de fusil. Quant à la chasse à la baleine, les trappeurs que je connaissais ne s'y risquaient jamais. Ils n'avaient ni l'équipement, ni la compétence, ni l'aisance en mer.

Sentant que j'avais enfin quelque chose à mon actif – quelque chose de dérisoire, certes, mais quelque chose quand même –, j'écrivis à MacIntyre et à Olga. Dans mon courrier au premier, j'ajoutai quelques timides tentatives de prose lyrique décrivant la première fois où j'avais vu un glacier, ainsi que quelques absurdités sur le sublime, dont j'avais barré de nombreux mots dans un accès d'auto-récrimination. Il n'y avait aucun moyen de poster la lettre, cependant, vu que le fjord était gelé et que personne n'y venait ni n'en partait, je ne pouvais donc qu'imaginer sa réponse : polie, m'encourageant, même, mais me faisant savoir qu'il réfléchirait longuement aux œuvres de littérature susceptibles de me guider dans une direction plus bénéfique. À Olga je fis un récit plus détaillé sur mes faits et gestes, ma santé et mes compagnons. J'y joignis un mot pour la seule Helga – glissé dans sa minuscule enveloppe pliée en quatre, avec une inscription de ma main mettant en garde quiconque de l'ouvrir à sa place, sous peine de mort – où je décrivais avec d'atroces détails certains des comportements animaux et des carcasses les plus bizarres qu'il m'avait été donné de voir jusqu'alors.

En janvier, Tapio souffrit de maux de ventre. Il prétendit que ce n'était qu'une petite indigestion, mais je crois qu'il passa tout près de la mort. Le deuxième jour de son embarras, nous cessâmes de consommer la morue en boîte qu'il avait mangée dernièrement et vidâmes les boîtes restantes dans la neige.

« Il tient pas l'alcool, c'est tout », dit Kalle.

Je protestai que Tapio n'avait pas bu.

Sigurd, selon son mode de communication principal, émit un grognement méprisant.

« Un parasite.

— Peut-être, fis-je. Mais ce qui m'inquiète le plus, pour le moment, c'est le botulisme. Et si les boîtes n'avaient pas été scellées correctement ?

— C'est quoi ces âneries ? dit Kalle.

— Mauvaises conserves, expliqua Sigurd. Paralysie. Tu chies, tu chies et t'en crèves. »

Le caractère taciturne et grincheux de Sigurd masquait parfois des connaissances d'une étendue insoupçonnée. Parce qu'il tenait tout le monde et toute chose en piètre estime, il cultivait une sorte de nihilisme cupide qui l'amenait à rechercher et amasser des informations validant sa triste vision du monde, qu'il conservait pour un usage futur.

« Je vous entends, nous parvint la voix étouffée de Tapio depuis les cabinets. Je vous entends à dix mètres malgré le vent et mon ventre qui gargouille.

— Pas de paralysie, confirma Sigurd. Un parasite. Ou un ulcère hémorragique. »

Comme je me trouvai libre du strict contrôle de Tapio, Kalle décida de reprendre mon instruction. Il exigea que je l'accompagne sur ses lignes de piégeage.

« Sauf si Monsieur Je-chie-dans-mon-froc trouve à y redire ! » lança-t-il en direction de la cabane des toilettes où Tapio était quasiment cloîtré depuis maintenant quatre jours.

Il n'y eut pas de réponse.

Au début, dehors face aux éléments avec Tapio, j'éprouvais un sentiment de libération. Kalle ne m'adressait jamais ni réprimande ni regard noir. Il me laissait tenir le fusil et m'autorisa même à tirer sur un phoque et un oiseau, que je ratai tous les deux. J'avais l'impression d'être avec un oncle permissif. Pendant que nous crapahutions, Kalle racontait des histoires grivoises et riait de son rire gras, et je me surprenais à rire, malgré leur teneur. Maintenant que les interdits tacites de Tapio étaient levés, je me rendais compte que j'avais eu très envie de passer du temps avec Kalle, ou peut-être juste de me détendre d'une manière ou d'une autre.

Nous arrivâmes alors au premier piège de Kalle qui ait mordu. Un jeune renard y gisait, en loques. Ses yeux et son cul avaient été dévorés par des oiseaux de mer. Sa gueule et ses pattes étaient ensanglantées pour avoir vainement gratté le piège. Il avait la fourrure abîmée, le ventre gonflé, les pattes raidies en un étrange repos.

M'efforçant de chasser le dégoût de ma voix, je lui demandai depuis combien de temps il n'avait pas relevé sa ligne.

« Oh, une semaine ou deux, répondit-il avec insouciance. J'ai tellement de lignes, mon garçon, que je peux pas les relever tous les jours comme ton ami le moine. »

Avec Tapio, nous n'étions jamais tombés sur un animal déjà mort. En général, Tapio les abattait de loin.

« Pour éviter qu'ils paniquent, m'avait-il expliqué. Personne ne devrait voir venir sa mort. » Si l'une des ses proies semblait prisonnière du piège depuis plus de dix heures, il se gourmandait amèrement, puis révisait son parcours et son emploi du temps avec soin.

Kalle ne se gourmanda pas. Il dégagea le cadavre inutilisable et l'envoya promener d'un coup de pied. Puis il déplaça le piège un peu plus loin avant de le dresser à nouveau.

« Avançons, dit-il, je commence à avoir faim. »

Ce jour-là nous trouvâmes deux renards en vie, trois autres morts – dont un seul avait la fourrure encore à peu près passable – et un renne coincé dans un piège à ours. La tête du renne avait été arrachée par un ours. Tout autour, la neige avait été grattée et remuée, signe que l'ours avait tenté de dégager le renne de ses liens pour le stocker ailleurs. La tête s'était détachée dans l'effort, apparemment, ou alors l'ours l'avait écartelé par frustration. La charogne était en partie mangée mais on avait l'impression que l'ours n'avait pas souhaité s'attarder. Il était probable que Kalle ne prenait pas, comme Tapio, le temps de protéger ses pièges du fumet humain.

Je fus pris de peur et de révulsion à ce spectacle. Je crus que j'allais vomir et demandai à Kalle si l'ours risquait de revenir.

« P't-être ben que oui, p't-être ben que non, répondit-il en gloussant. S'il revient, on sera prêts ! »

Nous ne vîmes plus aucun signe de l'ours – ses empreintes se perdaient au loin – et nous rentrâmes au Camp Morton après avoir passé huit ou neuf heures sur la ligne.

Le lendemain, Tapio était sur pied, très affaibli, et, s'il n'était pas encore en état de travailler, il déclara qu'il avait besoin de mon aide pour réparer du matériel cassé. Il refusa catégoriquement que Kalle m'emmène une nouvelle fois.

« Je dois te dire que je suis soulagé de te retrouver comme mentor, lui dis-je après le départ de Kalle et Sigurd. Kalle est… » Ma brève admiration pour l'homme et ses façons de faire s'était réduite à néant, mais je cherchais un mot qui rende le sens exact sans le trahir totalement. « … négligent. Il bâcle. »

Tapio me regarda. Il avait les yeux enfoncés dans leurs orbites et injectés de sang.

« Oui, Sven, dit-il. Oui. »

19

En avril, près de six mois après l'arrivée de Tapio, je l'accompagnai à Longyear. Le périple serait dangereux, me rappela-t-il à de nombreuses reprises, mais avril était un bon moment pour voyager par voie de terre, parce que nous aurions beaucoup de lumière – très peu d'obscurité, en fait, voire pas du tout – et que le pays songerait au dégel sans s'y mettre vraiment. Aussi, après avoir attendu que les températures nocturnes aient grimpé de façon raisonnablement fiable au-dessus des moins vingt degrés Celsius, si jamais nous coulions et chutions vers notre ruine, il estima qu'il était temps.

Tapio n'avait reçu aucune nouvelle de Finlande depuis le mois d'octobre et son anxiété allait croissant. Les dernières lettres de sa famille avaient été tantôt extatiques, tantôt désespérantes. Les Sociaux-démocrates du Parlement finlandais avaient reconnu l'autorité du nouveau Gouvernement provisoire russe, mais passé la Loi de puissance, qui réduisait un peu la domination russe en Finlande ; ce à quoi la Russie répondit en envoyant des troupes envahir le Parlement finlandais et le dissoudre ; la minorité non socialiste contrôla dès lors la Finlande sans disposer d'un corps législatif opérationnel ; ensuite, lors d'un deuxième bouleversement, les Bolcheviques chassèrent le Gouvernement provisoire et s'emparèrent de la Russie. Aussi les dernières lettres avaient-elles évoqué un autre grand retournement : les non-socialistes finlandais souhaitaient soudain l'indépendance, tandis que les socialistes voulaient rester avec les soviets. Tapio devenait dingue à force d'essayer de classer ses lettres selon une chronologie cohérente.

« Combien de fois dois-je supplier mes sœurs de dater leur correspondance ! » s'écria-t-il en s'arrachant les cheveux.

Le besoin de savoir ce qui avait bien pu se passer d'autre ces derniers mois le mettait dans tous ses états.

« Tapio, lui demandai-je, pourquoi le Gouvernement provisoire russe avait-il peur des Sociaux-démocrates finlandais ? N'étaient-ils pas eux-mêmes socialistes ?

— Bien sûr que non ! aboya-t-il, avant de secouer la tête. C'est compliqué, Sven, je le sais. Fais attention à bien farter tes skis et mettons-nous en route. Je t'expliquerai en chemin. »

L'itinéraire de Tapio, qu'il avait peaufiné au fil de plusieurs voyages en solitaire, allait nous faire remonter la lisière ouest de la Terre de Nordenskiöld sur environ trente-cinq à quarante kilomètres en longeant toujours la côte pour éviter les montagnes et être près d'une source de nourriture au cas où nos provisions viendraient à s'épuiser. Sur une bonne partie du trajet, nous allions traverser la banquise pour avoir plus de facilité de mouvement. Arrivés au cap Linné, à la lisière sud de l'Isfjord, soit nous hélerions un bateau de pêche, si le fjord avait conservé un chenal libre de glace, soit nous continuerions à ski le long de la côte sud de l'Isfjord, jusqu'à Longyear, c'est-à-dire sur encore une quarantaine de kilomètres, étape qui – avec ses glaciers et ses nombreux fjords plus petits – serait nettement plus difficile que la première moitié du voyage.

Tapio avait prévu que nous ne passerions que quelques semaines à Longyear – un mois tout au plus –, ce qui semblait absurdement court, après une expédition qui s'annonçait ardue, mais lui, qui était économe à tant d'égards, ne faisait aucun cas du rapport bénéfice-risque. Au Spitzberg, me raconta-t-il, les chasseurs s'enorgueillissaient de pousser l'effort très loin – au sens propre – pour accomplir quelque chose de banal, comme livrer une corbeille de petits pains à un « voisin » du fjord d'à côté, par exemple.

Quant à mes motivations pour l'accompagner, elles étaient aussi nombreuses que nébuleuses : poster mes lettres à Olga, qui formaient maintenant une véritable pile, donner son paquet à MacIntyre et jauger discrètement sa réaction quand il les aurait lues, tenter la gloire polaire ou, du moins, mettre mon douteux courage à l'épreuve. Mais les raisons peut-être les plus impérieuses, c'était que je n'avais aucune envie de me retrouver seul avec Kalle et Sigurd, et Tapio m'avait invité.

Grand, pourtant, était mon affolement. Le voyage était risible, comparé aux audacieux exploits dont je m'étais gavé dans mes plus jeunes années – la traversée du Groenland à ski par Nansen, notamment. Mais je n'étais pas encore un bon skieur et je manquais totalement d'expérience à presque tous les autres égards. C'est donc avec un mélange de peur et d'exaltation que je partis, bien décidé à me comporter en digne et vaillant compagnon de voyage arctique, et ce en maintenant une cadence respectable et en m'interdisant la moindre plainte. Je comptais observer les faits et gestes de Tapio et les imiter de mon mieux.

Bien sûr, ça n'allait pas se passer ainsi. Durant la première partie de notre voyage, je souffris le martyre. Dès la première journée, je contractai des crampes très handicapantes aux pieds, n'ayant pas l'habitude du mouvement répétitif et bien spécifique du ski, dans lequel se combinent fléchissement et coup de talon. Je fus par moments à deux doigts de hurler. Plus tard, au cours de la deuxième journée, cette douleur s'estompa, laissant place à des ampoules d'une férocité inimaginable. J'avais les orteils à vif – je craignis que la couche de graisse résistante à l'eau qui protégeait mes bottes n'ait été compromise, jusqu'au moment où je les retirai et vis que les liquides venaient de l'intérieur. Le sang et le pus s'accumulaient dans mes bas, ce qui augmentait encore la friction. Sans m'en apercevoir, je m'étais mis à gémir et laissais parfois échapper un couinement aigu, comme un chien qui veut qu'on le laisse entrer mais qui sait qu'il n'a pas le droit d'aboyer.

Mon unique œil pleurait sans cesse, ce qui me rendait encore plus aveugle que d'habitude. Je transpirais dans mes lainages, qui collaient à ma peau, moites et abrasifs. Suffoquant de chaleur, je ne tardai pas à retirer mon bonnet de fourrure, pour me réveiller la deuxième nuit avec une douleur atroce qui transperçait le cartilage de mon oreille gauche. Tapio déclara qu'il s'agissait d'un début de gelure, mais n'en dit pas plus, même quand je le suppliai de me rassurer qu'il ne serait pas nécessaire d'amputer.

Tapio parla très peu durant les trois premiers jours, d'ailleurs ; il ne s'arrachait à la profonde mélancolie qui le consumait que pour signaler un point de repère ou un danger imminent. J'avais cru qu'il me distrairait de mes malheurs par un long exposé sur la politique finlandaise et j'attendais constamment qu'il s'y mette, mais non. Il n'eut pas un mot non plus pour mon incompétence cafouilleuse, que ce soit une critique ou une marque de compassion. Il semblait la trouver indigne de reproches.

La banquise aux abords de la côte n'était pas une aubaine fiable. Nous y marchions des heures durant, toujours bien au large sur la mer pour éviter les crêtes et les amas de glace là où elle rejoignait la terre. Toutefois, nous tombions régulièrement sur des endroits où Tapio s'arrêtait, regardait autour de lui en plissant les yeux, puis exigeait que nous regagnions la terre. Il usait d'une multitude de mots pour désigner la glace – certains en finnois, d'autres dans la langue d'un peuple autochtone de l'Arctique qu'il avait appris à connaître des années plus tôt – et ne se donnait pas la peine de traduire. Vue par mon œil larmoyant et inexpérimenté, la glace avait toujours le même aspect. Je savais que le sens général était « fine ».

Mais manœuvrer sur la terre impliquait de changer de chaussures et porter nos skis. C'était un soulagement à certains égards, vu que j'aspirais, dans les indicibles souffrances de ce cauchemar éveillé, à me servir de mes jambes et de mes pieds à la manière des primates, comme j'en avais l'habitude. À d'autres égards, c'était un nouvel abîme de désespoir encore plus profond, car la terre, ça voulait dire des plages de galets sur lesquelles il était difficile de marcher longtemps et de hautains glaciers qui piquaient droit dans la mer. Dans ces cas-là, nous nous encordions et attachions des clous à nos bottes. Grimper sur de grandes hauteurs et contourner des crevasses abyssales ajoutait d'innombrables kilomètres à notre voyage.

Quelque part vers le quatrième ou le cinquième jour, je me perdis à moi-même. Je ne me souviens pas d'avoir dormi, bien que je sois sûr que nous ayons dormi. Malgré cela, je n'étais jamais vraiment éveillé. Mon esprit adoptait une sorte de position fœtale d'hibernation pour se protéger de la douleur dans mon corps. Ce dont je me souviens, c'est d'avoir buté contre le dos de Tapio et levé la tête pour la première fois depuis des heures, des jours peut-être, tiré de je ne sais quelle mare sombre et grasse où je flottais.

« Tout doux, Sven, dit-il avec gentillesse. Nous sommes arrivés.

— Où ça ? ai-je demandé d'une voix rauque.

— Au cap Linné. L'embouchure de l'Isfjord. »

Je n'y voyais pas grand-chose dans la faible lumière, mais, essuyant mon œil, je concentrai mon regard et finis par distinguer un vaste espace qui nous enveloppait presque. J'eus l'impression que nous étions perchés sur une très haute cime, dominant un banc de nuages qui flottait de façon improbable à nos pieds et, en dessous, un vaste vide – glacial, invisible, inconnaissable. La cime était, bien sûr, la première rangée d'une série de crêtes basses, et les nuages la mer. Mais le vide est toujours le vide, et je me cognai contre Tapio, renversé par une vague de vertige soudaine.

Il tendit la main pour me retenir.

« Assieds-toi, mon ami. Le premier voyage est toujours le plus dur.

— Mais ne nous en reste-t-il pas encore autant à faire ? La partie la plus difficile, même ?

— Je ne crois pas, répondit Tapio. Si tu te donnais la peine de l'ouvrir, ton œil, tu pourrais voir des icebergs flotter dans l'Isfjord. Ça te dit quelque chose, les icebergs ? De grands monolithes bleus ? Plutôt frais ?

— Qu'est-ce que ça change ?

— Flotter, Sven. Flotter. Le chenal est ouvert. Nous voyagerons avec panache, comme les rois d'antan. »

Le temps que je reprenne suffisamment mes esprits pour formuler une réponse cohérente, Tapio était déjà à mi-pente ; il descendait le promontoire à grandes enjambées, emporté par la gravité vers la plage.

« Tapio ! » m'étranglai-je.

Mais il ne m'entendit pas, ou m'ignora.

20

Le sommeil s'empara de moi et s'avéra inflexible. J'eus conscience, à un moment donné, de la présence de Tapio à côté de moi, pointant du doigt tel ou tel glacier, tel iceberg particulièrement intéressant, mais il me semblait parler dans une langue étrangère et mon œil refusait de s'ouvrir, aussi finit-il par s'éloigner. Je serai éternellement reconnaissant aux pêcheurs – norvégiens, je crois – qui non seulement répondirent à nos gestes en nous envoyant un canot, mais aussi me casèrent une petite chaise sur leur pont avant exigu et fonctionnel. Je n'ai aucun souvenir du trajet en canot, ni même d'avoir grimpé à l'échelle du bateau. Ce dont je me souviens, c'est la sensation primale et délicieuse d'être délesté d'un grand poids quand je m'assis sur la chaise, gémissant tel un vieux cheval de selle enfin libéré de son fardeau. S'il y avait eu un champ de trèfles, peut-être me serais-je roulé dedans. En l'état des choses, je m'endormis. La navigation a toujours eu un effet soporifique sur moi, tant que la mer est suffisamment calme. Tout comme le train, les blizzards, certains morceaux de musique et les discours publics sur presque tous les sujets. Mais là, mon corps était à bout de forces et je crois que j'aurais cédé au sommeil, un sourire paisible aux lèvres, dans une tranchée de première ligne, sous les hurlements des obus et le brouillard humide du gaz moutarde. J'avais au moins une certitude, mon avenir ne contiendrait pas d'exploits arctiques remarquables et glorieux.

Des heures plus tard – qui pourrait dire combien ? – je pris conscience d'une main qui me tenait par l'épaule et me secouait. Je m'efforçai de remonter à la surface, mais je n'aurais su dire dans quelle direction gisait ma conscience. Lorsque j'ouvris enfin l'œil, je ne reconnus ni où j'étais ni quand. Je me sentais raide et j'avais la nausée.

« Eh bien, eh bien, te voilà enfin, mon garçon ! » dit la voix chaleureuse et rauque qui avait déjà commencé à me parler dans mon rêve.

Je scrutai le visage barbu de gris et fortement ridé qui s'agitait au-dessus de moi en clignant des yeux.

« Charles ? fis-je.

— Charles, bien sûr, répondit-il dans un gloussement chuintant. Qui veux-tu que je sois d'autre ? »

Je regardai autour de moi.

« Tapio... ?

— Eh bien, ça fait plusieurs heures que tu es à quai – tu sais que tu es à Longyear, rassure-moi ? Le capitaine de ce louable navire a eu la bonté de te laisser terminer ton repos à rallonge, allant jusqu'à nettoyer le pont en contournant tes pieds, mais Tapio, le cher garçon, a perdu patience et il est parti vaquer à ses affaires en me faisant prévenir d'aller te chercher. Ça fait un bon moment que j'essaie de te réveiller. C'est merveilleux de te voir, bien que tu sois quelque peu diminué. Mon Dieu, mon ami, regarde tes bottes ! Donne-moi le bras, que je t'aide à rentrer au cabanon. »

21

Lorsque je refis surface après environ trente-six heures d'un sommeil réparateur, MacIntyre m'incita doucement à aller faire un tour au village. On ne pouvait pas vraiment dire que Longyear était en plein essor, mais la colonie avait changé pendant les neuf mois de mon absence et pouvait à présent se targuer d'être une petite ville, plutôt qu'un camp. Cependant, pour des raisons que je n'avais pas envie d'approfondir et que MacIntyre ne me pressa pas d'expliciter, je refusai de quitter le cabanon et ce fut lui qui posta mes lettres pour Stockholm.

Mon monachisme avait eu un côté pratique. Je m'étais habitué à la compagnie étrange et parfois ouvertement hostile de Kalle, Tapio et Sigurd. Ils connaissaient les excentricités topographiques de mon visage ; peut-être n'était-ce plus pour eux une curiosité répugnante. Pour Kalle c'était encore une source de matériau comique, mais à cela aussi je m'étais accoutumé. Avec n'importe qui d'autre – toute personne non désensibilisée aux horreurs superficielles – il y aurait une tension, une distraction à chaque phrase, chaque coup d'œil. Comme si j'avais une tête de morse. Ce dont j'avais souvent l'impression, je dois dire. Je pourrais souhaiter communiquer quelque chose d'anodin ou simplement passer inaperçu, mais il y aurait le problème de mes yeux latéralisés et globuleux, du nid hérissé de mes moustaches et de mes défenses ostentatoires. À quelle partie de ma personne mon interlocuteur devrait-il s'adresser ? Comment avoir l'air engagé dans l'échange, sans pour autant regarder ? Comment détourner le regard ?

Je restais donc cloîtré, et MacIntyre en faisait quasiment autant. Tapio était absent. Il avait décliné l'offre d'hébergement de MacIntyre, disant qu'il avait des affaires à régler, et n'était pas repassé depuis. (Tous deux, s'avéra-t-il, étaient amis de longue date, détail que je n'avais appris qu'à mon arrivée à Longyear, faute de l'avoir arraché à Tapio plus tôt.) Mais ces vacances s'étaient prolongées de façon inattendue en cinq semaines requinquantes, aussi je ne m'inquiétais pas outre mesure de savoir où se trouvait Tapio ni ne cherchais à lui rappeler notre date de retour prévue.

Par une longue soirée de mai, alors que le soleil s'obstinait à taper et que la journée n'en finissait plus de s'étirer en ce que nous ne pouvions, malgré notre scepticisme, qu'appeler la nuit, MacIntyre et moi-même causions musique et guerre.

« Tu n'as pas peur pour ta famille ? lui demandai-je. Tu dois certainement avoir des amis et des proches dans les tranchées d'Europe ?

— J'ai peur pour l'humanité », répliqua-t-il.

Il resta pensif quelques instants puis s'éclaircit la gorge, semblant désireux de changer de sujet, sans toutefois en être entièrement capable.

« Elle est longue et sordide, l'histoire des Écossais qui ont combattu dans une guerre ou l'autre pour les Britanniques. Leurs meilleurs guerriers, tu sais. Ce doit être terrifiant pour l'ennemi de voir un régiment d'Écossais charger en brandissant des claymores étincelantes, dans le hurlement aigre des cornemuses, digne du cri de guerre d'une créature du marais dégoulinante. Bien sûr, aujourd'hui ils ont tous fusils et casques. Et, mon Dieu, à quel prix ! Combien de fois l'Écosse devra-t-elle vider ses villes et ses villages pour l'oppresseur, au risque de ne jamais les remplir à nouveau ? Tu vois comme je deviens élégiaque et morose. C'est typique de mon peuple. Non, cher Sven, la plupart des gens que je considère comme ma famille vivent au-dessus du soixante-quinzième. Ou juste en dessous – t'ai-je parlé du merveilleux luthier que je connais à Tromsø ? »

Là-dessus, on frappa à la porte, respectueusement mais avec fermeté. Une voix tendue dit des paroles en norvégien que je ne compris pas, mais j'y distinguai le nom de Tapio. MacIntyre cria qu'il arrivait tout de suite, et se mit à enfiler ses gros lainages.

« Qu'est-ce qui se passe ? demandai-je. Tapio va bien ?

— Il va toujours bien, dit MacIntyre. Reste ici et nourris le feu. J'en ai pour un instant. »

Au bout d'une vingtaine de minutes, je commençai à m'inquiéter. Je risquai un coup d'œil par la porte, mais ne vis ni n'entendis rien de remarquable ; je m'assis donc près de la fenêtre en tentant périodiquement, et vainement, de gratter la glace avec l'ongle. Je me demandais si je n'allais pas devoir faire face aux outrages éventuels et sortir voir de quoi il retournait, quand j'entendis des voix toutes proches et le bruit de quelque chose qu'on traîne. Ouvrant la porte, je découvris deux hommes, dont MacIntyre, qui soutenaient un corps mort. Soudain, cependant, le cadavre fut parcouru par une grande secousse et poussa un grognement gargouillant, puis il aboya des propos incompréhensibles en finlandais, qui réussissaient à être à la fois pâteux et péremptoires. Tapio.

Avec une expression de pur dégoût, l'homme qui n'était pas MacIntyre lâcha sa moitié du fardeau. MacIntyre ploya sous le poids et je courus à son secours en chaussettes. L'autre homme se mit à tancer MacIntyre en norvégien – ça valait sans doute aussi pour Tapio –, lançant un chapelet de jurons idiomatiques que j'eus du mal à suivre. L'attitude de MacIntyre, généralement empreinte d'une bienveillance imperturbable, se mua en une autre que je ne lui avais jamais vue. Sa mâchoire se pétrifia, ses yeux se plissèrent et, entrouvrant à peine les lèvres, il décocha sa propre volée d'imprécations norvégiennes. Je ne peux que supposer qu'il s'agissait d'un savon d'une vigueur et d'une colère extrêmes, car l'autre homme leva les deux mains en un geste de supplication et, baissant la tête, présenta ses excuses successivement à MacIntyre et à Tapio. Puis il s'éloigna en grommelant.

Ensemble, nous traînâmes notre ami, inerte, à l'intérieur et le déposâmes par terre. Les vapeurs d'alcool qui se dégageaient de lui par vagues étaient suffocantes, dans le cabanon surchauffé. Je ne l'avais jamais vu dans cet état. C'était assez atterrant, comme quand un jeune garçon se rend compte que son père est faillible.

« On ne devrait pas le mettre sur le canapé ? demandai-je.

— Non, dit Charles, dont le visage, encore cramoisi, me mettait mal à l'aise. Il risque de vomir. Nous allons lui faire un lit par terre. »

Non sans effort, nous parvînmes à retirer les bottes et le manteau de Tapio, puis à l'enrouler dans des couvertures. Il ronflait déjà profondément.

« J'ai peur d'être ivre si je dors à côté de lui », dis-je en m'efforçant de percer la morosité ambiante.

MacIntyre m'ignora, se mit à vaquer à une chose ou l'autre, et finit par s'installer sur le canapé avec deux verres de whisky. Il m'invita à le rejoindre, me tendit l'un des verres et alluma sa pipe, le regard plongé dans un vide pensif.

« Mon Dieu, c'est une chance qu'il ne se soit pas fait tuer », dit-il enfin.

Lorsque je lui demandai ce qui s'était passé, il m'expliqua qu'il y avait eu une dispute épouvantable à la cantine, mais qu'il était bien en peine d'imaginer ce qui l'avait provoquée.

« Je connais Tapio depuis de longues années, dit-il, il a son caractère, comme tu l'auras sûrement remarqué, mais je ne l'ai jamais vu dans cet état. Lorsqu'il se réveillera demain, nous lui demanderons peut-être, mais allons-y en douceur. Je n'ai pas aimé son air bouleversé. »

Tapio se réveilla le lendemain, effectivement, après une nuit agitée où, je crois, aucun de nous ne dormit spécialement bien. Au matin, il se hissa sur ses pieds en luttant contre la gravité comme un animal blessé qui ne veut pas, ne peut pas, accepter son sort, ce après quoi il sortit, vomit discrètement dans une rigole gelée, et rentra. Il s'assit à côté de moi sur le canapé et resta quelques instants le visage entre les mains, l'air malade et abattu. Il avait la peau grise, les yeux plissés et chassieux. MacIntyre regardait depuis la table, où il prenait son petit déjeuner.

« Charles, commença Tapio, qui semblait ne pas remarquer ma présence. Je dois te supplier de me pardonner...

— Balivernes, l'interrompit MacIntyre. Puis-je t'offrir du café et peut-être un biscuit assez mangeable ? »

Vingt minutes plus tard, après une petite tasse de café et pas de biscuit, Tapio était parti. Il n'avait pas donné d'explications et je ne m'étais pas permis de poser de questions.

« Bien, bien, dit MacIntyre, qui me regarda en levant le sourcil. Je dirais qu'il a une journée plutôt désagréable devant lui. »

22

Tapio ne donna pas signe de vie pendant plusieurs jours. MacIntyre se risqua une fois à sortir et se renseigna auprès des mineurs – mais non, souligna-t-il, auprès des contremaîtres, qui pouvaient, en salissant la réputation de Tapio, compromettre les perspectives de travail du trappeur au Spitzberg. Les rares informations que MacIntyre obtint étaient vagues et souvent contradictoires. Une brève bagarre avait eu lieu à la cantine de la Compagnie, déclenchée par des propos insultants des deux parties. Les témoignages semblaient convenir que Tapio avait asséné un coup de bouteille d'aquavit, oblique mais radical, à un mineur, puis s'était colleté avec deux autres. À un moment donné la rixe s'était déplacée dehors, où, par ruse ou par un éclair d'habileté – là, les témoignages divergeaient –, Tapio avait pris le dessus et cogné à plusieurs reprises la tête d'un Suédois contre une planche qui faisait saillie, jusqu'à ce que l'homme soit à deux doigts de la mort. Finalement, Tapio avait été tiré à l'écart et maîtrisé.

Parmi les sources de MacIntyre, plusieurs affirmaient catégoriquement que Tapio avait reçu une belle raclée, lui aussi, et que les mineurs s'étaient comportés avec courage et dignité, mais MacIntyre n'en avait cure. Ni l'un ni l'autre n'avions trouvé de blessures profondes à Tapio. Ce qui préoccupait MacIntyre, c'était si le mineur quasi occis allait porter plainte lorsqu'il reviendrait à un état plus proche de la vie.

En l'occurrence, il se peut que la nationalité suédoise du mineur ait sauvé Tapio des poursuites judiciaires ou d'une expulsion. La majorité norvégienne de Longyear ne se montra pas spécialement affligée par la perte potentielle d'un Suédois, et aucune plainte ne fut déposée. Après tout, la bagarre avait été à peu près équitable, et puis les Suédois ne s'attiraient-ils pas ce genre d'ennuis, avec leur langue déliée et leurs mœurs libertines ? Les Finlandais étaient perçus comme des gens bizarres, des étrangers – des Russes, quoi qu'on en dise – mais aussi des gens rudes et coriaces. De plus, la réputation de Tapio comme trappeur hors pair n'était plus à faire, et s'il n'avait jamais su se montrer d'aimable compagnie, au moins était-il respecté.

« J'ai failli oublier, me dit MacIntyre un matin en sortant plusieurs enveloppes abîmées de la poche de sa veste. Pardonne mon audace, dit-il, mais j'ai pris sur moi de récupérer ton courrier. Je ne savais pas si tu évitais délibérément les nouvelles de chez toi, ou tout autre rappel d'une vie mise au rebut... » Il laissa la phrase en suspens.

Je pris les lettres qu'il me tendait et regardai les écritures familières. Il y en avait une de ma mère, en lettres liées et fermes. Trois de la main d'Olga, comme d'habitude en capitales bâclées, désordonnées et bien peu féminines. Je ne pus m'empêcher de sourire.

« Non, Charles, pas au rebut. Juste enfouie dans une sépulture sauvage.

— Je suppose que ça fait de moi le chien errant qui arrive en reniflant et déterre les vestiges de ta famille, dit-il. Je vais te laisser à ton exhumation. »

Je commençai par la lettre de ma mère. En moins de huit lignes, elle m'informait de la mort de mon père et de son emménagement chez Olga et Arvid. Elle écrivait qu'elle passait plus de temps avec ses petits-enfants et qu'elle comblait son retard en lecture. (Mon père avait toujours désapprouvé les livres, où il voyait une source de distraction inconvenante.) Le ton était guindé – clinique, même. Ma mère ne laissait passer aucune émotion ; aucune larme n'avait taché la page ni brouillé les caractères rigides.

Après l'avoir lue trois fois, je relevai la tête et contemplai les reflets vifs renvoyés par les carreaux givrés de MacIntyre. Je tentai de trouver une pointe de chagrin en moi – aussi infime fût-elle. Il n'y en avait pas. Mon père avait été froid et dur. S'il s'était jamais attiré une miette d'affection ou d'allégeance de la part de ses enfants, c'était accidentel. Je passai de sa mort, comme on passe d'un pas léger d'une pierre de gué à l'autre, à la question qui s'imposait dès lors logiquement : quels seraient mes sentiments – en aurais-je même ? – lorsque viendrait le tour de ma mère ? Penser à elle, vivante ou morte, n'éveillait en moi que de la culpabilité.

L'une des lettres d'Olga évoquait le même thème, mais avec légèreté. Je remarquai que, malgré la distance et le temps, elle avait conservé suffisamment de respect envers moi pour ne pas se livrer à un simulacre de deuil, ce que j'appréciai. Pas plus que moi, elle n'avait aimé cet homme. Il se peut qu'elle ait été battue plus souvent que moi, même si je doute qu'aucun de nous deux ait tenu le compte.

Ses lettres exprimaient une inquiétude profonde et persistante quant à ma santé et mon bonheur. Elle avait la certitude de m'avoir, à elle seule, condamné à une vie de défigurement et d'isolement auto-imposé quand elle m'avait trouvé cet emploi au Spitzberg, et les mois qui s'étaient écoulés depuis lors n'avaient fait qu'accentuer son sentiment de culpabilité. Elle savait que c'était ridicule, disait-elle, il n'empêche que c'était ce qu'elle ressentait, et elle jurait qu'elle ne se libérerait pas de cette responsabilité de plomb tant que je ne lui aurais pas écrit en lui assurant que j'avais trouvé le moyen de tourner cette malheureuse calamité à mon avantage, au lieu de la choquer, ma pauvre sœur, par des plaisanteries désinvoltes et des grossièretés gratuites. Si je ne rectifiais pas immédiatement le tir, elle se verrait forcée de prendre la mer et me ramener elle-même à Stockholm, et Dieu sait qu'Arvid trouverait quelque moyen grotesque de mourir en son absence.

Une fois ce sujet épuisé – car elle ignorait encore tout des changements survenus dans ma situation –, elle abordait ses préoccupations habituelles : son indifférence à son rôle de mère, le caractère rebelle et difficile d'Helga – à bientôt neuf ans, celle-ci traînait avec des pêcheurs et des marins, et sa propension à la grossièreté se développait à une vitesse laissant sur place son éducation plus conventionnelle –, ainsi que les attentions froides mais constantes de notre mère, qui redoublait d'efforts depuis qu'elle avait emménagé chez eux. Mais Olga était contente d'avoir quelqu'un d'autre pour garder un œil sur Helga et s'occuper des tâches domestiques, lesquelles n'avaient jamais été son fort. Libérée de ces dernières, Helga s'était mise à la peinture sur le motif avec un « caquetage », selon sa propre expression, de ménagères fatiguées. Elle prétendait qu'elle n'était pas plus naturellement douée pour la peinture que pour être mère ou faire le ménage – elle avait joint pour en témoigner une étude d'un baleinier à quai, petite et un peu barbouillée, que je ne trouvais pas mauvaise du tout – mais peu lui importait, du moment que ça la faisait sortir et la menait à la jetée ou à la plage. Là, elle pouvait se placer à distance respectueuse des bavardes pour se livrer à une de ses activités préférées : regarder la grande étendue d'eau tumultueuse jusqu'à finir par se sentir très petite et insignifiante. Je souris à la pensée que nous étions restés si semblables.

MacIntyre m'observa, moi qui ne fixais rien de particulier d'un œil brumeux, et il m'apporta un verre de thé – son habituelle concoction visqueuse, moitié thé et moitié lait. J'ignore complètement où il trouvait du lait.

« Charles, dis-je, j'ai l'impression que je devrais peut-être rentrer en Suède. »

Il écarquilla les yeux de façon spectaculaire, mais sans surprise.

« Ah bon ?

— Ce n'est pas que je souhaite partir. Je n'ai pas vu grand-chose de l'archipel. Tapio dit que je n'ai rien vu du tout, même pas ce qui est sous mon nez.

— Excuse-moi de te poser la question, mon cher garçon, mais je croyais que tu étais sous la tutelle de Tapio ?

— Oui, dis-je. Mais je n'ai peut-être pas l'étoffe d'un vrai trappeur. »

Comme d'habitude, MacIntyre semblait parfaitement conscient de toutes les choses que je ne disais pas – mes craintes de retourner à tout ce qui pouvait ressembler à une vie civilisée avec ma gueule amochée, mais aussi ma conviction croissante que je ne survivrais pas au trajet de retour pour le Camp Morton. Il se contenta cependant de me regarder avec une franche sollicitude et un soupçon d'impatience. Puis il prit un livre.

Ce même jour, nous fûmes tous deux tirés de nos paisibles réflexions par une véritable cacophonie à l'extérieur du cabanon.

MacIntyre ouvrit la porte, resta un instant interdit, puis se mit à glousser.

« Est-ce que je peux t'aider ? » demanda-t-il.

Il y eut un grognement de refus que je reconnus comme émanant de Tapio. Une minute plus tard, ce dernier entra, presque redevenu lui-même, bien que le visage encore voilé par un nuage qui n'aurait toléré aucun commentaire.

« Sven, fit-il en m'adressant directement la parole pour la première fois depuis que nous étions montés à bord du bateau de pêche au cap Linné. Prépare-toi. Nous partons. »

Je me levai à demi, gêné et peu préparé à être ainsi sommé de me décider.

« Je ne suis pas sûr que je devrais... je veux dire, je crois que tu devrais peut-être rentrer sans moi au Camp Morton. Je ne veux pas être un poids. »

Planté sur le seuil, il me regarda longuement. Je n'aurais su dire si c'était de l'irritation ou une véritable curiosité qui se peignait sur son visage.

« Tu veux dire que tu as peur de mourir en route.

— Non, je... oui.

— Tu as raison de t'inquiéter. Ton état pitoyable a été une surprise même pour moi, qui aurais dû m'en rendre compte plus tôt. Franchement je suis étonné que tu sois parvenu aussi loin que tu l'as fait. Si je te ramenais par les mêmes moyens, tu risquerais fort d'y laisser ta vie, ou au moins une jambe. Mais ne crains rien. J'ai opté pour un mode de transport qui nous permettra de filer comme si nous portions les chaussures ailées d'Hermès en personne !

— Un autre bateau ? avançai-je, le cœur plus léger à cette perspective.

— Non, imbécile. Aura-t-il échappé à ton attention aiguisée que le fjord est gelé, et donc infranchissable de nouveau ?

— Quoi donc, alors, si ce n'est pas un bateau ?

— Un attelage ! s'écria-t-il, avec un air de triomphe qui perça un court instant le nuage d'orage sur son visage. Enfin, pas tout à fait. Je n'ai pas pu trouver deux chiens ni deux rennes, alors j'ai pris un chien et un renne. »

J'en restai perplexe.

« Veux-tu dire que nous allons rentrer au camp sur leur dos ? »

Entendant cela, Tapio se tourna vers MacIntyre, lequel partit d'un fou rire rauque et si violent que les larmes lui vinrent aux yeux et qu'il dut agripper une chaise.

Le visage de Tapio perdit un peu de sa raideur et les muscles de sa mâchoire eurent l'ombre d'un tressaillement.

« Oui, effectivement, dit-il. Et nous tirerons le renne à la courte paille. »

MacIntyre essaya de dire quelque chose – je distinguai les mots « dos » et « chien » – mais il fut de nouveau emporté par ses gloussements.

« Je suis content de vous offrir un tel divertissement à tous les deux, dis-je en haussant la voix pour couvrir les quintes de rire de MacIntyre.

— Ah, Sven, dit Tapio. Clairement, tu n'as jamais entendu parler du ski attelé. Les animaux seront harnachés et, avec un peu de chance, si nous arrivons à les persuader de le faire, ils nous tireront sur tout le trajet. »

Les deux animaux étaient hirsutes et pelés par endroits. Le renne avait les bois de tribord cassés, ce qui lui donnait une allure penchée et légèrement canaille. Il battait l'air de sa queue comme s'il était assailli par des mouches. Il semblait connaître le chien et le détester. À plusieurs reprises, pendant que nous entassions nos maigres affaires sur un traîneau que Tapio s'était procuré, le renne tenta de décocher un coup de patte au chien, lequel était rapide et ne se laissait pas perturber.

Le canidé, un mâle lui aussi, avait globalement une silhouette de chien de traîneau : les oreilles dressées, la fourrure épaisse, une charpente faite pour courir et une expression d'intelligence active, mais clairement pas de pedigree particulier. Il avait le poil moucheté tirant sur le brun, avec quelques taches blanches qui se baladaient sur ses pattes, son oreille gauche et son museau. Sa queue, au lieu de se recourber parfaitement sur son dos, tantôt pendait tout droit comme un gouvernail, tantôt s'étirait latéralement, ce qui lui donnait l'air d'un renard. Il avait les yeux couleur d'ambre.

MacIntyre, profondément amusé, tentait de se composer un visage plus neutre.

« Je suppose que tu les as eus à prix cassé ? dit-il. Tu ne crains pas qu'ils soient peut-être... mal en point ?

— Il sauterait à l'œil même le moins averti qu'ils sont mal en point, répondit Tapio, mais c'est juste un peu de gale. Et des poux et des puces. Rien qui ne puisse s'arranger si on les emmène au bon air pur. Je les laverai, si nécessaire. »

À ce stade, ma curiosité ayant raison du flot de questions et d'inquiétudes qui menaçaient de noyer tout le reste, je demandai comment ils s'appelaient et d'où ils venaient. Le chien, bien qu'il n'eût pas l'air au courant, se nommait Eberhard. Le renne n'avait pas de nom.

Le renne, dit Tapio, avait été trouvé et à demi dressé, de même qu'un troupeau d'autres spécimens sauvages natifs de l'archipel, par un trappeur sami qui cherchait à se créer du travail pour la morte-saison et qui, apparemment, avait été déçu par leur taille et leur manque de docilité, comparés aux rennes domestiqués avec lesquels il avait grandi. Déterminé à continuer à travailler avec eux, il régalait qui voulait bien l'écouter de détails sur l'utilité et les talents d'un renne bien dressé, mais il était tombé dans une crevasse au mois de novembre, et avait péri avec presque tout son troupeau à poils longs. Trois de ces animaux à demi sauvages étaient parvenus à regagner Longyear, affamés, et deux d'entre eux y avaient été récupérés par la Compagnie pour leur viande. Le troisième, jugé malsain peut-être, était maintenant à nous.

« Et le chien ? » demandai-je.

L'histoire d'Eberhard était plus simple. Il avait appartenu à un attelage de traîneau norvégien, mais été abandonné à Longyear parce qu'il avait un mauvais comportement en groupe. Survivant de restes et de détritus pendant près d'un an, il avait mené une piètre existence sous diverses cabanes, s'attirant tantôt des coups de feu, tantôt de l'indulgence de la part des mineurs et propriétaires. Un commerçant avait fini par le recueillir dans l'intention d'en faire un chien de garde, mais comme il montra très peu d'intérêt pour les allées et venues des humains, il se retrouva une fois de plus livré à lui-même. Tapio l'avait capturé derrière la tente de la cantine, occupé à lécher une tache de graisse putride sur la toile. Manifestement, le bout de cartilage que Tapio lui tendait était plus prometteur que tout ce que le chien avait trouvé dernièrement pour se sustenter, car il s'était soumis au collier de corde avec une résignation stoïque. Il me vint à l'esprit, comme il l'était peut-être venu à celui de Tapio, que l'avenir incertain du chien en notre compagnie ne pouvait pas être pire que son passé.

23

Quant à notre retour : bien que j'aie de nombreuses traversées du désert gelé derrière moi, à présent, trop nombreuses à raconter, je ne suis pas Nansen et préfère me limiter à ce qui est mémorable. Tapio avait le sentiment que revenir sur nos pas, avec le cortège des fontes, des plastrons de glace, des crevasses et des rochers du littoral, causerait soit mon trépas, soit celui de notre « attelage ». Notre trajet de retour, beaucoup plus direct, nous mena par-dessus et entre des chaînes de montagnes, dans des profondeurs de neige que j'aurais considérées peu vraisemblables auparavant, et il parut tout aussi susceptible d'être mon dernier voyage.

Au départ, le renne, plein de bonne volonté, se montrait aimable compagnon. Le chien, moins. Ce qui signifiait que j'étais apparié avec le renne, en raison de mon manque d'expérience à ski (notamment). J'étais debout ou à genoux sur le traîneau et le renne tirait. Je reçus pour consigne stricte de tenir les brides quoi qu'il arrive, car elles seules empêchaient l'animal de s'enfuir avec tout notre équipement.

La fuite était une idée qui semblait lui venir régulièrement à l'esprit et, à trois reprises, il mit son plan à exécution, attendant que je pique du nez pour détaler au galop. Chaque fois je fus éjecté du traîneau et chaque fois je donnai le renne et nos vies pour perdus. Heureusement Tapio ne baissait pas les bras si facilement, et le renne se laissait toujours rattraper et ramener. Peut-être se souvenait-il de la vie sauvage qu'il avait menée jadis, de la faim, et trouvait-il le rude labeur et le grain assuré préférables. Peut-être Tapio lui rappelait-il le Sami qui l'avait traité avec bonté.

La troisième fuite, cependant, fut la ruine de notre traîneau qui, donnant de la bande, alla percuter un rocher tandis que le renne fonçait vers sa liberté. Nos affaires en sortirent intactes, dans l'ensemble, mais le traîneau était irréparable. Je dus alors, l'équipement à nouveau réparti entre nos deux havresacs, remettre à mes pieds qui protestaient les skis tant redoutés, puis tenter de tenir debout pendant que le renne trottait à son allure irrégulière. Au bout de même pas un mile, cette formule fut abandonnée. Tapio prit le renne et me confia à Eberhard.

C'est avec appréhension que j'abordai ma nouvelle relation avec le chien, qui s'était mué en brute difficile et têtue dès l'instant où nous avions quitté la civilisation. Tapio n'était pas du genre à user de la force ou de la peur sur un animal, mais il était ferme. Malgré ce respect à son égard, Eberhard semblait se souvenir très vivement des traitements subis dans l'attelage de traîneau ou en tant que chien errant à Longyear, et en garder du ressentiment. Chaque fois que Tapio secouait fermement le harnais ou lançait ses ordres de direction, le chien se retournait en grondant et montrait les dents avec une réelle animosité, ou alors il poussait un hurlement d'une véhémence étrange et quasi surnaturelle, comme si on l'assassinait. Ce qui terrifiait le renne. Tapio et le chien avaient fini par adopter une alliance viable, mais qui ne satisfaisait aucune des deux parties, et le soir Tapio attachait le chien à bonne distance de la tente, prétendant que s'il se faisait manger par un ours blanc, au moins il ferait une bonne action en nous alertant du danger par ses hurlements pitoyables.

Jusqu'à l'échange, nous avions eu très peu affaire l'un à l'autre, Eberhard et moi, principalement parce que je n'avais, de façon générale, aucune expérience des chiens. Dans une ville industrielle comme Stockholm, les chiens de compagnie étaient un luxe. Je suis sûr qu'Olga et moi, comme tous les enfants, avions supplié qu'on nous donne un chien-loup norvégien, un épagneul ou je ne sais quelle autre idiotie, et je suis tout aussi certain que notre demande avait été jugée choquante ou ridicule et rejetée. Il y avait des chiens errants, bien sûr, mais dès l'enfance on nous avait appris à ne pas frayer avec eux, de crainte qu'ils ne nous passent les milliers de maladies dont ils souffraient. De plus, les meutes de chiens sauvages étaient connues pour tuer ou manger les enfants qui traînaient ou prenaient des raccourcis par les ruelles. Du moins est-ce ce que nos parents nous avaient donné à comprendre.

Je découvris rapidement que les chiens sont des individus sagaces. Ceux qui disent le contraire – qu'il suffit d'un bout de viande et le chien sera votre compagnon pour la vie – sont des idiots. À peine avions-nous été attachés l'un à l'autre par harnais et cordes, qu'Eberhard parut percevoir en moi quelque chose qui lui plaisait bien. Au bas mot, il ne se sentait aucunement menacé. Je criais tous les ordres de direction que j'avais appris à force d'écouter Tapio sur d'innombrables miles, et de mon ton le plus péremptoire et bourru, sans le moindre résultat. Je pouvais jurer à m'érailler la gorge, tirer un grand coup sur la corde ou ancrer les pieds dans le sol et le faire stopper violemment – rien n'y faisait. Jamais il ne tremblait de peur ni ne montrait les dents. Jamais il ne hurlait. C'était un animal entièrement nouveau : parfois placide et optimiste ; parfois exubérant et, je dois l'admettre, presque joyeux.

Ce changement d'attitude ne rendit pas notre voyage moins difficile. Le renne s'était quasiment transformé sous la houlette ferme de Tapio. Eberhard aussi, sous la mienne, mais pas de façon productive. Il lui arrivait de tirer, tirer sans relâche, parfaitement inépuisable. Mais seulement quand il était d'humeur exubérante ; il tirait alors volontiers plus de deux cents livres d'un poids encombrant par monts et par vaux, fendant la neige qui lui arrivait aux oreilles, sans faire grand cas ni du chargement ni de la difficulté. À d'autres moments, cependant, il n'avait pas du tout envie de me tirer et préférait courir le long de mes skis en me regardant, la langue pendante. Parfois même il courait derrière moi, semblant se réjouir des traces que je faisais à cause de lui, marchait sur l'arrière de mes skis et emmêlait horriblement notre harnais. Ces fois-là, je le grondais en criant, balançais mon bâton de ski en un arc de cercle menaçant, mais il se contentait de me regarder d'un œil impassible.

Il raffolait des crottes du renne. Ça enrageait Tapio car ça mettait nos bêtes dans une étroite proximité, avec pour résultat immanquable un nœud de cordes, ou le renne qui détournait son attention capricieuse de son fardeau pour tenter de tuer le chien. Pire, Eberhard me rendait complice de ses forfaits. Il ne plongeait sous le harnais de Tapio pour inhaler les vapeurs des crottes du renne en train de tomber que lorsqu'il courait à côté de moi et, quand il se livrait à cette transgression, il gardait tout du long les yeux sur mon visage, la gueule ouverte et la langue pendante en une expression de satisfaction démente qui véhiculait un message clair : *Pas vrai qu'on s'amuse ?*

Nous poursuivîmes ainsi cahin-caha sur tout le reste du trajet. Par moments je me surprenais à penser que c'eût peut-être été plus facile sans les bêtes, mais bien sûr ça ne l'aurait nullement été. Je serais sans doute mort. Conscient et reconnaissant de ne pas avoir péri, j'éprouvais la nécessité de donner à Eberhard des morceaux de mes rations.

C'était, selon Tapio, un terrible méfait.

« Tu vas le gâcher, me dit-il à plusieurs occasions.

— Il est déjà gâché, répondais-je en clignant de mon œil solitaire au chien.

— Il va complètement arrêter de tirer s'il passe son temps à surveiller ton sac de nourriture.

— Il tire quand ça lui chante. Mon influence est profondément limitée. »

Ne me résignant plus à ce que le sort d'Eberhard soit de finir mangé, je l'attachais de plus en plus près de la tente. Quand, à la consternation de Tapio, je cessai carrément de l'attacher, Eberhard se mit à dormir avec la moitié du corps à l'extérieur de la tente et l'autre à l'intérieur, la tête sur mes pieds. Tapio protesta, mais sans grande conviction. Il se contenta de marmonner, et nous comptâmes dès lors sur les clochettes du renne pour nous alerter en cas d'intrusion.

24

Il nous restait environ trois jours de voyage et nous étions couchés dans nos sacs en peau de renne, épuisés, à écouter le vent battre la tente par rafales sans conséquence. La patte d'Eberhard tressaillait contre la toile au rythme de ses rêves, et ses yeux gigotaient sous ses paupières.

Tapio, qui n'en avait pourtant pas coutume, poussa un gros soupir. Ça me tira de mes rêveries. J'y vis une amorce de conversation.

« Est-ce que ça va, mon ami ? » demandai-je.

Il garda le silence une minute et je me dis qu'il refusait peut-être de répondre, comme souvent. Alors, il soupira de nouveau.

« Sven. Ta sollicitude m'oblige. Je vais plutôt bien, merci. Mais tout ne va pas bien à la maison.

— Ah bon ?

— En vérité, ça ne pourrait pas aller plus mal.

— Ne veux-tu pas en parler ? dis-je. Ne veux-tu pas t'épancher ?

— Je vais peut-être essayer, dit-il. J'ai essayé d'innombrables fois depuis que nous nous sommes mis en route pour le Camp Morton, mais les mots refusent de se former comme ils devraient.

— Tu en as parlé à Charles, au moins ?

— Non. Sa compassion – sa profonde compréhension – m'aurait submergé. Ça m'aurait complètement défait, or nous avions besoin de partir de Longyear. »

Je me redressai et j'attendis, tout à fait réveillé à présent, décidé à ne pas le bousculer.

« Comme je te l'ai dit, la situation est compliquée, reprit-il enfin. Les nuances t'échapperont certainement et je n'ai pas le cœur de te les expliquer en détail. Je n'ai pas non plus tous les faits, d'autant qu'ils me sont parvenus à travers quelques bulletins radio au son brouillé et une poignée de lettres maculées. »

D'un hochement de tête, je lui fis signe de continuer.

« La Finlande que j'ai connue n'est plus. La terre que j'aimais a disparu. Une guerre civile déchire le pays. Elle fait encore rage, mais que peut-il arriver de plus pour arracher de ma poitrine ce trou béant qu'est devenu mon cœur ? »

Les lettres étaient de sa mère, m'expliqua-t-il. Une de ses sœurs était morte – d'une blessure par balle ou sous un obus de mortier ? il l'ignorait. Son père avait succombé au typhus à Tammisaari, le camp de prisonniers d'où sa mère lui avait écrit, et sa plus jeune sœur n'allait pas bien non plus. Tout le monde souffrait horriblement de la faim.

« Ma chère mère, qui a toujours été la plus forte de la famille, dit que les gens meurent par vagues, à présent, comme un champ de blé, et qu'on les empile en tas immenses devant le camp. Elle reste en vie, écrit-elle, sachant que je suis en sécurité au Spitzberg. Tu te rends compte ? "En sécurité au Spitzberg !" »

Je le regardai avec effroi. Je tendis la main, puis la retirai. Il avait les yeux secs, mais la voix blanche et cassée. Il appuyait les paumes contre ses tempes comme s'il essayait de contenir une explosion.

« Tant d'espoir, dit-il au bout d'un moment. Nous avions l'indépendance, Sven ! L'indépendance par rapport à la Mère Russie, enfin ! Et puis tomber d'un tel espoir à cette ruine et ce désespoir. Tout est perdu. Tout. »

Il me donna alors un aperçu des malheurs de la Finlande. Aussitôt après l'indépendance acquise en décembre, une lutte terrible entre socialistes et conservateurs avait scindé le pays en deux. D'un côté l'Armée blanche : majoritairement composée d'élites et de propriétaires terriens suédophones du Nord, avec également une part de la paysannerie, dont beaucoup de conscrits. Face à eux, les Gardes rouges : des ouvriers finnophones et des petits fermiers pauvres de l'extrémité sud du pays, industrialisée. Les Blancs bénéficiaient d'un grand avantage militaire conféré par l'Armée impériale allemande – chars, troupes et entraînement. Les bataillons Jäger tant redoutés représentaient l'avant-garde de l'Armée blanche. Les Rouges avaient le soutien de la Russie, bien sûr, mais un soutien limité.

Le front rouge, insistait Tapio, était une entité véritablement égalitaire, ce n'étaient pas des Bolcheviques. C'étaient des socialistes démocrates, qui tenaient à la liberté de parole, de rassemblement et de la presse. La plupart des combattants, contrairement aux Blancs, étaient des volontaires. Plusieurs milliers d'entre eux étaient d'ailleurs des femmes, à l'instar de sa courageuse sœur. Nous étions début mai et la guerre se passait mal. Peut-être même était-elle finie, pour autant que Tapio en sût. Sa sœur Pinja était tombée aux environs de Pâques, durant la bataille de Tampere. Le reste de sa famille se trouvait à Helsinki, où Tapio avait grandi, lorsque cette grande ville tomba le 13 avril. Helsinki, que Tapio aimait et détestait à mesures égales – la ville contre laquelle il s'était défini –, était maintenant occupée par les Allemands.

Ce fut là toute la teneur de son exposé. S'il en savait davantage, il ne le dit pas.

Je me creusai la tête pour trouver quelque chose, peu importe quoi, que je pourrais faire pour lui montrer que je partageais profondément sa peine, que je tenais à lui, qu'il n'avait pas tort d'avoir placé sa confiance en moi. Je voulais qu'il sache que, par tous les cruels déserts du

Spitzberg, je ne pouvais souhaiter de meilleur professeur, de meilleur compagnon de voyage. Qu'il était l'homme le plus compétent qu'il m'ait été et me serait sans doute jamais donné de rencontrer. Pourtant notre amitié en était encore à ses premiers jours, avec des conversations qui dépassaient rarement le strict nécessaire, et Tapio n'était pas connu pour sa chaleur. Aussi je ne dis rien. Je me contentai de le regarder et cela sembla suffire. Au bout d'un moment, poussant encore quelques tristes soupirs, il se rallongea et tourna la tête vers la toile.

Cette nuit-là, je fus tiré d'un sommeil agité par Eberhard, assis sur son arrière-train, alerte, qui émettait un gémissement très faible semblant sortir de son nez. Le bruit se prolongeait, se prolongeait, s'arrêtant juste le temps que le chien gonfle les poumons avant de reprendre. Mais il n'avait pas l'air agité ni effrayé comme lorsqu'il sentait un ours. Le soleil de minuit inondait notre tente et je vis qu'il avait les yeux rivés sur Tapio, qui ne retenait guère son intérêt d'ordinaire. Je remarquai alors que le sac de couchage de Tapio s'élevait et se rabaissait avec un frémissement saccadé, et parfois un spasme violent. Ce mouvement inhabituel avait capté l'attention du chien. Au début je m'en inquiétai, mais au bout de quelques instants je compris, et mis la main sur la tête d'Eberhard pour le rassurer. Mieux valait laisser Tapio pleurer ses morts, même si ses accès de chagrin étaient silencieux et secrets.

25

Ce qu'il restait de printemps arctique se jeta tête baissée dans l'été, bref et capricieux. Fin mai, au milieu d'une grande fonte et de la floraison la plus courte, la plus téméraire que la terre puisse offrir, les Britanniques revinrent au Camp Morton. Et avec eux le lieutenant Matthew Hare, Samuel Gibblet et mes anciennes tâches d'intendant. Le bonjour de Hare fut chaleureux mais perplexe, comme s'il était étonné de me trouver en vie.

Sigurd, Kalle et Tapio devaient partir par ce même bateau qui était arrivé. À ce stade, les trappeurs n'avaient plus grand-chose à se dire l'un à l'autre et, à l'exception de Tapio, pratiquement rien à me dire à moi.

« T'as intérêt à surveiller ton orbite vide, me fit remarquer Sigurd tout en hissant son lourd havresac. Elle a l'air infectée. »

Kalle fit une observation grossière sur les multiples enfants qu'il allait engendrer entre le printemps et l'automne, dont je préfère oublier les détails, et s'éloigna en riant tout seul de son rire gras.

Tapio paraissait mal à l'aise. Désireux de le quitter sur une note agréable, je lui demandai où il comptait aller.

Il ne pouvait pas rentrer dans son pays, je le savais. Hare n'était pas arrivé porteur d'autres lettres de sa mère, mais de nouvelles, oui, et elles étaient accablantes. L'Armée blanche avait gagné la guerre civile. Des milliers de personnes étaient mortes, des milliers et des milliers d'autres emprisonnées dans des camps où elles dépérissaient dans des circonstances déplorables. Les Blancs conservateurs avaient déclaré la monarchie en Finlande – une monarchie loyale et redevable à l'Allemagne impériale.

J'attendis quelques minutes qu'il me réponde. Finalement Tapio, qui regardait au-delà de moi, le front plissé et les mâchoires serrées, dit qu'il avait connaissance de quelques fjords dans le Nord où un trappeur pouvait gagner correctement sa vie pendant les mois d'été. Des lieux fréquentés par les pêcheurs de baleines à une époque, mais encore préservés d'une véritable exploitation de l'intérieur.

Ce plan vague, c'était apparemment la façon de procéder de Tapio – la façon dont il avait toujours procédé, en fait. Je me sentis envieux et abandonné. J'avais envie de partir avec lui mais je savais que je ne pouvais pas. Mes compétences en trappage étaient encore bien trop limitées, ma présence une responsabilité. De plus, Tapio voyageait seul. À Longyear, MacIntyre m'avait dit que les déplacements du Finlandais relevaient du mystère perpétuel. Il allait et venait comme un brouillard.

« Je suppose que c'est l'heure des au revoir, alors, dis-je. J'espère que tu me permettras de dire à quel point je suis conscient de la patience et de la générosité avec lesquelles tu m'as appris tant de choses, et que je te souhaite de nouveaux sommets de prospérité dans toutes tes entreprises à venir. »

Tapio me regarda curieusement, comme s'il venait de se souvenir que c'était moi qui étais en train de converser avec lui. Puis il émit un rire bref et rauque et me claqua ses deux mains sur les épaules.

« Sven, imbécile, tu parles comme si nous n'allions jamais nous revoir !

— Veux-tu dire, en d'autres termes, que tu comptes revenir au Camp Morton malgré... enfin, malgré tout ?

— Et pourquoi pas ? fit-il. Tu ne crois quand même pas avoir appris tout ce qu'il faut savoir sur l'art du trappage ? Cher Sven, j'espère que tu m'excuseras de le dire, mais tu en as à peine gratté la surface. En matière de trappage, et je ne parle pas de la survie sous ces rudes climats, tu n'es qu'un bébé sans défense, nu et rose, qui pleurniche et gigote, une proie toute prête même pour la bête la plus dénuée de malice...

— Oui, oui, ça va, j'ai compris », dis-je en affectant l'irritation, même si un étrange sentiment d'espoir venait de s'infiltrer dans ma poitrine et l'emplissait avec un débit régulier. C'est vraiment quelque chose d'avoir la certitude d'être seul au monde, et puis de se rappeler qu'on ne l'est pas.

« Ton apprentissage ne fait que commencer. L'hiver prochain, à condition que tu n'ailles pas trouver le moyen de te faire tuer d'ici là, nous entrerons dans la phase deux, pour ainsi dire. Tu peux commencer par commander ton propre jeu de pièges pour le prochain bateau en provenance de Longyear. À mon retour, je souhaite les voir en parfait état de marche. L'équipement doit être entretenu non seulement après chaque usage, mais avant.

— Je n'oublierai pas, dis-je. Je serai préparé. »

Il plissa les yeux comme s'il soupesait quelque chose mentalement. Ma capacité à suivre des instructions, peut-être. Mais il eut l'air d'estimer que tout avait été dit.

« Mon ami, dis-je en hésitant. Prends bien soin de toi. »

Tapio détourna vite le regard, avec un drôle de bruit de gorge, me claqua de nouveau les épaules et s'apprêta à partir. Il se pencha pour ramasser ses affaires et se dirigea vers le bateau, puis, sans tourner la tête, lança :

« Simplement, fais attention à ne pas manger trop de bouffe anglaise, ou tu ne passeras pas la quinzaine. »

26

Je m'attendais à reprendre mes fonctions d'apprenti intendant auprès de Gibblet, voire à être promu à l'intendance de quelqu'un d'autre. Or il se trouva que l'organisation du personnel au Camp Morton avait été, en quelque sorte, chamboulée. Nilsen, le cuisinier norvégien tant honni, avait démissionné l'automne précédent, trouvant son talent sous-estimé, et offert ses services à la coquerie de Longyear.

Plusieurs mois d'hiver s'étaient écoulés, durant lesquels tout le monde supposait que Nilsen s'en sortait bien parmi ses concitoyens, quand parvint la rumeur de sa mort. Ce qui faisait consensus à Longyear, c'était que Nilsen avait intoxiqué une poignée de mineurs. En tout cas, deux d'entre eux étaient morts après avoir mangé la cuisine de Nilsen, et un de leurs copains, qui avait la vodka belliqueuse et souffrait encore d'un mal de ventre turbulent, s'en prit à Nilsen à la cantine du camp. Il lui adressa une accusation cruelle et, trouvant que Nilsen y était insensible ou tout du moins qu'il ne manifestait pas une contrition suffisante, il frappa le cuisinier du plat du poing. De l'opinion générale, le mineur n'était pas coupable de préméditation de meurtre, car il avait été le premier surpris de voir Nilsen s'écrouler comme un bœuf étourdi, pour ne jamais se relever. Néanmoins, le contrat du mineur fut résilié et lui-même renvoyé à Oslo.

Cela s'avéra presque trop à encaisser, pour les Britanniques du Camp Morton – mineurs comme patrons –, et c'était encore l'objet de fiévreuses spéculations quand ils rentrèrent de leur congé hivernal. Selon une version très prisée, Nilsen se serait senti tout aussi mal-aimé à Longyear – il aurait été poursuivi par l'ingratitude sa vie entière et serait venu au Spitzbzerg cocufié par sa femme, qui lui aurait déclaré qu'elle ne pouvait pas avaler une bouchée de plus de sa cuisine infecte –, et il aurait arrosé le plat fatal d'arsenic. Selon une autre théorie, l'intoxication était accidentelle : la cuisine de Nilsen était tellement cauchemardesque que certaines constitutions n'y résistaient pas, voilà tout. La plupart des résidents du camp pouvaient témoigner qu'ils s'étaient sentis mal après avoir mangé le *dravle*, un dessert immonde à base de lait fermenté, le *lutefisk*, qui ne perdait jamais complètement sa dégoûtante couche de soude caustique, le *fiskboller*, sorte de boulette de poisson en boîte, le *måsegg*, ou œuf de mouette dur, le *brunost*, un repoussant « fromage » à base de petit-lait, ou encore le *smalahove*, que Nilsen, faute de moutons, faisait avec de la cervelle de phoque.

Quelle qu'en fût la raison, Nilsen n'était plus de ce monde. L'intendant de Hare, un homme calme et ardent à la tâche nommé Travers, non plus. Travers, mobilisé ou mû par le devoir – personne ne le savait –, avait été envoyé sur le front occidental, où il était mort à peine deux jours après son arrivée dans les tranchées. Son prénom demeurait un mystère pour tous sauf Hare, qui ne parlait jamais de tout cela.

Une question plus mystérieuse et qui me concernait davantage, c'était pourquoi Gibblet, adepte de Hare depuis tant d'années, ne prit pas ce poste d'intendant à son service, emploi offrant plus d'autorité et de respect que celui qu'il occupait auprès d'un subordonné de Hare, un homme mince et sans cou, toujours en sueur, du nom de Theodore Grundle. Mais Gibblet affirmait que ce serait gênant pour Hare de lui donner des ordres, vu la longue histoire qu'ils partageaient, tandis qu'avec Grundle il pouvait plus ou moins faire ce qu'il voulait sans encourir de reproches.

Dans ce vide et à la grande satisfaction de tous – y compris, apparemment, la sienne – prit place Samuel Gibblet, qui assuma le rôle de cuisinier. Il prétendait qu'il avait amplement le temps de travailler comme cuisinier et comme intendant de Grundle, ce que personne ne contesta, et surtout pas Grundle.

Sidéré et excessivement inquiet, je me trouvai promu au poste d'intendant de Hare. Gibblet dit que nous aurions tout le temps de poursuivre notre formation, vu qu'il avait encore besoin d'un « marmiteux », fonction que je pouvais remplir dans mon temps libre. Il maintenait que Hare devait être traité avec le plus grand des respects, et je ne demandais qu'à m'y employer.

« T'es pas prêt, me dit Gibblet. Heureusement pour toi M. Hare a de la bonté dans le cœur et il jouera pas les tyrans. »

27

Hare n'était pas un tyran. Pour dire le vrai, après un hiver en compagnie de Tapio, je fus plus qu'un peu désarmé par la nature sincère et ouverte de l'administrateur. De plus, par chance, Eberhard se prit immédiatement d'affection pour Hare, et réciproquement. Eberhard n'accordait pas son commerce facilement ni généreusement. Il s'était déjà débrouillé pour mordre un mineur qui lui tendait un bout de viande en l'agitant de façon irrévérencieuse et pour déchiqueter les bretelles en cuir de M. Grundle. Le chien aurait été bon pour la marmite s'il ne s'était pas rapidement attiré les bonnes grâces de M. Hare et vu accorder l'amnistie totale.

C'est ainsi que je me trouvai employé à des tâches aussi étranges que raccommoder les vêtements de Hare, transmettre ses desiderata pour le dîner à Gibblet, qui prétendait toujours l'avoir su d'avance, servir des repas privés, m'assurer que bordeaux, cognac, sherry, petite bière et gin soient en stock, bien inventoriés et en lieu sûr, faire couler des bains, préparer le matériel de rasage de Hare et, bien qu'il préférât se raser lui-même, le faire périodiquement pour lui lorsqu'il avait les mains convulsées par de violents tremblements. Dans ces moments-là, il souhaitait rester loin des regards, mais il me mettait quand même dans la confidence.

Presque tout le monde, au camp, avait vu les tremblements de Hare une fois ou l'autre. Ils étaient trop fréquents pour demeurer cachés. Mais Samuel Gibblet contribuait avec succès à maintenir la légende selon laquelle Hare buvait trop. Il buvait, c'était sûr, et tout le monde le savait, mais rarement avec des effets visibles et jamais avant d'avoir fini sa journée de travail. Il se sentait trop profondément responsable de la vie des mineurs. Le fait qu'il pût lui être demandé, d'une seconde à l'autre, d'agir vite et résolument était une chose qu'il prenait très au sérieux.

La réalité, c'était que le lieutenant Matthew Hare avait souffert de neurasthénie, ou « obusite » comme on disait alors, et qu'il en souffrait encore. Je n'appris l'histoire entière que plus avant dans l'été, mais des bribes commencèrent à émerger alors que j'avais passé à peine trois semaines à son service. Cela venait toujours très naturellement.

Il évoqua pour la première fois son expérience de la guerre, en prenant un chemin détourné, pendant que je le rasais. Je savais qu'il était arrivé à Gibblet de le raser de temps à autre – sans doute même quand Travers était encore avec nous – parce que Gibblet me le disait lui-même. Il disait que c'était parce que le « Leftenant » avait bu plus que sa part de grog la veille au soir. C'était sa formule consacrée. Mais Gibblet était pris par ses nouvelles responsabilités, à présent, et le résultat direct, Hare se rasant lui-même, était que le visage du lieutenant était constellé de balafres et de coupures. Les hommes jasaient à mi-voix, mais toujours gentiment, se sentant solidaires de la faiblesse apparente de Hare pour l'alcool.

Un matin où je regardais ailleurs, m'occupant à d'autres choses et tentant de dissimuler mon inquiétude – j'aurais été incapable de jouer les mères poules, comme tant d'intendants finissent par le faire –, Hare croisa mon regard dans le miroir. Sa main tenait le rasoir, vibrant comme une aile d'oiseau sous son menton couvert de mousse. Il sembla parvenir à une conclusion quelconque et déposa le rasoir dans son plateau d'aluminium avec un tintement. Son reflet m'adressa un sourire contrit – mi-gêné, mi-amusé.

« Ormson, dit-il. Vous ne voudriez pas… enfin ce serait chic de votre part… »

Il fit le geste de se raser avec sa main indisciplinée.

« Bien sûr, mon lieutenant », répondis-je en accourant.

Mais en saisissant le rasoir je fus pris d'une vive appréhension. Le paysage lunaire et torturé de mon propre visage m'empêchait de me raser dans les règles de l'art. Il m'était impossible de passer une lame sur le tissu cicatriciel sans une sensation douloureuse, qui me soulevait le cœur, aussi avais-je laissé ma barbe pousser au petit bonheur, espérant vainement que les touffes noires et rêches finiraient par devenir suffisamment laineuses et hirsutes pour couvrir les ondulations distordues de ma peau, où le poil ne repousserait jamais. Ce qui eut pour effet de me rendre encore moins attrayant, et dans les jours qui suivirent, j'appris à me servir d'une paire de petits ciseaux.

« Mon lieutenant, dis-je. Je dois vous avertir que je n'ai pas la main la plus experte. »

Cela fit rire Hare.

« Elle ne peut pas être pire que la mienne, Ormson. »

Je me mis donc à racler avec une grande attention, d'une façon qui déshonorait sans doute les vrais intendants de par le monde, mais je ne le coupai pas une seule fois et de ce jour, chaque fois qu'il avait les nerfs agités, il faisait appel à moi pour que je répète la tentative.

Après plusieurs matins de la sorte, Hare commença de se détendre et rester songeur sous la lame du coupe-chou. Je me souviens que je rasais sa lèvre supérieure – il tirait la bouche avec cette grimace munchienne caractéristique que font les hommes pour tendre leur peau – lorsqu'il me demanda si je connaissais Siegfried Sassoon.

« Un Allemand, mon lieutenant ? Je ne crois pas. Était-il à Longyear ? »

Un bruit amusé monta de la poitrine de Hare, mais il resta parfaitement immobile.

« Non, Ormson. Pas un Allemand. Un poète. Un poète anglais.

— Ah, je crains que non. Je ne m'y connais pas en poètes, anglais ou autres.

— Oui, bien, je doute que sa renommée ait dépassé les limites de notre modeste empire.

— Est-il très connu parmi les Anglais, alors ?

— Parmi la plupart des hommes, non, je dirais que non. Mais parmi les soldats – les soldats qui réfléchissent, veux-je dire – son nom est prononcé avec une certaine révérence.

— Il écrit sur la guerre ?

— Effectivement. Il était lui-même soldat. Hautement décoré, qui plus est. Connu pour son courage sur le champ de bataille. Jusqu'au moment où il a perdu ses illusions quant aux raisons et à la direction de toute l'entreprise, et où il a eu le cran redoutable de le dire.

— Est-ce une chose si grave à dire ? »

Hare leva un regard sceptique vers moi et scruta mon visage.

« Ben, oui, Ormson. Traditionnellement, les soldats qui ne souhaitent pas se battre sont tués sur-le-champ, ou alors traduits en conseil de guerre, auquel cas il se peut qu'ils soient tués plus tard. Ça revient quasiment au même. Je suppose que je ne devrais pas être étonné de vous découvrir aussi ignorant de la guerre, seulement les Suédois sont de drôles de gens – ils se déclarent souvent neutres, et puis ils vont aider l'ennemi en douce. Vous comprenez, Ormson, que je ne suis pas en train de formuler une médisance personnelle ?

— Je ne l'ai pas mal pris, mon lieutenant. Vous voulez donc dire que ce Sassoon est mort ? Tué pour son honorable résistance à la dépense insensée de la vie ?

— Au contraire, Ormson. Siegfried Sassoon est bien vivant. Mais il s'en est fallu d'un poil de barbe, si vous me pardonnez l'expression. Son tract, intitulé "En finir avec la guerre : la déclaration d'un soldat", a été lu à voix haute à la Chambre des communes l'été dernier et publié dans toute l'Angleterre. Je la connais par cœur : "J'ai vu et enduré les souffrances des troupes et je ne peux plus être complice de la prolongation de ces souffrances à des fins que je crois être néfastes et injustes. Je ne proteste pas contre la conduite de la guerre, mais contre les erreurs politiques et les duplicités pour lesquelles les combattants sont sacrifiés." Qu'en dites-vous, monsieur Ormson ? Quel franc-parler ! Quel courage ! »

Là-dessus – j'avais fini de raser et essuyer son visage –, Hare se leva et se mit à arpenter le sol en terre battue de Clara Ville avec une furieuse énergie.

Hésitant, je restai debout près du miroir.

« Alors le Gouvernement anglais lui a pardonné pour ses qualités de gentleman ?

— Non, pas du tout ! Il aurait été traduit en conseil de guerre sans l'intervention de son ami Robert Graves, un autre grand poète de guerre – je suppose que vous ne le connaissez pas non plus ? Je pensais bien que non –, qui a fait campagne en sa faveur et l'a fait déclarer malade mental.

— Je ne suis pas sûr que ce soit une marque d'amitié, fis-je remarquer.

— Oh, mais si, dit Hare. La mort ou un court séjour à Craiglockhart ? Que choisiriez-vous ?

— Je n'ai jamais entendu parler de Craiglockhart.

— Ah oui, c'est vrai. C'est une institution psychiatrique, à Édimbourg, pour ceux dont les cicatrices de guerre ne sont pas, dirons-nous, immédiatement visibles. Ceux qui s'aperçoivent que tout ce carnage insensé s'est logé dans leur esprit et qu'ils ne peuvent pas, malgré tous leurs efforts, l'en retirer, sauf en se tirant une balle. »

L'humeur de Hare changea avec une soudaineté étourdissante et il s'assit. Un nuage sembla passer devant lui et il fixa le vide de la pièce.

« C'est aussi, poursuivit-il, rien de moins que l'endroit où j'ai été moi-même interné, presque deux ans avant Sassoon. Oui, ce vieux Craiglockhart. Un endroit assez confortable pour devenir tranquillement fou. »

Je tentai d'écarter son récit d'autres sujets douloureux.

« Alors vous étiez encore là-bas quand ce Sassoon est arrivé ?

— Non, non, répondit-il en riant doucement. J'étais ici, je vous recevais, vous l'apprenti trappeur. Vous vous souvenez ? »

28

Nous ne parlâmes plus de la guerre ni de poésie avant le mois de juillet. Je venais de finir de ranger les modestes appartements de Hare et je m'apprêtais à prendre congé quand il me fit signe de le rejoindre à son bureau, enchâssé dans la fumée de pipe comme d'habitude, et inclina la tête pour me signifier de m'asseoir.

« Soyez chic, servez-moi un verre, dit-il, et servez-vous aussi, si vous le souhaitez. J'ai presque fini. »

J'attendis donc, en sirotant le whisky âpre qui avait sa préférence. Finalement, il déposa son stylo avec délicatesse, comme s'il était lourd ou explosif. Il leva les yeux et balaya la pièce d'un regard distrait, puis tendit la main vers son verre en m'adressant un hochement de tête reconnaissant.

« Au roi George, dit-il en le levant.

— Puisse-t-il vivre dans l'infamie », répliquai-je.

Mon anglais s'était amélioré à une vitesse correcte – je ne pouvais pas en dire autant de ma maîtrise de l'étiquette à l'anglaise.

Nous bûmes en silence durant quelques instants. Je remarquai que les rides de son visage étaient encore plus creusées que d'habitude. Ses mains étaient fermes.

« J'aimerais vous demander une chose, Ormson.

— En quoi puis-je vous être utile, mon lieutenant ?

— MacIntyre dit que vous êtes un homme qui lit. Que pensez-vous de la poésie de guerre ? »

Je haussai les épaules.

« Et que pensez-vous de la guerre ?

— Rien que l'idée me fait froid dans le dos. Pardonnez-moi de le dire, mais je n'arrive pas à concevoir qu'on s'embarque de son plein gré pour aller tuer et se faire tuer, à moins qu'un être ou une chose qu'on aime profondément soit dans un grave péril, et que cela puisse les sauver. Même dans ce cas, je ferais probablement preuve de lâcheté. La vérité, c'est que je n'arrive pas à comprendre le concept. »

Hare inclina la tête avec solennité.

« Et si votre pays – votre gouvernement, votre drapeau, votre peuple – l'attendait de vous ? Que dis-je, l'exigeait ? »

Je répondis par un vague grognement.

Il se pencha et nous resservit une lampée à chacun.

« Vous vous souvenez que j'avais évoqué le poète Siegfried Sassoon ? »

Hare me raconta alors qu'il avait envoyé une lettre personnelle à Sassoon à Craiglockhart, désireux de lui faire savoir que, si les soldats peuvent être sans merci, lui n'avait que la plus profonde compassion pour la situation du poète. Les deux hommes avaient échangé plusieurs lettres, depuis lors, en se confiant leurs histoires de Craiglockhart et discourant sur la poésie.

« C'est un grand plaisir, Ormson, quand on admire quelqu'un, de découvrir qu'il est tout ce qu'on espérait. J'ai un profond respect pour cet homme.

— En effet, dis-je avec sincérité. Un très grand plaisir, vraiment.

— Eh bien, me voici confronté à une ironie cruelle. D'un côté de mon bureau, une liasse de papiers envoyés par Sassoon. Il les a postés en février, mais ils ont tardé à arriver à Longyear. Il y a dedans plusieurs brouillons de poèmes par un ancien interné de Craiglockhart – un autre soldat du nom de Wilfred Owen. Sassoon, qui souhaite donner un coup de pouce à la carrière du jeune poète, le dit plein de promesses et me demande, avec la bénédiction d'Owen, si je veux bien commenter ses vers. Écoutez ceci : *Ployant comme de vieux mendiants sous leurs ballots,/ cognant des genoux, toussant comme des sorcières, nous jurions dans la boue.* »

Je secouai la tête et Hare opina comme si nous étions parfaitement d'accord.

« Oui, eh bien, dit-il. Là, de l'autre côté de mon bureau, voici une lettre d'un ancien camarade qui me dit que Sassoon et Owen ont repris du service actif de leur plein gré et que, pas plus tard que ce mois-ci, Sassoon a reçu une balle dans la tête. Qui venait de notre camp, qui plus est.

— Oh, mon lieutenant ! m'écriai-je en me levant de ma chaise. Vous voulez dire qu'il est mort, alors ?

— Non, Ormson, non. Calmez-vous. Il est vivant. Affaibli mais vivant. Je souhaite le réconforter par une lettre. Ou *ne pas* le réconforter. Je ne sais pas. Rien n'est propre. L'enhardir. Lui pardonner ? Je souhaite lui raconter mon histoire, en quelque sorte.

— Un digne objectif. Il appréciera certainement la franchise.

— Peut-être, dit Hare. Lorsqu'il sera suffisamment remis pour lire. Mais ma main se bloque dès que j'essaie de former les mots. Je ne suis pas poète, après tout. Peut-être, Ormson, me ferez-vous l'honneur de l'écouter, du moins en partie, pour que je sache mieux comment présenter la succession des évènements ? »

C'est ainsi que Hare me parla pour la première fois de la deuxième bataille d'Ypres, dans la lointaine Belgique, en avril et mai 1915. Plus précisément de la bataille de la crête de Gravenstafel, où les Allemands surprirent tout le monde – à commencer par eux-mêmes, sans doute – en déversant cent soixante-dix tonnes de gaz de chlore sur un rayon de six kilomètres et en le regardant ravager les soldats français par milliers. Hare et son régiment, les fusiliers de la reine Victoria, étaient là pour voir les Français battre en retraite, terrifiés. Ils virent les corps se tordre, suffoquer, cracher vert ; leur peau prendre une teinte jaune noirâtre contre nature. Peu après, on distribua des masques en coton imbibés d'urine aux soldats alliés. Personne ne voulait les mettre.

Dix jours après Gravenstafel, un mortier s'abattit dans la tranchée de Hare et lui causa une assez grave commotion cérébrale. Lorsqu'il revint à lui, il était incapable de tenir un fusil ou de former des phrases cohérentes. Des spasmes incontrôlables agitaient son cou. Il fut relevé de ses fonctions et envoyé à un hôpital de campagne, et de là, peu après, rapatrié et interné à Craiglockhart. Au bout d'environ cinq mois là-bas, il fut jugé en mesure de reprendre du service, mais non contraint de le faire. Et, contrairement à Sassoon et Owen, le lieutenant Matthew Hare décida de ne pas écouter l'appel de Dieu et de la nation. Sa famille se sentit humiliée. Nombre de ses amis lui tournèrent le dos.

Hare eut alors vent, par un ancien camarade compatissant, d'une opportunité au Spitzberg – il s'agissait de transformer un camp minier britannique reculé en entreprise harmonieuse et bien huilée. Dans les déserts gelés, le lieutenant en disgrâce pourrait peut-être se montrer à nouveau utile, tout en mettant le plus de miles possible et imaginable entre lui et le bellicisme de la Grande-Bretagne, dont il n'avait que trop vu. En route donc pour une prochaine aventure où, avec un peu de chance, il ne lui serait plus demandé d'assassiner qui que ce soit.

« Pourquoi serais-je retourné au front ? » dit Hare, bouclant enfin son histoire. Nos verres étaient à sec depuis une heure et Hare tirait pensivement sur sa pipe, repeuplant la pièce de fumée. « Oublions la lâcheté. Je n'arrive tout simplement pas à comprendre pourquoi des hommes comme Sassoon et Owen – des hommes qui réfléchissent, qui sont conscients de la violence gratuite de la guerre – choisiraient d'y retourner. N'était-ce pas l'idée maîtresse de leur poésie ? Dites-moi si je l'interprète de travers, mais n'était-ce pas précisément le propos ? »

29

Je prenais mes repas avec les mineurs. Techniquement, selon la définition des Britanniques obsédés par le rang social, j'étais des leurs. Et les mineurs parlaient comme des mineurs – leurs femmes et leurs chéries leur manquaient, tout comme leur pays, avec ses collines verdoyantes ou ses villes bondées et puantes. Certains se gardaient de mesquines rancunes, nées d'affronts remontant à plusieurs années, qu'ils nourrissaient avec une acrimonie en général inoffensive. Je les ignorais, le plus souvent, préférant enfouir le visage dans un des livres prêtés par Hare. M'en jugeant digne, je suppose, il m'avait même prêté un des recueils de Sassoon, que je trouvais, je l'avoue, assez ennuyeux. J'étais attiré par les descriptions crues de la guerre, mais les nobles envolées me semblaient grandiloquentes et rebutantes. Était-ce la sensibilité britannique ? Quelles étaient la part de sincérité, la part de satire ? Je ne voyais aucune ressemblance avec le peu de poèmes scandinaves que j'avais eu l'occasion de lire, ampoulés pour la plupart.

Les hommes, au départ déconcertés par ma présence, l'oublièrent bientôt, car je me tenais toujours à l'écart. Leurs ragots finissaient tôt ou tard par tourner autour de leurs supérieurs. Gibblet était autorisé à entendre ces propos, étant l'un l'eux, et fiable de surcroît. Il hochait parfois la tête, levait ses sourcils roussis, mais en général s'abstenait de commentaires sur les porions du camp.

Pour faire démarrer Gibblet au quart de tour cependant, il suffisait qu'ils évoquent les aventures féminines de Hare. Les mineurs étaient convaincus que leur lieutenant bien-aimé était un héros de guerre décoré et, indissociablement de sa bravoure au combat, réelle ou imaginée, ils louaient ses conquêtes présumées. Ce genre d'histoires étaient grivoises, on s'en doute, et n'épargnaient personne, de l'inévitable fille de cuisine aux grandes dames allemandes que Hare aurait séduites derrière les lignes ennemies.

Cela ne manquait jamais de mettre Gibblet dans une rage écumante et désordonnée. Des assiettes voltigeaient, des verres finissaient en éclats. Ça amusait les mineurs, qui adoraient le provoquer. La réaction était démesurée mais, si elle paraissait pudibonde, elle était également compréhensible : alors que les mineurs admiraient l'ardeur amoureuse supposée de Hare, Gibblet semblait considérer qu'il relevait de sa responsabilité personnelle de protéger la réputation de gentleman du lieutenant.

Je mis honteusement longtemps, vu mon emploi, à discerner la vraie nature de la relation entre Gibblet et Hare. Gibblet la dissimulait sous une irritation cassante. Hare la cachait tout au fond de lui, où il cachait hélas tant de choses.

J'aurais dû y penser plus tôt, dans la mesure où j'avais été instruit sur la question par Charles MacIntyre, qui m'avait exposé sa propre préférence pour les hommes comme une chose parfaitement claire et parfaitement dépourvue d'intérêt.

« Et alors ? » avait-il dit.

C'était aux premiers jours de notre amitié, avant que mon visage soit oblitéré, de sorte qu'il avait pu observer finement la gêne et la confusion qui s'étaient peintes sur mon visage lorsqu'il avait évoqué avec naturel une ancienne liaison.

« Rien, Charles, avais-je répondu. C'est juste que je... tu es le premier que je rencontre.

— J'en doute fort, dit MacIntyre en détachant les syllabes. Mais puisque je suis apparemment dans la position peu enviable de devoir t'instruire, aie la gentillesse de laisser ceci t'entrer dans la tête : *nous* sommes tout autour de toi, pourtant il n'y a pas de *nous*. Comprends-tu, mon cher garçon ? Qui j'aime ou je n'aime pas, et je le dis sans fierté excessive pour ma réussite et mes qualités, c'est probablement ce qu'il y a de moins intéressant chez moi. Ça vaut pour la plupart des gens. Tu ferais mieux d'y attacher moins d'importance.

— Entendu, Charles.

— Bien. Et si jamais tu commettais l'erreur d'écouter une voix idiote qui souhaiterait savoir si je te suis venu en aide avec une arrière-pensée quelconque, sache une chose : tu es trop jeune à mon goût, trop maigre et beaucoup trop pâle. »

Quant à Gibblet et Hare, à cette époque, il n'était pas inhabituel qu'un militaire dévoue sa vie à un autre, surtout quand la relation impliquait une forme de servitude perpétuelle. Et comme les différences entre Gibblet et Hare étaient très marquées à pratiquement tous les égards, le lien qui les unissait passait, je crois, inaperçu de tous. Ce fut une série de petites choses, en général tard dans la soirée, quand les défenses tombaient, qui finit par m'ouvrir les yeux : un regard chargé de sens, un mot ou un geste qu'eux seuls trouvaient amusant, un doigt qui s'attardait à toucher celui de l'autre en tendant un verre vide. Dès lors que je sus, il me sembla capital de dissimuler ce savoir. MacIntyre m'avait dit que les Britanniques faisaient une distinction subtile entre l'acceptation tacite de certains « flirts » en mer et une cagoterie tonitruante face à tout ce qui pouvait être perçu comme indécent. Il était même allé jusqu'à me lire, pour ma gouverne, les Articles de guerre, avec leur sévère condamnation de la sodomie, passible de mort. Je n'avais aucun désir de leur causer de la détresse.

Il se peut que mon visage impénétrable m'ait aidé à cet égard. Même beaucoup plus tard, quand il était devenu clair pour toutes les parties que je comprenais la nature de leur relation – car j'avais aidé à organiser et dissimuler un coin chambre à coucher semi-permanent pour eux deux –, nous n'en parlâmes jamais. Des années de peur et de faux-fuyants avaient laissé leur marque, et même si Gibblet et Hare en vinrent à se sentir relativement plus à l'aise en ma présence, surtout dans leur façon de se parler l'un de l'autre, il était attendu de moi que j'affiche une ignorance délibérée. Parfois, ils semblaient en faire autant.

Les deux hommes sont morts, à présent. Il n'y a plus rien à cacher. Et je brise donc mon silence seulement pour consigner que je voyais pour la première fois, en Gibblet et Hare, un couple qui, à sa manière voilée, s'aimait profondément. Hare détenait tout le pouvoir, mais il était totalement vulnérable. Gibblet s'en remettait à moi pour les soins quotidiens de son homme, et j'appréciais cette confiance.

30

C'est ainsi que ma vie prit un tour assez routinier. Pendant les quelques années qui suivirent, elle fut recouverte d'une prévisibilité somnolente. L'été avec les Anglais, l'hiver avec les trappeurs. J'éprouvais à la fois du soulagement et de la honte à vivre dans un monde dépourvu de réelles responsabilités. L'inertie m'assaillait, car je savais que mon voyage avait perdu tout élan, mais l'inertie avait du bon. D'un mois à l'autre – d'une année à l'autre – je savais où je serais et je savais que j'aurais de la compagnie.

Eberhard était mon fil conducteur. Tous les matins, je me réveillais à Michelsenhut dans la chambrette minuscule qui m'avait été accordée en ma qualité d'intendant de Hare, dont les appartements se trouvaient de l'autre côté de la cabane, et que je chérissais car elle était distincte des couchettes des mineurs, installées dans un taudis au toit bas quelques centaines de mètres plus loin. La première chose que j'entendais, c'était le vent. (Un vent d'un type très étrange pour quelqu'un qui a vécu la première partie de sa vie entouré d'arbres et de bâtiments, car dans le Grand Nord il y a peu de surfaces imperméables contre lesquelles le vent peut claquer et s'user. Le vent arctique fait plutôt le bruit de quelqu'un qui respire la gorge grande ouverte.) Et tout de suite après le vent venait le bruit d'Eberhard haletant avec insistance contre ma main.

Ma vie à cette époque était plutôt facile. Hare me traitait avec bonté ainsi qu'un certain respect intellectuel que j'avais fini par croire, peut-être, mérité. Gibblet en revanche, s'il n'approuvait jamais la moindre de mes entreprises, qu'il s'agisse de découper un oignon ou nettoyer les bottes de Hare, semblait partir du principe que j'étais un type pitoyable, déficient au-delà de toute mesure – comme l'attestaient peut-être ma laideur infernale et mon incapacité à être anglais –, aussi se comportait-il envers moi, tel un parent ou un instituteur bon et déçu, avec une compassion chagrine. Mes tâches, comparées à la vie de la mine, étaient très légères. J'avais rarement des journées entières de congé, mais souvent du temps libre en début d'après-midi pour partir à l'exploration avec Eberhard. Nous escaladions les montagnes brunes et basses qui semblaient toutes avoir été écrêtées à la même hauteur, et le fîmes si souvent qu'à force nous les connaissions par cœur. Les particularités topographiques plus intéressantes conservaient un parfum de mystère, car je ne m'aventurais plus loin que durant la saison sombre, lorsque j'étais avec Tapio et pouvais compter sur sa connaissance aiguë du paysage et de ses habitants. Les Britanniques avaient l'air de trouver qu'un rayon d'un mile autour du camp était bien assez stimulant, et ils s'opposaient à cette nature indomptée.

Hare m'avait prêté un fusil pour me protéger des ours mais il était rare que j'en voie, et encore, de très loin seulement. Eberhard, lui, les sentait depuis de longues distances, et un grondement sourd montait alors de son ventre tandis que ses poils se hérissaient sur son échine dans un unisson inquiétant. À ces moments-là, il ressemblait tout à fait à son cousin le loup, la conviction en moins.

Une nuit d'été, dans la deuxième ou troisième année de cette période, je fus réveillé par Eberhard qui grognait en fixant le mur. La provocation était une série arythmique et bégayante de tintements et entrechocs. Avec une grande prudence, je quittai ma chambre et entrouvris la porte de Michelsenhut. Il y avait un ours dans la tente de la cantine toute proche, qui farfouillait dans les casseroles.

Mes nerfs furent soudain mis à rude épreuve par une violente salve d'aboiements, car Eberhard, qui s'était frayé un chemin par l'embrasure de la porte, était maintenant planté entre la tente de la cantine et moi, le poil hérissé vers la lune, les babines retroussées, la queue tendue à la verticale. L'ours se tourna vers nous.

Dans un fracas rocailleux, il lâcha la marmite en fer qu'il était en train d'inspecter et fit trois pas précaires dans notre direction, le museau en mode d'alerte. Pour le moment, ce n'était encore qu'une effrayante forme blanche dans l'obscurité. Néanmoins Eberhard, percevant peut-être un penchement de la balance – car les chiens ont une métrique étrange et mystérieuse pour jauger l'avantage –, modifia sa stratégie. Ses aboiements augmentèrent en volume et en intensité, tandis que sa queue disparaissait entre ses pattes et qu'il battait en retraite pour se retrouver derrière moi, sur le pas de la porte, position relativement abritée pour projeter son hostilité.

Le repli du chien dut déclencher quelque chose chez l'ours, vu qu'il s'élança. Il ne courut pas – c'eût été superflu – mais sa taille et son agilité lui permirent de couvrir le terrain à une vitesse proprement hallucinante. Il se mouvait comme de l'eau, comme une vague inexorable. Quand il s'approcha, je vis distinctement ses yeux : deux cailloux noirs et brillants, pareils à ceux d'un corbeau, mais profondément enfoncés dans l'énorme masse blanche de sa tête. Une main me saisit par l'épaule et me tira en arrière avec une telle force que j'atterris sur Eberhard, dont l'aboi se mua en glapissement d'indignation.

Hare claqua la lourde porte, faisant trembler la charpente de la cabane. Puis il tira plusieurs planches d'une largeur considérable en travers du seuil et les plaça dans des supports en fer. Il nous adressa un coup d'œil, blême dans l'obscurité. « Restez ici », dit-il, avant de disparaître, un fusil à la main.

Un instant plus tard, la porte arrière s'ouvrit en grinçant. Pendant un temps qui me parut interminable, un épais halètement mouillé longea par l'extérieur les rondins de la cabane, qui ne m'avaient jamais semblé aussi frêles. Puis il y eut un grondement, incroyablement fort dans l'air immobile, et si proche qu'il paraissait sortir de moi. Le silence et la surdité qui suivirent étaient inextricables l'un de l'autre. Je crus que mon cœur allait lâcher. Mais j'avais à peine eu le temps de prendre connaissance du choc qu'il y eut une deuxième détonation, suivie, quelques secondes plus tard, d'une troisième. Je sentais l'ours se débattre et tressauter à l'extérieur de Michelsenhut – la violence de son agonie remontait à travers la terre battue du sol et, à deux reprises, une griffe gratta le mur de rondins. Puis tout se tut.

« Tout va bien ! » lança Hare, et déjà il donnait des ordres quant à comment nettoyer les lieux pour ne plus attirer d'ours et comment disposer du corps.

Il rentra par la porte arrière, alluma une lampe et baissa les yeux sur Eberhard et moi, encore emmêlés par terre. Son visage livide n'exprimait aucun jugement.

« Servez-vous de mon cognac, Ormson, et lorsque vous aurez repris vos esprits, allez trouver

Gibblet à la cantine. Il y a beaucoup de rangement à faire. »

Là-dessus, il regagna ses quartiers et, malgré nos supplications répétées, ne parla ni ne mangea pendant trois jours.

31

Deux coups du sort mirent fin à ce long interlude au Camp Morton, l'un lié à Hare et l'autre à Tapio. Durant le long hiver sombre, après le départ des Britanniques, ma chambre avait beau demeurer la même, le travail était beaucoup plus difficile. Tapio revenait, toujours avec Sigurd et Kalle, et ses attentes étaient immanquablement rigoureuses. On m'a assuré depuis lors que tous les Finlandais étaient ainsi – des maîtres terriblement exigeants, envers eux-mêmes avant tout – mais en ayant connu si peu, je ne saurais le dire. Je me fixai pour objectif de gagner le respect de Tapio, en tant que trappeur et voyageur arctique.

À son retour après mon deuxième été en compagnie des Britanniques, il avait été surpris de trouver Eberhard encore de ce monde. Le chien et lui se saluèrent avec une indifférence apparente, bien qu'il existât entre eux, à mon avis, une forme de considération réciproque.

« Je vois que le vieux bâtard n'a pas encore été mangé, dit Tapio en déposant son sac sur le sol.

— Tu veux dire le chien ou moi ? demandai-je.

— Très drôle. Il a de la chance d'avoir échappé au sort de son camarade d'attelage.

— Hélas, le renne est mort, alors ? »

Tapio se tapota le ventre.

« Une bête coriace, obstinée jusque dans la mort. J'ai dû le laisser pendre quatre semaines avant qu'il soit assez tendre pour pouvoir le mâcher. »

Eberhard lui jeta un regard sans lever la tête, puis ferma les yeux.

« Ne crains rien, vieux sanglier, dit Tapio. Tu as trop de nerfs pour que je m'embête. Je souhaite garder les dents qui me restent. »

Leur relation s'était donc placée sous le signe d'une détente paisible. En revanche, Eberhard gardait une aversion durable envers Kalle, rebuté qu'il était, je pense, par le volume de sa voix, et il l'évitait soigneusement. Kalle tentait régulièrement de gagner les bonnes grâces d'Eberhard – il prétendait adorer les chiens – en tendant la main pour ébouriffer sa fourrure ou en lui jetant des bouts de viande à demi mâchés. Dans ces cas-là, j'étais pris d'une étrange et vilaine jalousie – croyais-je que le chien allait m'abandonner pour un autre ? –, mais je n'avais pas lieu de m'inquiéter. Eberhard se méfiait même des rogatons venus de la main de Kalle. Il se souvenait de leur origine, parfois pendant plusieurs jours, et laissait les cadeaux douteux pourrir par terre.

En fait, des trois trappeurs, c'était à Sigurd qu'Eberhard accordait le plus d'attention. Sigurd prétendait qu'il détestait les chiens et trouvait répugnantes leur odeur et leur manie compulsive de se nettoyer. Mais plus il grimaçait et soufflait pour chasser Eberhard, moins cela y faisait. Au fil du temps, je découvris que Sigurd, qui avait le tranchant d'une coquille de bernache, n'était pas que carapace dure. Je le surpris à adresser des paroles douces et amicales au chien quand il croyait que personne ne l'observait. Comme Tapio ne tolérait aucune intrusion d'animal de compagnie sur sa ligne de piégeage – l'odeur et les pistes contradictoires gâcheraient tout, disait-il, et je suis sûr qu'il avait raison –, j'enfermais Eberhard à Michelsenhut quand nous sortions relever les pièges. Souvent, à mon retour au camp, je trouvais Sigurd et le chien assis gentiment au coin d'un feu. La première fois, je fus pris de panique ; j'étais d'abord allé dans mes quartiers et, les trouvant vides, je craignis le pire. Je savais qu'Eberhard était capable d'ouvrir certaines portes et, s'il sortait sans surveillance, il pouvait offrir un repas facile à un ours fouinard. Mais en ratissant le camp j'entendis un murmure en provenance de la cabane de Sigurd et, frappant à la porte, je les découvris tous les deux à l'intérieur.

L'expression de Sigurd passa rapidement d'un amusement léger et furtif à l'irritation.

« Ça fait des heures que cette brute se lèche, dit-il. Je suis certain qu'il a des vers. Tu devrais lui donner une chique de tabac. »

Et les choses se passèrent ainsi, d'année en année, tandis que je devenais de plus en plus proche de Hare et de Tapio, et que mon ombre se faisait indissociable de celle d'un grand chien excentrique.

Ce fut à la fin de ma cinquième année au Camp Morton, au début du printemps 1922, lorsque Kalle revint d'une virée à Longyear avec une petite sacoche de courrier, que le premier coup du sort frappa. Il y avait deux lettres pour moi dans la sacoche : l'une de MacIntyre, qui écrivait souvent, l'autre de Hare, qui écrivait, en moyenne, une fois par hiver. Ses lettres étaient particulières et difficiles à analyser, car il oscillait entre l'insouciance et la morosité. Aux prises avec la langue et le ton, j'avais souvent besoin de les lire plusieurs fois pour avoir le sentiment d'en toucher le véritable message. Ce qui contrastait vivement avec les épîtres de MacIntyre – écrites dans un excellent suédois et rédigées comme s'il était avec moi dans la pièce.

Je lus d'abord celle de Hare. Elle était courte. Il séjournait chez des amis au pays de Galles. Deux paragraphes entiers étaient consacrés à un jeu doté d'un nom d'insecte – il s'était de toute évidence passé quelque chose de passionnant entre deux groupes d'amis ou voisins, mais j'étais bien infichu de voir quoi. Je ne comprenais pas non plus quel intérêt cela pouvait présenter pour moi. Puis la lettre changeait abruptement, Hare se mettant à méditer sur la poésie. Dans les années passées, il avait souvent discouru sur

Wilfred Owen, tué au combat en 1918, à peine quatre mois après son retour au service actif et une seule semaine avant l'armistice. Hare était hanté par cette ironie cruelle. D'autant qu'en 1920, la plupart des poèmes d'Owen – y compris certains de ceux que Hare, à la demande de Sassoon, avait commentés – furent publiés et reçurent un accueil fort élogieux. Cela donnait à Hare l'occasion d'approfondir encore davantage la question. Il m'avait prêté le recueil, bien sûr, et j'avais fini par saisir qu'Owen faisait sans cesse référence à son homosexualité, mais comme Hare ne discutait jamais de cet aspect de leur histoire parallèle et partagée, je veillais à l'éviter.

Dans sa lettre, Hare repensait à Owen : l'approbation posthume et les cruelles ironies dont sa courte vie avait été tissée. Maintenant la guerre finie et l'idolâtrie des soldats de Grande-Bretagne devenue monnaie courante, Hare percevait encore plus douloureusement la mémoire courte ou l'ignorance délibérée du collectif. À quoi servait la poésie de guerre, si nous continuions à parler de la guerre comme d'une entreprise héroïque ? Tous ceux qui avaient été touchés – les amputés, les traumatisés, ceux qui avaient perdu la vue – réexpédiés dans la société et déjà presque invisibles.

Ensuite, Hare citait un poème de Sassoon. Écrit à Craiglockhart, disait-il. Le voici :

J'ai connu un jeune soldat, un gars simple,
Qui souriait à la vie d'une joie vide,

Dormait profond dans la nuit solitaire,
Et tôt levé sifflait avec l'alouette.

Dans les tranchées d'hiver, triste, abattu
Par les poux, le manque de rhum, les obus,
Il s'est tiré une balle dans la tête,
Et de lui on ne parla jamais plus.

Vous qui vous pressez, fats, les yeux brillants,
Pour acclamer les gars défilant,
Rentrez ! Priez de ne jamais connaître
L'enfer où meurent le rire et la jeunesse.

Je connaissais le poème. Intitulé « Suicide dans les tranchées », il avait la subtilité d'une massue, et je ne lui avais jamais accordé plus qu'une attention passagère. Mais Hare avait choisi de le mettre en valeur et de le citer dans son intégralité, et je sentis un frisson parcourir ma poitrine. Il livrait le poème sans plus de commentaire et terminait la lettre par une formule amicale.

Je la fixai un moment, tout en me grattant la figure. Puis je jetai un coup d'œil à la lettre de MacIntyre, encore fermée, et sentis quelque chose de désagréable – un bourdonnement, une vibration – qui s'en dégageait. Je l'ouvris lentement. En termes concis mais délicats, MacIntyre m'informait que notre ami commun Matthew Hare était mort.

32

J'étais encore plongé dans la confusion et le chagrin lorsque le second coup du sort s'abattit, un mois plus tard. J'avais un sentiment très fort de la dureté de la vie de Hare, tout comme de la logique inexorable et cruelle de sa mort. Venant à le connaître, j'avais senti que son temps était compté. Bien qu'il eût trouvé une certaine paix après la guerre, il y avait un poids qui ne le quittait pas. J'avais toujours su, je crois, qu'il mettrait fin à ses jours par lui-même, mais peut-être pensais-je que ce serait plus tard. Je pleurais donc mon ami et, à ma grande honte, m'inquiétais de ce qui m'attendait du côté du Camp Morton et de la Compagnie d'Exploration nordique.

Au lendemain de cette calamité, mon séjour parmi les trappeurs se poursuivit d'abord, et c'en était presque absurde, tout comme d'habitude. Ma façon de piéger frisait l'incompétence totale. J'y allais parfois seul, progressant à pas hésitants comme une vieille dame sur des pavés.

D'autres fois je crapahutais derrière Tapio en essayant d'imiter sa subtilité et son intuition. Ce sont des qualités qui ne s'imitent pas, bien sûr, mais je faisais mon maximum. On m'a dit qu'il était impossible de maîtriser un art par la seule imitation – qu'il faut prendre sa liberté et trouver sa propre musique –, mais si l'on sait que l'art ne sera jamais véritablement maîtrisé, quel mal y a-t-il à essayer ?

Dans l'immensité blanche, Tapio pouvait être volubile. Il discourait sur la théorie politique et le marxisme, maintenait que, si les zélotes avaient leur place dans toutes les révolutions – une foi inébranlable pouvant mener quelqu'un de marginalisé vraiment très loin –, chaque idéologie avait ses failles. S'il voulait réussir à vivre dans le monde qu'il avait contribué à changer, le penseur radical devait en embrasser les amers compromis.

Tapio était submergé par ces compromis. L'humanité l'avait déçu. Parfois, quand il faisait très froid et très sombre et que nous étions loin de la maison, il s'épanchait, comme lors de ce trajet de retour de Longyear, il y avait de cela tant d'hivers. Sa mère et sa plus jeune sœur n'avaient survécu que pour mourir de la grippe espagnole, qui avait ravagé ce camp abominable durant l'été 1918. Sa famille entière avait disparu. Bien avant cela, lui-même s'était lancé dans le vide telle une comète rebelle. À présent il avait l'impression de ne plus connaître le chemin du retour. Son histoire avait été effacée. La courte idylle de la Finlande avec une monarchie allemande avait été fauchée avant de pouvoir porter ses fruits, la défaite de l'Allemagne en 1918 sabordant cette alliance stratégique. Contre toute attente, la Finlande était parvenue à se réinventer en tant que république et avait élu un président l'année suivante. Mais c'était une maigre consolation. Les blessures de la guerre civile, bien qu'infligées à grande distance, comme une malédiction, refusaient de guérir. Si Tapio avait aujourd'hui de l'espoir pour le prolétariat, c'était ailleurs qu'il faudrait le cultiver.

Rentré au camp, il parlait peu. Les trappeurs n'avaient jamais été particulièrement portés sur la conversation, et le temps n'avait fait qu'user davantage leur tolérance l'un envers l'autre. J'avais l'impression d'être un médiateur, voire une radio, qui relayait des messages. Ils mangeaient ensemble – parfois même buvaient ensemble –, mais dans un souci d'efficacité. Seul Kalle essayait régulièrement de briser la glace, mais ses tentatives se heurtaient à une obstination maussade. Il s'en fichait. Je crois qu'il aurait tenu la jambe à un mur.

La nuit fatale arriva en avril 1922. Je faisais la vaisselle en prenant particulièrement mon temps. Kalle avait bu, comme souvent, et discourait, comme souvent. Je ne souhaitais pas lui servir de public ni être en butte à ses remarques – c'était toujours la même chose, avec lui. Sigurd s'était retiré dans sa cabane sans un mot après le dîner. Tapio fixait d'un œil consterné la partie de sa botte qui continuait de se découdre malgré ses efforts répétés pour juguler les dégâts. La semelle bâillait comiquement, mais Tapio ne trouvait pas ça comique. Rares étaient les talents utiles qu'il n'avait pas su acquérir, et la cordonnerie en faisait partie. Ce soir-là, il était difficile de savoir ce qui le tourmentait le plus : la botte ou l'un des souvenirs de sa famille qui semblait tuer toute joie en lui.

Kalle, à la hauteur de la situation, se disait clairement qu'il allait pouvoir retourner le couteau dans cette plaie. La famille de Kalle était du nord de la Finlande. La plupart des gens qu'il connaissait au pays s'étaient battus du côté des Blancs conservateurs, bien qu'étant pauvres. Certains d'entre eux étaient peut-être morts au combat – certains d'entre eux avaient peut-être succombé aux actes de terreur et de barbarie commis par les deux camps. L'Armée rouge n'était pas un parangon du combat éthique. Mais peu importait – Kalle n'en aurait rien su, dans un cas comme dans l'autre. Il n'allait jamais au pays ; il n'écrivait à aucun proche ; il ne recevait aucune nouvelle particulière. Il était entièrement apolitique, m'avait dit un jour Tapio, « comme seuls les véritables égocentriques peuvent se permettre de l'être ». Mais cela ne l'empêchait pas de provoquer. Il prenait plaisir à voir s'il pouvait faire réagir Tapio, et ce soir-là il était au sommet de sa forme.

Les détails m'échappèrent, mais, par-dessus le cliquetis des plats en métal, j'entendis Kalle faire un commentaire sur Pinja, la sœur de Tapio qui avait donné sa vie pour la cause, suivi d'un rire énorme – bien trop gros pour n'importe quelle pièce. Je n'entendis pas Tapio répondre. Je doute qu'il l'ait fait. Ce que j'entendis, ce fut un bruit mat, bref, comme lorsqu'on saute au sol depuis une hauteur d'un mètre – ensuite, tout se tut. Le silence me mit aussitôt mal à l'aise. J'abandonnai la vaisselle et sortis de l'arrière-salle qui nous servait de cuisine d'hiver. Tapio était toujours assis à la même place. Il n'avait plus sa botte à la main, mais son visage était sombre et fatigué. Il regardait dans le vide. Kalle avait piqué du nez, le visage sur la table, l'air d'avoir bu à en perdre connaissance. Ce que je l'avais déjà vu faire.

« Trop de vodka ? demandai-je à Tapio.

— Non, mort, répliqua-t-il.

— Ivre mort, tu veux dire ?

— Non, mort mort. »

Tapio se leva avec lassitude. La lourde pince-étau qu'il employait souvent quand il recollait la semelle de sa botte – vaine entreprise – était à ses pieds. Intrigué, je me demandai ce qui avait bien pu pousser le méticuleux Tapio à laisser un outil traîner par terre au lieu de le ranger à sa place. Il fit alors le tour de la table et souleva la tête de Kalle par les cheveux, me montrant cliniquement, comme il m'avait montré tant d'autres choses, l'endroit où il avait asséné la pince, suffisamment fort pour enfoncer le quart supérieur droit de l'os frontal, abattant Kalle comme avec la froide précision d'un maillet d'équarrisseur.

Tapio lâcha la tête du trappeur sans autre forme de cérémonie et elle refit le même bruit mouillé que j'avais entendu quelques instants plus tôt.

« Aide-moi à le sortir, dit-il. Je compte donner ce salaud à manger aux ours. »

Dans les semaines qui suivirent, Tapio s'autorisa à se sentir quelque peu tourmenté. Il avait un centre moral rigide et il était troublé. Les Britanniques allaient bientôt revenir, avec un nouveau commandant cette fois-ci. Il était impossible de prédire quelle serait l'atmosphère. Tapio et moi avions à peine discuté de la mort de Hare, mais je savais qu'il le respectait et que leurs échanges avaient toujours été sous le signe de la cordialité, ce qui était le maximum de chaleur dont Tapio était capable. À présent il semblait comprendre que le fil de sa vie se défaisait.

Je tentai d'aller au-devant de ses pensées – exercice qui d'ordinaire l'irritait – et de soulager ses inquiétudes.

« Je ne pense pas que les autorités trouveront le corps de Kalle », dis-je.

Nous l'avions traîné assez loin du camp et en trois jours il avait disparu.

« C'est peu probable, acquiesça-t-il.

— Alors tu ne crains rien, mon ami. Pas besoin de t'inquiéter !

— Je n'ai pas peur de me faire prendre, rétorqua-t-il, visiblement irrité par cette suggestion. Je crois seulement qu'il serait éthique de me rendre, et pourtant je n'ai pas envie de le faire.

— Tu ne devrais pas le faire, bien sûr. Et s'il te plaît, qu'il aille sans dire que tu peux compter sur mon silence absolu. »

Tapio me regarda avec gravité. Les rides qui entouraient sa bouche et barraient son front étaient de profonds sillons.

« Je ne me permettrai pas de ternir ta probité », dit-il.

Je crus d'abord qu'il se moquait de moi, mais il était tout ce qu'il y a de plus sérieux. Nous gardâmes le silence une minute ou deux. Ma probité était une chose à laquelle je n'avais jamais accordé beaucoup d'attention. Le concept me paraissait ridicule.

Pour finir, je balayai ses scrupules d'un geste de la main, tout en soufflant de l'air par le nez pour souligner le peu de cas que j'en faisais.

« Peut-être, risquai-je pour changer de sujet, n'est-ce pas la première fois que tu tues un homme ? » Je m'étais souvent posé cette question depuis l'incident. « Je crois comprendre que ça peut être plutôt difficile. »

Tapio grogna. Il poussa même un petit rire sans joie.

« Pour qui tu me prends, Sven ? Pour un desperado ? Évidemment que c'est la première fois que je tue un homme. Même si, pour être franc, j'ai eu bien plus mauvaise conscience la première fois que j'ai tué un ours. »

Au bout du compte, quelques jours seulement avant l'afflux britannique, ce fut Sigurd qui décida du tour qu'allaient prendre les choses. Il n'avait encore rien dit de toute l'affaire. Lorsqu'il en avait été informé, le lendemain matin du sanglant supplice, son expression revêche n'avait traduit pratiquement aucun changement. Là, après avoir repoussé la conversation le plus longtemps possible, Tapio le coinça au dîner pour lui demander où en étaient les choses. La « probité » de Sigurd ne fut pas évoquée, mais Tapio et moi supposions qu'il pouvait avoir une certaine loyauté envers Kalle. Les deux hommes avaient piégé et voyagé ensemble pendant de longues années.

Tapio se montra des plus déférents. Sigurd était impassible. J'observais avec inquiétude.

Alors, ayant fait le tour du dilemme, Sigurd poussa un gros soupir, comme d'ennui profond, et dit :

« Il est mieux mort. Il parlait trop fort. Je ne suis pas devenu trappeur pour entendre jaser autant. En plus, ce camp est trop petit pour quatre personnes en hiver. C'était inévitable qu'un de nous écope. »

33

Convaincu que les morts de Hare et Kalle avaient mis un terme catégorique et irréfutable à mon séjour au Camp Morton, je refusai de renouveler mon contrat. Je traînai un certain temps à Longyear. Il me peinait d'abuser de l'hospitalité indéfectible de MacIntyre, d'autant plus que je ne quittais pratiquement jamais sa minuscule demeure. Après avoir vécu plusieurs années dans un isolement relatif, vu ou ignoré par le même petit groupe d'hommes, je ne supportais pas la perspective de nouvelles personnes cherchant à percer le mystère de mon visage ravagé. Cela me rendait d'une timidité compulsive – frisant la paranoïa. MacIntyre le tolérait – comme il tolérait la plupart de mes bizarreries et de celles d'Eberhard, avec son égalité d'humeur habituelle. Bien que d'une sociabilité surnaturelle, MacIntyre n'était pas mondain et il ne semblait pas se lasser des heures calmes que nous partagions. La chose qu'il détestait ouvertement, c'était qu'on s'apitoie sur son sort, et les rares fois où j'exprimai mon inquiétude d'être un poids excessif, il m'arrêta net.

Les mois d'été passèrent. L'inertie engendre la certitude de sa propre nullité, et je me trouvai au creux de la vague. MacIntyre disait qu'il guettait les nouvelles d'une perspective pour moi, mais ne voyait rien venir. La Compagnie d'Exploration nordique ne semblait plus être une option rentable ni accueillante. Selon une rumeur, le pauvre Gibblet endeuillé aurait quitté son poste pour entrer dans la marine, mais il n'y avait pas moyen d'en avoir confirmation.

Je voulais continuer le piégeage, mais je n'avais ni la compétence ni la confiance en moi pour me lancer seul. Tapio, entre-temps, s'était fait très rare. Quand nous avions quitté le Camp Morton, il n'était pas rentré à Longyear et s'était montré vague quant à sa destination : peut-être allait-il prendre un bail de piégeage dans un fjord reculé portant le nom de qui sait quel prince héritier. Il m'assura qu'il ne disparaîtrait pas pour toujours sans un mot d'adieu, mais je ne le croyais qu'à moitié.

MacIntyre avait d'autres inquiétudes. « Je n'aime pas l'idée de notre cher Tapio seul là-bas, confronté à une transgression morale. Il est capable d'être dur avec lui-même. »

J'objectai que Tapio m'avait paru plus gêné par son désir d'éviter les répercussions que troublé par le meurtre.

MacIntyre m'adressa un regard de gentille réprimande.

« Ne te targue pas de savoir comment notre ami finlandais peut se sentir d'un moment à l'autre. Les Finlandais sont peut-être froids de l'extérieur, mais à l'intérieur, il y a souvent un bouillonnement volcanique. Ils le cachent mieux, c'est tout.

— Tu le connais bien. Quelquefois j'ai l'impression que je ne le connaîtrai jamais.

— Balivernes. Il t'a confié des choses dont il n'a jamais soufflé un traître mot en ma présence. Chaque amitié est différente. Et permets-moi de te dire, mon cher Sven, que si tu n'admets jamais la possibilité que quelqu'un t'aime pour ton seul mérite, tu trouveras toujours sa façon de le démontrer inhabituelle ou insuffisante. »

J'y réfléchis longuement. MacIntyre était friand de ce genre d'aphorismes – le genre qui tenait la route tant qu'on ne creusait pas trop.

En août 1922 je reçus une lettre très attendue d'Olga. Plus tôt dans l'été, je lui avais décrit ma situation avec autant de franchise que j'avais osé en user, sachant qu'elle ne me donnerait jamais de conseils, mais serait susceptible de transmettre un peu de sagesse.

Cher Frère,

Je suis peinée d'apprendre qu'une fois de plus te voici à la dérive. Tu ne dis pas au juste ce qui est arrivé à tes amis Hare et Tapio, j'en suis donc réduite à me tordre les mains en redoutant le pire.

C'est un soulagement que tu aies au moins un ami vers qui te tourner dans ce lieu stérile.

Transmets mon bon souvenir à Charles, à propos, et s'il te plaît rassure-le : sa dernière lettre m'a fait hoqueter de rire de façon bien peu féminine, au point que les enfants ont pris peur, croyant que je m'étranglais, et dis-lui que ma réponse ne va pas tarder. J'ai rarement le temps de réfléchir, dans la bourrasque d'activités et d'émotions levée par ces deux sauvages hurlants – on peine à croire que certaines personnes arrivent à élever plus de deux enfants hors d'une cage en fer. Wilmer est gentil, à sa façon, bien que buté et très, très sérieux dans ses études. Il se prend pour un homme, bien sûr, du haut de ses quatorze ans. Ta chère Helga, qui en a presque treize à présent, me fait grincer des dents par son obstination. J'ignore ce qu'elle deviendra. Elle ne manque pas d'intelligence, comme tu adores le faire remarquer, mais moins on en dira sur ses exploits scolaires, mieux ça vaudra. Si d'aventure le professeur demande à voir son travail, elle le prend pour un affront. Étais-tu comme ça ? J'en ai un souvenir lointain, comme un écho.

Quant à moi, je n'ai pas encore repris pleinement possession de ma vie. Les enfants ont peut-être atteint un certain degré d'autosuffisance – disons, tout du moins, qu'ils sont moins crampon – mais, paradoxalement, leur besoin de surveillance s'est sans doute accru. Quant à Arvid, le pauvre chéri, il a le don de se blesser quand il est sur les quais, à une fréquence sidérante et de façons l'une plus bizarre que l'autre. Il y a des jours où j'ai l'impression de devoir m'occuper d'un troisième enfant, en fin de compte. C'est, bien sûr, le plus gentil des hommes, et il t'envoie toute son affection.

Tout cela pour dire que je sais que tu ne reviendras pas à Stockholm. Si tu es assez vaniteux et ridicule pour te soucier de la façon dont les mineurs de Longyear City te regardent, alors ce ne sera pas mieux face aux foules grouillantes de ta ville. Mais s'il n'y a vraiment rien pour toi là-haut et si ton désir d'aventure arctique s'est tari, je ne vois pas ce qui t'empêcherait de penser à travailler ailleurs en Suède. Je suis certaine qu'Arvid pourrait te trouver un emploi de pêcheur. N'as-tu pas toujours eu envie de faire du bateau ? Penses-y, mon cher frère, je te prie. Helga parle encore de toi avec des accents tragiques, comme si tu étais le seul à l'avoir jamais comprise, alors que la dernière fois que tu l'as vue elle n'avait pas encore sept ans. Ça me ferait rire si je n'avais pas aussi fortement envie de la déposer sur les marches de je ne sais quel orphelinat gothique.

Reviens, Sven. Je comprendrai toujours que tu ne le fasses pas, mais je souhaiterai toujours qu'il en soit autrement.

Avec tout mon amour,
Olga

Comme je tenais à elle. Et quelle morsure, pareille à celle du fer froid, de penser aux miles que je m'obstinais à maintenir entre nous deux.

Ce mois-là, je commençai à réfléchir à une foule de trajectoires improbables. Le retour à la mine n'en faisait pas partie. La Suède était une possibilité même si je sais à présent, et le savais sans doute alors, que c'eût été ma perte. J'avais choisi de vivre loin des conventions rigides de la société – d'ailleurs, les évènements ultérieurs n'avaient fait que renforcer ma décision. Bien sûr, on peut mener une vie d'une bizarrerie monacale presque n'importe où, y compris en Suède, mais je demeure convaincu que ça ne serait pas advenu. Je serais retourné à Stockholm, je me serais installé chez ma sœur, j'aurais rendu la vie misérable à toute la famille avec mes manières de reclus, et puis j'aurais cédé au désespoir. Quant à la pêche, j'ai toujours trouvé qu'il y avait une fraternité collective bien trop grande sur les bateaux. Les marins doivent travailler en harmonie, sans quoi c'est l'échec de toute l'entreprise. Le solitaire, c'est le guignard, du moins à ce que j'en ai lu.

Je remis donc à plus tard la tâche ardue de répondre à Olga et cherchai ailleurs. Peut-être, songeai-je, pouvais-je m'embarquer dans une expédition audacieuse et suicidaire dans une partie peu connue du désert blanc. Je pouvais emmener Eberhard avec moi. J'envisageai également d'aller chercher de l'or dans l'Amazone, élever du bétail en Argentine, ou encore vivre parmi les Inuits ou les Maoris et écrire des livres d'ethnographie qui seraient bien reçus. Quel choc, dans les nobles salles du monde universitaire, de découvrir l'existence d'un anthropologue autodidacte aussi modeste et futé !

Je n'étais pas jeune, mais je me comportais comme si. À trente-huit ans, je me sentais soudain vaciller au bord de quelque chose. Si j'avançais d'un pas et me retrouvais sur une pente rapide, j'espérais qu'au moins le trajet s'avérerait remarquable.

Je fumais de grandes quantités de tabac à cette époque. MacIntyre était une influence dangereuse à cet égard, vu qu'il était rarement sans sa pipe – une étonnante calebasse courbée au foyer d'écume de mer. La mienne était une Cherrywood à longue tige de provenance inconnue. C'était un cadeau de ma sœur, qui n'approuvait pas que je fume mais estimait que, quitte à avoir cette habitude dégoûtante, autant le faire avec panache, et j'y tenais beaucoup.

Un soir de septembre, nous fumions dans un silence complice, MacIntyre gloussant à ma dernière lubie, quand nous entendîmes frapper à la porte du cabanon. Je plongeai derrière un livre. C'était le receveur des postes, un Norvégien du nom de Stig qui avait un certain respect pour MacIntyre. Troublé par la commission qui l'amenait et par ma présence, Stig balbutia quelques mots d'excuses. MacIntyre l'invita à entrer, mais Stig agita poliment la main, disant qu'il ne pouvait s'absenter longtemps de ses fonctions.

Il sortit une enveloppe abîmée de son manteau et la tendit à MacIntyre.

« Votre ami trappeur, lui dit-il. Je savais que vous souhaiteriez la voir immédiatement et j'ai pensé, si vous me pardonnez cette présomption, qu'il pourrait y en avoir d'autres, au camp, qui souhaiteraient la voir immédiatement. Les autorités, pour ainsi dire. »

Il ponctua d'un clin d'œil appuyé.

Ce qu'il savait ou croyait savoir de la situation de Tapio, il ne le dit pas. MacIntyre retourna le clin d'œil, remercia Stig de sa discrétion sur laquelle on pouvait toujours compter, puis referma la porte.

« Le voici enfin », dit MacIntyre.

Il ouvrit l'enveloppe et s'assit pour lire, sans guère me prêter attention.

Je dois reconnaître que j'étais un peu effondré, après ces longs mois de silence, de ne pas avoir droit à ma lettre, moi aussi. Je me consolai, cependant, en me rappelant que Tapio n'était pas un correspondant prolixe.

MacIntyre fredonnait, marmonnait, fronçait les sourcils tout en lisant. Je cherchais des indices sur son visage. L'impatience avait presque eu raison de moi quand il finit par relever la tête.

Il eut un petit rire triste.

« Eh bien, eh bien. Notre ami est violemment égal à lui-même. On peut compter sur lui pour ça, au moins.

— Et… ? demandai-je. Comment va-t-il ? Qu'est-ce qu'il fait ?

— Il parle très peu de ses affaires. Presque pas. Peut-être qu'il te le dira quand tu le verras.

— Quand je le verrai, quand ça ? Il compte revenir ici ? Est-ce raisonnable ?

— Calme-toi, mon cher Sven. Tu tires trop, dans ton agitation. Tu vas te rendre malade. » MacIntyre se délectait de contrôler et distribuer les informations. Il m'observa jusqu'à ce que je présente une apparence de sang-froid. « Regarde, finit-il par dire. Il y a un post-scriptum et il te concerne. Je lis ? »

Je jetai les bras au ciel, exaspéré.

« Voilà », dit-il.

P.S. Je joins une carte de la Terre de Haakon avec la marque d'un emplacement que n'importe quel marin comprendra. Merci de trouver un navire adéquat pour Sven, s'il est encore à se prélasser chez toi, et de lui dire de me retrouver à l'endroit indiqué d'ici deux ou trois semaines. J'attendrai jusqu'au 10 octobre et je te rembourserai son voyage. Dis-lui que j'ai trouvé son fjord. Dis-lui que j'ai trouvé son silence.

TROISIÈME PARTIE

34

C'est une bonne chose que je ne sois pas rentré ventre à terre en Suède pour m'embarquer comme pêcheur. Je suis au mieux un marin passable. Et même si l'on peut remédier à l'ignorance, j'ignore pratiquement tout des bateaux et je supporte mal leur mouvement contre nature.

Il y a des gens qui se confinent au lit ou au bastingage arrière, où ils vomissent tripes et boyaux, tremblent de tout leur corps et gisent sans force, pâles et en sueur. Je n'en fais pas partie, heureusement. Mais plus de deux jours et deux nuits à ballotter ont un effet néfaste sur mon équilibre, de sorte que, même une fois recraché sur la terre ferme, je titube comme un ivrogne et me raccroche aux murs et aux lampadaires avec l'impression que le monde tangue sous l'effet d'une incessante activité. J'ai entendu décrire ce phénomène par le terme anodin de « mal de terre », mais je ne vois pas comment ce dernier peut rendre compte avec justesse et précision de la terrifiante sensation que la terre ne tient plus sous vos pieds comme elle le devrait.

J'étais dans un état de nerfs avancé lorsque nous nous faufilâmes dans le détroit du Smeerenburgfjord, surnommé le « Trou danois », longeant par bâbord l'île Amsterdam où jadis les plages miroitaient et brillaient sous la graisse de baleine, si épaisse que même le redoutable courant de fond ne parvenait pas à l'emporter. Comme le ciel devait s'assombrir sous la fumée noire ! Comme le panache glauque et puant devait attirer les oiseaux de mer, et sur plusieurs latitudes à la ronde ! Mais j'étais préoccupé par mon propre sort, tel qu'il était. Ne pas savoir ce que j'allais trouver à notre arrivée ni qui ; ne pas savoir si j'étais prêt.

Et puis le bateau se mit à tanguer quand nous passâmes le cap pour nous diriger vers l'est en flirtant avec les limites nord de l'île du Spitzberg elle-même. Une nuit où nous étions ballottés en tous sens, l'ancre glissa de sa bitte d'amarrage. Dans ma minuscule cabine de poupe – car MacIntyre avait insisté, le cher homme, pour que j'aie un lieu à moi seul – je fus tiré d'un sommeil misérable par le grincement de la lourde chaîne qui piquait vers le fond de la mer. J'avais l'impression que seule une mince paroi me séparait de l'écubier, et peut-être était-ce vrai. Alors la patte de l'ancre mordit le sol et nous tournoyâmes violemment, car le bateau stoppé net dans son élan se soulevait et faisait une embardée. Je crus que tout était fini. Il y eut le bruit d'une multitude de pieds et quelques instants d'un actif tumulte pour remonter la chaîne, bien plus lentement qu'elle ne s'était déroulée, au point que j'eus l'impression de pouvoir compter chacun des maillons, gros comme la main, qui passaient au ras de mon oreille suppliciée. Bientôt, le mouvement violent du bateau se calma. Je ne sus jamais si la situation avait été aussi désespérée que j'en avais eu l'impression, car je restai, tremblant et recroquevillé, sous mon couvre-lit humide, et lorsque j'émergeai brièvement le lendemain, les marins avaient l'air de penser que les faits et gestes de la nuit ne méritaient pas de commentaire.

Le premier aperçu que j'eus de la baie, Alicehamna, ne fut ni de bon augure ni clair. Lorsque nous débarquâmes et qu'on m'emmena en canot à la plage, j'eus beau me faire aider pour enjamber le plat-bord, je continuai de chanceler ridiculement et l'eau m'entra dans les bottes. En titubant vers la plage, voyant l'horizon basculer de quarante degrés vers la gauche, puis d'autant dans l'autre sens, je fus submergé par une vague de désespoir si forte que je crus me noyer. Qu'est-ce que je faisais là ? Les marins me dépassaient à pas vifs, car les marins sont toujours pressés, pour décharger mes affaires et plusieurs autres caisses sur le rivage. Mon impuissance me faisait honte. Je tentai d'exprimer ma reconnaissance d'un mot ou deux, mais les marins grognèrent et poussèrent au large.

Promenant mon œil larmoyant autour de moi, je m'efforçai de distinguer quelque chose – n'importe quoi – qui pût éveiller un sentiment d'espoir. Il n'y avait pas de constructions, bien sûr. M'étais-je attendu à trouver un village ? Peut-être quelques cabanes accueillantes, ne serait-ce qu'une seule ? Je crois qu'on peut me pardonner d'avoir succombé à l'angoisse.

Je gagnai la plage à pas atroces, des éclats de glace crissant sous mes bottes trempées, et tombai ou plutôt m'écroulai en un tas pitoyable. Le soleil donnait de la bande au-dessus de moi, telle une ampoule qui se balance. J'avais une légère envie de vomir, mais elle était écrasée par la profonde et triste conviction d'avoir à une folie fait succéder une autre folie. Le bateau, mon unique chance d'évasion, était à l'ancre à moins de deux cents mètres dans le fjord, mais le canot était déjà rattaché et le navire appareillait. J'agitai faiblement la main – salut ou appel à l'aide, le sens de mon geste m'échappa alors, et il m'échappe encore aujourd'hui. Quoi qu'il en soit, il resta sans réponse.

Les doigts brûlés par le froid, je sortis à tâtons ma pipe et ma blague à tabac. Je pensais que la fumée m'aiderait à me ressaisir, ou du moins calmerait un peu mon ventre. Je gâchai dix précieuses allumettes pour la démarrer. Quelques pierres aux arêtes vives me rentrèrent dans les coudes quand je m'appuyai en arrière, au bord de l'évanouissement. Même les pierres étaient obstinées dans ce pays, me dis-je dans un moment d'amère nostalgie, pensant aux galets polis par le fleuve qui s'échouaient au bord de l'Ulvsundasjön, où Arvid avait son quai.

Je fumai quelque temps et, comme cela se passe généralement quand le tabac remplit son office ou que je suis submergé par les vicissitudes de la vie, je m'endormis. Je rêvai que j'étais à la cantine des mineurs à Longyear, que je faisais la queue pour être servi et que je n'arrivais pas à décider si j'avais envie du ragoût ou pas. Le serveur, exaspéré, me fusillait du regard. Pourtant je tergiversais toujours. On était dans une impasse. L'indécision se poursuivait et le rêve se poursuivait, comme si le temps s'était arrêté dans le plus banal des lieux.

Un bruissement me réveilla. Je sursautai, pensant qu'un ours avait profité de mon somme stupide pour s'approcher et piller toutes mes provisions. Je tentai de me lever, mais j'avais les mains et les pieds engourdis. Je battis de la paupière pour dégager mon œil embué, mais le monde balançait toujours d'avant en arrière. Une forme était penchée sur les caisses, déposées à vingt mètres du bord de la plage, plus à l'abri de la marée que moi-même. La créature ne ressemblait pas à un ours, mais je ne pouvais pas avoir de certitude.

« Hé ! Ohé ! criai-je, absurdement.

— Oui ? fit la silhouette. Bien reposé ? Tu dormais tranquille, la pipe au bec, on aurait vraiment dit un cadavre bien raide. J'ai été tenté de te laisser là, tel un artefact historique.

— Tapio ! m'exclamai-je. Quel plaisir de te trouver là.

— Tu attendais quelqu'un d'autre ? dit-il. Maintenant donne-moi un coup de main pour porter ces caisses, ou au moins éloigne-toi de l'eau, si tu as trop le mal de terre pour m'aider. Ton œil flotte dans ta tête. »

35

Le lieu s'appelait Bruceneset. Sur le moment, mon cerveau opprimé et détrempé fut incapable d'enregistrer le nom. Tapio dit qu'il voyait bien que je n'étais pas encore étanche, et qu'il attendrait un moment ultérieur pour me communiquer de plus amples informations. Il me hissa et me traîna à moitié, comme il l'aurait fait d'un phoque bouffi. Je me trouvai déposé brutalement sur un lit de camp dans une grande tente de prospecteur en toile. Elle était peu meublée, les Finlandais ne se souciant guère de la décoration intérieure. Un lit de camp pliant contre chaque paroi et, au fond, un bureau rudimentaire fait de vieilles caisses et de bois flottés. Plusieurs cartes étaient éparpillées sur le dessus. Un minuscule poêle en fonte dont le tuyau étroit sortait par un œillet dans la toile brûlait doucement dans le coin.

Tapio me poussa en arrière sans ménagement, de sorte que mes jambes décollèrent – raides comme des pattes de scarabée –, puis il entreprit de retirer mes bottes trempées.

« Attends un instant », dit-il, sortant de la tente.

Il avait déjà commencé à fouiller dans mes affaires quand il surgit tête la première par le rabat, portant ma petite malle. Il la lâcha au sol et continua d'en retourner le contenu, sans cesser de marmonner des commentaires irrités sur les choses inutiles que j'avais apportées. Il finit par trouver mes bottes de rechange, les jaugea d'un œil désapprobateur et me rechaussa, les pieds encore en l'air comme un enfant. Lorsqu'il eut fini, il me rebascula vers l'avant, m'amenant tête verticale et bottes au sol.

« Maintenant, dit-il, bois ça. »

Il porta une flasque à mes lèvres et je sentis le goût du brandy, brut et brûlant comme du pétrole, peut-être tiré à la première ou à la toute dernière étape de sa distillation, car Tapio n'accordait aucune importance au goût des alcools, seulement à leur efficacité. Le brandy creusa un sillage ravageur sur ma langue et dans ma gorge, et son effet fut à la fois immédiat et profond : une étincelle de vie me revint. En vingt minutes, ayant ingéré deux autres goulées du redoutable carburant et une grande portion de viande séchée dure comme de l'écorce, j'étais redevenu un peu plus moi-même. Je tenais debout et j'y voyais. Je débordais de questions.

« Quel plaisir, dis-je en souriant à mon ami. Ça fait longtemps que tu attends dans cet endroit perdu ? Combien de jours ? Qu'est-ce que tu lis ? »

D'un grognement, Tapio éluda mes questions.

« On aura bien le temps pour tout ça, dit-il. Allons voir la configuration du terrain. »

Sur quoi il me traîna, quasiment, hors de la tente.

Je fis de mon mieux pour tenir sa cadence, mon vertige en partie calmé mais loin d'être entièrement dissipé, lorsqu'il s'engagea sur une pente légère qui montait de la plage. Un voile de neige couvrait la terre implacable et gelée et, à intervalles de quelques minutes à peine, des rafales de neige nous cinglaient latéralement, rivalisant avec les rayons brûlants du soleil de fin d'après-midi. Nous étions parvenus à mi-flanc de la colline, peut-être, quand je butai contre un poteau en bois.

« La peste soit de cet obstacle imprévu ! m'écriai-je.

— Tu marches sur une tombe », me fit remarquer Tapio.

En regardant de plus près, je découvris que le poteau était en réalité une croix grossière. J'étais perché, effectivement, sur un petit monticule de pierres, tel un charognard. Je glissai un coup d'œil par une brèche dans cette sépulture rocailleuse, et découvris avec effroi que quelqu'un me rendait mon regard. Un vieux crâne aux dents sans gencives et aux cheveux plaqués sur le front me zyeutait dans l'attitude insondable de la mort.

« Oh, mon Dieu », chuintai-je en sautant à bas de la tombe. Je fus pris d'une sueur froide.

« Pardon ! Pardon ! dis-je sans trop savoir si je m'adressais à Tapio ou au squelette.

— De quoi ? fit Tapio. Ça ne le dérange sûrement pas.

— Qui est ce pauvre homme ?

— Un pêcheur de baleines, à ce qu'on m'a dit. Reprenons. »

Nous nous remîmes à grimper et je rivai l'œil sur mes pas laborieux, jusqu'au moment où, enfin, nous atteignîmes un sommet arrondi. Je suffoquai, tant à cause de l'air glacé que j'aspirai goulûment, que d'émerveillement face à l'immensité absolue de la terre et du ciel, qui se perdaient au regard dans toutes les directions. La neige s'était calmée. Les nuages filaient à vive allure, bouleversant la lumière à une fréquence troublante. Dans de nombreux endroits du monde, la vue est limitée et on en vient à compter sur une certaine constance, ou du moins sur des rythmes mesurés de la part du soleil et du ciel. Quand les cieux commencent à courir et s'agiter, en général c'est le prélude à une tempête redoutable. Aussi, vivant dans un pays où le vent et les nuages ne rencontrent aucun obstacle sur des kilomètres et des kilomètres, doit-on acquérir le sens d'une alarme météorologique permanente.

Le lieu dégageait un sentiment d'âpre désolation. Son étendue était immense. Rien ne le bornait ni n'offrait la moindre impression de sécurité. Même les montagnes étaient lointaines.

Elles avaient un caractère bidimensionnel – tellement immobiles et sans vie qu'elles semblaient peintes sur une toile –, et la chape de nuages gris masquait si uniformément leurs sommets qu'elles se confondaient presque, seules les dents de scie érodées d'un front glaciaire bleu acier marquant encore leurs différences.

Le ciel, quant à lui, était réellement extraordinaire : un tapis perméable par endroits, dont la trame perdait de l'encre. C'était comme si la lumière du soleil clignait à travers des paupières qui s'ouvraient lentement, traçant des rayures d'orange et de turquoise sur la baie. L'eau était peut-être ce qu'il y avait de plus vivant. Elle se soulevait et remuait sans cesse, tel un fond de vallée qui ne tient pas en place.

« J'ai l'impression que je pourrais voir le pôle Nord d'ici, finis-je par dire.

— Il n'y a pas de terre au pôle Nord et rien à voir, comme tu le sais parfaitement, dit Tapio. Et tu es face au sud. »

Il attira mon attention sur l'anneau parfait que les montagnes dessinaient autour de la baie. Celle-ci s'appelait Alicehamna, du nom du *Princesse Alice*, le navire que le prince Albert Ier de Monaco avait consacré aux expéditions scientifiques au tournant du siècle. Tapio dit que le prince avait financé Nansen, entre autres.

« Ce n'est pas le pire souverain auquel être associé, si on tient vraiment à honorer cette vile institution qu'est la monarchie. »

Il se tut un moment, ressassant, je présume, des pensées sur la monarchie et autres modes de gouvernement inférieurs.

Puis il me fit pivoter et, au lieu d'une baie fermée, je contemplais maintenant l'entrée d'un grand fjord. Au-delà des montagnes qui s'affaissaient dans l'eau de part et d'autre comme un portail en ruine, courait l'océan.

« À présent peut-être que tu parviendrais à voir le Pôle s'il y avait quelque chose à voir, dit Tapio, car tu te trouves presque sur le dix-huitième parallèle et qu'il n'y a que cinq degrés de latitude entre l'aiguille invisible et toi. »

Cette langue de terre, poursuivit-il, faisait très efficacement tampon entre les vastes eaux du nord du fjord, déjà nettement plus calmes que celles qui s'étendaient au-delà du Raudfjord, le fjord rouge, et Alicehamna, où j'avais échoué comme tant de bois flottés. On ne pouvait guère trouver port plus protégé au Spitzberg. La montagne, comme elle avait été généreusement classée, qui nous offrait un si beau point de vue s'appelait Brucevarden.

« Je ne sais pas qui était Bruce, dit Tapio, mais je connais le nom de l'homme dont tu piétines les os. »

À mon grand embarras, il s'avéra que j'avais encore trouvé moyen de me percher sur une tombe.

« Oh là là !

— Erik Zakariassen Mattilas, continua Tapio, impassible. En 1908, il a fait son hivernage ici. Il est mort du scorbut.

— Ce doit être un endroit périlleux.

— Oui. Bienvenue dans tes nouvelles chasses. Puisses-tu avoir plus de chance. »

36

« Que voulais-tu dire, au juste, en parlant de *mes* chasses ? »

Nous étions recroquevillés devant un feu de bois flottés parce que Tapio avait décrété qu'il faisait doux pour le Raudfjord, et qu'il fallait en profiter tant que ça durait. Il avait déjà attrapé et apprêté dix-neuf lièvres depuis son arrivée à Bruceneset une semaine plus tôt et il les conservait dans une glacière de fortune qu'il avait taillée dans un bloc d'iceberg échoué sur la plage, grand comme un petit cheval. Deux de ces lièvres rôtissaient au-dessus de notre maigre flamme – autre marque d'excès, car Tapio estimait que la majorité de la viande chassée aujourd'hui devait être salée ou fumée pour l'hiver, où les ceintures se serreraient. Je fus rassuré d'apprendre que ma contribution à nos provisions n'était qu'un complément (je dis *nos*, car pour mon bonheur et mon indicible soulagement, Tapio avait annoncé qu'il passerait la saison avec moi). Il avait déjà prévu et rassemblé presque tout ce dont nous aurions besoin, et attendait un dernier bateau pour compléter notre nécessaire.

Il me regarda de son air perplexe et contrarié.

« Je veux dire qu'elles sont à toi, Sven. »

Mais ces chasses étaient-elles achetées ou louées ? m'enquis-je. Et puis, étaient-elles très chères ? Et comment diable avait-il payé ? Et comment diable le rembourserais-je ?

Tapio balaya d'un geste la plupart de ces questions. Il dit que le système des concessions de chasse était abscons et d'une bureaucratie trop fatigante à expliquer. Le bail était en mon nom et j'avais toute légitimité à faire valoir mes droits sur les terres tant que je demeurerais en règle et déciderais de le renouveler. Sur la question de l'argent, il se montra évasif et pourtant ferme. Il refusait de me dire combien le bail avait coûté, seulement qu'il devrait être largement dans mes moyens de le renouveler si je le souhaitais parce qu'il connaissait des gens qui connaissaient peut-être d'autres gens, et qu'en aucune circonstance il ne serait prêt à discuter davantage de remboursement.

C'était frustrant, mais j'en fus également profondément touché. Tapio n'était pas quelqu'un qui exprimait son affection et j'avais souvent eu l'impression que notre amitié était un poids pour lui. *Alors il tient à moi, en fin de compte*, pensai-je stupidement. J'avais toujours été aveugle aux gestes délicats.

Quant aux questions de propriété, tout ce que je construirais m'appartiendrait en exclusivité ;

libre à moi de le vendre, démolir ou laisser en cadeau pour le chasseur qui me succéderait. D'ailleurs, ajouta-t-il, nous devrions voir arriver mes compatriotes d'un jour à l'autre. Ils auraient nos matériaux de construction.

« Mes compatriotes ? fis-je.

— Oui, des Suédois, la peste soit de leur *neutralité* hautaine. Aurais-tu déjà oublié que tu es originaire de Suède ?

— Je suis surpris, c'est tout », dis-je.

Ils ne faisaient certainement pas tout ce trajet depuis mon pays natal pour livrer du bois. Or où, dans le Spitzberg, y avait-il une communauté de Suédois ?

« À Pyramiden, répondit Tapio, une ville minière située à l'extrémité est de l'Isfjord et presque au bout du bras nord de son propre grand fjord, le Billefjord. Là-bas, on trouve également Nordenskiöldbreen, qui est vraiment un beau glacier. Comme tu le saurais, ajouta-t-il, si tu avais jamais jeté un coup d'œil aux cartes de MacIntyre.

— Une ville minière suédoise, dis-je, songeur. Comment se fait-il que je n'en aie jamais entendu parler ? Et si c'est tellement loin, pourquoi ne pas acheter notre bois à Longyear, tout simplement ?

— Je ne peux pas répondre à la première question car l'absence totale de curiosité est un mystère pour moi. La seconde est plus facile, même s'il m'en coûte de le reconnaître. Tes compatriotes, aussi cupides et opportunistes soient-ils, savent travailler les dérivés du bois. Ils accordent plus de réflexion et de soin à leurs arbres et à leurs outils que les Norvégiens. Je n'ose même pas conjecturer sur la camelote qu'on achèterait à cette chère vieille Albion. »

37

Ce serait une contre-vérité, voire un travestissement de la réalité, de dire que Tapio m'a appris tout ce que je sais dans le domaine de la chasse et du piégeage, car il m'a appris tout ce que je sais dans l'ensemble des compétences pratiques. Heureusement, c'était un maître beaucoup moins pointilleux pour ce qui relevait de la construction. Il ne recherchait pas la magnificence ni l'esthétique, mais l'intégrité du bâti, l'économie, la vitesse. Ayant fait d'amples provisions d'aliments séchés ou en boîtes, il était dans l'angoisse perpétuelle qu'un ours pille notre campement avant que nous ayons eu le temps de construire des structures protectrices, nous laissant morts ou sans provisions suffisantes – donc tout comme morts. Nous étions mus par cette crainte.

Les Suédois respectèrent la date d'arrivée prévue. En fait ils eurent même un jour d'avance – ce qui était typique, là encore, déclara Tapio, de ces donneurs de leçons.

« Ça leur a plutôt bien servi quand ils livraient des rations et du minerai de fer à l'Allemagne », bougonna-t-il.

Tapio fut poli envers les Suédois, mais il faisait semblant de ne pas comprendre leur langue. Je n'avais nulle part où me cacher et, de toute façon, je devais aider à décharger nos marchandises. Plusieurs d'entre eux se montrèrent très amicaux quand ils apprirent, dans notre premier échange, que j'étais originaire de Stockholm, mais après en avoir surpris un qui, baissant la garde, regardait mon visage avec effroi, je me renfermai et la conversation se tarit. Ils partirent en nous souhaitant bonne chance sans conviction et, au lieu de me sentir abandonné et désespéré quand leur bateau passa le promontoire et disparut dans l'océan Arctique, alors que nous n'avions pas d'autres visites prévues avant le printemps, je me sentis propre. Je me sentis en sécurité.

L'opinion répandue parmi ceux qui prétendent être au courant veut que j'aie construit Raudfjordhytta en 1928. Le fait est qu'avec de l'aide, j'ai construit une cabane à cette époque-là et que, contre toute attente, elle tient toujours debout presque vingt ans plus tard, mais j'en avais construit deux autres avant, exactement au même endroit. La première Raudfjordhytta – notre première, en tout cas – tint presque trois ans. On ne saurait rejeter la responsabilité de son écroulement final sur Tapio, qui était un constructeur d'une entière compétence, à défaut d'être artiste. Et l'on ne saurait me l'imputer entièrement non plus, même si je suis sûr d'avoir commis un paquet de graves erreurs structurelles quand Tapio ne regardait pas. Mais la cahute en question, qui devait faire un peu plus de cent mètres carrés, était posée sur un sol inégal et rocheux. Elle n'avait pas de semelles profondément enfoncées dans la terre, pas de fondations qui garantissent le niveau et la sécurité. De plus, nous l'avions construite à un jet de pierre de l'océan Arctique, sous le climat peut-être le moins hospitalier qui soit au monde. Certes, la plupart des constructions du Spitzberg peuvent rester debout des générations entières après la mort de leurs occupants initiaux, l'air étant froid et sec, et j'ai entendu parler de cadavres de Pomors, déterrés par accident ou non, qui semblaient vraiment n'avoir connu que quelques années de silence minéral. Mais beaucoup d'autres habitations, construites à la hâte, ont été balayées du paysage avec une indifférence violente, comme lorsqu'un renne se casse un vieux bois contre un rocher et n'y repense pas plus qu'à une tique morte qui s'est décrochée.

Toujours est-il que nous la construisîmes, cette cahute. J'apprenais au fur et à mesure, acceptant les paroles sévères de Tapio comme découlant d'une nécessité, car l'hiver approchait. Le temps que nous recouvrions la cabane de bardeaux et isolions les murs avec divers matériaux d'un mérite douteux, du papier journal au lichen en passant par la vieille chaussette, le soleil limitait déjà son apparition à une heure au maximum et le froid était glacial. Nombreux furent les matins, avant d'avoir fini, où nous restions allongés et tremblants chacun de son côté de la tente, trop gelés pour bouger, sachant que l'autre était réveillé, mais espérant échapper au monde inévitable à l'extérieur de nos sacs de couchage. Nombreuses aussi furent les nuits où je restai éveillé, en position fœtale et crispé, torturé par le besoin d'uriner, avec toute cette chaleur corporelle vitale déviée inutilement vers ma vessie.

Le jour où nous déplaçâmes le petit poêle à bois fut pour nous comme un triomphe attendu de longue date. Nous démontâmes la cheminée de la tente, traînâmes le poêle étonnamment lourd sur les six mètres qui la séparaient de notre cabane et, quelques minutes plus tard, installé sur notre foyer rudimentaire, il flambait joyeusement. Le vent arctique vous donne un puissant tirage. En fait, nous n'avions pas remarqué que le coude du tuyau avait une fissure, et le poêle tirait si bien que la pièce unique de la cabane ne tarda pas à s'enfumer. Nous aurions sans doute dû nous agiter, paniquer, ouvrir la porte, la fermer et la rouvrir plusieurs fois de suite pour faire entrer de l'air frais, au lieu de quoi Tapio se dépêcha de tartiner la fissure d'une résine noire et puante – de sa main nue, pourrais-je ajouter – et nous nous rassîmes en riant et toussant.

Cette première Raudfjordhytta fut baptisée avec une bouteille de whisky écossais que MacIntyre avait glissée dans ma valise, à mon insu bien sûr. Tapio et moi convînmes que MacIntyre aurait jugé lui aussi l'occasion parfaite pour un si précieux breuvage. Nous trinquâmes avec nos tasses en bois – Tapio affirmait que la vaisselle en ferblanc dans l'Arctique était la preuve irréfutable d'une ignorance ou d'un masochisme profondément enracinés, le métal ayant la fâcheuse habitude de ne faire qu'un avec la peau – et nous bûmes à la santé de notre cabane. Et puis nous y rebûmes, et y rebûmes encore, portant plus de toasts à MacIntyre *in absentia* qu'à un roi, et une fois la bouteille presque vide, Tapio eut l'idée de servir sa petite goutte à Eberhard dans un bol par terre – car j'ai peut-être oublié de dire que le chien était resté avec moi pendant tout ce temps, qu'il avait partagé ma couchette sur le bateau de Longyear, et d'ailleurs beaucoup mieux supporté la mer agitée que tout le monde, s'était gagné l'entier respect des marins, avait été déposé sur le rivage avec moi, mangeait de nombreux oiseaux à demi pétrifiés, adorait se rouler dans des carcasses, dormait parfois au bout de mon sac de couchage et parfois au bout de celui de Tapio (il nous arrivait de nous disputer pour savoir qui allait partager sa chaleur), et qu'il était maintenant confortablement lové sur l'âtre, le plus près possible du poêle sans se roussir la fourrure, posant parfois une patte sur la fonte brûlante, comme s'il avait attendu tout ce temps que nous finissions ce dur labeur pour son bien-être.

Mais il se secoua quand Tapio lui lança : « Ebbe, vieux sanglier, viens boire à la santé de ton bienfaiteur ! »

Et il lapa sa gougoutte avec un intérêt complice, avant de retourner devant le poêle et s'endormir.

38

Je m'améliorai légèrement à la chasse et au piégeage. Sans jamais devenir quelqu'un qu'on pourrait qualifier de talentueux ou de très doué. Même Tapio, néanmoins, dut reconnaître que j'étais presque compétent. Le fait que la vie foisonnait dans « mes » terres y était pour quelque chose. Je ne savais pas encore ni n'appréciais la chance énorme que j'avais. Tapio m'avait procuré une des concessions de chasse les plus riches du Spitzberg – recherchée depuis des siècles par ceux qui font le commerce de la viande et de la fourrure. Le Raudfjord avait de quoi faire pâlir de honte les chasses du Camp Morton. Nous laissions les ours tranquilles, en général, parce que Tapio croyait dans un armistice prudent entre l'homme et l'ours, et il estimait qu'une telle trêve aurait plus de chances de succès si aucun de nous ne tuait l'autre. Seuls les ours blancs qui tentaient à plusieurs reprises de pénétrer dans notre minuscule fort pour accéder à nos provisions ou à nous-mêmes, étaient abattus sans plus de cérémonie. Nous mangions la viande – pas le foie, bien sûr, ayant tiré enseignement des erreurs de Nansen –, nous nous faisions des pantalons et vendions le reste de la peau à bon prix. Mais dans l'ensemble, nous piégions le lièvre et le renard, et Tapio m'apprit à juger de la sûreté de la glace pour nous permettre de chasser le phoque et le morse. Nous ne chassions jamais depuis notre petit doris, qui nous faisait l'effet d'une souricière même quand la baie était lisse comme un miroir. Capturer un animal de plusieurs centaines de livres qui a peur et se débat, puis l'ajouter au trouble nautique de notre bateau semblait donc malavisé. Peut-être les Inuits le faisaient-ils sans flancher, mais Tapio soupçonnait leurs kayaks de mieux tenir la mer que le *MacIntyre*, comme nous l'avions baptisé.

Ces chasses ne se limitaient nullement à Bruceneset. Elles s'étiraient, comme j'avais du mal à le comprendre à l'époque, depuis la côte est du Raudfjord jusqu'à la large péninsule plate de Reinsdyrflya – judicieusement nommée, car les rennes s'y rassemblaient par grands troupeaux –, laquelle atteignait son extrémité septentrionale à Velkomstpynten, pointe qui piquait dans l'Arctique sans rien d'autre que des miles de mer entre elle et la célèbre zone de reproduction des morses qu'est l'île Moffen, et dominait l'entrée du majestueux Woodfjord. Entre les deux – le Raudfjord et Reinsdyrflya –, à l'entrée de Breibogen, se trouvait Biskayarhuken, qui devait son nom aux baleiniers basques des siècles passés et où j'achèterais plus tard plusieurs autres cabanes. Tapio avait un exemplaire de *No Man's Land*, l'histoire du Spitzberg de 1596 à 1900 que Sir Martin Conway avait publiée en 1906. C'était en anglais, bien sûr, mais ma maîtrise s'en était améliorée sensiblement durant mon séjour estival chez MacIntyre. Le texte de Conway était plein de références au « cap Bienvenue » et à « la pointe des Basques ». Sa lecture (par petites doses, car il était d'un ennui mortel) me donnait l'impression de m'être égaré dans une véritable ville fantôme. Presque chacun des pas, sur glace ou rochers, que j'étais persuadé d'être le tout premier humain à faire, m'amenait quelque part où d'autres avant moi avaient navigué, chassé, dépecé. Nombreux aussi avaient souffert jusqu'à ce que leur mort elle-même fût un labeur.

Nous surmontâmes cet hiver-là avec panache. Entre les rennes, les renards et les lièvres, nous avions amassé un véritable trésor royal en peaux et fourrures, et lorsque les premiers navires de commerce purent entrer dans le fjord au mois d'avril suivant, tous furent ébahis. Pour la première fois de ma vie, j'avais de l'argent à dépenser. Et aucun moyen de le faire, bien sûr, mais ce n'était pas ça qui allait gâcher mon plaisir. J'en renvoyai beaucoup à Olga, exprimant le souhait qu'une part, au moins, soit mise de côté pour les études d'Helga. J'étais convaincu que ma nièce était taillée pour autre chose que les travaux domestiques, et je lui écrivis une lettre pour tenter de transmettre ce sentiment. C'était sans doute malvenu. Elle avait treize ans, après tout, et ne risquait pas d'apprécier des platitudes sur les vertus des études. Elle ne répondit pas – n'avait d'ailleurs jamais écrit –, mais Olga m'assurait qu'Helga conservait toute ma correspondance, serrant les missives maculées dans une ancienne boîte de Samuel Gawith Skiff Mixture qui contenait aussi ses dents de lait. Selon Olga, la boîte dégageait encore une odeur de décomposition et de feu de camp bien que son contenu original ait disparu depuis longtemps, fumé en toute désobéissance par Helga, qui la gardait sous son oreiller et « qui tient clairement plus à la boîte qu'à ses vêtements ou sa personne ».

Tapio et moi nous fîmes quelques blessures cet hiver-là, jamais très graves, surtout lors de notre périple de retour de Reinsdyrflya, où il fallut combiner la force de deux hommes et d'un chien pour tirer le traîneau chargé de fourrures.

Il nous arrivait de nous disputer comme un vieux couple. Parfois des jours entiers passaient sans que nous nous adressions la parole. Raudfjordhytta nous paraissait bien petite, parfois. Mais l'éthique de travail de Tapio, dont je ne reverrai jamais semblable ni sous le soleil, ni sous la lune, nous tenait occupés. J'avais tant à apprendre, et mon respect pour lui ne fit que croître. Je me flatte peut-être, mais je sentis, même si rien ne fut jamais dit, que lui-même commençait à éprouver du respect pour moi. Je traversais les obstacles – physiques, intellectuels, météorologiques – en peinant, et il était rare que je traîne, me plaigne ou m'apitoie sur mon sort. Plus notre monde devenait sombre et hostile, plus nous travaillions dur. Tapio ne supportait pas qu'on se terre ou qu'on attende à l'intérieur quand toutes les fibres primordiales hurlaient de le faire.

« Languir, c'est périr, aimait-il à dire. La torpeur, c'est la mort. »

39

Plus tard ce printemps-là, peu après la venue du premier bateau, auquel nous avions vendu toutes nos fourrures, Tapio rentra une après-midi en plus grande hâte que de coutume.

J'étais assis sur une caisse dans la lumière bien-aimée du soleil, toute dure et sporadique qu'elle fût, et je nettoyais des pièges.

« Tu rentres tôt, lui dis-je.

— Sven, mets tes bottes et viens. Laisse Ebbe ici. Il y a quelque chose qui mérite d'être vu.

— Qu'est-ce que c'est ?

— Bon sang, mon gars, mets tes bottes et tu verras bien. »

Nous n'avions pas loin à aller. Je le suivis le long de la côte sur quelques kilomètres vers le nord, et il mit alors le doigt à sa barbe pour me signifier de continuer en silence. Nous grimpâmes une petite crête en prenant garde à ne pas faire dégringoler de cailloux, Tapio s'arrêtant régulièrement pour sentir la direction du vent sur sa main sans gant, et parvînmes à une large plateforme qui avait une vue dégagée des deux côtés. Là, il me montra par son exemple que je devais m'allonger et avancer à plat ventre jusqu'au bord, en laissant tout juste ma tête dépasser.

À seulement une trentaine de mètres en contrebas, en partie caché par une saillie rocheuse, un ours blanc était au beau milieu d'un très grand repas. Il avait attrapé un phoque annelé – l'avait tué tout récemment à en juger par son aspect et son odeur, son sang noircissait la neige et le relent âcre me piquait les narines. J'eus même l'impression de sentir la chaleur des entrailles fumantes, à moins que ce n'eût été celle de l'ours, vu que nous étions presque directement au-dessus de lui.

Tapio souriait, une expression rare sur un visage si sévère. Nous n'avions jamais l'occasion de voir des ours ainsi. Soit ils étaient en mouvement, en général loin et parfaitement indifférents, soit ils nous attaquaient et ce n'était pas le moment de les observer tranquillement. Cet ours – un jeune mâle qui n'avait pas fini sa croissance, mais était déjà immense – ne soupçonnait aucunement notre présence, car Tapio avait parfaitement jaugé le vent et le point de vue. Il se livrait donc à ses rituels d'ours, et nous avions la chance de pouvoir l'observer.

Manifestement, il se régalait de son phoque. J'avais tendance à attarder le regard sur ses pattes, son dos et son cou, tellement massifs, sur sa façon de mobiliser tout son poids pour arracher les morceaux de choix de la carcasse, et sur la froideur impassible de ses yeux pareils à des cailloux noirs. Mais si j'éprouvais assez vivement le danger et l'inconfort d'une telle proximité, ce que je ressentis surtout, ce fut le sentiment que le fjord n'était pas aussi stérile, inhospitalier ou vide qu'il le semblait souvent. Je n'avais jamais eu cette impression en regardant, par exemple, des phoques nager vers le large, des oiseaux vaquer à leurs impénétrables affaires d'oiseaux, ou des renards arracher une maigre pitance à une carcasse de renne gelée. Non, il s'agissait là d'un grand carnivore comme nous, tranquillement installé pour savourer son repas de midi. Il n'était pas pressé et, à sa connaissance, personne n'allait venir lui disputer sa proie. Quelques oiseaux attendaient dans les parages, patiemment ou non, le moment où ils pourraient picorer, en passant d'une patte à l'autre comme des hommes à la fin d'un long quart.

C'était étrangement apaisant de le voir mâcher gaillardement, la tête éclaboussée de sang de phoque. Rien d'impénétrable ni d'étranger. Ça m'était très familier, en fait. Proche, presque. Il n'y avait pas d'illusions de bienveillance, bien sûr – rien de tel. C'était un prédateur, une menace, et ça le serait toujours. Mais une menace qui avait des besoins semblables aux nôtres et qui n'était pas spécialement solitaire, avec son phoque mort et sa bande d'oiseaux.

Au bout d'un moment, Tapio huma le vent et se mit à ramper doucement en arrière. Je le suivis, les os de mon cou et de mon dos grinçant péniblement. Nous marchâmes alors en silence jusqu'à une partie de la plage d'où nous pouvions regarder vers le sud et voir la croix de la tombe du pêcheur de baleines, sur Brucevarden. Tapio s'assit sur un grand bois flotté, je fis donc de même. Une houle légère poussait les fragments d'iceberg échoués les uns contre les autres. À l'horizon, le soleil commençait son rapide plongeon, et la lumière traversait la glace avec des réfractions désordonnées. Le bleu était presque insoutenable pour moi.

« Je pars bientôt, dit Tapio. Je prendrai probablement le prochain bateau qui passera. »

Je fus d'abord trop abasourdi et abattu pour parler. Une vague de désespoir, montant d'une profondeur où il était resté terré tout ce temps-là, me souleva le cœur. Après tout, on peut seulement diminuer ou ignorer le désespoir, mais non l'exorciser. Il vit en soi comme un ver.

Naturellement, j'énonçai ma première inquiétude enfantine avant d'avoir pu la refouler.

« Est-ce que j'ai fait ou dit quelque chose de mal ?

— Ne sois pas ridicule, grogna-t-il. J'ai ma vie à vivre et toi la tienne. Un chasseur doit apprendre à s'occuper seul de ses chasses, s'il veut avoir une chance de réussir. Ce n'est pas un métier d'équipe. Je suis resté cet hiver pour t'aider à prendre tes marques, et c'est ce que tu as fait. Tes compétences sont adéquates. Si tu ne cèdes pas à la léthargie, tu pourrais survivre. »

J'étais incapable de croiser son regard. Ma gorge se contractait par saccades spasmodiques. Je ne voulais pas pleurer devant lui, pas après tout le mal que je m'étais donné pour gagner son approbation.

Il posa la main sur mon épaule et, levant le regard, je le vis mal à l'aise, mais pas condescendant. Il y avait de la pitié dans ses yeux et aussi, je crois, un peu de chagrin.

« Sven, écoute-moi. Entends-moi. Nous ne sommes pas des hommes jeunes, toi et moi. Quel âge as-tu maintenant ? Trente-cinq ans ?

— Trente-neuf.

— Et moi j'en ai presque quarante-six. J'ai fait mes choix. Tu dois faire les tiens. Si tu penses que le piégeage en Arctique est ce à quoi tu veux passer le temps qu'il te reste, tu dois le mettre à l'épreuve. Je ne peux pas te tenir par la main éternellement. La confiance en soi est la seule compétence qu'il te reste à acquérir, et ça ne s'enseigne pas.

— Je comprends, dis-je en regrettant que ce ne soit hélas pas le cas. »

Mais je ne pus m'empêcher de lui avouer que je n'avais pas envie d'être seul au Raudfjord. Rien que l'idée me terrifiait. Parfois je restais éveillé dans mon lit, redoutant qu'il meure et que je me retrouve obligé de me débrouiller par moi-même, perspective si menaçante que mon souffle devenait court et superficiel, que mes poumons refusaient de se remplir et que ma vision se brouillait. Tout cela, dans un torrent de paroles.

Tapio scruta mon visage comme s'il essayait de peser tout ce qu'il avait appris sur ce spécimen atypique que j'étais, cette âme en peine qui se débattait. J'envisageai de le supplier de m'emmener avec lui où qu'il aille, de me laisser redevenir son intendant. Je suis soulagé de ne pas avoir prononcé les paroles.

« Qu'est-ce que tu ferais d'autre ? » demanda-t-il.

Je me tus. Depuis l'enfance j'enviais les gens qui savent avec certitude le cours qu'ils souhaitent voir leur vie prendre. Je ne savais pas. Je n'ai jamais su.

« Alors essaie ça, Sven. Tu as la formation – une bonne formation, si je puis me flatter – et tu as les chasses. Un fjord qui pourrait difficilement être plus calme et plus beau. Je reviendrai de temps en temps, quand je pourrai. Et puis on peut faire passer des messages. Le Spitzberg est immense, c'est vrai, mais par certains côtés c'est une petite ville. Pour le moment, fais le point sur toi-même. C'est l'occasion dont tu rêvais avec tant d'éloquence il y a si longtemps. Écoute la voix qui parle quand toutes les autres se taisent. Sois seul – sois entièrement seul. Je ne dis pas que tu vas faire une découverte de valeur ici – certainement pas une vérité cosmique – mais peut-être finiras-tu par te sentir aussi dépouillé, efficace et propre qu'un bâton fraîchement taillé. »

40

Je fus seul – presque entièrement seul – les quatre années qui suivirent. Pas tout à fait quatre, mais pas loin. La première année dura une éternité. De celles qui lui succédèrent, je garde peu de souvenirs.

Quand vint le départ de Tapio, il avait compilé une liste des tâches qu'il estimait m'incomber. Elle était aussi lourde, et les pages aussi nombreuses, qu'un contrat de mineur. Les obligations allaient de l'essentiel et évident (comme préparer les stocks d'hiver, nettoyer et graisser les pièges) à ce qui l'était peut-être moins (comme amasser du bois et des fourrures pour au moins trois ans en prévision d'éventuelles pénuries, repérer des lignes de piégeage pour les hivers à venir afin de n'épuiser aucune région, maintenir une hygiène correcte). Encore aujourd'hui, je me demande s'il comptait vraiment que je m'acquitte de toutes ces tâches, ou s'il souhaitait juste s'assurer pour ma santé physique et mentale que je me tienne occupé. Il dit que je devrais avoir le temps d'en faire la première moitié cet été et la seconde cet hiver, et que je pourrais alors établir une nouvelle liste. Je ris tristement. Il ne rit pas.

Je fus pris d'une panique d'écureuil quand Tapio embarqua, doublée d'une lourdeur dont je ne pus me défaire pendant plusieurs jours. Eberhard avait l'air déprimé lui aussi, même si ses opinions pouvaient être difficiles à interpréter. Je lui parlais beaucoup, à voix haute, et lorsque je le faisais il détournait le regard, comme s'il était impudent de ma part de lui adresser la parole directement.

Mais Tapio avait raison, bien sûr, et je m'extirpais des trous le plus sombres en m'attelant à des tâches difficiles. Les distractions n'étaient pas dures à trouver. L'été dans le Raudfjord est d'une beauté sans égale. On oublie invariablement que la verdure peut pousser dans un paysage lunaire, aussi la présence de la moindre végétation peut-elle donner la sensation qu'on est dans un bois verdoyant. Au nord et à l'est de l'archipel, c'est le véritable Arctique, si l'on peut se permettre une expression aussi subjective. Le long de la côte ouest, soumise au courant du Spitzberg Ouest, de nombreux endroits ne sont guère différents du nord de la Suède en été – prairies d'herbes, de fougères, de fleurs sauvages et de saules polaires. Au nord, on ne trouve d'aussi riche verdure que sous les falaises à oiseaux, où la roche nue essuie des fientes depuis des millénaires. Partout ailleurs, la végétation est rare, même au plus fort de l'été, faute de courants atlantiques chauds qui modèrent l'excoriation polaire, et la glace fait des ravages. Les dryades à huit pétales poussent en touffes groupées. Dans Reinsdyrflya, on trouvera – les rennes les ont bien trouvées – des toundras à demi protégées, avec du vulpin boréal ou, plus couramment, de la luzule arctique brun grisâtre. Il faut qu'ils mangent, après tout. Mais même au Raudfjord, il y a de fugitifs moments de grâce, car la couleur explose soudain en communautés isolées de renouées vivipares, de renoncules soufrées, de cassiopes tétragones blanches et de saxifrages à feuilles opposées, violettes. Alors, un être peut trouver un moment d'oubli.

Je passai donc mon premier été solitaire dans une réflexion douce-amère doublée d'une activité frénétique. La lumière perpétuelle me voyait peiner à la tâche tout le jour et bien avant dans la nuit, jusqu'à ce qu'il me vienne à l'esprit que je devais m'arrêter. Je me rappelais alors que j'avais faim, et Eberhard aussi – lui-même ne risquait pas de l'oublier –, et je mangeais et buvais dans une précipitation sans joie, pour être frappé d'une fatigue soudaine et m'endormir à table. Mais dès que les journées commencèrent à raccourcir sensiblement, en septembre, je pris la fuite. Un total de cinq bateaux avait mouillé dans Alicehamna cette saison-là – ils venaient avec du courrier et de l'approvisionnement, pour échapper à une tempête ou pour papoter, et, en général, je me cachais d'eux et laissais un mot détaillant mes besoins. Aussi, alors qu'un bateau norvégien en provenance de Longyear était à l'ancre cet automne-là, quand les hommes s'apprêtèrent à quitter la plage dans leur doris, je les vis mentalement disparaître derrière Flathuken en mettant le cap sur l'ouest, et j'eus peur que, selon les intempéries, ce soit ma dernière vision de l'humanité avant sept mois.

« Attendez ! criai-je. Est-ce qu'il vous reste une place ? Je veux dire, une place et demie ? »

Ils haussèrent les épaules. Les coups de tête laissent les marins du Spitzberg de marbre.

MacIntyre fut sincèrement surpris et heureux de me recevoir. Je passai une semaine reposante en son cabanon et sa compagnie, à écouter les histoires du vaste monde, lire, parler de ce que nous lisions, fumer, lire encore. Il n'avait pas de nouvelles de Tapio, mais, comme à son habitude, ne s'inquiétait pas. MacIntyre lui-même semblait inchangé, si ce n'est peut-être moins agité dans ses mouvements. Un des traits de caractère qui rendaient sa compagnie si apaisante, c'était son contentement enjoué. Il avait des regrets, j'en suis sûr, comme toute personne lucide, mais il ne semblait jamais s'y appesantir. Il pouvait être cinglant et même caustique, parfois, dans ses déclarations, mais jamais cynique, en partie parce que son attitude était contrebalancée par ses gloussements spirituels.

Son cabanon était l'endroit idéal pour me dérober quelque temps à mes responsabilités. Car qu'est-ce qu'une responsabilité, si ce n'est un choix de plus ? Sur lequel on peut revenir ?

Un jour cependant, alors que les yeux d'Eberhard roulaient et tressaillaient dans son sommeil, MacIntyre me regarda par-dessus le bord de son livre, à travers un nuage de fumée bleue.

« Sven, mon cher garçon. Septembre s'est presque entièrement écoulé. Il y a un bateau qui part dans deux jours, à destination du Woodfjord. Je ne sais pas avec certitude si ce sera le dernier, mais c'est possible. Que vas-tu faire ? Allez-vous prendre la mer, le jeune maître et toi ? »

Je refermai mon livre en grognant. Mes mains commençaient à peine à cicatriser d'une mosaïque d'éraflures et de plaies perforantes. Je basculai la tête vers le plafond et fermai mon œil fatigué, qui n'avait pas l'habitude du labeur d'une lecture ininterrompue.

« Tu es le bienvenu ici aussi longtemps que tu en auras besoin, continua-t-il, et je crois qu'il était sincère. Mais seulement si c'est une décision sérieuse, et non une absence de décision.

— Est-ce que tu viendrais me rendre visite à Bruceneset ? demandai-je, comme un enfant qu'on envoie à l'école. C'est austère et d'une beauté sans bornes.

— Non, je ne crois pas. Je travaille pour les mines et l'Isfjord m'offre tous les voyages que je pourrais souhaiter.

— Alors peut-être que c'est mon destin d'être seul, comme a dit Tapio », conclus-je, luttant pour refouler l'apitoiement qui s'insinuait dans ma voix.

MacIntyre m'examina longuement. Puis il répondit :

« Je doute que ce soit ce qu'a dit Tapio. Le destin est vide. N'importe quel explorateur de l'Arctique ou marin ordinaire te le dira. Alors tu dois faire les meilleurs choix que tu peux, en sachant qu'ils peuvent t'égarer, mais poursuivre hardiment de peur que ta vie devienne une longue dérive monotone entre la mort et ton dernier choix intéressant. »

41

Les choses se poursuivirent à peu près aussi mal que je le craignais. Je regagnai Bruceneset juste à temps pour voir le soleil s'enfuir à grands bonds et l'obscurité descendre sur le Nord à mesure correspondante. Avec chaque diminution contre nature du jour, je perdais espoir. L'idée de me retrouver seul au Raudfjord pour la longue éternité froide détenait un pouvoir tellement terrifiant qu'il en était, je crois, performatif. Mon attitude n'aurait pas permis une meilleure issue. Je ne suis pas quelqu'un qui croit que voir les choses du bon côté amène à une vie heureuse, et autres niaiseries. Mais là, il s'agissait d'autre chose – de quelque chose de puissant. La hantise pesant au-dessus de mon avenir immédiat que je n'y verrais plus assez pour parvenir à m'orienter. J'étais amer – injustement, bien sûr. Des pensées cruelles surgissaient, qui affirmaient que j'avais été poussé de force sur ce chemin menaçant, semé d'épines. Je maudissais MacIntyre, je maudissais Tapio.

J'avais l'absurdité de maudire Olga, même, pour m'avoir encouragé à trouver cet endroit plongé dans la nuit. Mais, avant tout, je me maudissais moi-même, comme le font tous les hommes malades.

C'est en pareils moments qu'on a le plus besoin d'un chien, et j'avais la chance d'avoir Eberhard avec moi. Cela étant, il se satisfaisait parfaitement de rester enfermé dans la cabane, se risquant rarement dans l'air obscur quand ce n'était pas absolument nécessaire, la plupart des chiens, sauf certains croisements spécifiques, n'étant travailleurs que lorsque c'est exigé d'eux, et paresseux le reste du temps. Couché devant le feu était pour lui une façon acceptable de passer l'hiver.

Je ne mesurai que trop tard à quel point, dans mon cas, c'était néfaste. Dans mon désespoir et la mollesse qui en découlait, je négligeai mes obligations essentielles. J'aurais peut-être pu, ayant vendu autant de fourrures et de peaux le printemps précédent, laisser filer une saison sans augmenter mon pécule. Tapio aurait été indigné, mais il n'était pas là pour juger. Toutefois, le vrai problème, c'était que, comme je n'avais jamais vraiment connu la faim, je ne sus pas consacrer suffisamment d'énergie à mon approvisionnement en nourriture.

Analyser après coup ne sert à rien. Je peux le mettre sur le compte de la torpeur, de l'inertie, d'une mélancolie paralysante ou juste d'une mauvaise organisation, mais le résultat restera le même : en plus de mon état spirituel, je me retrouvai en piteuse forme sur le plan nutritionnel. Grâce à l'aide non sollicitée de MacIntyre, je disposais d'une généreuse quantité de denrées non périssables. Elles m'avaient accompagné dans mon voyage depuis Longyear et nous avions été déposés ensemble sur la plage. Mais il était toujours attendu d'un chasseur qu'il fournisse sa propre viande. Qui en concevrait autrement ? Que je l'aie réellement oublié ou que j'aie, dans un mal-être désespéré, omis d'agir en conséquence, la constitution vitale du stock n'avait pas eu lieu. Je piégeais rarement et chassais encore moins, mangeais ce que j'attrapais, une maigre pitance, et ne mettais pratiquement rien de côté.

Il s'écoula un temps remarquablement long avant qu'enfin je me heurte aux conséquences. Ce fut le jour de mes quarante ans : le 5 janvier 1924. Date que je préférerais oublier plutôt que commémorer. Je m'étais presque fait à l'idée que les choses étaient toutes pourries ou hérissées de piquants et le seraient toujours – sombre conviction qui s'emparait de moi au réveil, se dissipait peu à peu au petit déjeuner, puis revenait en force progressivement pour finir par culminer le soir, sur quoi je tentais de la renvoyer dans les replis à grandes rasades et m'endormais titubant et ensuqué. Elle était rarement oblitérée par l'action.

Le jour de mon anniversaire ne s'annonça pas différent, et je souhaitai le voir s'achever à peine eut-il commencé. J'avais passé la veille à pleurer, en proie à une réflexion pitoyable, comme je le faisais régulièrement depuis une semaine ou deux. Les expressions physiques de la détresse ne m'étaient jamais venues facilement – elles pouvaient se refuser avec intransigeance, même quand je les appelais de mes vœux –, pourtant j'avais à peine noté le changement. Je n'avais pas non plus remarqué que mes cogitations s'étaient portées sur la Suède, que mon cerveau appelait maintenant « mon chez-moi » et qu'il déformait en mirage ridicule. Je ne sus pas m'interroger sur cette évolution. J'acceptais chaque chose comme une nouvelle étape dans le processus qui me menait à ma perte.

Dans mon état d'ébriété avancée – car je m'étais mis à boire à midi ce jour-là, bien que mon stock de brandy fût cruellement bas –, je décidai de ne pas cuisiner. Un biscuit de mer de la semaine passée, infesté de vers, arrosé de ce que je trouverais comme épice ou sauce gélatineuse, suffirait comme dîner d'anniversaire.

Je fourrai le coriace biscuit dans la bouche, tout en grommelant une chanson : *How hard is my fortune, how vain my repining*… C'était une vieille ballade irlandaise que MacIntyre m'avait apprise, chantée du point de vue d'un prisonnier malade, nostalgique et fatigué. « Dure est mon infortune, vaines sont mes plaintes… » MacIntyre aimait tout ce qui pouvait provoquer les Anglais – il relevait de son devoir d'Écossais, disait-il, de connaître une mélodie aussi effrontée. Elle m'avait souvent trotté en tête, dernièrement, vu que je me sentais prisonnier, souffrant et seul. À présent, des larmes coulant sur l'unique côté de mon visage capable d'en produire, j'éructai un rire. Car mon infortune était dure, et mon biscuit de mer aussi.

« Harrrrr », dis-je. Je sentis comme un caillou qui se coinçait dans ma gorge et le recrachai sur l'assiette en fer-blanc. Un morceau de dent se posa, insolent comme un Irlandais, tanguant sur une mer de gras figé. J'explorai du bout de la langue le trou déchiqueté. Il avait de méchants contours et je n'aurais su dire si la saumure de sang que j'avais maintenant dans la bouche provenait de ma langue piquée ou de la cavité mise à nu. Une vague de douleur traversa mon crâne de part en part tandis que la racine brinquebalante protestait contre les injustices de la vie. Ma vue se troubla. Je me retins à la table des deux mains.

Il n'y avait pas de miroir dans la cabane. Il ne devrait jamais y avoir de miroir dans une cabane de trappeur arctique. J'enlevai donc, avec le pouce, la sauce qui recouvrait ma grande cuillère d'acier – unique couvert en ma possession qui ne fût pas en bois ou en fer-blanc terne – et amenai ma bouche dans la lumière de la lampe-tempête. Au début, tout ce que je parvins à distinguer sur l'arrondi de la cuillère convexe, ce fut une traînée de miettes de biscuit qui couvrait toutes les surfaces humides imaginables et se soulevait comme un nuage de pollen à chaque souffle.

Impossible d'examiner. Je me rinçai la bouche avec une gorgée de brandy froid et poussai un petit cri. Puis, me maîtrisant au bout d'une seconde ou deux, je regardai à nouveau et vis ce que je m'attendais déjà à voir : du noir. J'avais encore toutes les autres dents qui avaient survécu à mes divers accidents à Longyear, mais une ecchymose d'un noir violacé couvrait ma gencive.

« Oh, bon Dieu », dis-je, et je partis d'un rire amer.

Quel merveilleux cliché je m'étais fabriqué ! Comme Tapio se moquerait de ma bêtise. J'étais venu ajouter mon histoire à celles, innombrables, d'explorateurs arctiques et antarctiques et de leurs batailles récurrentes contre le scorbut : leur incapacité, encore et encore, à apprendre de leurs erreurs, et leur déni de l'épidémie à bord de leurs bateaux jusqu'au moment où, souvent trop tard, elle devenait indéniable. Et même si mes recherches obsessionnelles, quand j'étais jeune garçon à Stockholm, ne m'avaient pas instruit suffisamment sur la question, Tapio n'avait certainement pas manqué de le faire. Il m'avait mis en garde à maintes reprises. Et il m'avait confié ce qu'apprenaient les hommes quand ils écoutaient ceux qui savent, notamment Amundsen qui avait passé deux hivernages chez les Inuits Netsilik de l'île du Roi-Guillaume : un peu de viande fraîche tous les jours, des organes de préférence, suffit à éviter l'innommable « nostalgie », comme on l'appelait autrefois.

Ma propre incompétence et ma paresse m'avaient mené là. J'entendais la voix de Tapio dans ma tête : dépourvue d'indulgence, impatiente, déçue. « Seul un homme comme toi, pourrait-il dire, qui marine dans sa sottise, peut passer autant de temps sur lui-même et ses malheurs, sans être fichu pour autant d'accorder la moindre pensée bénéfique à la survie de sa précieuse personne. »

Ça me faisait du bien de l'avoir là, en moi. Autrement, je crois que j'aurais pu renoncer. Le scorbut, c'était trop – c'en était comique, à sa façon –, et il est facile de mourir dans le froid et le noir. Mais je ne voulais pas être jugé aussi sévèrement. Je ne supportai pas l'idée de Tapio apprenant ma mort, voire trouvant lui-même mon corps poussiéreux mais sinistrement conservé, et secouant la tête comme s'il avait toujours su que je finirais ainsi. Je préférais de loin lui donner tort.

Cependant, le bord du précipice était là, ou plutôt moi j'y étais. Difficile d'ignorer la mort quand elle habite dans votre bouche. Confusément, à travers un brouillard de brandy bon marché, je passai mes options en revue. Il n'y avait pas de viande fraîche disponible – pratiquement plus de viande en conserve – et je n'avais pas la force de poser une ligne de pièges. Quant à la chasse, c'était parfaitement hors de question. Il soufflait dehors une tempête arctique violente, bien que parfaitement dans les normes. Si je m'aventurais au loin, je ne reviendrais jamais.

Pour finir, je baissai le regard sur Eberhard. Il m'observa avec méfiance, trouvant peut-être mon comportement un peu trop aberrant. Mais il ne tourna pas la tête, comme il le faisait souvent, quand nos regards se croisèrent. Il se contenta d'émettre un gémissement aigu, court, et je crus en cet instant qu'il savait exactement à quoi je pensais.

42

Je déposai mon assiette par terre, après en avoir retiré l'artefact dentaire. « Mange, mon chien, dis-je. Il faut que tu grossisses un peu pour que ça vaille la peine de t'abattre. »

Là-dessus je lâchai un nouveau rire de crécelle et, remarquant que l'autre moitié de la dent était branlante, à présent, désireuse peut-être de retrouver sa sœur et ne refaire plus qu'une, je me mis par terre. Je m'allongeai derrière Eberhard, sur son tapis devant le feu, et balançai le bras autour de lui. Il tourna la tête et me regarda d'un air de tolérance lasse. Nous étions couchés en petites cuillères, comme de vieux amants.

« Pas toi », dis-je, le nez dans sa fourrure, inhalant le moisi de ses squames. Ça sentait le gruau bouilli. « J'aimerais mieux te donner ma main à manger pour te garder en vie, mon vieil ami. Ta vie vaut au moins autant que la mienne. »

Je repensai aux vieilles histoires. L'*Endurance* et ses soixante-neuf chiens, tous dotés d'un nom, tous aimés, tous tués quand les circonstances l'avaient exigé. C'était un thème récurrent dans l'exploration arctique. Chiens aimés, chiens mangés. Je comprenais vaguement la logique, mais ne valait-il pas mieux mourir ? Quand l'instinct de survie éclipsait-il l'humanité ? Et y avait-il vraiment une telle différence, entre manger son chien et assassiner son camarade de bord ?

« Non, je ne pensais pas à ça, dis-je, toujours dans le cou d'Eberhard. Je pensais à Bengt. »

Ici, je me dois de signaler que les marins norvégiens furent les premiers à me donner le surnom de Sven le Baiseur de Phoques. Ils me trouvaient bizarre car je ne me comportais pas comme la plupart des vieux trappeurs, et c'était là leur façon la plus simple et la plus lubrique de l'exprimer. Les Norvégiens, bien que privés d'humour sur eux-mêmes, prennent grand plaisir à la moquerie, en particulier quand il s'agit des Suédois, qu'ils jugent mous et nymphomanes. Hélas, ce titre grossier se répandit dans tout Longyear, d'où il rayonna. Mais permettez-moi de dire sans équivoque que je n'ai jamais attenté à la pudeur d'un phoque. Les animaux ne peuvent pas consentir à un rapport sexuel avec un homme, peu importe ce que ce dernier croit lire dans leurs yeux dans la longue nuit polaire. J'ai eu, effectivement, une relation enrichissante avec un morse, mais elle était platonique.

Car Eberhard et moi ne fûmes pas entièrement seuls, en ce premier hiver solitaire. Un morse mâle, peut-être séparé de son harem sur l'île Moffen, débarqua à Alicehamna. J'imagine qu'il était courageusement parti à la recherche de clams au milieu d'une violente tempête, ne fût-ce que pour montrer sa bravoure aux femelles et tourner en ridicule la peur des autres mâles, mais que l'océan tumultueux l'avait poussé loin de son parcours et que, lorsqu'il avait refait surface, il n'était plus parvenu à distinguer le nord du sud.

Il apparut fin novembre, avant que je me sois complètement effondré. Notre première image de lui, ce fut sa tête énorme et lisse émergeant dans la baie par une journée tranquille. Eberhard aboya, je regardai et crus d'abord que c'était un phoque. Mais quand sa tête monta davantage, intriguée par cet étrange bruit canin, je remarquai ses abondantes moustaches de poils jaunes et drus ainsi que les premiers centimètres de ses longues défenses tombantes. Je l'appelai Bengt.

Peut-être qu'il se sentait seul, ou qu'il était curieux, ou que ça lui était complètement égal. Il gardait ses opinions pour lui. Mais il raffolait des biscuits de mer, au point d'en oublier la prudence naturelle dont il pouvait être doté. Je découvris cela un matin où, sortant de la cabane, je le trouvai endormi sur la plage, à moins d'une vingtaine de mètres de nous. Il était assis, d'une certaine façon, la tête reposant sur son cou dressé. Eberhard courut vers lui en aboyant, le poil hérissé, mais pila net en voyant que l'ample masse du morse ne donnait aucun signe de repli. Bengt ouvrit les yeux et contempla le chien avec une légère contrariété. Il poussa un grondement de gorge grave et glougloutant, puis referma les yeux. Durant l'heure suivante, je m'approchai de lui par étapes, jusqu'à l'avoir à portée de bras, et là encore il demeura parfaitement imperturbable. De temps à autre, il se réveillait et me regardait une minute ou deux, avant de replonger dans son sommeil insouciant.

Pour finir, en un geste que Tapio n'aurait certainement pas approuvé, je retournai à la cahute, pris des biscuits de mer, et, retournant auprès du morse, en tendis un sous ses moustaches frémissantes. Il m'ignora un certain temps, jusqu'à ce que tout d'un coup son énorme nez bulbeux bascule sur le côté et qu'en un seul mouvement d'une rapidité terrifiante, il jette la tête en avant et attrape le biscuit. J'entrevis une seconde l'immense cavité de sa bouche, et puis il engloutit le biscuit de mer. Ses moustaches, bizarrement rigides, m'effleurèrent la main. Je reculai d'un pas. Alors Bengt émit un son profond et bizarre qui venait de plus bas dans son corps, et, avec une surprenante agilité, se traîna vers moi. Je lui donnai un autre biscuit.

Il disparaissait parfois plusieurs jours d'affilée, voire une semaine, et je n'avais aucune idée de là où il allait. Mais il revenait invariablement. Il s'allongeait souvent sur la plage. Plus d'une fois, la nuit, nous fûmes réveillés par ses mugissements éplorés, à l'appel de son clan. Il ne tenta jamais d'entrer dans la cabane. C'était une chance ; il l'aurait détruite. En revanche, il aimait traîner devant et semblait s'attendre à recevoir des biscuits de mer chaque fois qu'il se présentait. J'essayai de lui donner d'autres nourritures humaines, mais il détournait sa grosse tête avec dégoût. Il était d'une extrême douceur. Même Eberhard en vint à faire confiance à Bengt, et je crois que Bengt le lui rendait bien. Deux fois seulement j'assistai à un acte hostile de la part du grand morse, et les deux incidents étaient en réaction à des activités canines qu'il jugeait inappropriées : se rouler frénétiquement dans une créature morte et lancer aux oiseaux de mer des jappements stridents. Mais qu'il fasse mine de charger, démonstration effrayante, et c'était plus que suffisant pour corriger la conduite d'Eberhard ; d'ailleurs je ne crois pas que Bengt ait eu de plus mauvaises intentions qu'une mère menaçant de fouetter ses enfants. En fait, chien et morse passaient beaucoup de temps ensemble, partageant un tranquille repos.

La décision était donc horrible à digérer. Je compare cette trahison au geste d'un fermier qui a un petit troupeau de bovins et donne un nom à chacun, se charge de la lourde responsabilité de les maintenir en vie, se prend même d'affection pour certains individus, et qui abat parce qu'il le doit. Il n'y a aucune satisfaction dans l'acte – seulement de la souffrance –, mais il y a une satisfaction indéniable à manger. Je pourrais dire qu'en ce sens, Bengt lui-même fut facile à digérer.

En cet horrible anniversaire, je me relevai avec effort et m'efforçai de trouver des options et des solutions de rechange. Il n'y en avait aucune. Retarder pouvait s'avérer fatal. Si je remettais cet acte odieux jusqu'à ce que j'aie pu trouver un autre candidat infortuné, ou jusqu'à ce que le temps s'éclaircisse, ou même seulement jusqu'à la triste sobriété du matin, je risquais de ne plus avoir la force, physique comme affective, d'aller au bout. Je décrochai le fusil de son clou près de la porte. Il était suffisamment propre, et il était chargé. Au moins Tapio ne trouverait-il pas ses enseignements complètement vains. J'enfilai maladroitement quelques lainages plus épais, suivis de ma salopette en toile enduite. Eberhard avait une expression d'excitation confuse, l'air de dire : *Je n'arrive pas à comprendre pourquoi tu te mets en tenue pour sortir à cette heure-ci, mais je suis prêt.*

« Reste ici, lui dis-je. Tu n'as pas besoin de voir ça. »

J'allumai une lampe et sortis. Je ne le vis pas, au début, car il n'y avait ni étoiles ni lune, et mon œil était compromis par la lumière et l'alcool. Mais au bout d'un moment, un vide se matérialisa sur la plage, pareil à une déchirure dans l'univers, où les faibles rayons de la lampe n'éclairaient rien. Il était là, endormi ou profondément plongé en lui-même, réfléchissant à d'inconnaissables affaires de morse.

« Holà, Bengt », dis-je pour l'avertir de mon approche.

Je n'aurais jamais pu le prendre par surprise – je doute que même Tapio en fût capable –, mais il valait mieux être sûr.

Il inclina un peu la tête. Je m'approchai en tendant mes restes impossibles à mâcher dans ma main. Ils avaient disparu avant même que j'aie la possibilité de jauger la distance entre nous. Puis Bengt reposa la tête en arrière, notre échange de politesses étant terminé. Je levai le fusil, dont la gueule était à une cinquantaine de centimètres, peut-être, de son énorme visage, et fis feu. Bengt eut un frisson étrangement gracieux, presque un soupir, puis s'affaissa au sol comme un homme se laisserait tomber sur son lit. Pas de spasmes, pas d'écume, pas d'ignominieuse humiliation physique, contrairement à la plupart des morts auxquelles j'avais assisté, bêtes ou humains. C'était une fin digne, pour une vie digne.

Mais j'en fus profondément affecté. Je le suis toujours. Ce type de blessures, celles qu'on s'inflige à soi-même, ne cicatrisent jamais. Et il me parut bizarre de ne pas arriver à pleurer, alors que je pleurais presque sans discontinuer depuis des semaines. Peut-être avais-je retrouvé un but, m'éloignant ainsi de ma tombe d'un premier pas avant même de manger une bouchée de mon ami.

Découper un animal aussi immense me coûta jusqu'à la dernière miette de mes forces – des forces que je croyais m'avoir quitté. Mais la rage du désespoir engendre la vigueur, et je mangeai à même son cadavre autant que je pus en supporter de sa cervelle et de son lard. Il n'y avait pas moyen de mettre la viande en conserve tout en profitant des bienfaits de ses vitamines ni de protéger très longtemps une carcasse gelée de la prédation des ours blancs, j'en découpai donc et en stockai le plus possible, sachant qu'une seule semaine de consommation de viande crue ou très peu cuite me remettrait sur le chemin des vivants.

Je sentis une mystérieuse force d'âme me revenir presque immédiatement. Je n'ai jamais souscrit à des absurdités du type un animal transmettant sa force vitale à un autre, mais, de fait, c'est ce qui se passa. Au bout d'un moment – c'était presque le matin, je crois – je laissai Eberhard sortir et l'encourageai à manger les entrailles. Fidèle à son espèce, ou peut-être à toutes sauf la nôtre, il le fit sans une once de honte ou de culpabilité. Bengt n'était plus ; nous autres vivrions plus longtemps.

43

Ainsi commença la période sombre, comme je l'appelle. Sauf qu'elle n'était pas si sombre que ça. C'est plutôt que mon esprit s'assombrit, comme une pièce éclairée par la lumière du jour, et puis soudain on baisse les stores et il ne reste que la flamme vacillante d'un petit bout de chandelle de suif. Je n'entends pas suggérer que ce furent les temps les plus tristes, car rien ne pouvait rivaliser avec le nadir que j'avais atteint. J'entamai une sorte d'existence d'ouvrier. Et plus je m'attelai résolument à mes tâches, avec une détermination ferme, moins il se passait de choses dans ma tête.

Tout cela eut lieu l'hiver 1924, après l'anniversaire de mes quarante ans où j'avais gratté le fond comme une ancre qui peine à trouver prise. Me remettre du scorbut prit moins de temps que je ne le craignais, même si je perdis encore plusieurs dents et si les cicatrices de mon visage mollirent et devinrent malléables, au point que je craignis de le voir, littéralement, se défaire.

Mais les organes de Bengt firent leur boulot et ma figure redevint dure comme un tas de scories, peu avenante et croûtée.

Avec un regain de vigueur, je me lançai dans une campagne visant à tuer tout ce que je pouvais tuer. Je me jurai de ne plus jamais me laisser prendre à une impréparation aussi insensée. Avec une singulière concentration, je chassais tout ce qui bougeait. Peu soucieux de mon gain financier, je ne gardais pas beaucoup de peaux ni de fourrures. J'étais sous le joug de la peur gloutonne de l'après-scorbut. Seule comptait la viande. Des phoques et des ours polaires tombèrent sous mes balles. Des oiseaux et des renards. Je négligeai ma ligne de pièges durant cette période. J'avais rarement besoin de m'aventurer loin. La plage de Bruceneset elle-même était devenue un piège – jonchée de carcasses et d'abats, elle attirait des animaux de partout, qui à leur tour mouraient et devenaient des appâts pour leurs frères.

Cette folie se déchaîna sans relâche jusque vers la fin du printemps, quand le premier bateau en quelque sept mois jeta l'ancre à Alicehamna. Un groupe de Norvégiens approcha à la rame pour voir ce que devenait Sven, le tristement célèbre Baiseur de Phoques. Ce n'est pas sans une certaine satisfaction que je revois l'expression d'horreur et de dégoût qui contracta leurs faces rougeaudes, car les Norvégiens ont un côté âme sensible. Ils furent profondément consternés, et un seul d'entre eux désigné pour descendre du doris, se frayer un chemin entre les carcasses et me remettre mon courrier. Je suis bien certain que j'étais hirsute et crasseux, couvert comme souvent de graisse de phoque pestilentielle. L'homme déposa mes deux lettres sur le seuil de Raudfjordhytta et recula d'un pas.

Elles étaient toutes les deux d'Olga, ma fidèle correspondante, et leur contenu, que j'inscrirai plus tard dans ma mémoire à force de les lire et relire, évoquait des choses qui m'étaient délicieusement étrangères : des marchés bondés, des organisations de travailleurs, un gâteau particulièrement savoureux ou ses inquiétudes quant aux amis peu recommandables d'Helga, qui s'exprimaient mal et qui pour beaucoup avait bien plus que les quatorze ans de sa fille. C'était un peu comme lire de la fiction, mais en connaissant tous les personnages.

Sur le moment, je fus gêné car j'avais perdu le fil du temps et je n'étais pas prêt, sur le plan mental comme vestimentaire, à voir d'autres êtres humains. Je tentai de parler mais ne trouvai rien à dire. Je croassai, murmurai.

Eberhard ignora complètement les Norvégiens, ce qui ne fit, je crois, que rendre l'accueil plus déconcertant.

« Eh ben, l'hiver est enfin fini. Je vois que tu l'as surmonté », dit l'homme sans grande conviction. Il se racla la gorge et ajouta : « Il va falloir qu'on y aille. Tu as du courrier à renvoyer ? »

Je parcourus rapidement la cahute du regard, comme si une pile de lettres était susceptible de se matérialiser pour démentir cette impression désastreuse.

« Non », dis-je – l'unique parole que j'adressai au visiteur.

Juste à ce moment-là, un des marins cria depuis le doris :

« Morten ! Reviens avant que le cannibale borgne t'attrape ! Je veux foutre le camp de cette plage maudite ! »

Morten s'empourpra. Il tordit la bouche, à mi-chemin entre le sourire penaud et la grimace.

« Toutes mes excuses. C'est évident qu'ils ne savent pas que tu parles norvégien. Adieu, alors. D'autres bateaux vont bientôt venir, au cas où tu aurais besoin de quelque chose. »

Là-dessus il tourna les talons et battit vite en retraite, traversa la plage à grandes enjambées puis poussa le doris vers le large. Je crois que si je lui avais demandé à repartir avec eux, il m'aurait claqué la porte de la cabane au nez pour toute réponse, avant de déguerpir.

Cela marqua le moment où je commençai à entendre le nom de Sven le Borgne, qui s'ajoutait aux deux autres (Stockholm Sven étant le plus fréquent), et qui me plaisait. Il se rapprochait plus de la tonalité héroïque des sagas de Vikings que je lisais jeune homme. Je ne fus jamais appelé par le titre que j'avais toujours souhaité avoir – Sven le Dur –, mais on ne choisit pas son surnom.

La réaction des Norvégiens me blessa, peut-être à tort. Après tout, les carcasses qui entouraient Raudfjordhytta étaient disposées dans de hideuses postures obscènes, certaines semblant se battre, d'autres engagées dans des copulations contre nature. Elles étaient gelées dans ces positions. Je ne saurais pas expliquer la raison pour laquelle j'avais créé cette mise en scène du grotesque que j'appelais ma ménagerie.

Et lorsqu'il était sur le seuil, Morten avait dû apercevoir mes compagnons de table : deux grands sacs de toile portant des faces de phoque séchées à hauteur de tête – Frideborg et Ingeborg – ainsi que, à la place d'honneur, un troisième sac arborant le visage aimablement moustachu de Bengt. Des petites pierres noires remplaçaient ses yeux et ses défenses étaient attachées à la toile, très approximativement à leur position d'origine. Je les appelle des compagnons, car c'en étaient bel et bien. L'heure des repas est une heure solitaire, et il y a une limite à la conversation qu'on peut avoir avec un chien. Eberhard refusait de rester assis sur une chaise, de toute façon. Si parfois je les entendais me répondre – s'il m'arrivait de m'adresser à eux comme à des égaux et de leur servir des repas sur des assiettes séparées –, j'espère que ce sera regardé avec compassion. On n'imagine pas les tours que l'esprit peut jouer, quand il est privé d'une écoute humaine.

Mais il n'y avait rien à faire. J'étais esclave de la solitude. Elle flottait au-dessus de moi comme une lune malveillante, croissant et décroissant, mais toujours exerçant son attraction, maîtresse au cœur dur de toutes les marées.

44

Il débarqua chez moi début juin sans que je l'aie vu arriver. Je ne voyais pratiquement rien, à cette époque, ou disons pratiquement rien de ce qui n'était pas transformable en viande. Même le changement de saison m'était passé inaperçu. On peut difficilement ignorer le dégel et la débâcle du printemps, au Spitzberg – le retour cacophonique des oiseaux nicheurs, les eaux de fonte qui ruissellent en torrents rugissants, le soleil aveuglant –, pourtant je les ignorai.

J'étais plongé dans une touffeur de lard de phoque bouillonnant, dont les vapeurs pestilentielles saturaient la cabane. Quand j'émergeai en toussant et jurant, le bateau qui avait déposé MacIntyre, quel qu'il fût, avait disparu et la baie était vide. Lui-même fumait, assis sur une caisse, l'air à son aise, tel un dieu antique qui serait descendu dans l'idée d'une interférence bienveillante. Il était tourné face à Alicehamna, me donnant le dos, et ne semblait pas particulièrement pressé d'entrer dans la cabane ni de me saluer.

« Charles ? » dis-je entre deux toux.

Il pivota le haut du corps en dressant les sourcils, comme s'il était agréablement surpris de me trouver là.

« Je crois, répondit-il avec un gloussement ironique.

— Je ne savais pas que tu venais. C'est-à-dire que j'ai eu très peu de nouvelles.

— De toute évidence. »

Je descendis la plage en titubant pour l'embrasser, mais il se leva et me tendit la main. Déconcerté, je la lui serrai. Une telle formalité me piquait au vif. Alors, comme si je regardais dans un miroir pour la première fois, je lus dans ses yeux que je devais être vraiment épouvantable à voir. Je n'y vis aucun jugement, aucune déception, juste une inquiétude calme, avec peut-être une pointe de rire. J'étais trop dégoûtant pour la proximité.

« Bon, dit-il. C'est un plaisir de te voir, mon cher garçon, ou du moins ça le sera. Maintenant, écoute. Je suis trop vieux pour les voyages en mer. J'ai les jambes en capilotade. Je vais aller prendre le soleil et visiter ton fjord pendant une heure ou deux. Je t'ai apporté ces skis – ce n'est rien, je t'en prie, Tapio a suggéré que ta paire actuelle était dans un piteux état –, et je m'en suis pris une paire aussi, pour circuler dans la nature. La neige que vous avez, à cette latitude ! Si tu voyais Longyear : il y a des marécages et des bourbiers partout depuis la mi-mai. Bon alors sois gentil, prépare-nous une tasse de thé pour, mettons, trois heures. Nous pourrons nous raconter nos histoires de guerre. »

Il remit sa pipe dans sa poche en souriant, s'accroupit et attacha ses skis. Puis il se redressa, siffla et, un instant plus tard, Eberhard arriva en courant, abandonnant qui sait quel odieux projet le tenait occupé. Ils se saluèrent très affectueusement et partirent ensemble vers l'intérieur des terres. Sans voix, je les regardai s'éloigner. En quelques minutes ils avaient disparu derrière une colline basse, et je me retrouvai seul.

Alors, la sagesse et la générosité d'esprit de MacIntyre me transpercèrent, comme toujours. Il ne voulait pas que je sois gêné. Il savait que son arrivée était une surprise et voulait me donner le temps dont j'avais besoin pour être l'hôte que je souhaitais être. Je me suis toujours demandé comment ce serait de vivre sa vie avec prévenance et attention à autrui. Épuisant, peut-être.

Je n'eus pas besoin d'autre catalyseur. La cahute était petite et facile à ranger. Pour le grand ménage à fond – nécessaire depuis longtemps – il faudrait attendre, mais je pouvais au minimum la rendre présentable. J'ouvris la porte et, pour créer un courant d'air, retirai les deux fenêtres de leurs cadres rudimentaires. Le plancher eut droit à un rapide brossage-récurage à l'eau de mer, à la façon des marins. Je vidai le poêle et en balayai l'intérieur, jetai les cendres derrière la cabane. Mes quelques assiettes, couverts et récipients, je les lavai dans un seau propre et les mis à égoutter sur le billot. Je regardai alors Raudfjordhytta et hochai la tête. Elle ferait l'affaire.

Je ne pouvais pas en dire autant de moi. La dernière fois que j'avais entrevu mon visage, c'était sur la cuillère le jour de mon anniversaire, cinq mois plus tôt. Mais je n'avais pas besoin d'un reflet pour savoir de quoi j'avais l'air. Je remplis plusieurs seaux d'eau de mer et, par une température qui aurait été carrément cruelle à Stockholm mais semblait presque douce maintenant, je me déshabillai entièrement. Je frottai mon corps et mes cheveux mous et crasseux – ils avaient acquis la consistance et la puanteur d'un vieux bout de lard de phoque tombé entre deux lattes de plancher, qui un jour se rappelle vigoureusement à notre bon souvenir et qu'il faut repêcher d'urgence – jusqu'à ce que l'eau ressorte claire. Je dégotai ensuite mes cisailles les plus petites et coupai mes ongles incrustés de sang séché. Mes fourrures et mes peaux fétides, j'en fis un tas auquel je mis feu. Je n'eus pas besoin d'ajouter de combustible pour qu'ils brûlent entièrement, tant ils étaient imbibés d'huile à ce stade. C'étaient des vêtements mal faits et qui m'allaient mal, de toute façon, et je ne manquais pas de tissu. Comme aurait dit Tapio, un peu de pratique m'aurait fait du bien.

Il n'y avait pas d'horloge à Raudfjordhytta et je n'avais pas de montre, mais vers le moment où j'aurais en général pensé qu'il devait être trois heures, me parvinrent le chuintement et les coups de talon de MacIntyre s'en revenant. Eberhard le précédait, l'air content. J'étais content, moi aussi. Je portais ce que j'appelais mes habits « civils » – rangés dans une malle depuis deux ans et tout sauf pratiques, mais propres. J'avais les cheveux attachés et le visage rasé. Un feu était allumé et la cabane, redevenue hermétique, avait une odeur astringente et salée. Deux bougies neuves brûlaient sur la table et, entre elles deux, une lampe à pétrole dotée d'une mèche neuve et dont le verre avait retrouvé sa transparence. Quant à ma parade grotesque, dehors, je l'avais en grande partie démolie avec une lourde barre à mine et entassée un peu plus loin.

Je mis la bouilloire à chauffer sur le réchaud et disposai deux tasses en terre cuite sur la table, chacune avec sa petite passoire et une dose des derniers restes de mon précieux darjeeling. MacIntyre tapa ses godillots par terre, frappa et entra. À ce moment-là seulement je fus parcouru par une humiliation horrifiée, pareille à une goulée d'infect émétique. Car, malgré tous mes efforts, je m'étais débrouillé pour négliger mes vieux invités. Les trois sacs de toile avec leurs faces d'animal à demi conservées étaient assis à table comme s'ils y passaient un moment de détente entre les repas. J'étais tellement habitué à leur présence qu'ils faisaient maintenant partie des meubles, pour moi, au même titre qu'Eberhard. Au moins n'avaient-ils pas, comme souvent, des cartes à jouer déployées devant eux.

Cela étant, je n'avais ni le temps d'enlever mes amis ni aucune explication possible à donner.

MacIntyre referma la porte derrière lui et regarda la pièce d'un air satisfait.

« Un refuge très douillet pour un Suédois ascétique », dit-il.

Je fus incapable de répondre. Je sentais mes oreilles bourdonner.

MacIntyre se dirigea vers la table et, avec une contenance parfaite, souleva Frideborg – « Allez, sois gentille, donne ta place au vieux briscard. Il n'y a tout bonnement pas assez de chaises pour nous tous » –, puis il la déposa délicatement par terre. Il prit alors sa place et regarda les tasses avec un hochement de tête approbateur.

« Très gai, vraiment, dit-il en se penchant un peu en arrière. Une seule chose pourrait peut-être encore ajouter à la joie de ces retrouvailles. Est-il trop tôt pour une petite goutte ? »

Sans attendre ma réponse, il plongea la main dans son gilet de laine et sortit une flasque recouverte de cuir. Il dévissa le capuchon et versa une dose généreuse dans chaque récipient. Puis il regarda Bengt d'un air pensif.

« Je trouve que notre hôte s'est montré négligent, dit-il. Nous voici fin prêts pour le thé, et vous n'avez même pas de tasse. Il faut lui pardonner, vous savez. Il n'a pas grandi dans la soie, comme nous. Permettez-moi de me présenter. Je suis Charles MacIntyre. Et comment dois-je vous appeler, mon cher ? »

45

MacIntyre était l'invité parfait. Cela étant dit par quelqu'un qui n'aime pas spécialement recevoir des invités chez lui – du moins pas ceux qui prennent beaucoup de place et d'air, qui ont une alimentation ostentatoire et mangent d'énormes quantités ou rien du tout, qui vont et viennent à n'importe quelle heure du jour et de la nuit ou ne quittent jamais les lieux, ou qui sont désagréables de quelque autre façon.

Il y avait déjà le fait que MacIntyre avait apporté une montagne de cadeaux. Les skis étaient de la meilleure qualité et c'était le moindre de ses présents. Nous avions hissé plusieurs caisses ce premier soir. L'une contenait de précieuses denrées alimentaires dont il savait que je raffolais, ainsi que quatre bouteilles de whisky single malt – trois Islay et un Highland (« pour l'équilibre », dit-il). MacIntyre considérait que le Highland ne méritait pas d'être bu, sauf si on était vraiment en manque. Je n'imagine pas ce que ça avait pu lui coûter de les faire expédier jusqu'à

Longyear, ou alors depuis combien de temps il les gardait par-devers lui, mais je savais qu'elles étaient d'une valeur inestimable. Et pourtant ce n'était encore rien comparé aux deux autres caisses, car celles-ci contenaient des livres. Ivre d'excitation, je parcourais les piles du regard, manipulais les ouvrages comme si c'étaient des artefacts anciens.

Nous étions assis par terre tous les deux, MacIntyre et moi, légèrement éméchés. Eberhard était à moitié couché sur les genoux de MacIntyre. La pièce était très enfumée et je tournais sans cesse la tête vers le poêle à bois avec inquiétude, craignant que le joint d'étanchéité de la porte ait lâché ou que le conduit se soit décalfeutré, avant de me rappeler que c'était juste la pipe de MacIntyre, une seconde cheminée à elle seule. Cela faisait longtemps que je n'avais pas été assez confiant dans mon stock de tabac pour fumer avec une telle magnificence, mais plusieurs boîtes de la variété préférée de MacIntyre, qui était aussi la mienne, bien sûr – un mélange exclusif de virginia, d'oriental et de latakia –, m'avaient tranquillisé, et je tirais sur ma bouffarde à la même cadence que lui.

« *Vers le Pôle* ? m'exclamai-je. Et en traduction suédoise, en plus ! Comment diable as-tu trouvé ça ?

— Pas facilement », dit-il.

Certains livres venaient manifestement de la bibliothèque de MacIntyre. Je les reconnaissais pour avoir fiévreusement fréquenté ces étagères. Mais il avait mûrement pesé chacun de ses choix et il n'était pas question de lui opposer un refus. Quelques-uns allaient de soi : la chronique épique de Nansen, par exemple, en deux gros tomes, que j'avais adorée quand j'étais jeune et naïf en Suède et que je traînais à la bibliothèque publique. En revanche, de nombreux autres ouvrages ne me disaient rien du tout, ou pas grand-chose. Certains étaient en suédois ou norvégien, d'autres en anglais. Il y avait des livres d'histoire, des mémoires, des recueils de poésie. MacIntyre avait même inclus plusieurs pièces de théâtre : un volume de tragédies de Shakespeare aux pages usées, ainsi qu'un exemplaire flambant neuf de *Junon et le Paon*. Il savait que je chérirais ces livres et, de toute évidence, il entendait que je poursuive mon instruction artistique et culturelle où que se trouve mon domicile. C'était un cadeau qu'il préparait visiblement depuis des années.

« Quand on mène une vie d'explorateur arctique, dit-il, ou tout du moins de chasseur arctique, il faut lire sur des peuples et des lieux plus éloignés que l'Arctique. Et je ne veux pas dire l'Antarctique. Sinon ton esprit va se lasser ou, pire encore, ta curiosité vaciller comme la flamme d'une lampe vide et s'éteindre. Si tu en arrives là, mon cher garçon, autant jeter l'éponge. »

Je regardai les livres soigneusement empilés. Puis passai la main sur une traduction anglaise des *Essais* de Michel de Montaigne. C'était un volume que j'avais étudié fiévreusement après l'avalanche – luttant pour voir, luttant pour comprendre les subtilités de la langue, mais y trouvant néanmoins beaucoup de sens. La finesse avec laquelle Montaigne identifiait les façons dont l'humanité peut se saboter ou se racheter m'interpellait à travers les siècles – en s'étudiant lui-même, il mettait tout à nu. J'ouvris le livre à un passage familier et le lus tout haut, d'une voix hésitante :

> *À combien de vanité nous pousse cette bonne opinion, que nous avons de nous ? La plus réglée âme du monde, et la plus parfaite, n'a que trop affaire à se tenir en pieds, et à se garder de s'emporter par terre de sa propre faiblesse. De mille il n'en est pas une qui soit droite et rassise un instant de sa vie : et se pourrait mettre en doute si selon sa naturelle condition elle y peut jamais être.*

Je retournai quelques pages en arrière, à une phrase du même essai qui m'était chère, sur le plaisir du vin, et poursuivis :

« "Si vous fondez vostre volupté à le boire friand, vous vous obligez à la douleur de le boire autre."

— Ah, oui, fit MacIntyre. "De l'Ivrognerie". Un de tes préférés.

— Charles, je ne peux pas accepter. Et si la mer montait et inondait cette masure ? Ces livres sont irremplaçables.

— Non, ils ne le sont pas, dit-il. Je serais légèrement contrarié, bien sûr. Plusieurs d'entre eux m'ont accompagné fort loin dans mes voyages, je les ai trimbalés jusqu'à des camps miniers aujourd'hui réduits à des anecdotes, dans une histoire géologique que très peu de gens liront. Mais non, Sven, je m'inquiéterais bien plus pour *toi* si cette cabane bénie était submergée par les éléments. Les livres, par définition, sont remplaçables. Toi, non. »

Je le dévisageai. Il était difficile de lire dans ses pensées, comme d'habitude, qu'il soit ou non masqué par un nuage de fumée. Qu'avait-il deviné de mes épreuves ? Comment interprétait-il mon sourire perforé ?

J'avais eu l'intention solennelle de ne pas peser sur MacIntyre avec mes récits de mort frôlée. Mais, comme il arrive souvent quand un enfant retrouve sa mère, du moins tel que je l'imagine, je me sentis rassuré et désarmé par ce vieil ami qui me connaissait trop bien. Je lui racontai tout dans un flot de paroles. La paralysie du désespoir, le manque de préparation, le scorbut et la furieuse frénésie de tuer. Il m'écouta gravement. Régulièrement je revenais en arrière et j'apportais des éclaircissements sans qu'il ait rien demandé. Lorsque j'achevai mon récit, nous nous tûmes quelques minutes. Eberhard avait la tête pliée contre un pied de table et ronflait comme un homme.

« Mon cher Sven », finit par dire MacIntyre. Il secoua la tête. « Dans un sens, heureusement que je ne savais pas. J'étais inquiet. Bien sûr que j'étais inquiet. Mais si je t'avais su si près du bord, j'aurais sans doute sollicité tous les gens qui me doivent un service, en épuisant mon capital à la Compagnie, pour te tirer d'ici. » Il scruta attentivement mon visage. « Vas-tu rester ? Comptes-tu faire un autre hivernage ?

— Je crois que oui.

— Pour l'amour de Dieu, s'il te plaît, dis-moi que tu prendras mieux soin de toi.

— Oui, Charles. Tu as ma parole. »

46

Je ne saurais dire quand, au juste, mais ce fut durant cette période que je me pétrifiai. Le processus fut silencieux. Je ne le remarquai pas quand il commença, ni pendant qu'il se déroulait – seulement une fois terminé. Du jour au lendemain, me sembla-t-il, je cessai d'être moi-même et devins élément géologique. Je pouvais regarder autour de moi et percevoir le vide de mon univers, l'ascétisme sordide de ma cabane, l'intelligence et la curiosité de mes amis et voisins du règne animal. Je pouvais encore, en théorie, sentir la vive morsure de la solitude. La différence, c'était que je ne m'attardais plus sur ces choses-là. Je les percevais tant qu'elles se manifestaient, pas plus.

Cela affecta mon quotidien. Lorsque je me réveillais le matin, par exemple, je ne laissais plus filer une heure, cloué au lit par la morosité. Ou, quand je vidais un phoque, du gras jusqu'aux épaules, je n'étais plus prisonnier de mon monologue intérieur – fait de listes, soucis, explorations du désespoir, bribes de chansons. Cette transformation m'était un grand soulagement. Libéré du fléau de ma psyché grégaire, j'entendais mieux le chuintement d'un gaz s'échappant d'un estomac ou le vent omniprésent. Je pouvais rester longtemps immobile sans m'appesantir sur le froid virulent ou les tâches qui me restaient à faire. Je devenais enfin semblable au pays où je vivais : dur et décidé.

Le changement ne fut pas immédiat. Après le départ de MacIntyre en juillet – il resta chez moi trois brèves semaines, idylliques, toutes de conversations et de camaraderie, qui allaient nourrir mon esprit pendant des mois –, je me morfondis, cédant brièvement à la confusion et à la solitude. Mais au bout d'un jour ou deux, je m'attelai à la tâche qu'il me semblait avoir définie pour moi, ne serait-ce que par ses attentes tacites : me construire une vie solitaire qui serait non seulement supportable, mais épanouissante.

Pour moi, un esprit actif avait toujours signifié un courant régulier de bavardage intérieur. Opinions personnelles et banalités, à parts égales. Chansons et critiques. Ce type de flux incessant fait obstacle à la paix. Il entrave la survie. Mais, seul au Raudfjord, je finis par me trouver à court de choses à me dire. Sans compter le chien, bien sûr, je me réveillais seul. Je faisais mes ablutions seul. Je levais les pièges, nettoyais les pièges et posais les pièges seul. Je chassais, tirais, dépouillais et salais la perdrix des neiges seul. Je pendais les fourrures, j'étayais la cabane, je luttais pour ma survie contre l'eau et le vent furieux, tout seul. Je me confrontais à l'obscurité et prenais mes repas seul. Mes compagnons de table en toile à sac demeurèrent, mais seulement parce qu'il ne semblait pas juste de les chasser – nous avions cessé de nous parler depuis longtemps.

En l'absence de compagnie, le temps ralentit. L'esprit suit. Si l'existence humaine n'est qu'une longue interaction avec des stimuli, alors l'être humain doit s'adapter aux stimuli qui l'entourent, faute de quoi il se brise. Au début je surveillais le ciel avec une attention obsessionnelle, car il bougeait, changeait et parlait avec une vitesse semblable à celle que j'attendais de la compagnie des hommes. Mais il ne tarda pas à se fondre en un seul mouvement fluide, au lieu d'une série d'évènements en staccato. Bien sûr, il y avait des exclamations venues du ciel – des tempêtes qui menaçaient de faire chavirer ma vie minuscule, par exemple – ainsi que de la terre, sous la forme de l'ours blanc, pourtant même celles-ci s'inscrivaient dans le continuum. Je commençai donc à percevoir que tout, au Raudfjord, se mouvait avec la lenteur inexorable des glaciers.

En été et au début de l'automne, j'arpentais les rochers rougis par l'oxyde de fer, pour certains éclaboussés d'orange comme de fientes radioactives, et les amas sinueux des moraines. Par le passé j'aurais pu, remarquant que le monde autour de moi avait un air de rebut, comme si les montagnes avaient éjecté tout ce qu'elles n'estimaient pas suffisamment pur, craindre le jugement. Et je me serais dressé tout net contre cela. À présent, je me contentais de remarquer les changements subtils. D'infimes modifications dans l'odeur et la pierre. Je sentais qu'Eberhard et moi étions encore plus en communion qu'avant, car nous avions maintenant tous les deux l'esprit clair. Et je cessai d'avoir peur du silence, que ce soit à table, dans la soirée ou durant le long hiver sombre à venir.

Dans ce vide, la nature du vide étant de recevoir, je plaçai les livres de MacIntyre. Je les digérais soigneusement et proprement, car ils n'avaient pas besoin de se disputer la place avec grand-chose dans mon esprit. Avant cette histoire j'étais un lecteur du genre frénétique et distrait ; j'allais et venais dans la page, je lisais et relisais, m'arrêtais pour réfléchir ou m'embourbais dans des considérations sur une chose dite plusieurs pages plus tôt. De sorte que j'étais lent, et ce rythme faisait bouillir MacIntyre. Il exprimait souvent son dépit face à mon incapacité à discuter avec promptitude de tel ou tel point. À présent, mon cerveau était une flaque de mer à marée basse, vide et saumâtre, mais parfaitement façonnée pour accueillir la marée montante.

La cabane brûla au printemps 1925, presque un an après la visite de MacIntyre. Mes habitudes d'entretien étaient alors plutôt bien rodées, pourtant il s'avéra que certaines tâches m'échappaient encore. L'une d'elles, que je n'allais plus jamais négliger à nouveau, était le ramonage de ma cheminée. Car quand on se met à brûler tout ce qui brûle, et que cela consiste en grande partie en bois flottés ou en gros morceaux de bois blanc, la créosote pousse comme de la mousse jusqu'à ce que le redoutable goudron noir, collant et aussi inflammable qu'une torche gorgée d'essence, finisse par prendre feu. Il peut se contenter de se consumer, mais le plus souvent, il embrase toute la maison. Ce fut le cas.

Heureusement cela se produisit en fin de soirée, un jour où le crépuscule printanier, en général presque aveuglant après sa longue absence, était assombri par une couche de nuages bas. Un clignotement au coin de mon œil me fit lever le nez de mon livre. (Dans un monde de pierres, tout ce qui sort de l'ordinaire se remarque.) Et ce que je vis dans le carreau de la fenêtre, ce furent deux lumières – le reflet de ma lampe à pétrole et, à côté, presque derrière elle comme une aura, une lumière d'un jaune maladif qui se reflétait sur quelques éclats de glace échoués sur la plage. Je restai un instant à regarder, puis mis mes bottes, enfilai mon manteau de fourrure sur mon caleçon long et sortis. Alors seulement j'entendis un rugissement bas, comme le ronronnement empressé d'un chat, et levai la tête. Les flammes qui jaillissaient de la cheminée de Raudfjordhytta avaient déjà gagné plusieurs portions du toit.

« Enfer et damnation », dis-je sans enthousiasme.

Je pouvais remplir des seaux à l'océan, la source étant beaucoup trop loin, mais le temps que j'en rapporte deux de la plage – impossible d'en porter plus –, le feu aurait peut-être déjà transformé la maison en brasier. À quoi m'avanceraient, alors, deux seaux ? Pourrais-je hisser l'eau sur le toit ?

Je ne paniquai pas. Je doute même que mon rythme cardiaque se soit accéléré de façon sensible. La décision de laisser brûler la cabane fut facile à prendre dans la mesure où je n'avais pas d'autre option. Je rentrai et, méthodiquement, sortis les choses dont j'avais besoin et les emportai dehors, formant un tas sur une portion sèche de la plage qui me semblait suffisamment loin. J'aurais bien trimbalé tout du côté terre, sachant que l'océan pouvait décider d'une minute à l'autre de monter rageusement et d'avaler mes maigres biens, mais Raudfjordhytta n'avait pas de porte sur l'arrière, et j'avais besoin de rendement. J'avais besoin de mes livres, aussi. Il faut dire à ma décharge que si je n'avais pas su maîtriser l'art du ramonage, je savais que le feu était un risque constant et je m'y étais préparé. Les précieux cadeaux de MacIntyre étaient soigneusement rangés dans des caisses proches de la porte. Je les sortis en tout premier, avant même la nourriture et les peaux.

Le temps que le tas soit achevé et que tout ce qui devait être sauvé le soit – y compris mes compagnons de table en toile à sac, dont je ne pouvais me passer, apparemment –, le toit s'était en partie effondré sur le côté est de la cabane et des flammes chargées de suie lançaient leurs vrilles par les carreaux cassés. Eberhard à mes côtés, je regardai la hutte se consumer. L'ensemble du processus ne prit, je crois, pas plus de vingt minutes.

Je rebâtis donc la cabane. Je le dis avec une sobriété délibérée, car la façon dont j'abordai et réglai la crise – sans même la percevoir comme une crise, d'ailleurs – aurait été totalement étrangère à l'homme que j'étais deux ans plus tôt. Bien sûr, j'avais eu de la chance que ce ne soit pas l'hiver.

Cette nuit-là, je montai la vieille tente de Tapio et y entassai tout ce que je possédais. Je dormis bien. Les jours qui suivirent, j'apportai du bois de ma réserve de rondins cassés, qui avaient dû dériver jusqu'au Spitzberg depuis des fleuves inconnaissables en Sibérie, et que j'avais laborieusement amassés. La démolition et le nettoyage furent rapides. Lorsque vous construisez avec peu de matériaux et que la plupart se réduisent en cendres, le déblayage est rapide. Les choses disparaissent vite dans l'Arctique, à part les corps.

Rien ne pressait – j'aurais pu vivre sous la tente jusqu'au mois d'octobre –, et je savais que les projets tournent mal quand on les réalise dans l'urgence. J'avais le temps, autrement dit, et je le pris. En un mois environ, j'avais construit l'extérieur indispensable d'une cabane très laide. Ce n'était pas une Raudfjordhytta, même si elle hérita du nom, et elle aurait perturbé les rêves de tout ingénieur des structures qui se respecte, mais elle allait faire l'affaire.

Ainsi le rocher est-il usé par la tempête, et en fait-il peu de cas.

47

Les semaines passaient comme des jours, et les mois comme des semaines. Le sacrifice, avec ma nouvelle perspective, était le suivant : mon lien au monde extérieur se fragilisa. Il s'usa et s'effilocha. Au bout d'un moment, je considérai qu'il s'était complètement rompu. Je n'écrivais plus à ma sœur ni à MacIntyre ou Tapio. Depuis que les Norvégiens s'étaient trouvés nez à nez avec ma morbide composition de grotesques, ils m'évitaient soigneusement. Leur attitude avait été reprise par tous les marins qui débarquaient à Longyear, du moins le supposais-je à les voir rester tout près de leurs bateaux quand ils passaient par Bruceneset avec des fournitures. De toute évidence, ils ne venaient à terre que lorsque MacIntyre leur avait explicitement demandé de le faire. Rares étaient les navires à entrer dans Alicehamna, désormais. Ils passaient lentement devant la large embouchure du Raudfjord et j'imaginais leurs capitaines se prenant à penser au confortable abri qu'offrait la baie, sachant qu'il serait d'une impolitesse prohibitive de jeter l'ancre à Alicehamna sans passer voir comment je me portais, et poursuivant donc leur route vers le Woodfjord et au-delà.

Les nouvelles voyageaient rarement au nord de Ny-London, ou si elles le faisaient, cela m'échappait. La loi sur le Svalbard passa sans que je le remarque. Elle fut ratifiée en août 1925, accordant à la Norvège la souveraineté sur l'archipel et nous plaçant tous sous la loi norvégienne. L'archipel fut rebaptisé Svalbard, ce qui n'empêcha pas la plupart des gens de continuer de l'appeler Spitzberg, qu'ils parlent de la Grande Île, de Nordaustlandet ou même de l'Île-aux-Ours. Les nouvelles lois m'affectèrent peu, voire pas du tout. Le règlement de Tapio était plus strict que tout ce que le législatif norvégien pouvait bien concevoir.

Je ne donnais pas de courrier à poster, et j'en recevais donc de moins en moins en retour. Et j'avais pratiquement toutes les fournitures nécessaires. Une fois par an, au printemps, j'expédiais mon stock de peaux et de fourrures soigneusement emballé – pour cela, les Norvégiens ne manquaient pas de venir, car ils en étaient bien rémunérés – et mon butin partait pour Longyear, où MacIntyre organisait sa vente au monde civilisé. J'envoyais par la même occasion une liste de choses dont j'avais besoin. Un ou deux mois plus tard, des marins norvégiens revenaient avec un compte-rendu détaillé de ce que j'avais gagné – gardé ou déposé en mon nom par MacIntyre –, ainsi qu'une caisse ou deux contenant mes commandes. MacIntyre semblait très bien comprendre que je n'étais pas en état de me montrer prolixe, aussi ne s'enquérait-il ni de ma santé ni de rien d'autre. Il se contentait d'œuvrer comme mon agent, confiant, je suppose, que si j'avais besoin d'autre chose de sa part, je saurais l'exprimer.

En vérité, je n'avais besoin de rien. Oui, la société me manquait parfois – la société limitée des quelques personnes que je connaissais et que j'aimais –, mais moins j'avais de ses nouvelles, moins je m'en souvenais ou m'en souciais. Les humains bougeaient trop vite ; ils couraient en tous sens comme des coléoptères survoltés. J'étais à présent aussi acclimaté au pays – et aussi insignifiant – qu'un lézard bien camouflé.

Du moins je me le figurais. On ne le remarque pas forcément, quand on a les émotions en sommeil. On peut même se sentir mieux, et ce fut mon cas pendant une période. Mais un cône gris peut venir coiffer le volcan, qui semblera endormi alors même que le magma bouillonne en dessous. Je ne veux pas dire par là que j'étais plein de magma ou de quoi que ce soit d'aussi explosif. Simplement que le cône de cendres est temporaire et que, s'il peut tromper jusqu'au volcan lui-même et certaines des personnes qui l'entourent, il ne le devrait pas.

Une meilleure métaphore pourrait être ceci : la vie dans le vide est sans blessures, car rien ne peut vous toucher. Mais le vide est froid. Et le froid mord alors même qu'il engourdit.

Je frissonne à la pensée du tour que les choses auraient pu prendre sans Eberhard. Beaucoup de chasseurs se lient d'amitié avec le renard arctique, étranges amitiés car ce dernier ignore qu'il est chassé jusqu'au moment où il est pris au piège, et je suis sûr que cette condition a été la cause de maintes décisions difficiles et d'autant de regrets. Cette délicate danse de camaraderie et de trahison m'a été épargnée parce que Eberhard tenait les renards à distance de notre cahute. Non seulement il laissait son urine partout, mais s'il apercevait le cousin sauvage du chien à proximité de la cabane, il déployait des efforts concertés pour le tuer.

Heureusement pour nous, il était d'un matériau très dense. Deux fois, entre 1924 et 1926, il tomba à travers la glace d'Alicehamna et chaque fois, avant que je dusse prendre la décision de mettre ma vie en péril ou non pour le sauver, il ressortit dans un jet d'écume, la fourrure craquelée de glace, et je pus le ramener au coin du poêle.

Il s'attira l'ire d'une ourse, également. Il est probable qu'il l'ait prise pour autre chose, avec la distance, ou qu'il ait été enhardi par le fait qu'elle s'éloignait de lui à un rythme raisonnable, toujours est-il qu'il la pourchassa sur les deux versants d'une colline et jusque dans un ravin rocheux et enneigé. Lorsque l'ourse se rendit compte qu'elle était harcelée par un exécrable nuisible, elle fit volte-face. Elle chargea à vive allure, mais Eberhard fut plus rapide. Il la rabattit à une centaine de mètres de moi avant que je comprenne ce qui se passait. J'avais les mains enfoncées dans mes moufles. Mon fusil n'était pas armé.

« Je suis un homme mort », dis-je.

Là-dessus l'ourse tourna abruptement, huma l'air et partit d'un pas tranquille vers une nouvelle quête qui n'appartenait qu'à elle.

Le chien se mit dans de mauvais pas et frôla la mort de nombreuses fois encore, et moi plusieurs. Nous ne nous y attardions pas. Nous consacrions toute notre force et notre volonté à la survie, la nôtre à chacun et celle l'un de l'autre, faisant la part la plus chiche possible aux prévisions et au souvenir.

QUATRIÈME PARTIE

48

Nous étions au début du mois d'octobre 1926 : trois ans et demi depuis que Tapio m'avait laissé seul au Raudfjord, deux ans et demi depuis la dernière visite de MacIntyre. Pendant cette période, je n'avais pas échangé plus de quelques dizaines de mots avec les marins qui venaient à Alicehamna, mais je connaissais tous les ours qui chassaient ou avaient leur tanière dans les parages et, pour moi, leurs allées et venues avaient plus de logique et leurs conversations plus de substance que celles des hommes.

J'étais sorti depuis quelques heures et je rentrais à la maison par le chemin le plus long. Les journées raccourcissaient à leur vitesse inexorable et je voulais me mettre à la bonne avec l'hiver qui approchait. Ce qui signifiait faire une pause là où je n'en aurais pas fait autrement. Le repérage de nouvelles lignes de pièges et les préparatifs pour la longue obscurité, je m'en acquittais en général avec une efficacité dépourvue de romantisme, tandis qu'à présent je me forçais à m'arrêter plus souvent en fin de journée, où que je sois, pour regarder longuement la lumière qui s'estompait, avant de me retirer dans les confins familiers et ombrés de Raudfjordhytta. Il restait toujours du travail à faire à l'extérieur de la cahute, bien sûr, mais ce n'était pas la même chose de voir le rose mourir en étincelant et dansant au-dessus du fjord depuis la maison que d'un point plus élevé, sur la pente douce du Brucevarden.

J'intimai donc l'ordre à mes bottes de s'arrêter et à mon œil de se tourner vers le large et non vers le bas. Je sifflai Eberhard d'un coup bref, car il vadrouillait loin devant. Il tourna la tête, me regarda d'un air sceptique, pensant peut-être à son dîner et à la chaleur du feu, mais revint néanmoins vers moi du pas allègre que j'avais toujours admiré. Je posai alors les fesses sur un rocher froid et tentai d'allumer ma pipe avec moins de cinq précieuses allumettes. En contrebas, la cahute semblait un rocher, elle aussi, donnant une impression d'inébranlable, mais je ne m'y trompais pas. Même les plus vieux rochers du Spitzberg pouvaient être emportés en mer par une force écrasante, impitoyable, ou par un brusque accès de rage météorologique.

Sous le ciel changeant, la cabane se parait parfois d'éclats de rouge, comme pour révéler son être véritable. Mais elle revenait toujours à son brun grisâtre – couleur de la terre aride. Je la regardai à présent, forçant mon œil et l'essuyant du revers de ma manche. La lumière créait des reflets orange sur la fenêtre du côté sous le vent, toutefois quand les nuages se bousculèrent pour venir barrer le soleil qui sombrait, réduisant tout à du gris et blanc, la fenêtre demeura éclairée. Seule dans une mer monochrome, elle étincelait comme un fanal. Deux pensées me vinrent à l'esprit. La première était folle, ou trahissait la folie. J'avais longtemps rêvé que quelqu'un rende la cabane chaude et accueillante. Rentrer après de rudes labeurs dans une cahute noire et glacée – c'était dur. Peut-être la chose la plus dure de ma vie solitaire. Et maintenant, mes rêves auraient fait surgir un compagnon surnaturel. Car il n'y avait pas de bateau au port. Pas de canot sur la plage.

La seconde pensée était plus logique. La lumière pouvait jouer des tours surprenants dans ce vaste paysage, où les distances étaient quasiment impossibles à jauger à l'œil nu. Ainsi, la lumière pouvait être barrée, là où j'étais, mais exposée sur ce côté-là de la cabane. Est-ce que ça se tenait, cela étant ? J'en conclus que non. Car pourquoi le reste de Bruceneset serait-il enveloppé de nuances de gris ?

Pareil phénomène devait être abordé avec équanimité. Il n'était pas différent de n'importe quel autre – pas vraiment. Mais ma curiosité était piquée, je rempochai donc ma pipe et tournai le dos au ciel changeant, retournant à mes bottes. Je descendis la pente du retour à une cadence mesurée. Une cadence mesurée vous maintenait son homme en vie.

À une quarantaine de mètres de la cahute, mes soupçons se confirmèrent. La lumière sur le carreau venait de l'intérieur, et non de l'extérieur. Elle était régulière et jaunâtre. Lampes à pétrole. Je m'efforçai de me préparer à toutes les éventualités. Un Norvégien bizarre ? Une selkie ? Lequel des deux était-il le plus dangereux ? Je savais que ça ne pouvait pas être MacIntyre, car il m'avait clairement fait comprendre que ses futures visites seraient annoncées et, de toute façon, il était sans doute bien tard dans l'année pour lui.

Je frottai bruyamment mes bottes devant la porte. Je ne souhaitais pas surprendre la créature qui s'était installée chez moi, quelle qu'elle fût. Mieux valait signaler mon approche, comme avec les ours.

J'ouvris. Assise à la table, buvant un thé dans ma tasse préférée, fumant ma pipe de rechange, se trouvait une jeune femme. Elle se leva. Un sourire rapide passa sur son visage et disparut, mais il en resta un léger rire dans ses yeux sombres, étonnamment farouches. Elle avait les cheveux foncés, également, presque aile de corbeau, et ses bras nus jusqu'aux coudes étaient forts comme des aussières. Eberhard se tapit entre mes jambes, gémissant avec incertitude.

La femme s'avança vers moi et, jetant un coup d'œil en arrière vers Bengt, Frideborg et Ingeborg, hideux et fétides, me dit :

« Oncle, tu as vraiment perdu la boussole ! » Là-dessus, elle rit. C'était un son rauque mais sincère. « Tu ne m'as pas reconnue.

— N'importe quoi, rétorquai-je, d'une voix rendue frêle par le choc et le manque d'usage. Helga. Tu as les mains de ton père. Des paluches de poissonnier bien rouges et charnues.

— Je vois que tu n'as pas perdu ton penchant pour la courtoisie et l'éloquence. Ne vas-tu pas souhaiter la bienvenue à une vieille amie, ou au minimum la présenter à ton chien ? »

Je ris à mon tour, alors, d'un son étrange et léger, comme le vent sur les rochers. Nous nous serrâmes dans les bras l'un de l'autre. Elle sentait la sueur. Eberhard nous contourna et alla directement devant le feu où, ignorant nos retrouvailles, il se pelotonna avec un long soupir. Nous rîmes à nouveau, ensemble, et ma figure me fit mal. Les crêtes scarifiées de mon visage postglaciaire étaient raides et n'aimaient pas les changements de parcours.

Ce fut là, seulement, qu'Helga sembla le remarquer. Mais au lieu d'avoir une réaction de recul, elle dit : « Oh, Oncle, ton pauvre visage », puis leva la main sans hésiter et la posa sur ma face torturée.

C'était un geste d'une tendresse et d'une empathie tellement inattendues, tellement inouïes, que j'en fus défait. Je m'affaissai un peu et les larmes vinrent à mon œil unique et fatigué. Nous restâmes ainsi un long moment. Plusieurs minutes, peut-être. Moi en proie à une émotion que je n'avais pas ressentie depuis des années ou peut-être jamais, Helga la main sur mon visage.

Ce fut dans cet état que j'entendis pour la première fois un pleur à Raudfjordhytta. Ce n'était pas tant un pleur qu'un cri inquiet. La source en était un panier bourré de fourrures, que je n'avais pas remarqué jusqu'alors. Il était posé près du poêle à bois, poussé contre la petite carpette crasseuse qui servait de lit à Eberhard. Le chien avait la tête au sol, mais les yeux tournés sur le côté vers le panier, n'exprimant qu'un intérêt minimal. Manifestement, il avait vu le contenu et ça l'avait laissé indifférent.

« Qu'est-ce que... ?

— Ah, oui, dit Helga, le rire chassé de son visage par un froncement de sourcils. J'ai l'honneur de te présenter ma fille, Skuld. On dirait qu'ils ont déjà fait connaissance, elle et le chien. »

49

Nous étions assis autour de la table. Frideborg la créature-phoque était une fois de plus par terre. Skuld la créature-enfant était dans les bras de sa mère et tétait par à-coups. Pour la première fois depuis des années, j'avais l'esprit empli de bruit. J'essayai de le calmer suffisamment pour tout comprendre, en vain.

Helga sortit plusieurs lettres froissées et les poussa vers moi. Elles étaient toutes libellées de la main brouillonne, inimitable et ferme de MacIntyre.

« Tu ferais bien de les lire, Oncle. Elles expliquent beaucoup de choses, et je suis fatiguée. »

Je fis ce qu'elle avait demandé. MacIntyre racontait dans ses lettres qu'il avait été averti en début d'été de la venue d'Helga – Olga et lui s'écrivaient toujours assez souvent, semblait-il. Mais, apparemment, Olga avait juste dit qu'Helga était « dans une situation difficile » et « encombrée ». Elle implorait la patience, la charité et la rectitude de MacIntyre. Elle ne voyait pas d'autre solution – du moins qu'Helga soit susceptible d'accepter. Mais quand Helga se présenta sur le pas de la porte de MacIntyre en juillet, déjà enceinte de huit mois – *J'avais supposé qu'elle voulait dire que ta nièce avait beaucoup de bagages*, écrivait-il –, il lui donna aussitôt le conseil avisé de rester à Longyear jusqu'à la naissance du bébé.

Je me suis efforcé de lui faire comprendre que ton domicile, bien que débordant de hygge, n'était pas un lieu hygiénique ni approprié pour mettre bas, mais elle tenait mordicus à te rejoindre immédiatement. Enfin, grâce au ciel, je l'ai emporté, ou elle a fléchi. C'est une force de la nature, mon cher Sven. J'espère que tu y es préparé. J'en doute.

La dernière lettre datait du mois d'août, après la naissance de Skuld, qui s'était passée sans complication. C'était heureux, car l'établissement médical rudimentaire de Longyear était conçu pour traiter les blessures faites à la mine et les maladies vénériennes, pas pour l'obstétrique. D'ailleurs, Helga avait refusé tout net d'y aller. Le bébé était né sur le canapé de MacIntyre. Apparemment, mon vieil ami avait appris deux ou trois trucs en roulant sa bosse, et le b.a.-ba des soins postnatals en faisait partie.

Quinze jours après la naissance du bébé, Helga était déterminée à prendre la mer pour me retrouver. Elle avait suffisamment voyagé et souhaitait se poser, avoir un peu d'intimité. Là encore, MacIntyre fit campagne pour qu'elle attende au moins jusqu'à ce que l'enfant soit assez forte pour la traversée. Là encore, elle vit à contrecœur la sagesse du conseil. Elle prit le temps de se rétablir dans le cabanon de MacIntyre et le bébé manifesta bientôt un appétit vorace pour la vie. *Je me suis même résigné à fumer dehors, épreuve que tu ne manqueras pas d'apprécier.* Quand l'heure du départ arriva pour le dernier bateau du court automne arctique, Helga lui fit des adieux très affectueux, en promettant d'écrire souvent, et, Skuld attachée à son torse tel un plastron médiéval, elle leva l'ancre en compagnie d'un équipage de Norvégiens déconcertés. *J'espère avoir bien agi*, écrivait MacIntyre en conclusion, *mais je ne suis pas sûr d'avoir eu le choix.*

Je relevai la tête de ma lecture. Skuld dormait, à présent. Helga m'observait en sirotant son thé tiède.

« Comment se fait-il que je ne sois informé que maintenant ? demandai-je. La première lettre est datée de juillet.

— Apparemment, les marins de Longyear ont tellement peur de toi que Charles juge plus prudent de ne les envoyer te voir qu'en cas d'absolue nécessité. Il souhaite éviter qu'ils cessent complètement de venir, les pauvres. Il ne voulait pas non plus prendre le risque que tu fasses quelque chose d'irréfléchi entre-temps. »

J'examinai son visage franc, pas désolé pour deux sous. Elle ne semblait nullement se préoccuper de ma réaction à cette avalanche de surprises. Je finis par lui demander combien de temps elle comptait rester.

« Je compte rester », dit-elle.

J'émis un petit grognement.

« Ma nièce chérie, dis-je. C'est une joie sans bornes de te trouver ici et de te voir après ces longues années, mais tu dois savoir que tu ne peux pas rester – tu ne peux pas élever une *enfant* ici.

— Je ne sais rien de tel. À ma connaissance, les Inuits le font sans aucun problème depuis des millénaires.

— Mais tu n'es pas inuit ! Et tu as dix-sept ans !

— Je n'ai pas choisi ceci, Oncle.

— Comment ça, tu ne l'as pas choisi ? Avoir un bébé, ce n'est pas comme une tempête qui éclate.

— À bien des égards, si. »

Elle me regarda d'un œil un peu sévère pendant que j'essayais de digérer le propos. Il y avait quelque chose d'intrépide et d'hostile dans son expression – la même que dix ans plus tôt, quand je l'avais vue pour la dernière fois. Avait-elle été outragée par quelqu'un ? Je ne pouvais pas le lui demander, pas là. Mais le sous-entendu était clair.

« Tu vas trouver la vie difficile ici. Plus que tu l'imagines. Plus que je l'avais imaginé. Beaucoup de gens meurent à la poursuite de rien de plus compliqué que la vie.

— Je la trouvais difficile à Stockholm, dit-elle. Comme toi. »

Malgré moi, les coins de ma bouche se retroussèrent. C'était une confirmation de mon intuition, d'une certaine façon ; j'avais vu juste à son sujet. Elle était comme moi. J'abandonnai la partie.

« *Skuld* ? fis-je.

— C'est mieux que *Wyrd*.

— Tu lui donnes le nom d'une norne ? D'une tisseuse de destin ? L'une des trois bonnes femmes impitoyables ? Pourquoi pas d'une Valkyrie, si tu cherches du côté des vieilles histoires ?

— Trop tape-à-l'œil, dit Helga. En plus, qui ne voudrait pas être une norne ? Il n'y a quasiment pas une femme, j'en suis convaincue, qui n'espère pas qu'un jour elle sera très vieille, puissante et intouchable. Crainte et révérée. Maîtresse non seulement de son propre destin, mais de celui de tout le monde. »

50

Dans les jours qui suivirent, une image plus claire se dessina.

Nous mangions énormément. Helga était perpétuellement affamée, et j'essayais de trouver ma place dans cette maison soudain surpeuplée. Au départ, ma place sembla consister à m'assurer que chacun consomme suffisamment. Helga mangeait sans réserve tout ce que j'apportais et se délectait avec un malin plaisir des saveurs inconnues, quelles qu'elles soient. Il s'avéra que les marins norvégiens qui l'avaient amenée au Raudfjord l'avaient nourrie comme une reine car, comme moi, ils craignaient que le lait pour Skuld devienne trop léger si Helga se mettait à maigrir. Helga ne maigrit pas. La mer était agitée quand ils traversèrent le Trou danois, mais elle en fut peu affectée. Cela, plus son usage immodéré de jurons, lui valut le respect des marins, qui cessèrent de marcher sur la pointe des pieds quand ils longeaient sa cabine. Les hommes se passaient Skuld de main en main, lui donnaient du biscuit de mer à mâchouiller, la hissaient même à mi-hauteur du grand mât pour lui offrir une meilleure vue. Helga, entre-temps, dînait et buvait de bel appétit avec l'équipage, et recevait parfois le conseil – avec tous les égards qui lui étaient dus, si elle voulait bien écouter le modeste avis d'un marin ignorant – de boire un peu moins. Elle raconta qu'ils lui lancèrent des hourras enthousiastes quand elle descendit l'échelle pour rejoindre la petite baleinière, ce qui la toucha profondément, et que le capitaine lui fit jurer qu'elle enverrait une fusée au premier bateau qui passerait si jamais son oncle donnait des signes d'être moins fiable que dans son souvenir. Un des matelots tint à faire cadeau à Skuld de sa veste en toile enduite, en guise de couverture d'emmaillotage. Elle était dégoûtante, empestait le poisson, et Helga argua de sa peur que l'homme meure à la prochaine tempête, mais il ne voulut rien entendre et enveloppa le bébé dans sa précieuse veste, bourrant les poches de biscuits de mer.

Inutile de dire, donc, que la tourte de phoque ou le foie de phoque à peine cuit ne posaient pas de problèmes à Helga. Elle était partante pour tout. MacIntyre, bien sûr, l'avait dotée d'une paire de skis, entre autres nombreux cadeaux, et elle souhaitait en apprendre l'art. Elle attachait Skuld sur sa poitrine, ou nous nous relayions, et poussait sur ses semelles dans le crépuscule qui croissait.

Jamais Helga ne me présenta des excuses ni ne me demanda si sa présence me dérangeait. Je ne crois pas que ça lui importait, dans un sens ou dans l'autre, mais je lui étais reconnaissant car la question aurait pu me forcer à envisager que, oui, ça puisse me déranger. Tandis que si elle croyait être en droit d'être là, je le croyais aussi.

Nous parlions facilement. Ni l'un ni l'autre, semblait-il, n'avions beaucoup parlé ces dernières années – moi dans le vide immense, elle dans le grouillis étouffant de Stockholm et de la maison. Les mots se bousculaient à nos lèvres. Notre confortable dynamique, établie quand j'avais vingt-huit ans et elle trois, avait peu changé. Mais, comme deux personnes ayant déjà été aussi proches peuvent en témoigner, les frictions sont inévitables. Après les premières journées passées à rire, poser des questions et se mettre à jour, vinrent les premiers énervements. Nous nous chamaillions de temps à autre, entre deux rires, et j'essayais de trouver comment soulager sa douleur sans en causer davantage.

Elle avait énormément de douleur en elle. C'était comme une ombre qui sous-tendait tout – un étang noir et froid sous une montagne. Car elle était comme moi, et pourtant différente. Elle avait une force de volonté et une impétuosité que j'avais du mal à comprendre, mais aussi de la résilience. Elle s'était mise à l'écart dès le départ, s'opposant frontalement à tous les projets qu'Olga ou Arvid pouvaient souhaiter lui imposer, aussi sa route avait-elle été difficile. J'appris cela principalement par elle, et un peu aussi par la lettre qu'elle avait apportée. Elle la sortit – une pauvre chose humide et froissée – après plusieurs jours à Bruceneset. L'enveloppe était à moitié décachetée, comme si elle avait voulu l'ouvrir et changé d'avis au milieu de son geste.

Elle me la tendit à contrecœur. L'écriture, à l'extérieur, était celle d'Olga.

« Ne la lis pas devant moi », dit-elle.

J'ouvris, et je lus.

Stockholm, juin 1926

Cher Frère,

Excuse la brièveté de cette lettre. Bien que je n'aie pas eu de tes nouvelles directement depuis plusieurs mois, je ne le prends pas comme un affront personnel. Je sais que tu t'efforces d'être courageux face à la vie solitaire que tu t'es choisie et même si je m'inquiète – je m'inquiéterai toujours – je me réconforte en étant convaincue que tu prospères. Charles MacIntyre, ce cher homme au grand cœur, m'écrit de temps en temps pour m'assurer que tu vas suffisamment bien et pour me faire parvenir les diverses curiosités que tu envoies (Wilmer exhibe la défense de narval dans sa résidence du Collège universitaire de Stockholm, où il fait des études de droit – il dit que ça impressionne ses amis).

Tout ne va pas bien pour ta nièce Helga. Elle a toujours été difficile, comme tu le sais bien, mais depuis qu'elle est devenue forte et capable, elle a élaboré de nouvelles façons de se faire du mal. À présent, comme tu le verras, elle est dans une situation difficile. Je ne le lui reproche pas, et Dieu sait que je ne m'éloigne pas d'elle. J'ai essayé de la persuader de rester et d'avoir l'enfant ici, ou alors de rendre visite à la gentille sœur d'Arvid. Nous ne sommes pas à l'époque victorienne. Elle peut toujours avoir une vie ici. Il se peut que ses perspectives de mariage s'amenuisent, mais je ne crois pas que ce genre de choses l'intéresse. Cependant, si elle n'arrive pas à supporter les regards critiques et les murmures des « femmes comme il faut », comme elle les appelle, alors, effectivement, Stockholm l'oppressera. J'aimerais dire que non, mais je ne peux pas. Parfois Stockholm m'oppresse, moi qui suis une respectable femme mariée.

Je répugne presque à l'admettre, mais je le dois : c'est moi qui ai eu l'idée de l'envoyer dans le Grand Nord. Car elle t'a toujours idolâtré d'une façon un peu moqueuse et, à un niveau plus intime et sincère, elle se sentait une affinité avec toi. Comme moi, mon cher frère. J'ai eu peur qu'elle se fasse du mal, en restant ici. J'ai craint qu'elle recoure à quelque chose d'épouvantable pour essayer de se débarrasser du bébé – on entend des histoires –, ou qu'elle se renferme à tel point qu'elle n'arriverait plus à se rouvrir. Nous savons tous les deux que j'ai une certaine expérience de la mélancolie.

Lorsque, ne sachant plus à quel saint me vouer, j'ai enfin dit tout haut ce à quoi je pensais depuis longtemps – qu'elle aille vivre quelque temps chez toi – son visage a changé. Il s'est ouvert. La mâchoire crispée depuis si longtemps s'est détendue, et le regard qui rageait contre moi, contre le monde, contre moi pour l'avoir mise au monde... il s'est adouci. Juste assez pour me permettre de revoir mon Helga, ma fille chérie, astucieuse et méfiante comme une louve, avec assez de joie en elle pour traverser tous les malheurs. Un choix difficile est rarement un choix, mais je sais que c'était une bonne décision.

Charles a pris toutes les dispositions. Il dit qu'il veillera à ce qu'elle arrive en toute sécurité. Il dit aussi que ça te fera du bien. Quelqu'un dont t'occuper, et qui s'occupe de toi. Je sais que tu feras ce qui est juste. Je l'ai toujours su.

S'il te plaît, transmets mon amour le plus tendre à toi-même, à Helga, qui j'espère apprendra un jour à pardonner mes insuffisances maternelles, et à mon petit-enfant à qui je confie la lourde tâche de racheter cette famille brisée, et dont j'espère faire un jour la connaissance.

Je demeure ta sœur aimante,
Olga

M'éclaircissant la gorge, car elle était lourde d'émotion, je relevai la tête de la lettre.

« Tu as peur qu'elle te présente sous un mauvais jour ? »

Helga hocha la tête, les yeux baissés.

« C'était pas la peine. Elle te demande de lui pardonner.

— Oh, bon sang, dit Helga, et ses larmes mouillèrent la table. Pourquoi faut-il toujours qu'elle endosse la responsabilité de *tout* ?

— Elle est comme ça. C'est la meilleure d'entre nous. Nous ne pouvons que nous efforcer de suivre son exemple.

— C'est une martyre !

— Non. Un jour tu comprendras.

— Mais vivre dans son ombre parfaite, responsable... ça m'a toujours donné l'impression d'être une misérable tache de graisse.

— Ça peut être épuisant, en convins-je. Mangeons un bout. »

51

Il y eut une période – miséricordieusement courte – où je m'efforçais d'être un père pour Helga. Ne sachant pas ce qui était attendu de moi, je commis plusieurs graves faux pas. Pour sa part, Helga ne voyait rien de mal à mon ingérence maladroite dès lors qu'il s'agissait de Skuld. En fait, elle ne demandait pas mieux que de mettre le bébé dans les bras de quelqu'un qui s'en occupe un moment à sa place. En revanche si j'essayais de lui donner des indications ou de lui adresser des critiques à tel ou tel sujet, sa rage était prompte et forte.

« Autrefois, tu me traitais en égale, me dit-elle. Recommence, sauf si tu veux me faire fuir. »

Je ne voulais pas la faire fuir. Et il était absurde de croire que je savais ce qui valait mieux pour qui que ce soit d'autre. Mais j'avais si longtemps vécu dans un monde rien qu'à moi – ma cabane, mon fjord, mes chasses – que j'étais devenu, j'imagine, une sorte de dictateur. Autocrate dans un pays d'un seul habitant. Maintenant que j'avais un deuxième sujet, il me venait parfois une irrépressible envie de contrôle à son égard. Je ne savais toujours pas à qui j'avais affaire – pas vraiment.

Une fois, et ça me fait mal de m'en souvenir, je me suis mis en colère parce qu'elle avait laissé le coin cuisine en désordre. M'étant transformé en modèle d'hygiène polaire depuis deux ans, j'avais maintenant la suffisance de qui croit avoir toujours été comme ça. « Tu ne trouveras jamais de mari si tu ne sais pas tenir une maison », dis-je à Helga, pour le regretter aussitôt les mots sortis de ma bouche.

Elle me toisa d'un air dégoûté, amusé et peiné tout à la fois. C'était une expression qu'elle avait souvent, mais qui ne gâchait guère sa beauté sauvage.

« Qu'est-ce qui te fait croire que je veux un mari ? dit-elle. Je préfère la compagnie des femmes. »

Elle dit ces paroles avec impatience, comme si j'aurais dû le savoir de tout temps et que j'étais d'une bêtise abyssale de l'ignorer.

« Ah, fis-je. Je croyais...

— Tu croyais que j'avais le béguin pour l'homme qui m'a violée ? Tu croyais que Skuld avait un père ? »

Je restai quelques instants sans voix. Remuant maladroitement, fixant le sol du regard. Lorsque je rassemblai enfin mes pensées, je tentai de parler juste, et j'échouai à nouveau.

« Est-ce pour ça… Est-ce pour ça que tu n'as pas de désir pour les hommes ?

— Ne fais pas l'enfant, dit-elle. Je le savais depuis mes dix ans. Je le savais sans doute déjà avant que tu quittes Stockholm. »

Cela prit un an, environ, mais Helga finit par me raconter l'histoire de la conception de Skuld. Je n'aurai pas le manque de courtoisie de la relater ici. Qu'il suffise de dire qu'elle s'était opposée à la tournure des évènements, et qu'ils l'avaient blessée à bien des égards, plus cruellement et plus profondément que tout ce que la montagne avait pu faire à mon visage.

52

Nous formions une famille, Helga, Skuld et moi. Nous étions à l'étroit, à Raudfjordhytta, mais c'était confortable. J'avais souvent entendu dire – même si les points de vue étaient sans aucun doute biaisés, puisque émanant d'hommes qui se satisfaisaient parfaitement de passer l'essentiel de leur vie à plus de deux mille kilomètres de leur famille, dans une abstinence glaciale – que, lorsqu'on élève un enfant, la première année est un cauchemar. On n'a plus ni sommeil, ni paix, ni temps à soi, etc. Tout ce que je peux dire, c'est que ce n'était pas le cas. Ce ne le fut pas pour moi, du moins.

Bien sûr, Helga – et MacIntyre – s'était déjà occupée des premières semaines d'impuissance totale. Skuld avait deux mois à l'arrivée d'Helga. Un mois plus tard, une fois l'obscurité tirée comme un rideau, je commençai à la trouver assez charmante. Soudain, elle cessa d'être juste un parasite vagissant et fripé, et commença à prendre des expressions faciales. Elle avait un sourire ironique, en coin. Même son babil sans timbre et discordant m'était une source d'amusement.

Le sommeil pose moins problème, de toute façon, quand la nuit ne finit jamais. Dans le haut Arctique, chacun se repose quand il le peut ou quand son corps l'exige. Les différences entre le jour et la nuit – et les pressions associées à l'un et à l'autre – perdent leur sens. De sorte que, si Skuld était agitée au milieu de la nuit, j'étalais mes pièges sur la table et j'y travaillais : je les nettoyais, graissais, testais. Elle semblait ravie de cet arrangement. Quelquefois, tout ce que veut un enfant, c'est être libéré de l'ennuyeuse prison de son lit. Comme elle riait de son rire gazouillant lorsque je faisais jouer un piège et qu'il se refermait en claquant, dans un hideux grincement des dents de métal ! Helga se retournait en grognant, ou tirait le rideau plus serré sur son lit de camp – irritée et soulagée à parts égales. Il ne m'échappe pas que j'avais l'avantage de ne pas être un des deux parents, mais le grand-oncle, un rôle familial bienveillant. J'étais coincé, tout autant qu'Helga, mais sans rien de la responsabilité d'aimer l'enfant, de la trouver amusante, de pardonner ses déplaisantes transgressions. Je crois que ces choses-là m'étaient plus faciles, car personne ne les attendait de moi.

Mais lorsque la chair engourdie et gelée revient enfin à température normale, la douleur ne tarde pas à suivre. Et avec cette remontée soudaine de l'émotion viennent le regret, la nostalgie, le ressentiment. Je sombrais parfois dans une longue songerie, et mon être géologique me manquait – mon indifférence minérale. Le temps se remit à bouger avec une impatience rapide. Les décisions étaient angoissantes. Une fois de plus, je me prenais à réfléchir à la mortalité dans sa fragilité et aux choix qu'on ne peut pas faire deux fois.

Ainsi passâmes-nous les mois sombres jusqu'à ce que je frôle la mort. Je découpais un phoque par une journée glaciale de mars. Un vent du nord fendait la baie et dévalait la pente du Brucevarden, gagnant en vitesse pour venir fouetter la cahute, faisant tinter les carreaux et parfois s'éteindre le poêle. Cette année-là, 1927, le soleil était revenu le 25 février et j'étais bien décidé à profiter de chaque minute de rallonge où il daignait se montrer. Skuld était assise à côté de moi sur la plage, le dos droit, à présent, enveloppée dans des fourrures, et regardait avec intérêt le gras se détacher par blocs visqueux. À un moment donné, le couteau à dépecer à lame incurvée dont je me servais – un outil inadéquat, aurait dit Tapio – ripa sur la carcasse et glissa sur ma main droite, dont je me servais pour empêcher le phoque de se balancer sur mon jambier en bois flottés. Je n'y prêtai pas plus attention que ça et poursuivis mon travail. J'avais les mains engourdies par le froid, vu que je ne pouvais pas mettre de gants pour cette tâche, et les éclaboussures des fluides de l'animal ne faisaient que les geler davantage. Une fois le boulot terminé, je pris Skuld au creux d'un bras pour qu'elle ne reste pas seule sur la plage pendant que je courais de gauche et de droite pour stocker la viande en divers endroits et nettoyer derrière moi. (Une carcasse fraîchement découpée peut attirer un ours blanc sur des kilomètres de distance, s'il y a du vent.)

Mais à mon retour à la cabane, quand je déposai Skuld par terre, Helga poussa un drôle de cri animal et se rua sur son enfant.

« Qu'est-ce qui s'est passé ? Elle est couverte de sang !

— C'est juste du sang de phoque », dis-je.

Mais Helga avait raison : les fourrures de Skuld ruisselaient de sang frais, formant une flaque au sol d'au moins une pinte, déjà. Eberhard lui aussi était intrigué. Cependant, un rapide examen de Skuld permit de ne repérer aucune blessure. Ce fut alors seulement que nous songeâmes, l'un et l'autre, à inspecter ma propre enveloppe charnelle. Une petite mare cramoisie s'était formée par terre sous ma main droite. Je la soulevai et mon estomac se révulsa légèrement. Tout ce que je pus voir, ce fut un épais lambeau allant de la jointure de mon index à la partie charnue de mon pouce. De cette chair ouverte, un jet de sang s'échappait de mon corps par saccades.

« Oh là là, dis-je. J'ai rien senti. »

La sensation revenait, maintenant, et avec la brûlure de la vie qui réintégrait mes doigts, un choc fulgurant en provenance de la blessure.

« Oncle, dit Helga d'une voix ferme, car elle avait toujours eu le caractère bien trempé. Viens ici. Il faut qu'on lave ça tout de suite pour voir ce que tu t'es fait. »

Avec une délicate autorité, elle porta ma main au-dessus d'une cuvette remplie de notre précieuse eau douce et rinça la déchirure. Elle appuya légèrement sur le lambeau.

La douleur était considérable, mais la vue était pire. Je détournai le regard.

« Que vois-tu ? demandai-je.

— Je vois de l'os.

— Ah, fis-je, et mon ventre tangua.

— Il va falloir que je te couse ça. Qu'est-ce que tu as dont je pourrais me servir ? »

De tête, je fis un rapide inventaire. Je n'avais jamais été bon tailleur. C'était heureux que peu de gens aient eu à voir le résultat de mes tentatives en matière de confection pour hommes, car elles étaient déplorables. En général, je pouvais m'accommoder des pantalons et manteaux de mon cru ; ils étaient grossiers mais efficaces. Pour les articles plus compliqués comme les chapeaux et les bottes, je les commandais toujours, par l'intermédiaire de MacIntyre.

« Je ne sais pas, répondis-je. Du gros boyau pour réparer les accrocs dans les peaux ? Un mètre ou deux de courroie de cuir ? »

Helga soupira. Elle se dirigea vers sa maigre malle et se mit à jeter des affaires par terre.

« Voilà, ça fera l'affaire, dit-elle en sortant une minuscule robe rouge brodée, ornée d'une collerette et de volants encore plus minuscules.

— Mais qu'est-ce que c'est que ça ? demandai-je.

— Mère me l'a donnée. Elle avait mis un costume rouge assorti, aussi, au cas où Skuld aurait été un garçon, mais je l'ai brûlé dans le poêle de Charles. J'avais l'intention de brûler les deux, mais j'ai pas pu. La culpabilité était trop forte. »

Tout en me racontant ça, elle avait sorti un petit couteau à désosser et défaisait la couture d'une des manches. Elle enroulait le fil sur son doigt à mesure qu'elle le tirait, et que la robe se démantelait.

J'avais la main emmaillotée dans un torchon. Des élancements la traversaient avec l'insistance d'un homme qui frappe à la porte.

« Et la culpabilité, maintenant, où en est-elle ? dis-je.

— Elle est partie, merci de poser la question. »

Puis elle me fit asseoir à la table. Elle alluma une lampe et la posa si près que j'eus les vapeurs chaudes dans le nez. Le vent secouait la porte et la flamme vacillait. Eberhard lapait les flaques de sang avec une délectation audible. Helga déballa ma main.

Je ne pouvais toujours pas me résoudre à regarder.

« Ma nièce, dis-je. As-tu une quelconque expérience là-dedans ? Olga était assez bonne couturière.

— Non, aucune. » Elle se tut et réfléchit. « Mais j'ai cousu un bouton, une fois. Oui, j'en suis quasiment certaine. »

À l'aide d'un nœud grossier, genre nœud de marin, elle attacha le bout du fil à une vilaine aiguille – longue, courbe et conçue pour des peaux d'ours.

« Ce ne sera pas nécessaire, dis-je en retirant la main. J'ai vu ce genre de blessures des centaines de fois au Camp Morton et... enfin, ailleurs. Les mineurs n'ont pas le temps de se recoudre et se dorloter. Ils font un pansement très serré, c'est tout, et gardent la blessure bien enveloppée jusqu'à ce que la chair se ressoude. Le travail n'attend pas ! »

Helga soupira bruyamment par le nez. Elle tourna la tête, dirigeant ainsi mon regard vers les différentes flaques miroitantes, puis vers le coin de plancher barbouillé où Eberhard s'employait encore à nettoyer la première hémorragie à coups de langue, pour finir sur mon bandage gorgé de sang qui dégouttait. Alors, elle me regarda droit dans l'œil.

« Les hommes, dit-elle, s'imaginent toujours qu'ils savent tout mieux que tout le monde, surtout quand ils n'y connaissent rien. »

C'était une remarque cinglante, pour moi qui me targuais d'être un homme humble. Ouvert au bon sens commun. Éclairé, même.

« Fais ce que tu veux », dis-je en reposant la main sur la table.

Les points de suture furent très durs. L'infection pire encore. Je restai cloué au lit trois jours, affaibli, impatient et irritable, tandis qu'Helga nous maintenait tous en vie. Elle regardait souvent la méchante blessure rouge et les lignes qui se ramifiaient le long de mon avant-bras, les sourcils froncés par une vive inquiétude, et surveillait l'embouchure du Raudfjord du coin de l'œil, prête à héler le premier bateau qui passerait. Mais la banquise était épaisse, cette année-là, et il n'en vint aucun.

Helga ne fit pas de plaisanteries macabres au sujet de l'amputation. Nous en discutâmes posément. L'atmosphère était tendue dans la cabane.

« L'infection ne diminue pas, elle s'étend, dit-elle. Il va falloir prendre la décision bientôt. »

Je voulus forcer mes pensées à s'organiser de façon cohérente, mais le chemin entre esprit et bouche était comme un caniveau engorgé par la boue. Même respirer semblait prendre plus longtemps que d'habitude. Je m'efforçai de draguer de ma mémoire tout ce que j'avais lu dans les récits de voyages. Les explorateurs victoriens avaient tendance à passer sous silence la pitoyable insuffisance de leurs interventions médicales.

« Il se peut que je surmonte l'infection, dis-je. Et il se peut que je meure. Les deux sont possibles. Mais si tu enlèves ma main – si tu exposes autant de chair et d'os aux éléments hostiles –, j'en mourrai sans l'ombre d'un doute. Que ce soit à cause de la perte de sang ou de la putréfaction des tissus. »

Malgré mes lèvres gercées, j'essayai de sourire à Helga. Elle était si jeune, et exténuée. J'avais le sentiment que nous nous comprenions.

« Si tu veux connaître mon sort, ajoutai-je, il suffit de demander à la norne. »

Nous pivotâmes tous deux vers Skuld, qui rongeait pensivement un morceau de peau de morse – peut-être bien la face de Bengt.

Le regard d'Helga se voila.

« Elle a besoin de toi, Oncle. Donc tu t'en sortiras. »

53

Helga s'épanouissait dans l'adversité. Elle ne brillait jamais avec un tel éclat que lorsqu'on avait le plus besoin d'elle. C'est pourquoi, peu après que j'eus suffisamment guéri pour me remettre à chasser et l'aider à s'occuper du bébé, elle dégringola. J'appris plus tard qu'elle avait été sujette à cela de tout temps. En fait, pour sa mère, ça avait toujours été une source d'inquiétude bien plus grande que sa « faroucherie », car ça privait Helga de la volonté de faire quoi que ce soit. Il n'y avait aucune cause météorologique à son affection. Pour Helga, le retour du soleil ne fut guère plus qu'une cruelle moquerie. Elle passait par des fluctuations, comme la marée, ou, de manière moins prévisible, comme l'eau dans un seau qu'on trimbale sur un sol rocailleux.

Elle appelait cela de la mélancolie, car il n'y avait pas d'autres mots à l'époque, à part peut-être *malaise*, mais aucun des deux termes ne rendait justice au désespoir écrasant qui s'abattait soudain sur elle et la réduisait à l'inertie. Elle ne pleurait pas, ni ne gémissait ou se plaignait. Elle se couchait sur son lit de camp ou s'asseyait à la table, le regard dans le vide, apparemment épuisée malgré la quantité démesurée de sommeil dont elle était capable. La moindre tâche était pour elle d'une difficulté monumentale. Ça me peinait de la voir ainsi, mais je ne pouvais rien y faire.

Au début, j'eus peur qu'elle ne soit en train de devenir folle, comme tous ceux qui avant elle avaient succombé aux ravages du long hiver. Je trébuchais souvent dans mes tentatives pour enrayer le processus, mais au moins ne lui parlai-je jamais de ses responsabilités, ni ne lui rappelai que Skuld avait grand besoin d'elle. Au moins ça, j'avais la jugeote de ne pas le dire. J'essayais de la tirer de là en organisant de longs parcours à ski dans le jour qui s'allongeait, en lui montrant des motifs ésotériques dans la nature, en préparant des repas expérimentaux et en faisant rire Skuld. Rien n'avait d'effet tangible. Car elle était entièrement rationnelle, et pourtant entièrement sous l'emprise.

Elle ne souhaitait pas en discuter ni entendre mes conseils, qui sonnaient tout aussi creux à ses oreilles qu'aux miennes. Nous savions tous les deux que je n'étais pas un parangon de force d'âme ou de stabilité. Nous adoptâmes donc un schéma où je faisais la plupart du travail dans et hors de la cabane, comme elle l'avait fait quand j'étais blessé, en emmenant Skuld presque partout avec moi. Le boulot d'Helga était de guérir, d'attendre, de faire ce qu'il fallait, quoi que ce fût. Régulièrement, c'était plus fort que moi, je lui faisais promettre de ne pas se tuer en mon absence. Elle semblait toujours prendre le temps de réfléchir à ma demande, ce qui m'atterrait car ça signifiait que mon inquiétude était justifiée, mais m'encourageait, aussi, car ça signifiait qu'elle me donnait une réponse honnête et pesée, plutôt qu'une garantie machinale.

« Ça me paraît quand même pire de mourir que de vivre », disait-elle souvent.

Je connaissais bien ce sentiment.

Deux choses inversèrent le processus. La première fut qu'un bateau norvégien arriva début avril et mouilla quelques jours à Alicehamna. Un marin descendit du canot pour voir si nous avions besoin de quelque chose. J'étais prêt à aller saluer les arrivants à la place d'Helga, mais, à ma surprise, avant que j'aie pu enfiler mes bottes, elle sortit en chaussettes et descendit à la plage. Je restai à la cabane, laissant la porte ouverte par inquiétude. Tout à coup, j'entendis son rire – un son si étranger, si absent ces dernières semaines – et, en réponse, ceux, tonitruants et joviaux, des marins. Elle les connaissait, apparemment, ou alors s'était fait connaître en un rien de temps. Lorsqu'elle revint, après quelques courtes minutes seulement, elle avait le visage rouge, mais à part ça aussi sévère qu'avant.

« Je t'ai entendue rire, dis-je.

— Un masque », dit-elle.

Mais elle était imperceptiblement plus vivante.

Elle fouilla dans sa caisse, sortit de l'argent dont j'ignorais qu'elle l'avait en sa possession, et repartit. Une minute après je sortis et, stupeur, Helga avait disparu. Je l'aperçus alors dans le canot, assise au bout de la proue, ses longs cheveux noirs flottant, fouettés par le vent, l'air aussi triomphant que la capitaine d'un bataillon de fées conquérantes. Je ne me souviens pas au juste si je paniquai ni quelles furent mes pensées à ce moment-là. Ce sentiment m'est perdu, et je ne souhaite nullement le recouvrer. Mais elle ne s'absenta pas longtemps – une heure, peut-être. Eberhard et moi, assis sur la plage, guettions le moindre signe. Skuld faisait la sieste dans ses fourrures, plissant les paupières à cause du soleil même en dormant. De temps en temps je levais la main et l'agitais faiblement, au cas où Helga tournerait la tête vers nous. Pensais-je vraiment qu'elle allait partir ? Je ne crois pas. Mais si c'était le cas, je voulais qu'elle sache que je lui souhaitais le meilleur.

Et puis, comme un toussotement sur l'eau, nous parvint le bruit d'un moteur au démarrage. Je le maudis par réflexe, car j'ai toujours été ulcéré par le bruit et les vapeurs d'essence. Deux petites embarcations approchaient. Quelques marins maniaient la baleinière à la rame. Helga, reconnaissable entre tous à son nuage de cheveux, était avec un homme dans un bateau différent. Les deux esquifs accostèrent en même temps et les marins sautèrent tous pour traîner le deuxième hors de l'eau. C'était un machin en métal hideux avec un seul jeu de tolets, vide. À l'arrière il avait un petit moteur avec un petit ventilateur ridicule, qui planait en l'air de façon incongrue, à présent, car ils avaient retourné le bateau sur ses plats-bords. L'homme donnait des instructions à Helga, qui hochait la tête à sa manière brusque et impatiente. D'un coup, avec l'agitation qui les caractérise, les Norvégiens poussèrent au large à la rame en criant des vœux de bonne chance à Helga et des mots affectueux pour le bébé, retournant au cœur d'Alicehamna où mouillait leur bateau.

Helga me fit signe de la rejoindre devant la yole, qu'elle inspectait avec une grande satisfaction. Elle portait de hautes bottes vertes en caoutchouc qui avaient l'air de faire plusieurs pointures de plus que la sienne.

« Tu es partie sans chaussures », dis-je.

Elle baissa les yeux comme si elle remarquait pour la première fois ce qu'elle avait aux pieds.

« Ah. Oui. C'est le capitaine qui me les a données. C'est un homme adorable. Il a dit qu'il en avait une autre paire. »

Helga était le genre de personne à qui les gens aimaient faire des cadeaux – elle était partante pour la vie, et pourtant jamais parfaitement préparée – et elle les recevait gracieusement.

« Prenons la mer ! s'exclama-t-elle étonnamment fort.

— Quoi, maintenant ?

— Bien sûr, maintenant, répliqua-t-elle. Je vais rassembler quelques affaires pendant que tu rassembleras tes esprits. Nous mettrons le cap sur Biskayarhuken. Le capitaine dit que les cabanes sont à vendre, là-bas. On devrait peut-être passer la nuit pour voir si elles nous plaisent. »

J'avais du mal à la suivre. C'était comme ça, avec Helga. Son humeur pouvait basculer en un clin d'œil, et elle passait alors à l'action. Celui qui n'arrivait pas à la rattraper pouvait se retrouver dans son sillage écumeux.

« La pointe des Basques fait déjà partie de mes chasses, protestai-je tandis que nous poussions au large, Skuld tout emmitouflée sur mes genoux, Eberhard roulé en boule inconsolable à la poupe. Quel besoin ai-je d'acheter ces constructions ? La dernière fois que je les ai vues, elles tombaient en ruine. »

Il ne m'était jamais venu à l'idée d'acheter la cabane de quelqu'un d'autre. Pour quoi faire ? Les caprices de la politique spitzberguienne me permettaient de conserver les droits de chasse d'un lieu sans y posséder aucune structure. Les règles étaient déroutantes, mais sans importance.

« Et Skuld ? C'est dangereux d'aller au large avec un bébé. Quand nous allons sortir du Raudfjord et prendre sur l'est pour rejoindre la pointe, nous serons soumis aux caprices de l'océan. Dans un skiff !

— Calme-toi, Oncle, dit-elle. La baie est lisse comme un miroir. Et le capitaine dit qu'il a rarement vu les eaux du nord du Spitzberg aussi tranquilles. Le principal danger, ce serait qu'on s'endorme tous, bercés par la douceur de la houle.

— C'est vrai que nous vivons sous la menace constante, concédai-je. Alors une de plus ! »

Quand nous arrivâmes enfin aux abords de l'embouchure du Raudfjord, Helga posa ses rames et lança le pitoyable petit moteur crachotant. Je fus surpris de constater qu'il fonctionnait admirablement et nous permettait de longer tranquillement la côte en nous tenant à distance des rochers, et nous atteignîmes Biskayarhuken en fin d'après-midi.

La cabane principale – la plus grande des trois – était vraiment dans un piteux état. À peine eûmes-nous délogé le rondin qui avait été calé à la verticale contre la porte pour la bloquer, que celle-ci tomba de ses gonds. À l'intérieur, ça sentait le vieux tabac aigre, le rat et les peaux en décomposition. Il y avait des rideaux jaunes et graisseux à l'unique fenêtre. Visiblement, le dernier occupant était obsédé par la taille du bois, ou peut-être par les animaux, car il avait laissé derrière lui une troublante ménagerie de minuscules créatures finement sculptées, réelles pour certaines et fantastiques pour d'autres. Il y avait plusieurs morses et narvals, ainsi que des blaireaux, des centaures et des dragons. La plupart avaient des expressions de colère ou de souffrance. Ça me troublait que le sculpteur n'ait pas emporté ces souvenirs avec lui. Était-il mort ici, ou tout près ? Son esprit les cherchait-il ? Les avait-il laissés pour chasser le mauvais œil, ou juste les intrus comme nous ?

Helga s'en moquait. Elle en attrapa une poignée et les déposa sur les genoux de Skuld. La petite fut ravie. Eberhard resta sur le pas de la porte en gémissant jusqu'à ce que je lui aboie d'entrer. J'accrochai une peau miteuse en travers de l'ouverture, puis m'attelai au poêle à bois douteux pendant qu'Helga déballait nos affaires. Fidèle à ses sensibilités, elle avait pensé à apporter une collection ésotérique de denrées – pour la plupart destinées à notre sustentation et notre ébriété – mais négligé d'emporter d'autres articles de nécessité, comme de l'huile pour la lampe ou un lange de rechange pour Skuld, qui était couverte d'une gangue de crasse. Je portai la minuscule créature au bord de l'eau pour baigner le bas de son corps, sans cesser de me maudire d'avoir embrayé sur un coup de tête aussi stupide. Je m'attendais à ce que Skuld proteste contre son baptême glacé, mais elle eut juste l'air un instant sous le choc, puis éclata de rire comme si elle n'aurait pas pu imaginer meilleur divertissement.

Dans l'obscurité brumeuse de la cabane, qui ne se rachetait que par les quelques degrés supplémentaires qu'elle avait gagnés et par la fumée de la cheminée du poêle qui couvrait ses vapeurs méphitiques, nous passâmes une soirée étrangement joyeuse. Helga était de bonne humeur. Je me dis à part moi que je subirais volontiers de bien pires désagréments, si ça pouvait la faire sortir du trou noir. Je frissonnais, car tout ce que j'avais eu d'un tout petit peu chaud sur le dos était maintenant empilé sur Skuld, et c'était de bon cœur que je frissonnais. La cabane enténébrée était presque un refuge. La nouveauté avait de la valeur, le changement n'avait quasiment pas de prix.

« Alors, Oncle, est-ce qu'on l'achète, ce petit avant-poste ? dit Helga, quand nous eûmes éclusé la bouteille de vin et mangé toute notre saucisse sèche pur phoque.

— Avec quel argent ? dis-je.

— Le tien, bien sûr. J'ai mis tout ce qui me restait de l'argent de ma mère dans notre yole. Je sais que tu en as un bon paquet de côté. C'est Charles qui me l'a dit. Tu peux, de temps en temps, t'aviser d'acheter autre chose qu'une carotte de tabac.

— Peut-être, dis-je. Les cabanes pourraient nous rendre service. Et si on les retapait un peu, on pourrait les louer à des touristes.

— Des touristes au Spitzberg ! s'exclama-t-elle. Oh, Oncle, tu es *vraiment* ridicule. »

54

Mais le trou noir appelait toujours. À notre retour à Bruceneset, le visage d'Helga, capable, quand tout allait bien, de se plisser en mille rides qui démentaient sa jeunesse, reprit un aspect plus proche du granit. L'éclat de ses yeux s'assombrit. Ses dents, qu'elle était en général réticente à montrer, mais qui étincelaient d'autant plus que son sourire semblait naturel et spontané, étaient de nouveau voilées.

Je me raccrochai à ce que je pouvais pour essayer de ranimer la joie fugitive de notre voyage, dans l'espoir de la tirer du bourbier. J'allai même jusqu'à accueillir en personne le groupe de marins suivant pour organiser officiellement l'achat des constructions de Biskayarhytta, mais lorsque je lui présentai cela comme un véritable triomphe, elle resta indifférente. Sa mélancolie paraissait peut-être même plus profonde et moins contrôlable qu'avant et Skuld, d'un naturel pourtant serein, devint grincheuse en se trouvant abandonnée. Je commençais à envisager des approches moins évidentes, comme renvoyer Helga à Longyear, voire en Suède, mais la simple évocation d'un retour à la civilisation était mal reçue. Je la surveillais presque tout le temps, à présent, redoutant le suicide. Je dormais peu et négligeais mes tâches.

Et puis l'autre chose se produisit.

Eberhard mourut. Je ne souhaite pas entrer dans les détails, car une sorte de fissure spirituelle ou émotionnelle dans le temps et l'espace s'est faite ce jour-là, et peu importe combien d'années s'écoulent, je peux toujours retourner en arrière et sentir cette douleur comme si la déchirure s'ouvrait à nouveau en moi, ou si le chagrin pouvait m'atteindre de son doigt glacé et m'abattre quand j'y serai le moins préparé. Une ombre qui accompagne mon ombre. Il n'y a pas de guérison.

Je dirai seulement ceci. Mon ami avait commencé à décliner avec l'arrivée d'Helga et de Skuld, comme si leur présence soudaine et constante perturbait ses habitudes bien réglées au-delà de ce qu'on pouvait lui demander de supporter. Je voulais que Skuld grandisse en le connaissant aussi bien que moi – je souhaitais qu'ils soient proches, en quelque sorte. Mais Eberhard était très clair sur ses attachements, et il en avait peu. Il n'aimait pas les enfants. À plusieurs reprises, la petite avait tenté d'engager le contact, que ce soit en lui tirant la queue ou en grimpant sur son dos, et il réagissait en montrant les dents sans conviction et en se repliant vers sa place devant le poêle, où il se roulait en boule le plus serré possible. Il observait toutes les activités liées à l'enfant avec un scepticisme méfiant, comme si elles risquaient d'envahir son royaume à tout moment s'il baissait la garde.

Peut-être que son heure était arrivée, tout simplement. Son âge demeurait un mystère. Lorsque Tapio l'avait trouvé à Longyear, en 1918, il pouvait avoir dans les deux ans, voire quatre. Tapio s'était déclaré mauvais juge en matière d'âge canin, et MacIntyre et moi ne valions pas mieux. De sorte qu'à sa mort en juin, il avait peut-être onze ou treize ans. C'était assez vieux.

Il avait donné de premiers signes de déclin cet hiver-là, et pourtant il avait surmonté les habituelles cruautés de la longue nuit polaire, tout comme les inhabituelles : l'intrusion de deux nouvelles camarades de cabane, ma maladie et ma lente guérison, mes responsabilités croissantes envers Skuld. Mais il n'était guère plus qu'une coquille fragile et cabossée – dans sa forme seulement, car c'était une coquille tenace, enthousiaste et éminemment présente – au moment de notre expédition à la pointe des Basques.

Je passerai sur la décision impossible et le sentiment de trahison qui m'accompagnera jusqu'à la tombe. Qu'il suffise de dire que le jour de sa mort, dans un geste absurde et magnifique, je construisis un petit radeau de bois flottés, y déposai le corps d'Eberhard, le poussai au large dans Alicehamna et y mis le feu. Mon espoir était que le chien, brûlant incroyablement longtemps comme ses ancêtres vikings, dériverait jusqu'au pôle Nord. Le lendemain matin, cependant, il s'était échoué sur le rivage comme tant de bois flottés. Les renards avaient abusé de son cadavre avant que j'émerge de la cahute. Lorsque je découvris l'épave, je les entendis qui glapissaient encore avec une joie mauvaise de l'autre côté de la crête. J'aime à penser que l'indigestion qu'il leur a sans doute causée, car il était généreusement arrosé de pétrole lampant, fut son dernier acte de violence envers eux, et le plus réussi.

Je passais énormément de temps à pleurer. Par crises de larmes hideuses et spontanées. Les sanglots ravageurs me pliaient le corps en deux, comme si des doigts immenses avaient décidé de me réduire. J'essayai de m'en sortir par le travail – j'essayai vraiment. Je me représentai Tapio dans une situation similaire – même s'il était difficile de l'imaginer en proie à une détresse d'origine canine –, et j'imitai de mon mieux sa sévère éthique de travail. Je ne voulais pas sombrer par désespoir dans une inertie dangereuse, comme je l'avais déjà fait une fois. Et j'avais Skuld à nourrir. Mais j'échouai. J'échouai dans pratiquement tout ce que j'entrepris. Mon inutilité m'aurait fait honte dans toute autre circonstance, mais je n'avais plus de honte. Je m'agitais de façon désordonnée, comme un ivrogne qui s'imagine qu'il est né la panse pleine d'alcool et que la vie n'a jamais été autre.

Pendant un jour ou deux, Helga me regarda avec inquiétude bâcler ou éviter mes tâches. Puis elle se transforma. Jamais je n'aurais pu prédire une chose pareille. Elle opéra une mutation soudaine d'une espèce à l'autre. Elle sauta littéralement de son lit, abandonnant son sac de couchage en peau de renne moite, et sa mélancolie avec. Elle ne faisait pas juste bonne figure ni ne réprimait son propre désespoir par nécessité, ce qui aurait été profondément pénible à voir. Bien au contraire, mon effondrement total semblait l'avoir drainée de sa douleur, en la perçant comme un abcès. Plus trace de granit froid sur son visage, pas la plus fine volute de mort dans ses yeux.

Mon état ne s'améliora pas, mais le retour d'Helga à la vie nous permit de tenir. Tandis que je négligeais mes tâches, elle les endossait toutes, y compris s'occuper à la fois de Skuld, qui je crois appréciait le changement, et de moi. Helga fit preuve d'une tendresse que je n'aurais jamais soupçonnée, surtout chez quelqu'un de son âge, bien que sa relation avec Eberhard eût été, au mieux, polie.

Quant à moi, je passai beaucoup de temps dans la yole d'Helga. Du moment que la houle était supportable, je partais de l'autre côté d'Alicehamna, me rapprochant du glacier autant que je le pouvais sans me mettre en danger, ou peut-être plus, puis je coupais le moteur crachotant et restai là à ballotter sur l'eau tel un bouchon difforme, en attendant que vêle le grand front de glace bleu. Son fracas tonitruant était la seule chose qui pouvait me secouer. C'était comme si j'étais allongé dans une flaque de marée claire, hésitant entre geler ou me noyer, remontant parfois à la surface juste le temps de respirer. Je me demandais si c'était ce que ressentaient les baleines quand les évènements concouraient à les séparer du groupe. La vie devient un long sommeil froid, et seul le corps sait ouvrir l'évent et se maintenir en vie.

55

« Où est la prostituée la plus proche ? demanda Helga par une après-midi grise et trempée du mois de juillet. J'ai soif des péchés de la chair.

— Longyear, je suppose.

— Longyear, ce n'est pas possible, dit-elle. Charles ne tolérerait jamais que je passe en ville sans séjourner chez lui. Sa sollicitude peut être pesante.

— Il a de l'affection pour toi.

— Et moi pour lui. C'est pour ça que ça ne peut pas être Longyear. »

J'examinai quelques instants la question, la croyant rhétorique.

« Barentsburg, alors. Ou Pyramiden.

— Alors c'est là que j'irai.

— Comment, tu es sérieuse ? dis-je. Tu ne sais pas de quoi tu parles.

— Vraiment ? demanda-t-elle en levant un sourcil.

— Veux-tu suggérer que tu as fréquenté le quartier chaud de Stockholm ? Que tu as été... »

Le mot m'échappait.

« Une michetonne ? Oui, effectivement. Ne fais pas l'innocent, Oncle. Ça ne te va pas. Chacun trouve ce qu'il lui faut, dans les entrailles de la ville. En plus, je ne faisais que suivre la voie que tu avais si bien ouverte. »

Je relevai vivement le nez de mes ongles, que j'étais en train de scruter.

« Oh, oui, poursuivit Helga. Mère m'a parlé de tes combats contre la vérole et les morpions. »

Je sentis mon visage brûler sous les cicatrices.

« Elle n'aurait jamais dû t'en parler.

— Au contraire, Oncle, c'est sans doute toi qui n'aurais jamais dû en parler.

— Les circonstances étaient plus compliquées que ce que tu sais. Nous... elle et moi... avions une *relation*. Je... enfin, je veux dire, j'aimais cette femme et elle, j'en suis convaincu, m'aimait aussi. »

Helga me lança un regard ironique mais, détectant une vieille douleur amère dans mon œil, ou dans le pincement de mes lèvres, elle se contenta de hocher la tête. Déjà petite, elle était très intuitive.

Je réfléchis encore quelques instants, essayant toujours de mesurer à quel point elle était sérieuse.

« C'est un long voyage, dis-je enfin. Moi, ça me semble une folie. Et Skuld ?

— Elle m'accompagnera. Le changement de décor lui fera peut-être du bien.

— Tu trimbalerais cette enfant dans une ville inconnue ? Pleine de mineurs mal dégrossis ? Vas-tu la confier à une mère maquerelle ? Attendra-t-elle patiemment sur un canapé de velours rouge pendant que tu feras ton affaire ?

— Tu es vraiment drôle quand tu t'emportes, Oncle. Il faut que tu viennes aussi, bien sûr. Skuld ne peut pas être privée longtemps de son baby-sitter. »

À ce moment-là seulement je compris que, si Helga cherchait peut-être effectivement à calmer ses désirs animaux, son premier objectif, en concevant cette folle entreprise, était de m'arracher à la cabane, à la plage et au fjord, où le souvenir d'Eberhard rôdait dans ma vision périphérique comme un spectre triste et velu.

56

Nous fermâmes les écoutilles de Raudfjordhytta et réservâmes des couchettes à bord du prochain bateau à regagner l'Isfjord par l'ouest et le sud. Notre escale à Longyear était censée être courte, mais dura en fait presque une semaine. MacIntyre fut surpris et ravi de nous voir, et nous avions beaucoup à nous dire. Je lui avais envoyé une lettre au printemps, comme l'exigeait la tradition, pour relayer l'information que nous avions tous les trois survécu à l'hiver (et pour organiser l'achat de Biskayarhuken, puisque MacIntyre était toujours mon agent financier), mais ces derniers temps les nouvelles du Raudfjord s'étaient faites un peu rares. De sorte que, si ma lettre avait donné à MacIntyre un aperçu passable bien qu'elliptique des épreuves d'Helga, je me vis forcé de revivre la mort d'Eberhard. MacIntyre fit preuve de sensibilité, comme toujours – « En parler à voix haute rend la douleur manifeste », dit-il –, et ne me demanda pas de détails, mais quand Helga prit la relève et raconta à son tour, je vis qu'il avait du mal à encaisser la nouvelle avec un stoïcisme attentionné. Eberhard avait abjuré les longs contacts visuels, pourtant il m'était arrivé à d'innombrables reprises, levant la tête d'un livre, de surprendre MacIntyre et le chien en train de se regarder avec une intense concentration, comme si l'espace encrassé de fumée, entre eux deux, recelait une signification cosmique plus profonde. Peut-être aussi que MacIntyre donnait à manger à Eberhard sous la table.

MacIntyre avait une lettre d'Olga pour chacun de nous deux. Helga prit la sienne et alla la lire en privé. Quand elle refit surface en essuyant des larmes sur son visage, je lui demandai s'il y avait des ennuis.

« Elle est trop bonne », me dit Helga, qui secoua la tête et ne voulut rien ajouter d'autre.

Ma lettre d'Olga était pleine d'inquiétude et d'effusions, car je lui avais aussi écrit au printemps. Bien que je me montre trop souvent irréfléchi et laisse passer des détails susceptibles d'alarmer le destinataire, cette fois-là, en un rare moment de perspicacité, je m'étais abstenu de parler de la mélancolie d'Helga. Olga avait déjà appris qu'elle était grand-mère, bien sûr – MacIntyre lui écrivait fréquemment –, mais j'avais joint des empreintes au charbon de bois des mains et des pieds de Skuld, déjà bien grands, en plus de quelques remarques décousues sur le comportement iconoclaste du bébé et ses facéties les plus horribles ou amusantes.

Le moins qu'on puisse dire, c'est que ces informations avaient été bien accueillies. Quelque chose dans mes descriptions, ou peut-être les pieds, avait éveillé un instinct grand-maternel en Olga, habituellement peu portée à ce genre d'élans. Elle se préoccupait beaucoup de l'instruction de Skuld, à présent, et voulait connaître mes projets. Est-ce que je mettais de l'argent de côté ? Est-ce que je lui faisais la lecture au moins deux heures par jour ? Il était clair aux yeux d'Olga que, du haut de ses même pas un an, Skuld montrait des facultés précoces et que son avenir s'annonçait des plus brillants.

En préparation à notre voyage, MacIntyre nous fournit tous les éléments et toutes les cartes que nous pouvions souhaiter, et nous finîmes par choisir Pyramiden, qui nous semblait avoir plus de caractère et qui était suédoise. Des années auparavant, j'avais vu Barentsburg depuis ses quais, car la ville se trouve à l'embouchure de l'Isfjord, et les navires en provenance de Longyear s'y arrêtent souvent pour charger ou décharger des marchandises avant de poursuivre leur route. C'était une ville morne, trop sérieuse à en juger par son aspect, parce qu'elle avait été bâtie par les Néerlandais, qui ne semblaient pas s'intéresser spécialement à leur investissement arctique. Il était possible qu'à l'instar des Anglais ils aient été déçus par la pauvreté des veines de charbon. Les deux nations souffrent d'une certaine radinerie et d'un manque d'imagination. Ou bien peut-être que les Néerlandais, qui avaient tout de même donné son nom au Spitzberg, *Spitsbergen*, estimaient simplement qu'ils avaient assez perdu de temps à folâtrer dans ce piège mortel et glacé. Ils allaient finir par vendre Barentsburg aux Soviétiques en 1932.

Pyramiden, en revanche, avait un certain attrait. La ville avait été construite par les Suédois en 1910, ce qui faisait presque deux décennies déjà et, bien que nous autres Suédois surpassions même les Néerlandais en radinerie, son emplacement et sa disposition étaient plus inspirés que ceux de Barentsburg, du moins à ce qu'en disait MacIntyre. Le sommet stratifié de la grande montagne qui avait donné son nom à Pyramiden dominait majestueusement la colonie, disait-il, arrondissant largement les bras en une attitude protectrice teintée de convoitise, et se parait d'un rose éhonté au premier signe du coucher de soleil. Et puis la ville était nichée tout au bout du Billefjord, lui-même l'artère la plus profonde de l'Isfjord, ce qui en faisait un étrange avant-poste embusqué de l'industrie humaine. Mais le plus intéressant, selon MacIntyre, c'était ceci : elle venait d'être vendue aux Soviétiques. (Les Soviétiques étaient prêts à acheter n'importe quoi n'importe où, s'ils pensaient pouvoir raisonnablement en extraire quelques livres de matière première au prix de quelques centaines de vies.) Cela signifiait que Pyramiden était en mutation, comme Longyear à mon arrivée. Elle changeait rapidement, mais était encore pleine de Suédois paumés, déplacés et téméraires, comme Helga et moi.

La réalité s'avéra un peu moins intéressante. Certes, le Billefjord était ravissant, dans le genre coiffé de blanc et confiné, et la montagne homonyme se dressait effectivement avec une certaine autorité. C'était contraire à la plupart des villes et des camps du Spitzberg, qui donnent l'impression d'avoir été jetés depuis un point culminant sans aucune planification, approche éparse à laquelle s'ajoutent en général des collines basses et ternes et de banals arrière-plans d'un désert astringent. Pyramiden, au moins, pour avoir été fondée par des Suédois, était colorée et agencée, à défaut d'être novatrice. Mais elle n'en demeurait pas moins un avant-poste, perché fragilement dans un climat hostile, et elle avait été construite pour l'exploitation minière.

Curieusement, la ville elle-même se situait à environ un mile des quais. Cela lui conférait une tonalité fantomatique un peu déconcertante. Quand nous descendîmes la passerelle, nous attendant à un véritable assaut de nouveaux stimuli, nous fûmes surpris de trouver une fonderie hideuse et trapue, et voilà tout. Mais d'autres passagers débarquaient également – plusieurs marins, un négociant et cinq Russes pâles qui ressemblaient plus à des conscrits qu'à des mineurs –, et ils nous firent signe de les suivre le long d'un chemin boueux et défoncé. Le temps que nous pataugions jusqu'à la ville et la contemplions pour la première fois, nous avions les vêtements trempés et la gorge sèche.

C'était un assemblage disparate de cabanes rudimentaires, au sol en terre battue. Les plus luxueuses avaient une galerie, un étage peut-être, un plancher ou des murs intérieurs plâtrés. Des passerelles en bois flottés traversaient le bourbier. Les ressemblances avec Longyear étaient si nombreuses que, l'espace d'un instant, j'eus du mal à me rappeler où j'étais. Mais certaines cahutes avaient des façades de couleurs vives, et ça, c'était suédois. Cela dit, les premiers signes de cette influence russe particulièrement déprimante commençaient à pousser ici et là, comme de tristes champignons non comestibles. Tout un mur d'une cabane avait été jointoyé, enduit et peint d'une fresque criarde représentant des bouleaux en été. Apparemment, les Russes étaient déjà nostalgiques des couleurs et de la vie de leur lointaine terre natale.

Alors que j'étais morose, Helga affichait un enthousiasme débridé. Elle adressa la parole à un mineur qui regardait autour de lui avec une perplexité affligée, mais il secoua la tête sans comprendre, ou sans souhaiter comprendre. Alors elle héla un marin norvégien qui disparaissait entre les bâtiments, et lui demanda gaiement où elle pouvait trouver une « maison de la nuit ».

Il s'arrêta et leva les mains, paumes ouvertes. Il avait l'air sympathique. « Pas de suédois », dit-il en suédois.

Helga fit le geste universel et grotesque du coït, frottant son avant-bras d'une main, puis le compléta par ce que je supposai être la version femme à femme : index et majeur en V, avec la langue qui s'agite au milieu.

Le marin hurla de rire et pointa du doigt la cabane qui était juste en face de lui. Puis il y entra.

« Prends mes affaires, s'il te plaît », dit Helga en me tendant son maigre ballot.

J'avais Skuld en écharpe dans mon dos, qui faisait tranquillement connaissance avec son nouvel environnement tout en babillant.

« Trouve-nous un endroit où rester. Prends un verre. Visite. Ça va aller ? »

Mais elle n'attendit pas la réponse. Elle avait disparu, traversant les planches d'un pas leste comme pour entamer des vacances bien méritées.

Un instant ou deux, je fus tenté d'être irrité. J'étais fatigué, je me sentais submergé, je n'avais pas encore recouvré mon pied terrien et je ne souhaitais pas affronter une nouvelle bande d'humains sans la médiation d'Helga.

Skuld me glissa un gargouillis interrogateur à l'oreille.

« Il faudra que tu surveilles ta mère, lui dis-je. Elle a tendance à se sauver. »

57

La pension était sinistre. Le propriétaire prit mon argent, sans pour autant accuser réception de ma requête, et m'intima d'un geste d'entrer sans faire de bruit.

« Mineurs poste fini, dit-il d'une voix râpeuse. Dortoirs débordent, alors ils dorment.

— Vous êtes suédois ? » lui demandai-je, étrangement touché de trouver un compatriote après si longtemps.

Mais il agita la main vers la salle, comme si la question était superflue.

À l'intérieur, des lits de camp étaient alignés serrés contre les murs, ainsi qu'en une autre rangée au milieu de la pièce. Ils étaient tous occupés sauf quatre. L'air empestait les hommes et leurs pieds pas lavés, leurs bottes trop portées, leur peau et leurs cheveux crasseux, leurs exhalaisons aillées. Le soleil nocturne traversait le rideau élimé et inutile. On voyait bien que ce n'était pas seulement une maison pour clients de passage – plusieurs lits de camp montraient des signes de longue habitation. Personne ne me salua. À certains égards, c'était un soulagement de trouver tout le monde endormi. Je m'assis sur un matelas fin comme une crêpe et tentai d'imaginer comment Helga et Skuld pourraient séjourner dans un endroit pareil.

Skuld dormait à poings fermés, car nous lui avions donné le restant de nos provisions en arrivant en ville. Je n'avais pas mangé, en revanche, et dans une pièce où j'ignorais si le simple fait d'allumer une lampe pour lire pouvait me valoir de me faire tuer, je n'avais pas envie de traîner en attendant le sommeil, d'autant que je n'étais pas du tout convaincu qu'il viendrait. Je n'avais aucune idée de l'heure, mais mon ventre me disait qu'il était bien après le dîner. Un profond sentiment de tristesse et de solitude éclipsa la lueur d'espoir qui avait jailli à notre arrivée à Pyramiden.

Je pris Skuld sur le dos et partis pour la cantine. Le gars de la pension m'avait dit qu'il y en avait deux, mais qu'il m'était formellement déconseillé d'aller à l'une d'elles. Il avait omis de me dire pourquoi. En fait, il n'avait même pas levé le nez de son registre, qu'il étudiait avec l'attention captive d'un érudit.

À l'intérieur, le bar était chichement éclairé par des lampes à pétrole couvertes de suie qui pendaient au plafond. Elles dégageaient une fumée noire qui se mélangeait aux volutes de tabac, occultant tout dans un brouillard jaunâtre qui donnait l'impression d'être sous l'eau.

Les hommes se bousculaient comme du bétail. Leurs voix étaient fortes, leur présence monumentale écrasante. Pour la plupart, ils parlaient russe. Indécis, je regardai autour de moi. J'allais tourner les talons et m'en aller, me disant que je trouverais peut-être un wagon abandonné ou une épave de bateau plus confortables que tout ce que j'avais vu jusqu'à présent, lorsque je repérai quelques petites tables au fond de la salle. L'une d'elles était libre. Je mis le cap dessus, tel le naufragé qui voit, entre les vagues, surgir un éperon rocheux.

Je déposai Skuld sur la table, et elle continua de dormir dans le vacarme comme s'il la berçait. Épuisé, je m'assis. Le bar était beaucoup trop intimidant pour le moment, je sortis donc un livre de mon havresac et m'efforçai de me concentrer sur les mots. Je pris conscience de la présence d'un homme qui buvait seul à la table voisine. Il avait le corps sec et nerveux et le teint cireux de la plupart des mineurs, des cheveux foncés et une barbe foncée. Devant lui sur la table, il y avait une bouteille, un verre et rien d'autre. Il avait la tête penchée d'un homme abattu. Tous les deux, nous nous efforcions vigoureusement de ne pas nous regarder. Je faisais semblant de lire.

« *Zdravstvuyte.* »

Il regardait dans ma direction, mais je n'étais pas sûr que cette interpellation gutturale s'adressât à moi.

« *Privyet ?*

— Je suis désolé », dis-je en suédois, me tournant vers lui pour la première fois. Ses yeux étaient comme deux grottes. « Je crains de ne pas vous comprendre. Parlez-vous un peu suédois ou norvégien ?

— Non », fit-il avec une désapprobation manifeste, puis il se tut. Je me dis que notre entretien était peut-être terminé. Mais un instant plus tard, il ajouta dans un anglais à l'accent prononcé : « Ceci est mon dernier recours.

— Ah, je vous suis, maintenant », répliquai-je dans ma propre version, qui était acceptable.

Il hocha sombrement la tête, mais ne parut pas spécialement pressé de poursuivre la conversation. Il but quelques instants avec détermination. Pour finir, il me regarda de nouveau, moi et mon visage démoli, en opinant de l'air las de celui qui sait.

« Mineur ? fit-il. Ou laissé-pour-compte de la société ?

— Les deux, j'imagine, répondis-je, un peu interloqué par son franc-parler, même s'il était préférable à l'horreur ou à la gêne que je rencontrais habituellement. Disons que j'ai été mineur, et maintenant je suis juste un laissé-pour-compte. Peut-être que je l'ai toujours été. »

L'ombre d'un sourire traversa son visage, retroussant légèrement les coins de sa barbe.

« Tu n'as rien à boire, dit-il.

— J'essaie de rassembler mon courage. »

Il poussa aussitôt un sifflement bref et strident, et plusieurs têtes se tournèrent. Mon voisin dit un truc plein de consonnes et les hommes lancèrent du tac au tac le mot *yama*, puis le barman lâcha lui aussi un long chapelet de consonnes, et *yama* fut répété plusieurs fois encore. En l'espace d'une minute ou deux, on nous tendit un deuxième verre et une bouteille de vodka transparente avec une étiquette soviétique aux couleurs criardes. Les clients qui nous aidaient adressèrent un regard entendu à mon compagnon, mais ils ne lui dirent pas un mot pendant la transaction. Une fois seuls à nouveau, l'homme remplit nos verres à ras.

« *Bud'mo,* dit-il. Tchin-tchin.

— *Skål* », dis-je, et nous éclusâmes nos verres.

Nous répétâmes ce processus plusieurs fois avant que l'un ou l'autre soit disposé à en dire davantage. Finalement la curiosité et la vodka eurent raison de mon hésitation.

« Je m'appelle Sven, dis-je. Originaire de Stockholm. L'enfant que voici est Skuld, la fille de ma nièce. J'ai des chasses au nord de la Terre de Haakon. Le Raudfjord est l'endroit où j'habite.

— Connais pas », dit-il avec un air de profond désintérêt.

Je pointai dans la vague direction que je pensais être le nord, mais m'abstins de développer.

« Illya, finit-il par dire, en pointant le doigt vers lui-même. Ukraine.

— Connais pas.

— Non, évidemment. » Ses yeux se plissèrent sous l'effet d'une rage soudaine. « Car Mère

Russie, la grosse truie boursouflée, l'a avalée. Ça fait cinq ans maintenant.

— Ah », fis-je en essayant de me rappeler un peu de ce que Tapio m'avait enseigné sur l'histoire et la géographie de l'Europe. La vodka brouillait mes pensées. « Excuse-moi de te demander, mais y a-t-il une raison pour que tu boives seul ? Tu détestes les Russes ?

— Les Russes ne sont pas pires que beaucoup d'autres. Je bois seul parce que je ne suis pas des leurs. Ils ne boivent pas avec moi ; je ne bois pas avec eux. Nous sommes séparés. Toujours séparés. »

Il semblait résigné à cet état de fait, mais attristé.

« Parce que tu viens d'Ukraine ?

— Parce que je suis juif. »

Il se redressa un peu sur sa chaise et ses yeux me lancèrent des éclats hostiles.

« Ah », dis-je, mais je ne pus me souvenir d'aucune information, qu'elle provienne de Tapio ou d'une autre source. Illya était le premier Juif que je rencontrais de ma vie, et je m'aperçus avec honte que j'étais surpris qu'il ait la même tête que tout le monde.

« Pour l'amour de Dieu, ne me dis pas que j'ai exactement la tête d'un chrétien et que je suis le premier Juif que tu rencontres.

— Jamais de la vie, répondis-je. Ces hommes t'appellent *Yama* ? Est-ce un diminutif ? Une insulte ?

— *Yama* signifie trou. Abîme. Fosse. Je crois qu'ils le disent gentiment. Il se peut que j'aie participé à un concours ou l'autre. Ils sont impressionnés par ma capacité à tenir l'alcool. Ça me vaut un certain respect. »

De fait, bien qu'il eût peut-être commencé à boire des heures avant mon arrivée, pour autant que je sache, Illya n'en semblait nullement affecté. Moi, en revanche, j'avais de plus en plus de mal à maintenir la salle à une latitude raisonnable, et ma langue était très déliée.

« Tu es toujours seul et à l'écart ? dis-je. Il n'y a pas d'autres mineurs juifs à Pyramiden ?

— Plusieurs, répondit-il. Mais avec eux aussi, je suis à l'écart. Un camarade laissé pour compte, vois-tu ? » Sa barbe se retroussa brièvement de nouveau. « Ce sont des dévots pour la plupart. Des pères de famille. L'esprit étroit. » Il leva les mains à hauteur de son front, l'encadrant comme s'il regardait dans un tunnel. « Ils désapprouvent mon engagement politique. Je suis un anarchiste fier.

— Tu crois au chaos ? À la loi de la populace ? »

Il fit claquer son verre sur la table. Je fus surpris qu'il ne se casse pas. Plusieurs hommes nous regardèrent, puis détournèrent la tête.

« N'importe quoi ! dit-il. C'est un système d'auto-gouvernement soigneusement organisé !

— Excuse-moi, je t'en prie, dis-je, sincèrement contrit. Je suis ignorant de ces choses-là. Mon ami politique m'a expliqué les différentes idéologies, mais je crains de ne pas avoir tout retenu. Plutôt pas grand-chose, dirait-il. »

Illya hocha la tête, acceptant mes excuses de mauvaise grâce.

« Ton ami est fasciste ?

— Ciel, non. Socialiste. »

Illya renifla.

« C'est à peine mieux. Regarde-moi ces imbéciles qui se fourvoient. Ils s'imaginent que le Parti va veiller sur eux, alors que le Parti ne pense qu'à se remplir les poches. Ils ont placé leur foi dans un système qui valorise seulement la production de l'homme, et non l'homme en soi. »

Je réfléchis à la façon dont Tapio aurait pu répondre – je savais qu'il estimait que le communisme tel que pratiqué par les Russes était une détestable corruption d'une idéologie fondamentalement bienveillante – mais les mots me faisaient défaut pour lui rendre justice. Alors nous discutâmes de divers autres sujets et j'appris deux trois choses sur Voltairine de Cleyre, qu'Illya révérait, et sur la grande Emma Goldman, qui était juive elle aussi, et sur Mikhaïl Bakounine, qui apparemment n'aimait pas du tout les Juifs.

Quand je sentis que je ne tenais plus, j'avouai que je mourais de faim et que, si je buvais un verre de plus, je risquais d'y passer. Illya siffla de nouveau et, au bout de quelques minutes, on nous fit parvenir un bol de je ne sais quel infect brouet russe et quelques morceaux de grossier pain noir. Pendant que j'écartais les betteraves immangeables et avalais jusqu'au dernier rogaton de chou, il se détourna poliment et garda le silence.

Durant cet intermède, une jeune femme entra dans le bar. L'incongruité criante de sa présence ne sembla pas surprendre les mineurs, qui pourtant la reluquèrent. Elle était pâle, avec des cheveux d'un brun terne. Elle avait la peau couperosée, mais des yeux pleins de gentillesse et de vie. En réponse à ce qui devait être une proposition déplacée, elle lâcha une diatribe en russe, longue et clairement venimeuse.

« Elle ne travaille pas à la mine, dis-je, la bouche pleine, à Illya.

— Non. Elle leur dit qu'elle vient juste chercher une bouteille, qu'elle a déjà un client, et que pour ce soir les hommes sont invités à trouver quelqu'un d'autre ou à se donner du plaisir entre eux. »

Là-dessus la femme s'approcha de nous, bouteille à la main. Alors que je m'empressais d'essuyer la graisse de mon menton, elle se pencha vers Illya avec des airs de conspiratrice et ils échangèrent quelques mots en russe. Leur conversation, décelai-je, avait à voir avec moi.

Au bout d'une minute ou deux, Illya donna un coup de menton dans ma direction et dit :

« Sven. »

Elle inclina la tête, l'air légèrement gênée peut-être, et dit :

« Svetlana. »

Puis elle tourna les talons et s'en alla ; quant à moi je repris mon repas.

Un peu revigoré après avoir mangé, je me laissai aller contre mon dossier.

« Dis-moi que tu ne loges pas à la pension, dit-il.

— Je loge à la pension. Où d'autre ?

— Je connais un endroit. Tu dois me laisser arranger ça.

— Ça va aller. »

Il scruta mon visage, très longuement, me sembla-t-il. Je n'avais pas l'habitude d'être soumis ouvertement à un tel examen.

« Tu as l'air malheureux, dit-il. Qu'est-ce qui te chagrine ? »

Je trouvai la question étrange venant d'un homme qui semblait lui-même tellement triste. Je cherchai une réponse, enclin à mentir par réflexe, mais ce fut la vérité qui jaillit de ma bouche.

« J'ai perdu mon partenaire.

— Ton partenaire en affaires ?

— Non. Mon chien. Mais c'était plus qu'un chien.

— Bien sûr, dit-il aussitôt. Il y a des chiens qui sont plus qu'un chien. »

À ma grande surprise, il claqua la main sur la mienne et l'y laissa. Son visage était rouge et contracté, tandis que des larmes roulaient sur sa barbe. J'admire les gens qui montrent ouvertement leurs émotions car j'ai toujours caché les miennes, et les années de cicatrices et d'isolement n'ont fait que les enfouir plus profondément.

« Tu connais cette douleur, dis-je.

— Oh que oui. Mon Czolgosz bien-aimé. Fidèle par tous les temps. Sauf par très mauvais temps. Ou en cas de précipitation, quelle qu'elle soit. Une légère brume et il devenait traître et cherchait refuge auprès de n'importe qui. Mon ombre, à part ça. Une ombre meilleure, plus généreuse. »

Nous restâmes un bon moment ainsi, dans une commisération réciproque. Puis je finis par sentir que la force centrifuge imprimée par la rotation de la pièce me poussait vers le sol. Je me levai, chancelai et, d'une main, me rattrapai précipitamment à une poutre basse.

Illya se mit debout, stable comme un pilier. Il souleva très délicatement Skuld, dans son ballot de fourrures, mais ne fit pas mine de me la tendre.

« S'il te plaît, permets-moi de t'accompagner, dit-il en prenant garde à ne pas se montrer condescendant. Tu pourrais te tromper de tournant.

— Oui, d'accord. »

Je le remerciai, me dirigeai vers la porte et m'effondrai sur le seuil, sans connaissance.

Illya me raconta plus tard que j'avais eu de la chance d'être tombé sur le côté et un peu de travers plutôt que dehors, tête la première dans la fange puante. C'était là que les hommes se plantaient pour vider leur vessie, et parfois leur estomac. J'aurais risqué de me noyer dans l'urée, dit-il, même si, étant donné le régime alimentaire de Pyramiden, il était tout aussi probable que je me sois étranglé sur un calcul rénal.

58

Je me réveillai dans un étrange mélange d'effluves. Il y avait du lard en train de frire, c'était certain. Du pain qui grillait, avec en note de tête le gaz s'échappant d'une cuisinière à la combustion défaillante. Du café, bouillu et amer. Et, couvrant le tout, reconnaissable entre mille, riche, terreuse et putride : une odeur de porcherie.

J'avais les tripes en vrac et affamées. J'étais allongé sur un canapé élimé, dans une salle de séjour accueillante et encombrée. À moins que ce ne fût une salle à manger. Il y avait plus de chaises que d'espace pour les contenir – certaines en bois, d'autres tapissées, la plupart dans une sorte de purgatoire entre les deux. Une longue table était pliée contre le mur. Le soleil rasant de l'été, entrant par deux petites fenêtres, me transperçait l'œil. Sans les odeurs résolument typiques du petit déjeuner, il aurait pu être aussi bien neuf heures du matin que quatre heures de l'après-midi.

À côté, des casseroles s'entrechoquaient dans une joyeuse violence. Plusieurs voix parlaient avec animation et toutes en même temps, sans se soucier que je dorme ou sois réveillé. Je ne savais pas si je devais être gêné ou irrité. Puis j'entendis le rire d'Helga, et une femme inconnue entra dans la pièce. Elle était grande, avec de larges pommettes et le teint rose. Ses yeux étaient vert clair, sa chevelure indomptable couleur de sable mouillé. Des traînées de matière innommable – pas de la nourriture, pariai-je – marbraient son pantalon de toile, mais ses mains et ses ongles étaient propres et roses. Elle avait l'air d'une paysanne slave, du moins me l'imaginai-je. Je la trouvai extrêmement belle.

« Il se réveille, dit-elle en un suédois glottal mais naturel, avec un sourire narquois.

— Veuillez m'excuser, dis-je, vérifiant que mon corps n'était pas exposé. Je ne suis pas en état de recevoir une dame. Je m'appelle Sven.

— Ludmilla, maîtresse de la Maison aux cochons, dit-elle avec une révérence ironique et exagérée. Venez nous rejoindre pour le petit déjeuner quand vous aurez suffisamment repris vos esprits.

— Comment suis-je arrivé ici ?

— Illya vous a amené, ce cher homme. »

Une image du mineur au corps sec vint à mon esprit.

« Tout seul ? Il m'a traîné ?

— Non, vous avez été porté à pied sec. Il est venu avec quelques gars fidèles. Ils n'aiment peut-être pas le reconnaître, mais ils respectent le *Yama*.

— Et Helga est là ? Et le bébé ?

— Tout va bien, tout va bien. »

Elle tourna les talons et sortit.

Lorsque son dos me fut révélé, ainsi que ses formes courbes sous son pantalon souillé, je fus pris d'un désir soudain et profond que je n'avais pas connu – que j'avais presque oublié – depuis d'innombrables années. Mon cœur bafouilla de façon déconcertante.

Dans la cuisine, Helga faisait sauter Skuld sur ses genoux, et la petite n'avait pas l'air de se porter plus mal.

« T'as encore fait la grasse matinée, Oncle, dit Helga.

— Comment as-tu trouvé cet endroit ? »

Ma voix était un rauque croassement de corbeau.

Helga donna un coup de menton vers la gauche : la prostituée blême que j'avais rencontrée la veille au soir était là.

« Je te présente Svetlana. Je l'ai rencontrée dans l'exercice de ses fonctions. Apparemment tu as fait sa connaissance toi aussi, mais peut-être que tu ne t'en souviens pas. Elle m'a suggéré de loger ici. Elle m'a informée que tu étais entre de bonnes mains et que tu viendrais sans doute ici, toi aussi. Heureux hasard ! Nous sommes arrivés presque au même moment. Mais alors, t'étais dans un état !

— Tous les égarés nous trouvent », dit affectueusement Ludmilla.

Nous bavardâmes un peu et je m'efforçai de ne pas être dans leurs pattes pendant qu'elles terminaient les préparatifs du petit déjeuner. À notre retour dans la salle principale, tous les meubles avaient été redisposés, la longue table pliante dressée au milieu de la pièce et entourée d'une armada de chaises. Un homme se tenait là – l'architecte de ce changement –, et c'était un géant, deux mètres de haut peut-être, large d'épaules, avec des yeux bleu vif et les mêmes pommettes que Ludmilla, ressemblant davantage à un envahisseur viking sautant de son drakkar que jamais je ne le ferai. Il aurait pu être le frère de Ludmilla. Je me pris à espérer ridiculement qu'il le soit.

« Voici mon mari, Misha », dit Ludmilla.

Il me tendit son énorme paluche charnue, propre elle aussi, et me sourit gauchement.

Pendant que nous mettions le couvert, on frappa à la porte. Misha ouvrit à Illya, qui avait l'air fatigué et un peu crotté. Debout sur le seuil, les deux hommes échangèrent quelques mots à mi-voix en russe, mais alors Illya jeta un coup d'œil vers moi par-dessus l'épaule de Misha, lequel se retourna en rougissant.

« Excuse-nous, dit-il dans un suédois acceptable. Je ne veux pas être malpoli. » Et il fit signe au mineur d'entrer, en ajoutant : « Tu arrives à point nommé, Illyousha, viens, entre. »

Mais Illya restait cloué près de la porte. J'allai le rejoindre et nous gardâmes le silence. Il avait l'air gêné, comme s'il ne savait pas si l'amitié que nous avions si clairement établie la veille serait de mise aujourd'hui, ou même encore présente dans ma mémoire. C'était un comble.

Je lui mis la main sur l'épaule et dis en anglais :

« Illya, comme je suis content de te voir, et comme je te suis reconnaissant de m'avoir transporté en toute sécurité. »

Il se détendit instantanément. Ses yeux brillèrent et sa barbe tressaillit. Je crois qu'il avait appris à vivre sur la défensive, à toujours prévoir un affront. Il semblait avoir été complètement incapable de se forger une armure. Il était trop sensible pour ça.

En rougissant, il plongea la main dans sa poche de poitrine et en sortit une poignée de fragments : bruyère, ébonite, suie.

« Hélas, dit-il, ta pipe s'est cassée en plusieurs morceaux quand tu es tombé comme un mort. »

Puis, d'une autre poche, il sortit un petit sac en cuir. Il l'ouvrit soigneusement. Dans sa main reposait maintenant une élégante petite pipe à la tige droite, au foyer incliné et évasé. Il prit ma main et y déposa la pipe. Elle ne pesait pas plus qu'un œuf de sterne.

« Une Charatan, ajouta Illya avec révérence. Taillée à Londres, si je ne me trompe, par M. Frederick Charatan en personne – un Juif, tu noteras – avant qu'il vende la société à son fils Reuben, en 1910. Regarde-moi cet ouvrage.

— Magnifique », dis-je, même si je ne voyais aucun ouvrage en tant que tel.

On aurait dit un objet de la nature, sculpté par les éléments comme l'eau façonne la pierre, ou alors jailli de la forge de Brokkr et Sindri à Svartalfheim. Je me rendis compte que je n'avais jamais regardé ma pipe avec une telle attention, et qu'elle n'aurait sans doute pas résisté à l'examen.

« Je l'ai rachetée à un commandant anglais à Longyear qui ne savait sans doute pas ce qu'il avait. Il était incapable de distinguer une Comoy d'une Dunhill. » Illya gloussa à part soi. « Il l'avait sans doute gagnée à une partie de whist. Les Anglais font tout le temps des trucs comme ça. Mais moi, mon père travaillait pour un marchand de tabac à Kiev et il m'a appris une chose ou deux.

— Je ne peux pas accepter, protestai-je. En plus, toi, de quoi te servirais-tu ?

— Oh, j'ai quelques modèles intéressants de côté.

— Mais, Illya, c'est certainement un objet d'une valeur inestimable. »

Il haussa les épaules.

« Les biens matériels. Nous ne devons pas nous y accrocher. » Ses yeux se portèrent sur la pipe et il la regarda avec affection. « Promets-moi juste que tu traiteras celle-ci plus soigneusement que ta dernière. Au minimum, tu devras réduire la couche de culot une fois de temps en temps et polir les marques de dents sur le bec. »

Je lui donnai ma parole et nous nous embrassâmes.

Ludmilla avait suivi tout cela avec un intérêt manifeste.

« Assez parlé pipe, dit-elle. À table. »

Nous fîmes un repas d'archiducs. Je ne peux pas dire depuis combien de temps je ne m'étais pas trouvé dans une tablée si nombreuse, où la conversation était aussi libre et naturelle. Jamais, peut-être. Plusieurs langues étaient utilisées, mais à ma connaissance nous ne nous heurtâmes à aucune barrière. Illya et moi, les seuls à parler anglais, étions assis côte à côte, et lorsque d'aventure nous échangions un commentaire sardonique, les autres nous demandaient aussitôt de traduire. Apparemment le suédois était encore la *lingua franca* à Pyramiden, malgré l'afflux régulier de Russes. Ça n'allait pas durer.

Je m'aperçus que j'avais oublié mes mutilations, vu que les personnes présentes s'adressaient à moi sans dégoût ni honte apparents. Je terminais des histoires qu'Helga commençait pour moi, et cela me faisait plaisir qu'elle semble se les rappeler toutes et les trouver dignes d'être racontées. Je souriais si souvent que mes cicatrices me démangeaient. Et dès que je le pouvais, même si je savais que c'était mal, je glissais des regards furtifs à Ludmilla. Ses clavicules couraient vers ses épaules musclées avec une précision anatomique sublime. Ses doigts tressaillaient de temps en temps, comme si ses mains étaient fatiguées. Ses cheveux cascadaient dans tous les sens.

Je mangeai tellement que je dus me caler contre mon dossier de chaise comme un vieux prêtre. Toutes les sensations – la chaleur, la conversation, la viande d'élevage – étaient tellement grisantes et inconnues que je commençais à me sentir submergé. Je songeai avec plaisir qu'il serait bien agréable, une fois tout rangé et nettoyé, de sortir à l'air arctique vivifiant et fumer une pipe avec Illya. Peut-être pourrait-il m'en dire plus sur nos nouveaux amis.

Helga était de belle humeur et, à plusieurs reprises, elle bouscula Svetlana délibérément. Une fois, ayant les mains occupées à ce qu'elle mangeait, elle tendit la tête et se soulagea d'une démangeaison en se frottant le nez contre le fin biceps de la jeune femme.

« Passe-moi le lard, ma courtisane chérie », dit-elle à Svetlana qui rougit, l'air confuse et flattée.

59

Ludmilla et moi entrâmes en collision avec un tel enthousiasme de part et d'autre que je n'eus pas le temps de réfléchir à l'improbabilité absolue que qui que ce soit me trouve attirant. Je m'attardai peu, également – trop peu –, sur l'immoralité de ce que nous faisions. Notre ardeur était aussi impossible à étouffer qu'à nier.

Nous empoignions-nous dans la porcherie ? Je le crains. Et les grognements que nous poussions spontanément et sans entraves étaient ceux d'un verrat et d'une truie. Nous saisissions toutes les occasions, or le long bâtiment bas et malodorant regorgeait de petits couloirs discrets, de placards à fournitures, de portes et de cloisons. C'était là que nous pouvions nous accoupler le plus efficacement, sous le couvert que j'aidais à la multitude de tâches répugnantes. L'odeur ne calmait en rien nos élans. Ludmilla, quant à elle, y était sans aucun doute habituée. Moi non, mais parce qu'elle-même avait un arôme terreux, porcin, presque, que je trouvais enivrant, j'ignorais l'association.

Après, et entre, nous parlions beaucoup. Elle et Misha étaient du même petit village quelque part au cœur des vastes terres inconnaissables de ce continent majestueux. J'en savais si peu sur la Russie. J'avais l'impression qu'il faudrait plusieurs vies pour comprendre sa géographie ainsi que les dernières décennies de son histoire sanglante. Elle, de son côté, ignorait quasiment tout de la Suède, considérant le pays comme une cousine de la Finlande, dont on lui avait toujours dit qu'elle faisait partie de la Russie.

Nous nous allongions parfois sur des copeaux de bois propres, dans la chaleur des cochons et de nos corps, vêtus de rien d'autre que de cheveux. J'avais l'impression que ses cheveux allaient me dévorer tout entier. Ils ne cessaient de s'insinuer dans ma bouche, mon nez, mon œil, s'agrippaient à tout ce que je possédais qui fût tissé. Heureusement, mes vêtements extérieurs étaient encore pour la plupart en fourrure ou en peau.

« Ma ravissante Méduse slave, dis-je une après-midi où nous étions adossés à une stalle de mise bas inoccupée qui sentait l'eau de Javel. J'ai quarante-trois ans. La dernière fois que j'ai été dans l'intimité d'une autre âme, je devais en avoir vingt-sept. Non, peut-être vingt-cinq. En tout cas, ça fait presque vingt ans. »

Je me laissai aller à mes pensées, songeant aux longues périodes d'abstinence et comment elles peuvent, ou non, affecter un être. À cette époque il n'était pas inhabituel dans l'Arctique qu'un trappeur – ou mineur, ou aventurier – mène une vie de célibat. Ce qui ne voulait pas dire que la question le laissait indifférent.

« Toutes ces années, dit Ludmilla, et même pas une demoiselle phoque errante et solitaire ?

— Tu as entendu le surnom, répliquai-je en tournant vivement la tête.

— Bien sûr. »

Elle semblait retenir un fou rire.

« De ces choses, dis-je, un gentleman ne parle jamais. »

Mais tout embrasement doit bien retomber un peu. Quand j'eus séjourné quinze jours à Pyramiden, que nos corps-à-corps se firent moins compulsifs pour relever davantage d'une habitude agréable, alors, enfin, la honte s'installa. J'eus soudain le sentiment d'être devenu le genre d'homme que j'aurais détesté : guidé par ses seules pulsions, indifférent aux blessures qu'il laissait dans son sillage. Ludmilla et moi n'avions jamais discuté de son couple. C'était comme si nous ne voulions pas rompre le sortilège de notre joie insouciante. Peut-être avais-je retenu mon souffle pendant quinze jours. Tout ce que je savais, c'était que Misha semblait être quelqu'un de fondamentalement bien. Ce qu'Illya avait corroboré.

« Ma chérie, lui dis-je un jour après une rencontre. Je ne suis pas le pionnier sauvage et stoïque pour lequel tu me prends.

— Je ne t'ai pris pour rien de tel, répliqua Ludmilla, car tu n'es ni stoïque ni sauvage.

— J'ai une âme, poursuivis-je. Ou... quelque chose d'approchant. J'ai une vie intérieure. Je ne peux pas, juste comme ça, détourner froidement le regard de la douleur des autres.

— J'espère bien que non, dit-elle. Ta vie intérieure est précisément ce que j'aime. Sven, je suis désolée de devoir être celle qui le dit, mais ton extérieur - tout rude et buriné qu'il soit - n'est pas ton attribut le plus irrésistible.

— Non, effectivement. Écoute-moi, Ludmilla. Ton mari. Tu as un mari ! J'apprécie cet homme. Je le respecte. Disons que je le crains un peu - c'est un vrai cauchemar saxon -, mais je l'apprécie néanmoins. Et c'est pourquoi je dois lui dire. Je prendrai tous les torts sur moi pour que tu n'aies rien à te reprocher. Je dirai que je t'ai contrainte. Mais je ne peux pas rester une minute de plus sous son toit, alors qu'il m'accorde sa confiance de gaieté de cœur. »

Ludmilla m'adressa un regard impénétrable.

« Si tu le dois », dit-elle.

Le lendemain matin, après une nuit blanche sur le canapé - canapé que Misha avait sans doute trimbalé sur ses larges épaules depuis l'arrière-pays de Mère Russie, songeai-je avec remords -, j'interceptai Misha tandis qu'il passait avec contentement d'une tâche à l'autre. Il n'y avait personne dans les parages, en dehors de nous deux. Vite, parce que mes mains tremblaient et que je ne voulais pas prolonger l'affaire, j'expliquai que je lui étais profondément reconnaissant de sa bonté et de son hospitalité, mais que je l'avais trahi en séduisant sa femme, qu'aucune parole d'excuses ne serait jamais suffisante et que dès ce matin j'allais faire mes bagages, mettre la main sur Helga et préparer notre départ, ou tout du moins m'installer à la pension en attendant qu'Helga soit prête à partir, ou bien encore, s'il souhaitait me tuer sur-le-champ, que je l'estimerais parfaitement irrépréhensible.

Le visage de Misha s'était assombri au fil de mon récit. Quand j'eus fini, il était du pourpre profond de la déplorable racine que les Russes balancent systématiquement dans leur soupe sans joie. Je présumai qu'il rougissait de rage. Le ventre noué, je me préparai à recevoir des paroles sévères, des coups sévères, ou pire.

« Je pense, dit-il, peinant un peu à trouver ses mots. Je pense qu'il a fallu une grande résolution et une sacrée force de volonté pour me parler ainsi. »

Alors seulement je me rendis compte, à ma grande surprise, que l'homme était gêné, et non pas fou de rage. Mais gêné pour qui ?

« Sven, continua-t-il. Je respecte tes convictions. Ta boussole est juste, même si près du Pôle. »

Je n'arrivais pas à y croire. Cette puissante créature, qui aurait pu manier la hache d'armes sur le champ de bataille comme d'autres l'épée, venait d'apprendre qu'il était cocu et pour toute réaction, il m'adressait un compliment.

« Misha, je ne comprends pas, dis-je. Tu n'es pas fâché ?

— Non, non, répondit-il en agitant les mains. Inutile de faire tes bagages. Ce serait tellement dommage que vous nous quittiez si vite. Assieds-toi. Si tu n'as rien de prévu dans l'immédiat, je vais faire du café et t'expliquer. »

Je m'assis et l'attendis. Quelques minutes plus tard, Misha revint et me tendit un café dans une tasse en terre, visiblement façonnée de ses grandes mains. Ludmilla et lui avaient un « arrangement », me dit-il. Il était au courant pour nous deux – l'avait su, en fait, dès le premier petit déjeuner, en me voyant la regarder, en la voyant me regarder. Ils avaient fait un mariage de convenance, dit-il. Ils avaient toujours été proches. Ils se connaissaient d'une façon difficile à expliquer, se disputaient et se consolaient comme frère et sœur. Enfants, ils couraient et travaillaient ensemble dans les champs, et ils entendaient les murmures d'approbation de leurs parents. Alors, quand ils grandirent, à l'âge où leurs pairs se mettaient en couple ou quittaient le village pour se marier, ils conclurent un pacte. Ludmilla ne voyait pas l'intérêt de se lier à un homme – surtout à un homme qu'elle connaîtrait à peine. Elle souhaitait voyager ; elle souhaitait entendre d'autres langues, mais accompagnée d'un ami, pas surveillée jalousement par un maître. Quant à

Misha, il ne souhaitait pas prendre épouse. Il savait que c'était ce qu'on attendait de lui et il savait que les choses se passeraient mal si ça se voyait. C'était pourtant là le cœur de la question : ça *ne l'intéressait pas*. Misha ne préférait pas les hommes – il avait longuement exploré l'idée, cherché en lui-même. Non, simplement il n'avait pas ce type d'attirance pour qui que ce soit. Il aimait profondément Ludmilla, mais il l'aimait comme on aime son sang. Ainsi étaient-ils mari et femme, maître et maîtresse de la Maison aux cochons, se délectant de la compagnie de l'un et l'autre, et Misha pouvait être le soutien de famille sain que les gens souhaitaient voir, tandis que Ludmilla pouvait se déplacer librement sans qu'on lui pose de questions gênantes.

Le temps que Misha finisse son récit, son visage avait retrouvé sa placidité habituelle. Nous restâmes quelques instants en silence, pendant lesquels je réfléchis à l'ingéniosité généreuse de leur accord, songeant que je connaissais bien peu le monde.

« Et Ludmilla ? demandai-je finalement. Pourquoi ne me l'a-t-elle pas dit plus tôt ? Tu crois qu'elle se moquait de moi ?

— Non, non, dit-il. Si je devais deviner, je dirais qu'elle a jugé que ce n'était pas à elle de discuter de mes prédilections, de même que je me refuse à parler des siennes. Nous vivons dans le secret depuis si longtemps, elle et moi. C'est dur de rompre avec les vieilles habitudes.

— Pour ça, oui, mon ami, acquiesçai-je.

— Cela dit, il est possible quand même qu'elle se soit jouée de toi. Elle a un humour très malicieux. »

60

Nous restâmes à Pyramiden deux mois. Ce fut une période particulièrement heureuse. Je passai le plus clair de mon temps avec Ludmilla. Quand je n'étais pas seul avec elle, occupé à travailler ou à autre chose, nous étions avec Misha et Helga, préparant et nous régalant de grands festins de porc et de conserves russes, dont le contenu était énigmatique pour les Russes eux-mêmes. Svetlana était une invitée régulière de la maison et c'était un plaisir de la voir s'ouvrir à mesure qu'elle se sentait plus en sécurité en notre compagnie. Nous voyions souvent Illya, soit à la Maison aux cochons soit au-dehors pour de longues randonnées dans les terres, mais surtout, lors de ses rares jours de congé, nous passions lui et moi des heures entières à trimer sur l'étrange observatoire qui l'obsédait. Il disait « observatoire » mais je ne sais pas trop pourquoi, car l'endroit semblait peu propice à l'observation. Je ne pus obtenir de réponse claire. C'était une cabane d'une seule pièce d'un peu plus d'une quinzaine de mètres carrés, entièrement faite de mortier et de bouteilles de vodka vides. Nous avancions lentement car Illya avait établi une règle qui voulait que nos briques de construction soient vidées par les maçons et personne d'autre et, à cet égard, je ne parvins jamais à tenir la cadence du *yama*. Helga venait parfois nous aider, et Skuld se promenait entre les pierres rouges. En l'état où se trouvait la cabane cet automne-là, ouverte aux éléments et si proche de la Pyramid elle-même que nous étions dans son ombre la moitié du temps, elle aurait pu faire un bon observatoire. Mais Illya prévoyait de la couvrir de la même façon. Il disait qu'il ferait alors beaucoup d'observation.

Début octobre, quand Helga suggéra que nous réservions des couchettes à bord du prochain bateau en partance pour Longyear, je protestai.

« Plusieurs autres bateaux vont quitter l'Isfjord avant le gel, dis-je. Pourquoi se hâter ?

— Parce que, Oncle, il gèlera probablement dans le Nord plus tôt qu'ici. Je présume que tu ne veux pas regagner le Raudfjord par voie de terre ? »

Le Raudfjord. Je n'avais pas pensé à mes chasses depuis des semaines. C'était agréable d'oublier un temps mes responsabilités. Mais elles étaient toujours là. Elles attendaient. Et MacIntyre souhaiterait passer un peu de temps avec nous avant que nous disparaissions pour l'hiver.

Brièvement – très brièvement – je caressai l'idée de rester à Pyramiden. Peut-être reprendrais-je ma vie de mineur. Ça en vaudrait presque la peine, songeai-je, si ça me permettait de rester avec Ludmilla. Mais je savais bien que ce serait parfaitement ridicule, et que je deviendrais un bel imbécile dans ma dépendance et ma détresse.

Nous fîmes donc nos préparatifs et nos au revoir eurent l'amertume d'un culot de pipe, ce fond de tabac goudronneux et âpre, et pourtant furent riches aussi du souvenir de tout ce qui avait précédé. Nous n'échangeâmes pas de promesses, Ludmilla et moi, pas de paroles particulièrement intimes. Mais j'étais certain de l'aimer.

61

En pénétrant dans l'embouchure du Raudfjord pour la première fois depuis trois mois, je fus assailli par des émotions contradictoires. J'avais l'impression de rentrer chez moi – le fjord était si profondément familier, dans chacun de ses aspects immédiats – et pourtant, il me semblait tellement inconnaissable et froid. J'éprouvai du soulagement à retrouver mon lieu calme, loin des foules qui se bousculent, mais Ludmilla me manquait déjà. J'avais oublié combien la chaleur d'une compagnie humaine est un besoin fondamental. On ne peut pas demander ce dont on ne se souvient pas. Maintenant, je m'en souvenais.

Et Bruceneset, quand nous passâmes le cap et jetâmes l'ancre à Alicehamna, me parut un lieu désolé. Paisible, oui. Beau, bien sûr. Mais austère et monochrome, puisque sa palette était entièrement fonction des éléments arctiques. Même Raudfjordhytta, unique signe visible d'interférence humaine, avait l'air d'une pierre grise parmi les autres, immobile et ramassée.

Le souvenir d'Eberhard inonda, glacé, les cavités de ma poitrine. Depuis que notre bateau avait quitté Pyramiden, je m'étais remis à penser à lui régulièrement, et à présent que nous rejoignions le fjord – son fjord –, son fantôme gagnait en force. Helga descendit dans le canot du bateau avec deux marins norvégiens, la mâchoire serrée. Peut-être se sentait-elle envahie par le même désespoir que moi. Je me demandai avec morosité si, partis comme ça, aucun de nous deux survivrait à l'hiver.

Mais alors que les marins tiraient sur leurs rames, nous rapprochant de la plage, Helga s'écria :

« Il y a une lumière, Oncle ! Dans la cabane ! »

Je plissai mon œil larmoyant, sans parvenir à rien distinguer. Un reflet vif et changeant, venu de la mer, projetait des ombres étranges sur la cahute. Ce pouvait être le coucher du soleil qui se reflétait sur un carreau. Je gardai le silence. Puis nous accostâmes dans l'habituel vacarme crissant, et quand les Norvégiens sautèrent à terre pour nous aider à décharger plusieurs lourdes caisses de marchandises que nous rapportions de Longyear, j'entendis un aboiement. Il était lointain et mon cerveau ne le qualifia d'étrange que lorsqu'il me revint comme un coup de couteau qu'Eberhard n'était pas là pour nous accueillir – les plus grands traumas peuvent être revécus *ad infinitum*. Mais alors, je l'entendis de nouveau. Un phoque ? Non, car le son venait de la terre.

À ce moment-là je vis la silhouette d'un homme qui descendait la pente du Brucevarden à ski. Il était à environ deux cents mètres de la cabane et remorquait un traîneau. Je fus pris d'appréhension, désirant soudain toute la périlleuse solitude que mes chasses pouvaient offrir. Le temps qu'Helga ait fait des adieux chaleureux aux Norvégiens et que nous remontions la plage, l'homme s'arrêtait devant Raudfjordhytta et, l'air sûr de son bon droit, détachait son traîneau. Une minuscule silhouette, pareille à une touffe de varech, le précédait. Elle se mouvait avec une hâte extraordinaire, et s'élança vers nous en sautant et s'emmêlant les pattes, sans cesser d'aboyer de tout le trajet. Puis elle me tomba dessus, grondant, glapissant, gémissant et mordant le talon de ma botte. Je levai le pied en l'air et elle vint avec, accrochée, l'air féroce, ridicule et parfaitement indifférente à son nouveau point de vue. Un chiot, qui faisait à peu près la taille d'un gros rat norvégien.

« Regarde-moi le toupet de ce gaillard », dis-je à Helga, puis j'observai, assez sidéré, l'homme qui, ayant déchaussé ses skis, ouvrait la porte de Raudfjordhytta et s'y introduisait sans un mot pour nous saluer.

Il laissa la porte ouverte.

Quand j'entrai à mon tour, le chien toujours fermement pendu à ma botte, l'homme était penché devant le poêle et rassemblait les braises avec un tisonnier. Il avait le dos tourné.

« Tu as fait le tour du Spitzberg par l'est ou quoi ? dit-il. Ça fait quinze jours que je t'attends.

— Tapio ! » m'écriai-je, et malgré ma joie de découvrir le vieux Finlandais, je ne trouvai rien d'autre à dire.

Il se retourna et m'examina. Il avait toujours ce visage sévère et bien rasé que je connaissais si bien, peut-être un peu plus buriné autour des yeux à force de ciller dans la lumière plate de l'Arctique.

« Tu manges bien ces temps-ci, dit-il, non sans gentillesse. Et ton odeur a changé. Viande d'élevage ? »

J'acquiesçai d'un signe de tête, réticent soudain à lui parler de ce que j'avais fait de peur de m'exposer à son jugement.

« Et toi ? dis-je. Où étais-tu passé depuis quatre ans et demi ?

— Je chassais », dit-il, semblant considérer que c'était une réponse suffisante.

À ce moment-là Helga entra, Skuld sur le dos, tenant entre ses mains quatre perdrix des neiges, tête en bas. Elle nous regarda d'un air légèrement interrogateur.

« Elles sont à vous ? demanda-t-elle à Tapio. Ou dois-je y voir un cadeau de pendaison de crémaillère ?

— Tapio, j'aimerais te présenter ma nièce, Helga, et sa fille, Skuld. Helga, je te présente mon cher vieil ami et professeur, Tapio.

— Ah, le socialiste finlandais, dit-elle. J'ai beaucoup entendu parler de vous. Ravie de faire votre connaissance.

— Très honoré », répliqua Tapio avec un rapide salut de sa tête grisonnante.

Je m'aperçus, chose improbable, que je souriais.

« Et qui est cette bête sauvage ? » dis-je, ramassant le chiot qui s'était endormi sur le dos à l'instant où nous nous étions approchés du poêle, ventre exposé, effrontément indifférent à toute nouvelle menace. Son cœur minuscule battait comme une aile de tourne-pierre.

« C'est un chien, dit Tapio.

— Oui, je vois bien. Et il s'appelle ?

— Pourquoi veux-tu que je lui donne un nom ? C'est un chiot. En plus il n'est pas à moi, il est à toi. »

62

Tapio en savait bien plus sur mes faits et gestes que je pouvais jamais espérer lui en soutirer sur les siens. Il avait rendu visite à MacIntyre et en avait appris long. Je ne doute pas qu'il eût traversé de terribles épreuves durant ces dernières années, mais il jugeait rarement ses histoires dignes d'être racontées, à moins qu'il n'allât à l'encontre de son code, tacite et particulier, de les relater.

« J'ai été désolé d'apprendre pour Eberhard », dit-il, alors que nous étions tous assis à table pour cette première soirée ensemble, chacun devant un verre d'aquavit servi avec mesure, qu'Helga s'employait toutefois à remplir discrètement.

Skuld ronflait sur les genoux de Tapio. Toujours sélective dans le choix de ses affections, elle appréciait visiblement l'odeur du Finlandais : méticuleusement exempte d'effluves humains, mais un peu métallique, comme le vent qui balaie des tôles ondulées.

« Je n'aime pas les chiens, poursuivit-il, à titre d'éclaircissement pour Helga. Mais lui, il m'a plu.

— Alors Charles m'en a trouvé un autre ? demandai-je.

— Non, MacIntyre pensait que tu n'étais pas encore prêt.

— Je ne suis pas sûr de l'être.

— Tu le seras. Les chiens sont comme les enfants. » Il baissa les yeux sur Skuld. « De terribles monstres, universellement honnis, jusqu'à ce que tu en trouves un bon. Qui ait du caractère. Là c'est le cas. »

Il était difficile de savoir s'il parlait de Skuld ou du chien.

« Je l'ai choisi dans une portée de bâtards à Ny-Ålesund. Les autres étaient trop lèche-bottes. Celui-là, il se rue la tête la première sur le danger, comme s'il était aveuglé par la neige. Un peu comme toi. »

Je répugnais à l'interroger sur ses projets, mais Helga n'avait pas ce genre de scrupules. Avec la franchise qui la caractérisait, elle lui demanda combien de temps il comptait rester, allant jusqu'à suggérer que nous étions au bord du gouffre, elle et moi, et que s'il ne s'attardait pas au moins un peu, il risquait de revenir un jour et de nous trouver momifiés, assis à la table dans des postures de dépression résignée, le chien étant peut-être l'unique survivant parce qu'il aurait eu l'intelligence de manger le bébé. Ça me mit mal à l'aise, car je craignis que Tapio réagisse mal à ce genre de discours. Mais il l'examina en retour et leva son verre.

« Elle me plaît, celle-là aussi, dit-il. Elle ressemble plus à une Finlandaise qu'à une Suédoise. Une imagination merveilleusement sinistre. *Kippis !* »

Helga éclusa son troisième ou quatrième godet.

« Alors on décide quoi, Finnois ?

— J'avais dans l'idée de louer vos constructions de Biskayarhuken. Et peut-être de chasser dans les terres d'Ormson pendant la saison d'hiver, avec des visites à Bruceneset si nécessaire. Nous savons que Sven n'exploitera pas le fjord au maximum de sa rentabilité. On est en octobre et je ne vois aucun signe de préparatifs, les pièges sont dans un sale état, il n'a repéré aucune ligne. Il aura préféré faire la noce dans les rues sales de Pyramiden, au lieu de s'occuper de ses affaires. »

Je regardai mon vieil ami avec affection.

« Je suis content de te retrouver, Tapio », dis-je.

En fin de compte, Tapio passa très peu de temps à la pointe des Basques et fit pratiquement tout son hivernage à Raudfjordhytta. La cahute minuscule était bondée, mais nous savions nous faire de la place les uns aux autres, et, fait qui ne laissait pas de me surprendre et me ravir, Helga et lui s'entendaient plutôt bien. Il semblait admirer sa langue pendue et me dit plus d'une fois qu'il voyait que c'était « une personne de conviction ». Quant à Helga, un jour où il était sorti chasser, elle me confia qu'elle appréciait Tapio parce qu'il ne la regardait pas comme la plupart des hommes. Il la jugeait comme son égale. J'en fus presque envieux.

Ainsi, les peaux et les fourrures s'accumulèrent, selon la cadence de travail inhumaine de Tapio que nous appliquions tous les trois, en nous relayant pour porter Skuld. Elle nous accompagnait toujours, sauf par très grand froid ou forte neige, pleurait rarement, restait silencieuse et attentive même pendant les longues traques de bêtes méfiantes, et elle était outrée – inconsolable, même – dans les rares cas où elle devait rester à la maison.

Je nommai le chien Sixten et, après l'avoir trouvé agaçant au-delà du supportable le premier mois – un fardeau bruyant, crasseux et destructeur que je comparais souvent à Eberhard, en sa défaveur –, je me rendis soudain compte que je ne pouvais pas me passer de lui. Il était différent de mon vieil ami à presque tout point de vue. Son espèce, bien que croisée comme celle d'Eberhard, le destinait clairement davantage à la garde du troupeau qu'au traîneau. Il était tout noir avec des chaussettes blanches, et le museau et la truffe rayés de blanc, et ses oreilles se dressaient vers le ciel avec une insistance fanatique. Il avait des yeux jaunes très vifs, qui ne cillaient quasiment jamais. Plus il vieillissait, plus son regard s'affûtait. Jeune, il était tendu au point qu'il en semblait vibrer.

Quand il suivait les mouvements d'une bête ou d'un oiseau, sa tête tressaillait, secouée par des saccades bégayantes qui lui donnaient quasiment l'air d'un lézard. Et bien que Sixten fût très futé, qu'il eût une capacité quasi illimitée pour apprendre des tâches complexes et un grand désir de s'en acquitter, ou alors de faire de grosses bêtises, son intelligence émotionnelle était moins fine que celle d'Eberhard – elle tenait plus de l'instrument contondant.

Il n'était pas bien socialisé, que ce soit aux humains ou à grand-chose d'autre, mais il avait un immense appétit de contacts. Lorsque les premiers bateaux purent entrer dans le fjord, au printemps, et que les Norvégiens vinrent à terre pour voir ce dont nous avions besoin tout en se protégeant du vent assassin, Sixten les accueillit avec un tel mélange d'enthousiasme et de menace, montrant les dents et agitant la queue à proportions égales, qu'ils ne surent pas s'ils devaient fuir, le chasser à coups de pied ou se mettre à quatre pattes pour recevoir un léchage complet. Crier ne servait à rien. Il avait beaucoup de volonté et, bien qu'il s'efforçât de plaire, il ne pouvait résister à certaines impulsions fâcheuses.

Un jour il tomba à travers la glace en chassant une mouette et je dus le repêcher, à moitié mort et parfaitement impassible. L'épisode me coûta le bout de deux doigts ainsi qu'un orteil entier.

63

Pour couronner le tout, la cabane brûla de nouveau à la fin du printemps. Le charbon du Spitzberg a pour particularité, malgré sa qualité inférieure à celle d'autres gisements à tant d'égards, une tendance insolite à se fondre en grumeaux, qui se consument ensuite pendant un nombre d'heures improbable. Ce peut être un avantage, bien sûr. Mais il faut le surveiller. Ce qu'on pourrait prendre pour une pelletée de charbons éteints peut s'avérer d'une grande virulence. C'est vrai de tous les combustibles brûlés, mais particulièrement du charbon du Spitzberg.

Pour notre chance, nous avions entrepris un petit ménage de printemps. Nous avions déjà déblayé nos affaires et la cabane était pratiquement vide. Dans ce contexte, je m'étais appliqué à récurer au mieux la cheminée du poêle à l'aide d'une brosse métallique – pour éviter toute répétition du premier incendie catastrophique –, ce après quoi j'avais vidé le foyer très soigneusement. Le soleil brillait obliquement et nous n'avions pas nourri le poêle. J'avais emporté le seau de cendres de charbon tout en bas de la plage et l'y avait vidé, présumant que la marée s'occuperait d'une éventuelle chaleur subsistante. Ce que j'omis de prendre en compte, ce fut le vent soudain qui se leva.

J'étais à l'intérieur et je briquais le plancher. Tapio, me jugeant parfaitement capable de m'acquitter de cette tâche sans supervision, était parti chasser avec Helga et Skuld. Il avait repéré des phoques annelés au fond du fjord et s'était dit que ça méritait une expédition de reconnaissance en yole. Sixten ratissait la plage, en quête d'animaux suffisamment décomposés pour justifier plus ample inspection. Quand le vent forcit, brutalement et sans prévenir, comme il le fait dans le Nord, la porte claqua. Sur le sol reposait une offrande de neige éparse et de petits éclats de glace, ainsi que l'unique grosse pierre avec laquelle j'avais inefficacement calé la porte. Je poussai un grognement et me remis au travail. Peu après cependant il y eut une accalmie, et, au lieu du silence après le vent, j'entendis craquer et crépiter de l'autre côté du mur. Je posai ma brique à pont et sortis.

La façade de Raudfjordhytta était bien partie pour une flambée. À l'évidence, une boulette de charbon du Spitzberg, pas plus grosse qu'un calcul biliaire, avait été soufflée par le vent depuis le bord de l'eau, mais au lieu de voguer par les pentes du Brucevarden et au-delà pour plonger avec un grésillement inoffensif dans l'océan Arctique, elle s'était heurtée à la résistance de ma cabane et stoppée là. Nourrie par le vent, elle avait rougeoyé rageusement. Les planches à feuillure, sèches comme de l'amadou, ne demandaient qu'à s'embraser.

« Et merde », dis-je.

La seule chose à faire était de sauver les bricoles qui restaient à l'intérieur – ces objets de peu de valeur sauf pour les quatre humains qui s'accrochaient à ce rocher aride comme le ver plat au poisson-lune. Alors, une écharpe en laine sur la bouche pour faire barrage à la fumée furieuse, je sortis les livres, les réserves d'épices et les boîtes de conserve, les casseroles, les lettres, l'équipement, et, en dernier, Bengt et Frideborg, mes compagnons de toile à sac délabrés mais néanmoins vaillants, aussi adorés par Skuld que honnis par Tapio (la troisième, Ingeborg, ayant été enfin démantelée et consommée par Sixten quelques mois plus tôt). Quand j'eus trimbalé toutes les affaires de valeur, sentimentale ou autre, à une distance que je jugeai sûre – et du côté du vent – pour la deuxième fois de ma vie, je fis un pas en arrière et regardai la cabane brûler. J'entendis alors un gémissement pitoyable et me rendis compte que Sixten était rentré, et que son regard faisait le va-et-vient entre la cabane et moi, espérant peut-être trouver un peu de logique d'un côté ou de l'autre.

« Tu t'es roulé dans un truc horrible, lui dis-je. Va te laver dans l'océan, infect animal. »

Je grattai un endroit de sa tête qui paraissait à peu près propre. Ça le fit cligner des yeux.

Lorsque ma famille rentra quelques heures plus tard, sans avoir trouvé de phoque, Raudfjordhytta était réduite à un tas de braises fumantes. Même le plancher, que j'avais récuré à grande eau, n'était plus que rectangles couverts de cendres. Par endroits on voyait la terre gelée. C'était une chose que le feu ne pouvait pas engloutir.

Le visage d'Helga s'assombrit et elle parut assez secouée. Elle n'avait jamais vu de destruction aussi radicale.

Tapio, et je lui en serai toujours reconnaissant, n'eut pas un mot de reproche. Il se contenta de regarder autour de lui, hochant la tête avec approbation en apercevant nos affaires empilées, en particulier le grand tas de peaux tendues.

« Bien, dit-il. Nous avons du travail devant nous. »

La reconstruction prit plus longtemps que la création de la cabane initiale ou de ma charpente solitaire après le premier incendie, trois ans plus tôt. Nous nous étions mis à brûler du charbon à cause des caprices des courants et des marées – ou peut-être de l'industrie du bois en Sibérie –, il s'était échoué très peu de bois dernièrement. Nous chauffions la cabane plus que d'ordinaire pour permettre à Skuld de bien pousser, et début février, nous avions déjà épuisé notre maigre réserve de bois flottés. Heureusement MacIntyre, béni soit-il, aimait à nous envoyer des caisses de charbon de temps à autre parce qu'il pouvait les avoir à bon prix et qu'il s'inquiétait.

Aussi, pour le matériau de construction, étions-nous à la merci de la navigation arctique. Après l'incendie, il fallut attendre deux semaines avant qu'un bateau jette l'ancre à Alicehamna, et c'est seulement là que nous pûmes passer notre commande de bois. Ensuite il fallut encore six semaines, du jamais-vu, pour la recevoir. La glace semait la pagaille pour les bateaux, cet été-là, et il y eut de nombreux retards. En attendant, je partageais la tente avec Helga et Skuld, tandis que Tapio dormait dehors sous une bâche grossière. Helga et moi tentâmes tous les deux d'échanger avec lui, mais il ne voulut rien entendre. Il dit que ce n'était pas différent de ce qu'il ferait pendant une chasse de longue durée.

Lorsque le bois de charpente arriva enfin, nous nous mîmes à la tâche avec toute la diligence dont nous étions capables. Début août, cependant, la cabane n'était encore qu'à moitié construite et Helga et moi échangions des regards malheureux en cachette. Nous avions tous deux nourri le fol espoir d'une nouvelle escapade à Pyramiden cet été-là. À présent, cela semblait on ne peut plus improbable.

Un matin, alors que nous tentions d'empêcher notre café de refroidir en le serrant contre nous, songeant avec morosité au travail de la journée, Tapio nous suggéra d'arrêter de faire la gueule et d'aller à Pyramiden, puisque c'était si clairement ce que nous désirions.

Nous fûmes surpris, Helga et moi, qu'il connaisse nos envies intimes, et nous le lui dîmes.

« Oh, on me raconte des choses, et pas seulement Charles, dit-il. Et le Billefjord est un bel endroit à l'automne.

— Tu y es allé ? demanda Helga.

— Bien sûr », répondit Tapio, qui entreprit de nous raconter la fois où il avait parcouru le Wijdefjord sur toute sa longueur du nord au sud, sachant qu'il est d'une étendue incommensurable et coupe presque l'archipel en deux. Lorsqu'il en atteignit enfin le bout, au terme d'un voyage qui avait failli lui coûter la vie deux fois, il poursuivit par la terre en traversant la périlleuse plaine de glace du Mittag-Lefflerbreen. Et quand enfin, titubant, il arriva à la pointe nord du Billefjord, il était presque au bout de ses forces.

C'était étrange et ça me donna à réfléchir, que Tapio relate une de ses aventures, malgré l'austérité avec laquelle il le faisait. Demander des détails ou des éclaircissements n'aboutirait à rien, je le savais. Scrutant son visage, j'y cherchai le signe d'une émotion cachée à la pensée de notre départ : amertume ou reproche. Je crois qu'il n'y en avait aucune. Il paraissait un peu peiné, peut-être, mais je ne pus deviner pourquoi et n'osai pas le demander.

« Et la cabane ? demanda Helga. Tu ne peux tout de même pas croire que nous te laisserons la finir seul.

— Un peu que je peux, dit-il. Ça ira plus vite sans vous trois pour me distraire. »

64

Notre séjour à Pyramiden fut court, et pourtant requinquant. Je pris résidence à la Maison aux cochons, auprès de Ludmilla, sortant rarement sauf pour travailler à l'observatoire-vodka. Illya était un habitué de la maison ; il restait jusque tard dans la nuit, car nous nous mettions à parler politique, histoire et tabac, et il n'était pas rare qu'il s'endorme dans un fauteuil les yeux ouverts, exploit qui ravissait la petite Skuld de deux ans. C'était surtout Misha qui s'occupait d'elle, et il était laxiste pour l'heure du coucher comme pour tout ce qui la concernait. Il adorait Skuld, qui le lui rendait bien. Si elle demandait la permission de chevaucher une truie de trois cent quatre-vingt-dix livres dans la stalle de mise bas, il la lui accordait. Helga, quant à elle, allait et venait, ne manquant pas de bambocher à la cantine et gagnant l'admiration et les cœurs de nombreux mineurs russes, mais consacrant le plus clair de son temps – et une grande part de notre argent pour ne pas provoquer un contrôle ou une punition de la part de la tenancière – à la chère Svetlana.

Les relations que nous avions tous forgées l'été précédent reprirent comme s'il ne s'était écoulé que peu ou pas de temps du tout, et même se renforcèrent. À dire vrai, j'avais le sentiment que nous avions notre place là-bas. Cela m'amena à me demander si quelqu'un qui passerait ponctuellement dans ma vie, dans mon fjord, pourrait partager l'étrange conviction des gens de Pyramiden, qui semblaient croire que je vivais hors du temps. Bien sûr, les extrémités manquantes à deux de mes doigts étaient des marques du temps plus que suffisantes.

Ludmilla adorait tapoter la peau rose, si douce et bizarrement dépourvue d'empreintes, là où j'avais rabattu la chair pendante sur l'amputation.

« Tu sens ? demandait-elle en me pinçant le bout d'un doigt entre deux ongles.

— Non.

— Hélas, tu es un étranger pour toi-même. »

Nous retournâmes à notre fjord au bout d'un mois seulement, car on annonçait cette année-là que la glace se formerait tôt, et nous nous offrîmes une escale d'une semaine chez MacIntyre. Il était devenu très grand-paternel et le rôle lui allait bien. Il s'inquiétait tout particulièrement du bien-être de Skuld, dont il prenait la responsabilité très au sérieux, et se montrait beaucoup plus optimiste quant à nos perspectives depuis que Tapio était rentré au Raudfjord. Moi de même.

Lorsque enfin nous arrivâmes dans le havre d'Alicehamna et que le canot nous déposa sur le rivage, lourdement chargés de provisions et de diverses choses non essentielles que MacIntyre avait tenu à nous donner pour notre progrès culturel, Sixten courut vers moi avec de grands bonds désordonnés, en se tortillant d'excitation, et il urina sur ma botte.

« Je renonce, dit Tapio qui descendait la plage à notre rencontre. Il est impossible à dresser. »

Raudfjordhytta, dans sa troisième et dernière édition, était terminée. En accord avec la sensibilité de Tapio, elle occupait exactement la même surface et avait la même disposition que l'originale. À mon avis il devait avoir construit des cabanes identiques à celle-ci toute sa vie. On devait pouvoir les trouver, éparpillées dans les zones polaires, à condition bien sûr de savoir où chercher.

Mais je sentis presque immédiatement que quelque chose n'allait pas. Nous passâmes la première soirée autour de la table, tirant tous les trois sur nos bouffardes, tandis que Skuld, par terre, chicanait Sixten avec une boule de gras de phoque suintante. La pipe d'Helga était en hêtre non verni, matériau que ni Tapio ni Illya n'approuvaient pour cet usage, mais qui n'en avait pas moins sa préférence. Elle aimait sa légèreté caractéristique, car elle n'avait jamais voulu d'une pipe qu'elle n'aurait pas pu coincer entre ses dents à tout instant. Effectivement, le foyer chauffait beaucoup, mais Helga affirmait que ce n'était pas un problème si on tirait tranquillement au lieu d'alimenter sans cesse sa pipe comme un moteur à vapeur. Elle avait les doigts calleux, de toute façon, et la chaleur ne la gênait pas.

La pipe de Tapio était droite et raide comme sa moralité, son unique concession au style étant un foyer tout en hauteur, étrangement stratifié, qui avait l'air d'une petite cheminée. Lorsqu'il fumait, le foyer arrivait assez haut pour cacher un de ses yeux. L'autre était voilé. L'autorité imperturbable qui s'y lisait d'ordinaire avait disparu. Je savais que toute tentative pour interroger Tapio serait malvenue et n'aboutirait à rien, aussi gardai-je le silence. Mais je me demandais si notre absence ne lui avait pas pesé, en fin de compte, et si les nombreuses tâches qu'il s'imposait invariablement, se trouvant alourdies, n'avaient pas pris un goût amer dans sa bouche pendant que nous étions au loin. Nous avait-il encouragés à partir comme un martyr endosse la souffrance ? Je ne le pensais pas. Ça n'était pas sa façon de faire. Il n'empêche, j'étais bourrelé de culpabilité.

Bientôt l'automne fit place à l'hiver, et la dynamique ne s'améliorait pas. Tapio avait changé, c'était clair. Alors que sa relation avec Helga avait toujours été placée sous le signe de la gentillesse et d'une communication ouverte, à présent il évitait manifestement de l'emmener dans ses expéditions de chasse. À l'intérieur de la cabane, il fuyait son regard. Je sais qu'Helga était aussi décontenancée que moi. Elle m'en fit part, craignant d'avoir dit quelque chose qui l'aurait blessé. Je tentai de la rassurer, cependant mes paroles n'eurent que peu d'effet, car il était évident qu'aucun de nous deux ne comprenait le problème.

En décembre, sans plus de quelques mots, Tapio partit pour la pointe des Basques. Il dit qu'il pensait pouvoir améliorer de façon conséquente notre récolte de l'hiver car la banquise se formait rapidement, s'emparant du moindre petit port, et qu'il pourrait y avoir une flopée d'ours blancs à chasser. Je lui proposai de l'accompagner mais il déclina mon offre, arguant que je devais rester au cas où le bébé aurait besoin d'aide urgente. Il allait longer la côte à pied par l'est, car il pensait qu'il ne pourrait pas rapporter la yole s'il la prenait maintenant. Nos au revoir furent pesants. Abattus, Helga et moi, debout devant la cabane, le regardâmes partir. Et pourtant, il y avait aussi du soulagement – car nous avions fini par ressentir sa présence lourde et maussade comme un fardeau et, même si aucun de nous deux ne voulait le dire, c'est un état d'esprit dangereux quand on est à l'étroit, dans la longue nuit.

Nous traversâmes donc le reste de l'hiver ensemble, sans tant nous inquiéter pour Tapio qu'en nous interrogeant à son sujet. Par ailleurs, nous devions veiller l'un sur l'autre et chacun sur soi-même. Dans l'Arctique, c'est suffisant. Nous nous mîmes à guetter Tapio dès que le soleil se montra, fin février, mais il ne vint pas. Comme la glace était encore épaisse et ramassée contre les limites nord du Raudfjord, nous savions que la chasse devait être bonne à Biskayarhuken.

Il ne rentra qu'en avril. Nous le vîmes de loin, qui peinait sous une charge. Il avançait courbé au ras du sol. Redoutant une blessure grave, je rassemblai quelques affaires et partis à sa rencontre avec Sixten. Environ une heure plus tard, nous le rejoignîmes.

« Mon ami ! lançai-je dès qu'il fut à portée de cri. Tout va bien ? »

Il leva brusquement la tête – c'était rare, de prendre Tapio par surprise – et sourit. C'était étrange sur son visage, songeai-je. Il tirait un traîneau qu'il avait fabriqué avec de vieilles planches de cabane et du bois flotté. Ce dernier était lourdement chargé de peaux d'ours et, bien que les patins fussent graissés, il avait peu neigé cet hiver-là et ils accrochaient contre la terre et les pierres. Je rejoignis Tapio dans les traits du traîneau et, à nous deux, nous progressâmes bien plus vite, arrivant à Bruceneset au crépuscule. Nous parlâmes peu.

Ce soir-là, assis devant le feu, Skuld sur les genoux, Tapio nous regarda tour à tour et, bien qu'il fût clairement loin d'être à l'aise, je vis qu'il avait changé à nouveau. La fièvre était tombée.

« Mes amis, dit-il, j'ai pris une résolution. La chasse a été bonne cet hiver. D'ailleurs j'ai encore l'équivalent d'un autre traîneau de peaux qui attend à la pointe des Basques. Helga, si tu permets, j'avais pensé que je pourrais emprunter la yole pour les rapporter. Ce serait beaucoup plus rapide.

— Bien sûr, Tapio, dit-elle.

— Merci. Quant à la vente, chacun de nous recevra un tiers du produit de...

— Mais c'est toi qui as fait tout le travail, l'interrompis-je.

— Je ne souffrirai aucune objection. Ce sont tes chasses et tu dois toucher ta part. Toute autre chose serait une mauvaise affaire. Ce n'est pas parce que je déteste le capitalisme que je ne sais pas comment il peut travailler pour ou contre toi. Donc je vais partir dès que la glace craquera et que je pourrai aller chercher le reste de la marchandise à Biskayarhuken. Je remettrai les peaux en mains propres à Charles, qui nous servira d'agent. Je ne confie pas un stock de cette valeur à un équipage de marins norvégiens. »

Son attitude était tellement autoritaire et froide que je ne sus que répondre.

« Partir ? » finis-je par dire, et la question resta suspendue dans l'air.

Tapio regarda Helga une bonne minute, puis détourna rapidement les yeux. Il était blême. Manifestement, il se colletait avec quelque chose. Quoi que ce fût, ça avait l'air de s'être coincé dans son œsophage.

« Je suis amoureux d'Helga, dit-il, d'une voix rauque et trop forte. Je suis désolé de le dire. J'ai essayé de l'étouffer de toutes les façons imaginables. J'ai essayé de le nier et de l'extirper de moi. Ça m'a pris subrepticement comme un fantôme. Quand vous êtes partis tous les trois à Pyramiden, j'ai relevé la tête de mon travail et ça m'est tombé dessus. Comme une maladie. Comme une tempête. Ça s'est emparé de moi avec une telle force et une telle intensité que je… » Il s'interrompit, resta muet quelques longs instants. « Je suis désolé », répéta-t-il. Et il fixa Helga d'un air malheureux.

Je me sentis déchiré entre une grande pitié, de l'embarras, et de la répugnance à voir Tapio ainsi réduit. L'image de lui me tournant le dos, secoué de sanglots après avoir appris l'anéantissement de sa famille pendant la guerre civile finlandaise, me revint distinctement à l'esprit. Que ressentait un homme dont le visage glaciaire s'était fissuré après un si long sommeil ? Il fallait un coup terrible pour fendre la pierre.

« Je sais que mon amour n'est pas payé de retour. Je sais que tu ne le partageras jamais. Je sais que tu ne peux pas. Mais j'en suis transpercé dans ma chair. »

Le silence se fit dans Raudfjordhytta. Sixten, percevant quelque malaise métaphysique, gémit et fourra la tête entre mes jambes.

Helga s'éclaircit la gorge.

« Oncle, dit-elle, peux-tu nous laisser un moment ? »

Je me levai et sortis avec Sixten, mais un mauvais blizzard de printemps s'était levé et j'avais oublié mon gros manteau de fourrure. Je voulais leur laisser de l'intimité, mais si je m'éloignais je risquais de me perdre et mourir, laissant ces deux pauvres âmes seules entre elles. Alors je m'accroupis contre le mur, entourant Sixten de mes bras pour nous réchauffer tous les deux. Il tremblait. Nous entendîmes toute la conversation.

« Mon cher Tapio, dit Helga, et sa voix, bien qu'assourdie et contenue, était particulièrement gentille. Je n'ai que le plus grand respect et la plus grande affection pour toi. Ça ne changera jamais. Tu dois me pardonner si jamais je t'ai donné à croire qu'une telle chose était possible.

— Non, non, tu n'as rien fait, dit-il.

— Alors ne me méprise pas, mon ami, et pour l'amour du ciel ne te méprise pas.

— Entendu, dit-il. Et s'il te plaît, n'aie pas pitié de moi.

— Tu as ma parole. Mais pourquoi faut-il que tu partes ? Ne pouvons-nous pas dépasser ça ? Pourquoi tu ne resterais pas un mois de plus à Biskayarhuken, pour te reprendre ? C'est sûrement assez loin de la source de ton malaise, là-bas. Oncle Sven a besoin de ton aide. Nous en avons besoin tous les deux. Et je suis toujours ton amie, Tapio. L'amitié est-elle un compromis si douloureux ?

— Ne t'inquiète pas de ça, dit-il. C'est à moi de porter ce fardeau, pas à toi. »

En écoutant, je m'étonnais de la force qu'il avait dû falloir à Tapio pour se mettre ainsi à nu, de la cruauté des blessures mentales dont il avait dû souffrir au long de ces nombreux mois.

Et je songeais avec une bouffée d'admiration que ma nièce, qui n'avait pas encore vingt ans, avait en elle des puits d'empathie si profonds qu'ils ne pourraient jamais être taris par l'indifférence aux lèvres sèches de la vie.

Tapio nous quitta en mai.

65

J'étais allongé avec Ludmilla dans la maison-vodka. Le toit n'était toujours pas terminé. Illya avait beau être un *yama,* il perdait périodiquement, semblait-il, tout intérêt pour l'alcool, de sorte que son stock de briques de construction diminuait et l'avancée de la cabane piétinait. Mais l'aurore boréale s'affichait avec une ampleur spectaculaire. Ses rideaux de vert et d'orange projetaient des motifs kaléidoscopiques sinueux et fantastiques dans toute la cabane, et la Pyramid elle-même s'embrasait avec un chatoiement surnaturel.

La besogne nous avait laissés en sueur, Ludmilla et moi, et nous étions allongés côte à côte, nus, la main sur le ventre l'un de l'autre, mais pas plus près, car nous avions tous les deux besoin d'un peu d'air et d'espace. Les couvertures étaient en boule à nos pieds. Je me pris à me demander si Misha avait tenu sa promesse à Skuld, qui lui avait demandé avec insistance de la réveiller pour voir l'aurore boréale. C'était lui qui la gardait cette nuit-là, les projets d'Helga avec Svetlana risquant de l'occuper jusque tard dans la soirée. La ville entière, d'ordinaire insensible aux aurores boréales, ne cessait de parler des derniers déploiements, qui avaient été particulièrement beaux. Rien n'aurait dissuadé Skuld et il était probable que ses vœux aient été exaucés. Misha aurait fait n'importe quoi pour elle.

Ludmilla soupira, son préambule habituel à une pensée profonde.

« Savais-tu que, dans certaines cultures, on considère de bon augure de concevoir un enfant sous l'aurore boréale ?

— Vraiment ? fis-je, et je m'arrêtai de respirer.

— Oui, au Japon, par exemple. Tu ne trouves pas que c'est beau ? Il y a là-dedans un espoir si romantique et ridicule. »

Je restai silencieux quelques longs instants, m'efforçant de mettre de l'ordre dans mes pensées. On était en septembre – cela faisait presque deux mois que nous étions à Pyramiden. L'impensable pouvait-il s'être produit ? Je présumai que c'était possible. C'était toujours possible. À mon discrédit, je me surpris à faire la liste de ce que je savais sur Ludmilla, ce qui était limité puisque je n'avais passé avec elle, en tout, que cinq ou six mois peut-être. Je n'avais qu'une idée très vague de son âge – entre trente-cinq et quarante ans ? Quant à mes perspectives en tant que père, elles étaient, pour être franc, peu prometteuses.

Je pris mon courage à deux mains et fis de mon mieux pour paraître impassible.

« Veux-tu suggérer que tu es enceinte ? Ou, euh… que tu souhaites l'être ? »

Elle rit, alors, d'un rire sec et crépitant comme du bouleau qui s'enflamme.

« Non, imbécile, cher et tendre imbécile », dit-elle, et elle rit encore, jusqu'à ce que ma honte rougissante tourne à l'amusement, car elle avait ce pouvoir-là, et que les bouteilles de vodka en tintent.

Avant l'aube, je fus réveillé par une main qui m'empoignait par la jambe. Dans la faible lumière, je reconnus la silhouette d'Illya.

« Pardonne mon intrusion », dit-il.

Je me redressai brusquement, entendant quelque chose de terriblement grave dans sa voix.

« Qu'est-ce qui se passe, mon ami ?

— Venez vite. Il est arrivé quelque chose. »

Il nous mena des contreforts bas jusqu'au cœur de Pyramiden. Illya était blanc comme un spectre et tremblait, mais il refusait d'en dire davantage. J'étais réduit à mes imaginations les plus sombres.

Lorsqu'il nous fit signe d'entrer dans le bâtiment à un étage qui abritait un bar au rez-de-chaussée et un lupanar au-dessus, je fus soudain terrifié à la pensée qu'Helga ait été tuée. Pris de faiblesse, j'allai buter contre les rondins. Ludmilla dut m'attraper par le bras pour me faire franchir le seuil. Illya était déjà au milieu de l'escalier.

Je remarquai rapidement qu'il y avait plusieurs Russes debout au bar, qui n'étaient pas ivres, mais mal à l'aise et les mains jointes comme en prière. Dieu sait comment, j'atteignis l'étage. Deux prostituées étaient debout devant l'une des nombreuses portes qui bordaient le couloir. Leur maquillage coulait en traînées spectaculaires et se prenait dans les plis de leur nez et leur cou. Elles rivaient le sol d'un regard prostré.

Illya posa la main sur ma poitrine. Sa main tremblait encore, et mon cœur la cribla de ses propres battements.

« Prépare-toi », me dit-il.

Nous entrâmes. C'était une chambre minuscule, tristement meublée à l'économie, mais avec une attention évidente, comme si l'habitante avait voulu tirer le meilleur parti de ce qu'elle avait. De petits festons brodés ornaient un abat-jour jaune. Un rideau cousu main à motifs d'oiseaux exotiques couvrait la moitié d'une fenêtre exiguë qui n'ouvrait pas. Le lit une place, bas, était soigneusement fait, et dessus gisait Svetlana. Le sang avait coulé de son cou sur un côté et formé en se figeant une flaque ovale et allongée, qui ressemblait à une bulle de dessin satirique. Son visage était contracté, ses mains crispées comme sous l'effet d'une vive agitation, mais quelqu'un – sans doute une de ses collègues – lui avait fermé les yeux. Cela donnait une certaine discordance à son attitude, comme si elle s'était battue dans son sommeil.

Mon estomac se souleva et je pivotai sur moi-même. J'avais l'impression que je risquais de vomir ou m'évanouir et je ne voulais pas profaner la triste chambre bien rangée plus qu'elle ne l'avait déjà été. Au moment où je me tournais, Helga franchissait le seuil. Manifestement quelqu'un l'avait mandée, ou elle s'était mandée toute seule. Elle s'arrêta à ma hauteur – l'un de nous regardant vers l'arrière, l'autre vers l'avant. Elle garda le silence une minute entière. Dehors, les putains semblaient retenir leur souffle.

Elle finit par prendre la parole, de la voix froide d'un vendeur indifférent.

« Qui est responsable de ceci ? » dit-elle.

Aussitôt les femmes se mirent à parler à Illya en russe, avec un débit rapide, presque frénétique. Il écouta puis traduisit. Apparemment Svetlana était rentrée tard de son rendez-vous avec Helga et, peu après son retour, toutes les occupantes de l'étage avaient entendu les braillements d'un mineur russe. Il exigeait d'entrer dans sa chambre. Plusieurs voisines de Svetlana sortirent et dirent à l'homme ivre de rentrer chez lui – Svetlana était de repos ce soir-là. Mais il continua de crier jusqu'à ce que Svetlana ouvre la porte et l'implore d'arrêter. Il allait réveiller tout le monde, dit-elle, il se ridiculisait et le regretterait le lendemain matin. Alors il entra de force et referma la porte derrière lui. Tout le monde entendit une lutte, des cris, le hurlement de terreur de Svetlana, puis le silence. Quelques minutes plus tard, il partit.

Qui était cet homme ? Juste un mineur. Soûl. Possessif. Peut-être avait-il vu Svetlana avec Helga et en avait-il pris ombrage. Peut-être l'aimait-il à sa manière, d'un amour toxique. Les mineurs ont une façon à eux de vivre dans une promiscuité fétide tout en restant parfaitement anonymes. Personne ne savait. Cet homme aurait pu être n'importe qui, venir de n'importe où.

Nous enterrâmes Svetlana au matin, du mieux que nous pûmes. Il est extrêmement difficile de creuser une tombe dans le Spitzberg, même durant les saisons plus chaudes. Cela consiste surtout à enlever à la pelle d'innombrables petites pierres, qui ne cessent de rouler et retomber dans le trou, jusqu'à obtenir une fosse d'une profondeur suffisante – en général une cinquantaine de centimètres. Les cadavres se pétrifient sous le climat sec, et on peut les déterrer plus tard et les trouver exactement comme s'ils étaient morts une semaine plus tôt, et non un demi-siècle. Les renards et les ours ont tendance à les laisser tranquilles, attirés qu'ils sont par des déchets plus savoureux.

Nous la déposâmes dans cette tombe à fleur de terre, enveloppée sans plus de façon dans le couvre-lit en laine jaune sur lequel elle était morte. Puis nous la recouvrîmes de pierres jusqu'à ce qu'elle repose sous un tumulus qui nous arrivait aux genoux. Sa tombe grossière était à peut-être huit cents mètres de la maison-vodka d'Illya, dans une large vallée pierreuse.

Une fois l'inhumation terminée, Skuld regarda autour d'elle avec consternation, semblant prendre conscience de notre nombre. C'était comme si Svetlana avait été encore avec nous, même dans sa forme inerte et vide, mais qu'à présent elle ne l'était plus. « Où est Svetka ? demanda-t-elle. Où est Tatie ? »

Les deux prostituées du couloir étaient là, accrochées l'une à l'autre comme des papillons de nuit épuisés. Visiblement, elles avaient été amies avec Svetlana ou eu de la sympathie pour elle, ou bien encore elles se sentaient coupables de n'avoir pas pu l'aider.

Également présente, la souteneuse de Svetlana, une femme âgée en long manteau de fourrure teinte, d'un vilain ton de rouille. Elle faisait plus grand-mère que mère maquerelle. Svetlana racontait qu'elle aimait gaver ses employées, inquiète de les voir perdre du poids. Elle était rarement méchante, malgré la nature vénale de son commerce. Elle savait que, si elle voulait retenir les filles à Pyramiden, il fallait qu'elles soient robustes et en bonne santé, et non malades, désespérées et apeurées. À présent, alors que nous étions debout autour de la tombe, elle pleurait à gros sanglots. Elle fit un court discours en russe.

« Elle dit, traduisit Illya, que Svetlana raffolait particulièrement des pommes de terre. Qu'elle n'avait jamais rencontré personne qui raffole des pommes de terre à ce point. »

Nous piétinions sur place. Aucun de nous n'était très versé dans les rites funéraires. Misha, qui portait Skuld sur ses épaules, demanda à Helga si elle souhaitait dire quelques mots.

Elle secoua sèchement la tête ; ses yeux étaient noirs et opaques comme l'océan sous l'orage.

« Ne mettez pas de croix », lança-t-elle, repartant vers Pyramiden.

Personne n'émit d'objection. Il était rare de trouver des théistes dans le Spitzberg. À croire qu'il n'y avait tout simplement pas de place pour ça. Les Russes, même s'ils étaient croyants, avaient été formés à ne pas en parler, et le reste d'entre nous avait été témoin de suffisamment de douleur et de froide indifférence pour avoir l'intuition qu'aucune force bienveillante ne surveillait. L'Arctique avait sa façon propre de vous rappeler que votre vie était quantité négligeable, sans importance et facilement soufflée. Même les Britanniques qui partaient dans les régions polaires en quête du sublime mouraient invariablement, ou alors ils s'empressaient de rentrer en Angleterre, trouvant qu'ils avaient été sublimés par une force bien plus terrifiante que Dieu. Si effectivement Dieu avait créé l'Arctique, il aurait contemplé ses œuvres avec effroi et stupeur, puis, baissant la garde, serait tombé dans une crevasse.

66

Nous étions à la Maison aux cochons. J'étais certain que ma fureur, toute justifiée qu'elle fût, n'était pas moindre que celle d'aucun des autres, mais j'étais épuisé, aussi, et je me sentais inutile. Misha, à la cuisine, divertissait Skuld, car il avait un don pour mettre le malheur de côté et se montrer à la hauteur de la situation, exactement comme les enfants en avaient besoin. Il aurait pu être père de cent gamins heureux, me dis-je.

Ludmilla, assise à la table en face de moi, l'air sombre, avait le regard plongé dans sa tasse de thé.

« Elle adorait vivre ici.

— Comment ?

— Svetlana. Elle adorait Pyramiden. Combien de fois l'ai-je suppliée d'envisager un autre métier ? Elle refusait d'en entendre parler et Pyramiden aussi. Dans l'Arctique on te donne un rôle, surtout ici, dans une ville minière, et essayer d'en changer, ce serait comme vouloir changer de visage, d'empreintes digitales.

J'aurais eu autant de chances de lui trouver un autre emploi lucratif, même ici, chez nous, que d'embaucher un chien. Et pourtant elle souhaitait rester. Elle disait que son village était oppressant. Tu imagines ? »

Je secouai la tête et Ludmilla poursuivit, sans me regarder :

« Elle disait qu'elle aimait les endroits nouveaux qui sont déjà en ruine. Où le délabrement fait partie de la fondation. »

Nous gardâmes le silence. Je tentai de comprendre le concept – peut-être le principe directeur de Svetlana –, mais mon esprit était troublé et je n'y parvins pas. Où était Helga quand j'avais besoin d'elle ? Elle était partie enquêter avec Illya.

Plusieurs heures s'écoulèrent. Finalement, Misha entra dans le living-room et alluma une lampe, car, à notre insu, c'était devenu le soir. Skuld était endormie dans son lit, dit-il. Il avait commencé à suggérer doucement certaines choses que nous pouvions manger, le besoin de reprendre des forces, quand quelqu'un frappa à la porte.

C'était un des gars de confiance d'Illya, un jeune, et il paraissait secoué.

« S'il vous plaît, dit-il en russe. Venez vite ! »

Ludmilla poussa un faible gémissement animal.

« Quoi encore ? dit-elle.

— Je vais y aller », proposa Misha, mais je me levai et le suppliai de rester avec Skuld et

Ludmilla. Je ne pouvais pas rester assis sans rien faire une seconde de plus, de toute façon.

Je suivis l'ami d'Illya jusqu'à une pension où certains mineurs mieux considérés – ceux qui avaient de l'ancienneté ou qui étaient liés au Parti d'une façon ou d'une autre – logeaient dans des chambres individuelles ou à deux. Illya était assis devant une des chambres. Il était recroquevillé sur le sol miteux, les genoux contre la poitrine et la tête au milieu. Ses mains agrippaient son crâne.

« Illya ? dis-je. Qu'est-ce qui se passe ? Ça va ? »

Il leva le regard vers moi, les yeux vagues et voilés, et c'était comme s'il voyait un inconnu, mais alors il revint à lui avec une expression de détresse.

« Sven », dit-il. Il avait la voix étranglée et parlait par courts à-coups. « On l'a trouvé. C'est-à-dire que je l'ai trouvé. Donc je me considère responsable. Je comptais lui faire peur. Le battre. Peut-être même lui couper les couilles si ça semblait de circonstance. Je ne sais pas ce que je comptais faire. J'étais juste tellement en colère et j'ai envoyé chercher Helga…

— Helga ? dis-je. Elle est à l'intérieur ? »

Illya réussit à acquiescer et secouer négativement la tête en même temps.

Je passai devant lui. La pièce était comme l'ombre maléfique de la chambre de Svetlana – même disposition, même minuscule fenêtre (celle-ci s'ouvrait), même lit une place bas et même commode au vernis écaillé. Mais personne n'avait jamais aimé cette chambre ni essayé de la rendre accueillante. Les couleurs allaient du gris au marron. Son occupant n'avait pas accordé beaucoup de valeur à sa propre vie. Et pour couronner le tout, ça sentait l'abattoir. Le piquant cuivré du sang se mêlait à autre chose de plus infect – tas d'ordures de cuisine ou canal d'eaux usées. Mais je ne pouvais pas voir la source de l'odeur, car elle était barrée par Helga qui me tournait le dos, debout les coudes raides et serrés contre le corps, les mains levées, doigts écartés tel un chirurgien qui vient de les laver avant ses manœuvres délicates ou une grande prêtresse prononçant une sombre invocation. Le bout de ses doigts étaient noirs comme suie et secs comme plâtre. Elle ne se retourna pas ni ne réagit à ma présence.

Je m'avançai à son côté avec circonspection et contemplai la scène. L'homme était par terre, comme au repos, le dos appuyé contre le lit. Des sons étranges, pareils à des hululements de harfang, montaient des profondeurs de sa poitrine. Il n'allait pas vivre longtemps. Un couteau gisait à ses pieds, abandonné une fois son objectif rempli. Helga lui avait ouvert le ventre d'un vigoureux mouvement latéral. Elle avait aussi prélevé deux boulettes de charbon du Spitzberg dans le petit foyer et les lui avait enfoncées dans les yeux. Des volutes de fumée s'étiraient de ses orbites carbonisées et un liquide visqueux, à moitié cuit, coulait lentement le long de son visage. Il était difficile de voir quel acte avait été commis en premier. Je doute qu'Helga elle-même l'ait su.

Avec effort, je détachai mon regard de la vision cauchemardesque et le portai sur elle. Le sens de la réalité, avec ses soucis pressants, commençait à me revenir. Ce n'était pas le cas d'Helga. Elle était entièrement ailleurs. Ses yeux étaient vides et creux. Je m'attendais à y lire du triomphe, du soulagement peut-être, mais ne trouvai rien. C'était comme sonder les profondeurs d'une caverne.

« Helga », dis-je. Je la secouai par le bras. « Helga. »

Elle me regarda, et son regard sembla me traverser.

« Illya ! criai-je. J'ai besoin de toi tout de suite. S'il te plaît. »

Il entra en s'abritant les yeux d'une main, comme un homme ébloui par le soleil.

« Aide-moi à l'emmener, dis-je. Vite. »

La portant à moitié, nous fîmes sortir Helga de la chambre et descendre l'escalier. Le jeune ami d'Illya nous attendait anxieusement dehors. Illya, qui s'était suffisamment repris pour agir, lui souffla quelques mots rapides en russe, et l'homme partit. Le temps que nous rejoignions la Maison aux cochons, Helga tantôt marchant, tantôt traînant les pieds comme si elle était endormie, l'activité y battait son plein. Ludmilla faisait nos bagages. Misha parlait doucement à un autre Russe que j'eus l'impression de reconnaître.

En me voyant, Ludmilla me saisit par le bras. Elle avait l'air bouleversée, mais calme.

« Vous devez partir, mais le prochain bateau pour Longyear n'est pas avant demain. S'ils vous trouvent ici, ça fera des ennuis. Passez la nuit dans la maison-vodka d'Illya. Ensuite prenez par l'extérieur de la ville et soyez prêts à embarquer dès le point du jour. Je ne crois pas que vous ayez à vous inquiéter une fois arrivés à Longyear. Les Russes n'aiment pas faire de vagues et ils ne voudront pas qu'on raconte que leur nouveau projet minier est un lieu de non-droit, de désordre et d'assassinats. Mais s'ils vous trouvent ici... »

Elle laissa la phrase en suspens. Nul besoin de conjecturer.

« Ils ne vont pas penser à nous attendre sur le quai ? dis-je.

— Non, j'en doute. Face aux Norvégiens, ils veulent que tout ait l'air propre et net, ou alors résolument non russe. »

À ce moment-là, Misha termina sa conversation avec l'ami d'Illya. Il nous embrassa, moi puis Helga, qui ne lui ouvrit même pas les bras, et pour finir se baissa pour soulever Skuld et me la tendit. Le grand gaillard avait le visage inondé de larmes.

« Merci, Misha », dis-je.

Il hocha la tête et sortit de la pièce.

Accompagnés de Ludmilla, nous cheminâmes vers la maison-vodka en faisant gargouiller la boue sous les planches. À notre arrivée, je couchai Helga sur les couvertures, encore là depuis mon rendez-vous galant avec Ludmilla la veille à peine ; elle était presque inerte. Elle se tourna sur le côté et ferma les yeux. Ne me sentant pas de lui confier Skuld pour le moment, je gardai la petite endormie bien au chaud sur mon dos, où elle continua son somme. Je sortis devant la maison avec Ludmilla. Le clair de lune se reflétait sur les bouteilles, donnant l'impression qu'il y avait cent lunes. Soudain, je me souvins d'Illya, me rendant compte avec honte que j'avais perdu sa trace dans la cohue de la Maison aux cochons.

« On lui a prévu une place à bord du même bateau, dit Ludmilla. Il ne peut pas rester non plus. Les Russes pourraient pardonner à l'un des leurs, mais à un Juif, jamais. Il est fichu s'il reste à Pyramiden. »

Je hochai la tête, très abattu. Je me sentais vidé ; le monde qui m'entourait me semblait réduit à un exercice de désordre.

« Tu peux passer la nuit, au moins ?

— Non, dit-elle. Il faut que je sois avec Misha au cas où les Russes viendraient poser des questions. Ça paraîtra suspect si je ne suis pas à la maison, et comme ça je pourrai les détourner de votre piste. Peut-être qu'ils ne viendront pas. Je ne sais pas.

— Et Misha et toi ? Est-ce que vous serez en sécurité ?

— Oh que oui. Les Russes tiennent trop à leur porc pour s'embêter avec nous.

— Est-ce que je vais te revoir ?

— Ça paraît peu probable. »

Son regard était devenu indéchiffrable. Comme si, déjà, nous étions projetés loin l'un de l'autre à une vitesse extrême, pareils à deux objets qui entrent en collision dans l'espace, laissant des marques tenaces, puis reculent. Je crus que mes poumons allaient s'effondrer.

C'est ainsi que nous nous quittâmes.

Le lendemain matin, Helga était en état de marcher, bien qu'encore muette, et nous partîmes pour rejoindre le navire norvégien. Illya nous retrouva sur le quai, l'air hagard et déboussolé. Il ne dit pas où il avait passé la nuit.

Un goéland bourgmestre allait en prédateur d'horizon en horizon, suivi de près par une sterne qui espérait chaparder tout ce qu'elle pourrait. La ville de Pyramiden semblait dormir. Personne ne fit obstacle à notre départ.

67

Sixten annonça notre arrivée. Il se mit à aboyer quand nous fûmes à cent mètres du cabanon de MacIntyre. J'admirai le sentiment de menace que pouvait provoquer un animal si affectueux. MacIntyre entrouvrit la porte, une expression d'irritation sceptique peinte sur son visage au poil grisonnant, car il ne pouvait être beaucoup plus de six heures du matin. Sixten sauta sur l'occasion pour se faufiler dehors et, quand il nous vit, son aboiement se mua en une lamentation si haut perchée et d'un tel volume que j'eus peur qu'il réveille la ville entière. Il se jeta à ma figure, ses dents heurtant les miennes. Puis il entreprit ses tournées dans le reste du groupe, tantôt sautant vers le ciel, tantôt se tordant sur le dos les pattes en l'air, allongé sur les pieds de l'un ou l'autre d'entre nous, qu'il empêchait d'avancer. Même Illya eut droit à ce traitement. Je jetai un coup d'œil pour voir si cela lui causait de l'affolement comme à beaucoup de gens, mais vis au contraire que son visage s'était détendu pour la première fois depuis l'incident. Il se mit à genoux avec un petit rire sec et laissa Sixten lui nettoyer l'oreille.

Helga eut l'air d'émerger un peu.

« Bonjour, toi aussi », dit-elle à Sixten en lui écrasant la paume sur l'oreille, comme il aimait.

MacIntyre nous fit tous entrer et ne posa pas de question. Il nous regarda à tour de rôle, avec attention, captant visiblement beaucoup de choses. Place fut faite pour tous et MacIntyre veilla particulièrement à accueillir Illya comme s'il était un hôte de renom.

Sixten, entre-temps, sauta sur le canapé, y décrivit trois ou quatre tours en grattant bien le tissu à sa convenance, puis se recoucha.

« Tu l'as gâté, dis-je.

— Il se plaît ici », répondit MacIntyre.

Nous restâmes une semaine. Je ne sais pas comment le vieil Écossais se débrouilla pour nous loger tous si longtemps dans un si petit espace, mais il soutenait que rien ne saurait lui faire plus plaisir. À deux reprises Illya tenta de partir, disant qu'il craignait d'être un poids et pourrait sûrement trouver un lit dans une des nombreuses pensions de la ville, mais MacIntyre ne voulut rien entendre. Ce ne fut pas une période de grande joie ni de rire, mais la compagnie de MacIntyre nous apaisait. Il apprit ce qu'il avait besoin d'apprendre sans en entendre les détails horribles, et, lentement, Helga revint à quelque chose qui lui ressemblait. Elle parlait d'une voix basse et hésitante, mais avec cohérence, et se remit partiellement à s'acquitter de ses devoirs envers Skuld.

Lorsque nous eûmes vent d'un bateau en partance pour le Nord, nous fîmes des réservations. MacIntyre suggéra qu'Helga, dans son état actuel, aimerait peut-être prolonger son séjour à Longyear, mais j'objectai qu'en raison du caractère délicat de l'incident, il serait sans doute plus sage que nous nous éclipsions quelque temps. À contrecœur, MacIntyre en convint. Il me dit en confidence qu'il n'aimait pas le regard d'Helga et qu'il craignait pour sa santé cet hiver. Je lui jurai de la surveiller de près et d'écrire le plus souvent possible, que les nouvelles soient rassurantes ou alarmantes.

Je proposai à Illya de venir au Raudfjord avec nous – je lui dis que je pourrais lui apprendre tout ce que je savais sur la chasse en moins d'une semaine – mais il déclina poliment mon offre. Nous étions debout dehors, occupés à fumer et deviser tranquillement, comme à notre accoutumée.

« Je crois que j'en ai assez vu de l'Arctique, me dit-il. Je ne suis pas du tout certain de pouvoir survivre à une longue nuit de plus. Il est probable que je deviendrais dingue. Je ne pense pas avoir la constitution qu'il faut pour supporter de telles privations physiques et mentales – plus maintenant. Pas après ce que j'ai vu. »

Il jeta un coup d'œil circonspect vers le cabanon. Il semblait ne plus faire confiance à Helga et s'appliquer de son mieux à ne pas se retrouver coincé trop près d'elle, tout en essayant – sans succès, le pauvre – d'éviter qu'elle remarque son malaise.

« Où vas-tu aller, alors ?

— Je vais rentrer, je pense. En Ukraine. Peut-être que je pourrai être utile à ma famille. »

Nous nous séparâmes avec toute la bienveillance du monde, Illya et moi. Il comptait rester chez MacIntyre jusqu'à ce que passe un bateau à destination du continent. Ils avaient beaucoup de choses dont discuter, dit-il. Dès qu'il serait sûr de son adresse, il nous écrirait par l'intermédiaire de MacIntyre, ainsi nous pourrions rester en contact.

Depuis le pont de notre bateau, je levai ma pipe en l'air et les deux hommes, sur l'embarcadère, firent de même.

68

Le premier aperçu du Raudfjord, s'ouvrant comme un gouffre vers l'intérieur de l'île, eut pour effet, comme si souvent, de perturber mes émotions et les ballotter de-ci de-là. Je tentai de diriger mon œil vers la beauté, l'isolement calme, le havre loin des regards. Mais la douleur d'Helga, les besoins de Skuld et l'arrachement soudain à Ludmilla, tout cela me tenaillait, me rongeait, me saignait de l'intérieur.

J'avais raison de m'inquiéter. Le sombre nuage d'Helga s'empara d'elle, vite et sans pitié. Peut-être s'était-il abattu et l'avait-il trouvée dès ce dernier jour à Pyramiden. Peut-être n'avait-il fait qu'attendre qu'elle soit suffisamment seule. Toujours est-il qu'il était là à Alicehamna, à Bruceneset et entre les murs de Raudfjordhytta. Elle fit peu d'efforts pour le combattre. Je crois que ça n'aurait pas servi à grand-chose. Elle se replia, tel le campagnol qui rentre sous terre. Elle s'alita et, à l'exception de quelques sorties à ski que je lui imposais pour le travail ou sa santé, ou pour répondre à ses besoins immédiats, elle ne sortit pas avant le début du printemps.

De temps à autre, une fois Skuld endormie, je m'agenouillais à côté du lit d'Helga et j'essayais de la ramener à la vie en lui parlant. Je lui racontais des choses inoffensives, idiotes, comme les malices des renards, les endroits inattendus où les animaux laissaient leurs excréments, le comportement bizarre de Sixten, ou les paroles d'une précoce étrangeté prononcées par Skuld, qui grandissait et parlait, parlait, parlait. Cela avait peu d'effet. Aucun, peut-être. Une fois de plus, je négligeai mes chasses – même les lignes de piégeage proches, pour ne pas parler de Biskayarhuken – car j'avais peur de laisser Helga seule. Je savais que cette fois-ci je ne pouvais me fier à aucune promesse de sa part.

L'hiver implacable avançait, nous usait, nous pressait plus que jamais l'été ne le pourrait. On vieillit deux fois plus vite dans la nuit polaire. Et puis, un jour, le soleil refit son apparition et, en l'espace d'une semaine, Helga revint s'asseoir à table pour les repas, au lieu de regarder sans conviction le bol posé sur sa poitrine. Elle me parlait, elle parlait à Skuld, et Skuld la regardait avec un scepticisme méfiant, comme un renard averti pour s'être déjà fait prendre. Nous savions, Skuld et moi, qu'Helga n'était pas encore redevenue elle-même. Nous retenions notre souffle et attendions.

Fin mars, quand le soleil s'attarda des heures au lieu de quelques précieuses minutes, Helga déclara qu'elle aimerait faire une sortie. Un pique-nique, peut-être. Quelque part où nous ne serions jamais allés ensemble, ou du moins pas depuis longtemps. Je lui demandai si elle avait un endroit en tête. Elle répondit que oui, qu'elle avait pensé à un lac, aucun en particulier.

Il serait peut-être plus précis de qualifier les lacs intérieurs de la région d'étangs, si ce mot n'évoquait des images de nénuphars, d'arbres qui ploient les branches et de roseaux, entre autres végétaux verdoyants. Les lacs du Spitzberg ressemblent plutôt à des miroirs de pierre. Même l'été, ils ont tendance à être gris et sévères. J'en connaissais un qui était proche et facile d'accès, où je ne me souvenais pas d'avoir jamais emmené Helga. Il se pouvait qu'elle y soit allée avec Tapio, mais cela ne me semblait pas bien important, tandis que j'estimais capital que l'excursion soit relativement facile, après son long confinement.

Nous nous mîmes en route, Skuld entre nous deux chaussée des petits skis en bois courts que MacIntyre lui avait fait venir de Norvège, et parvînmes au lac gelé avant l'aurore de milieu de matinée. Nous prîmes notre déjeuner pendant que le soleil se levait. Le lac, qui aurait pu recevoir un seul voilier de taille normale, au mieux, se trouvait à la fourche de deux crêtes élevées – une cuvette, presque – et avait une atmosphère très retirée. Il offrait un troublant reflet brisé de montagnes et de ciel bleu-gris. De vieilles empreintes d'ours blanc aux contours émoussés, sans doute celles d'un célibataire solitaire, partaient d'une démarche ivre vers le seul endroit où une anse alimentée par une source empêchait l'eau de geler. Je me dis que c'était un lieu de rassemblement idéal pour le conseil annuel des ours.

Skuld lançait des cailloux sur la surface dure, où ils rebondissaient et glissaient, et Sixten courait après. Elle essayait d'en envoyer un sur la rive d'en face et n'allait pas se laisser décourager tant qu'elle n'aurait pas atteint son but. Mais elle ne jouait pas de façon insouciante – elle semblait réfléchie et cela m'inquiétait. J'avais toujours été d'avis que les enfants devaient connaître une joie sans entraves jusqu'à ce qu'elle soit finalement extirpée d'eux. Skuld semblait beaucoup trop petite pour avoir déjà l'air aussi soucieuse.

Helga mangeait lentement, fixant des yeux l'eau gelée. Elle avait l'air éveillée, ce qui était plus que je n'avais pu en dire depuis un certain temps. Puis elle parla, et ce fut comme si une pierre parlait. La voix venait d'un lieu profond en elle, traversant de nombreuses strates de temps accumulées.

« Est-ce que tu sais qu'avant je rêvais de baleines ? dit-elle. De grands bancs de baleines qui se bousculaient, se lançaient des cris, sautaient hors de l'eau dans une explosion de gouttelettes, plongeaient en dressant la nageoire caudale ou, tout simplement, glissaient en silence dans le vide. Maintenant je rêve de nœuds coulants. » Les larmes roulaient sur son visage, mais ses traits demeuraient immobiles comme s'ils étaient taillés dans la pierre. « Je crois, Oncle, que l'Arctique a enfin eu raison de moi. Ou alors je me suis attardée trop longtemps dans le même endroit et l'ombre abominable m'a rattrapée. Je m'en vais.

— Tu t'en vas où ? À Longyear ?

— Non. À l'étranger. Où, je n'en suis pas sûre.

— Est-ce le mieux pour Skuld ? Les enfants aiment savoir qu'ils peuvent compter sur les choses. »

Je me maudis pour mon ton paternaliste.

« Tu as raison, Oncle. C'est pour ça que je la laisse avec toi.

— Mais c'est absurde ! m'écriai-je.

— Écoute-moi, mon cher oncle. J'ai essayé d'être une mère. Quelquefois c'est à ma portée, quelquefois ça ne l'est pas. Et après ce qui s'est passé, il m'est impossible de me regarder comme avant. Je me sens... déformée. Je ne souhaite pas qu'elle grandisse en me voyant ainsi, ou qu'elle me prenne pour une éternelle instable.

— Tu te remettras de l'incident, dis-je, en me demandant si c'était vrai. Un jour tu te pardonneras. L'Arctique a un effet bizarre sur les gens. Peut-être aussi que des gens bizarres viennent dans l'Arctique. Ça revient un peu au même. »

Elle faillit sourire. Cela se traduisit par un léger haussement de sourcils.

« Peut-être. Mais je ne serai jamais fiable. C'était une chose d'abdiquer mon rôle de mère pendant quelques semaines d'affilée quand Skuld était petite. Maintenant qu'elle grandit et qu'elle devient plus consciente du monde qui l'entoure et de ce qu'elle mérite, elle va se sentir de plus en plus trahie. Elle devrait avoir un parent sur qui elle peut compter, et c'est toi.

— Elle devrait avoir sa mère, dis-je.

— Je suis convaincue du contraire.

— Mais, Helga, protestai-je, et j'entendis au ton de ma voix, tout comme elle sans aucun doute, que ma détermination flanchait. Je n'ai aucune idée de comment on élève un enfant. Elle a trois ans, bon sang !

— Tu te débrouillais bien quand tu m'élevais, toutes ces années avant ton départ de Stockholm. »

Je la regardai avec scepticisme.

« Ah bon ?

— Plutôt bien. »

J'avais maintenant la sensation de quelque chose de dur, de serré, dans le ventre et dans les jambes. Il est ridicule de présumer que le bon chemin va se présenter et qu'on ne regrettera jamais de l'avoir pris.

« Comment te trouverai-je ? dis-je. Où t'écrirai-je ? C'est trop dur d'être complètement coupé de toi.

— Je crois... commença-t-elle, puis elle posa une main sur mon visage mutilé comme elle l'avait fait le jour où je l'avais trouvée à Raudfjordhytta pour la première fois. Je crois qu'il vaudrait mieux qu'on ne s'écrive pas pendant un moment. Si tu essaies de faire le grand écart entre deux mondes, un pied dans le Spitzberg avec ma Skuld et l'autre cherchant une prise dans la brume, tu risques de te déchirer en deux. Reste ici, avec elle. Consacre-toi à elle. S'il te plaît. C'est la plus grande chose que je pourrais jamais demander, et la seule que je demande. Un jour quand Skuld sera forte, comme je sais qu'elle le sera, et que tu auras la certitude que les vents soufflent du nord, peut-être que nous nous retrouverons.

— Le monde est trop grand pour une telle incertitude, dis-je.

— Disons que je n'irai que là où nos ancêtres vikings sont allés avec leurs drakkars, répondit-elle. Tu sais que je ne suis pas douée pour les langues, et ça réduit les possibilités.

— C'est trop, toutes ces séparations, dis-je, et ma voix était étranglée.

— N'as-tu pas toujours souhaité une compagnie qui ne partirait pas ? Eh bien, Oncle, la voici. »

CINQUIÈME PARTIE

69

Skuld, sept ans, 1933. La longue obscurité ne la gênait pas. Ne la touchait absolument pas. Comme si cela faisait partie de l'ordre naturel des choses – le soleil s'attardant infatigablement pendant la moitié de l'année, pour disparaître ensuite. Tout autre mode aurait été suspect. Elle avait l'habitude des éléments immuables qui s'avéraient tout le contraire. Je cherchais des signes de la maladie d'Helga en elle, mais n'en trouvais aucun. C'était une enfant sérieuse, excessivement appliquée et parfois circonspecte, mais avec de grands élans de joie libre et spontanée. Les marins norvégiens l'adoraient autant qu'ils avaient adoré sa mère, mais différemment, peut-être. Protecteurs par égard pour la jeune femme qui avait toujours été si fougueuse, et dont ils parlaient avec une certaine révérence, comme si Helga était déjà morte.

Des années durant, j'avais attendu dans l'angoisse que des lettres commencent à m'arriver de la part d'Helga, me racontant quelque chose

– peu importe quoi – de sa nouvelle existence, ou tout du moins de sa survie, mais elles n'étaient pas venues. Et MacIntyre n'avait rien pu découvrir lui non plus. Ma vie était peuplée d'absents, pourtant je n'avais jamais pu m'y habituer. À un certain niveau de perception, je me sentais toujours écorché vif.

Ce que je pouvais faire de mieux, semblait-il, c'était maintenir le souvenir d'Helga vivant dans l'esprit de Skuld. Je suppliai ma sœur de m'envoyer toutes les photos dont elle pouvait se passer, et bien sûr Olga, qui voulait désespérément offrir tout ce qu'elle pouvait à sa petite-fille, après son abandon, obtempéra. Bien que les circonstances atténuantes n'eussent pas été révélées à Olga, la disparition d'Helga l'avait profondément bouleversée. Puisque toutes les conjectures du monde étaient incapables de lui amener des images claires de sa fille, elle avait reporté son attention inquiète sur Skuld, aussi envoya-t-elle pratiquement toutes les photos dont elle disposait. Estimant qu'il n'aurait pas été bien de les garder serrées dans une boîte en fer-blanc à Raudfjordhytta pour ne les sortir qu'en de sentimentales occasions, nous décidâmes, Skuld et moi, qu'Helga devait être exposée. De cette façon, les histoires à son sujet pourraient venir plus librement. Mais comme nous n'avions pas de cadres, les murs de Raudfjordhytta et de la cabane de la pointe des Basques se trouvèrent constellés d'étranges natures mortes délavées, qui rebiquaient, d'Helga faisant ceci ou cela, de ses douze ans, quand les appareils photo étaient devenus plus largement accessibles et qu'Arvid s'était avéré un photographe amateur motivé, si ce n'est particulièrement talentueux, jusqu'à ses seize ans, où une Helga enceinte était partie pour le Spitzberg. Elle était donc toujours jeune et précoce, arborant souvent des grimaces spectaculaires ou des sourires incongrus. Cette Helga ne ressemblait pas beaucoup à l'Helga de mes histoires, mais ce support valait mieux qu'aucun. Et nous les racontions si souvent, Skuld donnant avec une intimité solennelle les détails qu'elle connaissait, qu'il ne me pesait pas tant que ça de les raconter.

À la fin du mois de septembre, une semaine ou deux après notre pèlerinage annuel à Longyear pour rendre visite à MacIntyre - Oncle Charlie, comme elle l'appelait, ce qui lui faisait plaisir et l'amusait énormément –, un bateau entra dans Alicehamna. Comme souvent, plus de marins qu'il n'était strictement nécessaire vinrent à terre pour voir Skuld. Je restai à l'intérieur, assis à la fenêtre pour surveiller ce qui se passait. Pendant des années j'avais nourri la crainte absurde qu'un marin essaie de l'enlever, jugeant que je n'étais pas apte à lui servir de parent. Cela suffisait presque à me faire sortir de la cabane, mais pas tout à fait. J'avais donné à Skuld la lettre que je voulais envoyer à MacIntyre, et elle était partie. Maintenant je l'entendais courir après les Norvégiens le long de la plage, et les adultes poussaient des cris et riaient comme des écoliers. De temps en temps, la scène passait devant mes yeux, puis sortait à nouveau de mon champ de vision. Tendant le cou pour voir où ils étaient passés, voulant aussi m'assurer qu'il n'y ait pas d'ours blanc – tout improbable que ce fût en cette saison – qui se dirigeât vers eux, attiré par le tapage, je remarquai qu'un des marins ne s'était pas joint à la partie. L'homme déchargeait méthodiquement quatre grandes caisses du canot. Les marins ne lui prêtaient aucune attention, et Skuld non plus. Je n'arrivai pas à imaginer ce qu'il fabriquait, vu que je n'avais commandé aucune marchandise, mais peut-être MacIntyre avait-il jugé bon d'envoyer des livres supplémentaires pour l'instruction de Skuld.

« Béni et maudit soit-il à égales mesures, dis-je sans m'adresser à personne. On n'a plus de place dans cette cabane. »

Mais lorsque les marins eurent tous pris congé de Skuld et quitté la plage, à en juger par le profond silence soudain, je sortis voir ce qui se passait et le marin solitaire était encore là, en train d'examiner le contenu des caisses avec méticulosité comme s'il dressait un inventaire. Le canot avait déjà rejoint le bateau mère. Skuld se tenait à une prudente vingtaine de pas de l'homme, qu'elle observait avec méfiance. Elle savait aussi bien que moi que ce n'était pas un marin.

« Ton bateau s'en va, lui lançai-je depuis le pas de la porte. T'as intérêt à appeler tes amis si tu ne veux pas passer l'hiver au Raudfjord. Ils ont l'air de t'avoir déjà oublié.

— La peste soit de celui qui a rangé ce chargement, dit-il d'un ton très irrité. Tout est de travers.

— Tapio ! » m'écriai-je, et je dévalai la plage en chaussettes pour le saluer.

Il me rendit mon accolade avec lassitude et résignation. Il y avait encore eu un intervalle de quatre ans et demi depuis la dernière fois où je l'avais vu, et même si j'avais périodiquement des échos de ses faits et gestes par MacIntyre, lui et moi n'avions jamais communiqué directement : Tapio n'avait pas le tempérament épistolaire et il avait rarement une adresse. Notre amitié était faite de patience et de présence, et c'était ainsi qu'elle durait.

« Toujours de retour à l'imprévu, lui dis-je, et toujours mille fois le bienvenu.

— Il vaut mieux surprendre que décevoir, répondit-il, et je vis à ses yeux qu'il était content.

— Où est Sixten ? dis-je, m'adressant surtout à moi-même. Il sera ravi de te trouver ici.

— Oh, il m'a salué il y a vingt minutes. Je ne devrais sans doute pas m'étonner que tu n'aies pas remarqué. Il est là-bas, en haut de la colline, en train de se rouler dans quelque chose. »

Je lui mis la main sur l'épaule.

« Helga est partie. Ça a fait trois ans ce printemps.

— Je l'ai appris, dit-il. Je suis ici pour commencer la formation de Skuld. Et continuer la tienne.

— J'ai déjà commencé sa formation », dis-je avec un air entendu.

Il renifla.

Ainsi commença l'ère d'Oncle Tapio. J'étais « Papa » pour Skuld – malgré mes rappels rituels que je ne l'étais nullement, elle trouvait que c'était le titre qui me convenait le mieux – et cela faisait de Tapio mon frère. Elle adhéra à son enseignement avec un empressement et un talent naturel dont il fut le premier étonné. En l'espace d'un an, elle en savait plus long que je n'en saurais jamais moi-même sur les schémas migratoires du renne et de l'eider, les quatorze différentes façons de traquer le phoque, l'ordre à respecter pour découper un ours, les signes d'approche de la banquise, l'art de donner bon goût à des œufs gras, et tout ce qui pouvait compter d'autre pour un chasseur du Spitzberg. Jamais elle ne me traita de haut – du haut de ses connaissances et de sa compétence qui croissaient rapidement –, mais ça me motivait pour faire mieux. Enfin, ce n'est pas entièrement vrai. Par moments son enthousiasme me motivait pour en faire moins, parce que mes efforts étaient de plus en plus inutiles. Tapio avait enfin trouvé en elle l'apprenti qu'il recherchait, quelqu'un avec qui il pouvait partager l'expérience d'une vie.

Pour mon immense fierté, et pour le plaisir de Skuld, il exprimait ouvertement son approbation. « L'art de se mouvoir en silence dans le paysage est une musique, lui disait-il. Avec toi je me sens presque moins professeur, et plus musicien. »

Tous les soirs, une fois Skuld couchée, nous nous installions à la table, tour à tour travaillant en silence ou parlant doucement de toute une gamme de sujets. C'était comme si le temps ne s'était pas écoulé depuis nos premiers jours ensemble au Camp Morton. Il serait toujours le même Tapio et c'était rassurant d'être dans la proximité de quelqu'un qui était de la constance d'une pierre, tout en possédant une curiosité inépuisable pour le monde dans son ensemble. Il avait une opinion sur tout, bien sûr, et souvent une opinion arrêtée, mais il était fondamentalement curieux.

Nous parlâmes des meurtres de Pyramiden. Tapio en connaissait les grandes lignes par MacIntyre mais, en raison de sa propre expérience de l'homicide, il fut beaucoup moins touché par l'acte lui-même que par le récit des tourments d'Helga. Et je lui parlai de Ludmilla, à qui j'estimais trop risqué d'écrire et dont je m'étais langui misérablement jusqu'au moment où j'avais fini par comprendre que si je voulais que nous survivions, Skuld et moi, je devais enterrer mon désespoir. À présent il était latent comme une vieille brûlure, prête à s'enflammer si on l'éraflait, ou si la longue nuit se faisait trop calme. De toute façon, MacIntyre avait écrit pour communiquer une rumeur selon laquelle Ludmilla et Misha avaient abandonné la Maison aux cochons, ou été relevés de leurs fonctions, et qu'ils étaient retournés à la Mère Russie. Elle était hors de ma portée. Quant à Tapio, il semblait avoir acquis une plus grande compréhension des vicissitudes du cœur, mais il approuvait néanmoins la répression comme mécanisme de défense efficace.

Tous les deux, nous discutions aussi d'Illya, sur qui le voile semblait être tombé. Illya et moi nous étions écrit régulièrement pendant un an suite à l'incident de Pyramiden. C'était peut-être, en dehors de MacIntyre, le correspondant auquel j'aie été le plus dévoué. En fin de compte, il était effectivement rentré en Ukraine et travaillait à mi-temps pour un tailleur. Il publiait aussi, disait-il, des billets pour un journal local, ainsi que quelques tracts et opuscules. Tous étaient de nature politique. Il était, comme toujours, sans frein aucun.

« Le pauvre, dit Tapio. Les anarchistes sont des gars bien intentionnés, mais ils ont une confiance démesurée dans la nature humaine. C'est audacieux, je te l'accorde, de croire que des gens en petits groupes vont coopérer et faire ce qu'il y a à faire. N'ont-ils jamais besoin d'emprunter des routes ? Ou d'aller à l'université ? Ou de consulter un médecin ?

— Je suis certain que, s'il était là, Illya te dirait que les socialistes ont une foi en l'humanité encore plus grande, puisqu'ils font confiance à un petit groupe pour gouverner dans l'intérêt de tous.

— L'argument est pertinent », dit Tapio.

À ma connaissance, Tapio n'avait jamais cédé sur un seul point et, bien que techniquement ce fût l'argument d'Illya, j'exultai.

Illya correspondait également avec MacIntyre et tous deux s'envoyaient du tabac, échangeant leurs opinions sur l'emploi condimentaire du latakia et la bonne proportion entre feuilles d'oriental et virginia sucré. J'avais du mal à suivre et leur laissai de telles subtilités. À un moment donné, le père d'Illya, Léon, se joignit à la conversation car il était en désaccord sur un grand nombre des points les plus complexes et, comme il avait travaillé de longues années pour un marchand de tabacs, il avait une autorité légitime en la matière. Lui aussi engagea une correspondance animée avec MacIntyre, et les enveloppes d'Illya continrent dès lors des traités multigénérationnels sur les bonnes méthodes de séchage du black cavendish.

Et puis, au printemps 1932, MacIntyre avait reçu une lettre portant un cachet soviétique, plus légère que d'habitude. Elle contenait une seule lettre, courte, de Léon. Il y disait qu'ils avaient enlevé Illya. Apparemment, il avait été sommé à plusieurs reprises de mettre terme à la publication de ses tracts politiques ou d'en changer la chanson et, fidèle à lui-même comme toujours, il avait ignoré ces avertissements. Un jour, Léon était rentré du travail pour trouver son fils absent. Toutes ses affaires étaient encore là – même sa pipe. Il ne revint jamais. Un peu partout, les citoyens soviétiques commençaient à disparaître à la moindre suspicion de mécontentement politique, et comme il y avait des rumeurs de prisons et de camps de travail en Sibérie extrême-orientale, Léon supposa qu'Illya avait été expédié dans un de ces lieux inhumains. Le père éploré n'avait aucun recours. Il craignait pour sa propre sécurité et celle de ses autres enfants et petits-enfants s'il disait un mot de trop. Nous n'eûmes plus jamais de nouvelles d'Illya, après cela.

En janvier, à mi-chemin d'un hiver relativement pauvre en tribulations, Tapio prit congé pour passer un moment à Biskayarhuken puis, de là, aller retaper la cabane de Reinsdyrflya, près de la pointe de la Bienvenue, où j'étais rarement allé. Il pensait que des ours pouvaient avoir gagné la côte la plus au nord par la banquise. Skuld le supplia de l'emmener, mais je lui expliquai que les adultes avaient tous besoin d'un peu de temps à eux – et Tapio peut-être plus que la plupart.

« Et toi, Papa ? dit-elle. Tu n'as jamais de temps à toi.

— C'est vrai, ma chérie, et je n'ai pas le choix. »

Tapio fit plusieurs fois le voyage. Une fois, d'ailleurs, il emmena Skuld, qui revint avec des histoires dépeignant la pointe des Basques comme le cœur du Royaume des Fées. Elle ne trouvait rien, au Spitzberg, qui lui déplût.

Au retour d'une autre expédition dans le Nord, Tapio raconta qu'il avait rencontré un de nos voisins, un dénommé Ritter, qui faisait son hivernage avec sa femme à Gråhuken, « la Pointe grise », lieu morne à la couverture de nuages continuelle, de l'autre côté du Woodfjord. Apparemment, Ritter avait été pris dans un blizzard particulièrement déplaisant et il avait cherché abri à Biskayarhuken. Tapio n'aurait jamais fermé sa porte à un chasseur en détresse, toutefois il estimait que l'homme avait abusé de son hospitalité de peut-être deux ou trois jours.

« Les Allemands, conclut-il.

— Ah, mon Dieu. Je crois me souvenir que tu ne les apprécies pas.

— Il se peut qu'ils soient autrichiens. Ça ne change pas grand-chose, de toute façon – ils parlent la même langue épouvantable. C'était un butor, cet homme. Il parlait de sa femme comme d'une domestique. Il ne lui a même pas encore appris à chasser et à piéger. Comment pourra-t-elle survivre s'il meurt, ce qui est tout sauf exclus ? Ils ont avec eux un Norvégien qui a l'air compétent, à ce qu'il en dit, c'est au moins ça. Sans lui, ils périraient certainement. Tout ce que fait sa femme, c'est la cuisine et la couture.

— Nous aussi nous faisons notre part de cuisine et de couture, dis-je.

— Ne fais pas exprès de ne pas comprendre. »

Le fait saillant dans l'histoire de Tapio, c'était qu'à sa surprise et son grand amusement, les Ritter avaient entendu parler de moi. Curieusement, ma vie d'ermite avait suscité une certaine fascination – et un tas de mensonges fous – autour de mes faits et gestes. Apparemment j'étais devenu, au Spitzberg du moins, relativement célèbre. Mais peu de gens savaient à quoi je ressemblais, même, et encore moins comment je vivais. Aussi, quand Tapio refusa de donner son nom ou de concéder, au long des quatre journées qu'il passa cloîtré avec Ritter, qu'il parlait plus de trois mots de norvégien, ce dernier supposa tout naturellement que Tapio était Stockholm Sven. Tapio laissa la méprise s'installer, en partie parce qu'il n'avait nullement le désir de faire véritablement connaissance avec Ritter, et en partie parce qu'il imaginait que son ami Hilmar Nøis – un vieux trappeur qui était capable de traverser la moitié de l'archipel avec son traîneau à chiens rien que pour remettre un courrier et raconter quelques bobards – trouverait la confusion hilarante au possible.

« Alors qu'est-ce que vous avez fait pendant tout ce temps, si vous n'avez pas parlé ? demandai-je.

— J'ai fait le ménage. J'ai beaucoup boulangé. Le pain se conservera bien pour une excursion à Reinsdyrflya au printemps.

— Maintenant les gens vont raconter que je suis un maniaque du ménage et de la boulange.

— Il y a de pires rumeurs. »

Tapio renvoya Ritter avec quelques oignons, car ils se morfondaient là-bas à la Pointe grise, et lui signala qu'il pouvait amener sa femme à la plaine des Rennes pour qu'elle ait, elle aussi, l'occasion de rencontrer « le Suédois le plus septentrional au monde ». Mais le printemps arriva et les Ritter durent avoir du mal à traverser la glace brisée et traîtresse du Woodfjord, car ils ne vinrent pas pendant que Tapio était encore à la cabane de Reinsdyrflya. Désireux d'ajouter quelques détails intrigants au mystère qui m'entourait, Tapio dressa la table pour eux. Il leur laissa un vrai festin de pain de maïs noir. Celui-ci alla même jusqu'à mettre du sucre et du lait en poudre dans leur café. Il se prendrait en glace puis, une fois dégelé par la chaleur du poêle à bois, serait prêt à boire. Les Ritter s'émerveilleraient du monachisme exalté de Stockholm Sven. Hilmar Nøis pourrait combler les zones d'ombre.

70

L'enfance de Skuld passa comme un éclair. Je fis de mon mieux pour aviver les dernières braises d'exubérance juvénile, mais ce n'était pas quelque chose que le Raudfjord tolérait longtemps. Il n'y avait pas d'autre enfant, bien sûr, pour des parties de jeux, et la vie était trop précaire. Le pays exigeait une certaine diligence, une dureté. Il broyait les gens, s'ils ne prêtaient pas attention, ou les chassait, comme il l'avait fait pour Illya, Misha, Ludmilla et la propre mère de Skuld, ne gardant que ceux qui avaient la coquille encroûtée. J'avais appris depuis longtemps que, si l'on compte survivre dans l'Arctique, il faut choisir l'une de ces deux voies : imiter l'ours, qui, à l'instar du titan Cronos, n'a pas l'esprit de famille, et s'accrocher fermement à soi-même comme au dernier morceau de glace fiable dans une banquise qui se brise sous la houle. Ou, au contraire, imiter le renard qui évite les présuppositions, mais apprend vite, creuser un trou et se cramponner solidement à ceux qui vous supportent.

Dans le cas de Skuld, cependant, la seule compagnie d'un Suédois borgne à l'humeur changeante, bien qu'affectueux, avait ses limites. Heureusement, elle avait aussi MacIntyre, qui allait et venait, et Tapio, qui, pour mon étonnement et mon soulagement secrets, resta avec nous. Les saisons changeaient et les années passaient, mais il ne montrait nul signe de souhaiter quitter le Raudfjord ou laisser « l'éducation pratique » de Skuld à qui que ce soit d'autre. Sa présence inébranlable dans sa vie – jamais de sautes d'humeur, jamais d'hésitation – était essentielle.

Il y avait toujours un monde en dehors de Bruceneset, et Olga y était. J'encourageais Skuld à écrire à ma sœur pour une multitude de raisons. Principalement, je savais qu'Olga serait ravie de tisser une relation directe avec sa petite-fille, et quant à moi j'avais été parfaitement incapable d'entretenir mon côté de notre correspondance. Elle se faisait du souci pour Skuld, car l'enfant était sans mère et demeurait pour elle un mystère. Je crois que ma sœur avait très peur que Skuld devienne pareille à Helga en grandissant, comme si elle avait été mal lotie par la génétique, et mes lettres sporadiques ne suffisaient pas à la rassurer. Seule Skuld était capable de cela, mais elle tardait à s'y mettre. Par où commencer quand on s'adresse à quelqu'un qu'on ne connaît pas ?

Ce fut en 1939, l'été où Skuld allait avoir treize ans, qu'elle se mit à poser des questions sur la physiologie féminine, auxquelles mon absence de connaissance pratique m'empêchait de répondre.

« Est-ce que tu saignes ? » demandai-je maladroitement.

Elle me répondit que non, mais qu'elle avait observé le cycle œstral des renardes et des ourses – son effet sur les pistes olfactives, les habitudes d'accouplement, etc. –, et qu'elle était parvenue à certaines conclusions.

« Bon, dis-je. Alors j'ai peur que tu aies atteint les limites de ma piètre compréhension du sujet. Pourquoi ne pas demander à ta grand-mère ? »

Ayant enfin une raison tangible de le faire, Skuld écrivit aussitôt. Elle ne souhaita pas me montrer la lettre, et j'y vis un signe positif. Skuld reçut une réponse dans les deux mois, vitesse quasi télégraphique pour le haut Arctique.

« As-tu envie d'entendre ce qu'elle écrit ? » me demanda Skuld entre deux accès de rire.

J'en brûlais d'envie.

« Olga dit que, quand elle a eu ses règles pour la première fois, elle a cru qu'elle souffrait d'hémophilie comme le pauvre fils du tsar. Elle s'est enfermée dans un placard pendant quatre jours et ne sortait que pour manger et boire au cœur de la nuit.

— Je m'en souviens vaguement, dis-je. Mère n'arrêtait pas de demander où étaient passés les torchons. Ils avaient tous mystérieusement disparu et personne n'en avait la moindre idée.

— Oui, exactement. Olga espère que ça ne se passera pas comme ça pour moi et elle me donne une liste de choses que je devrais demander à Oncle Charlie, qui ne fera pas le délicat.

— Grande idée, dis-je.

— La liste comprend des livres et du chocolat.

— Remèdes souverains s'il en est. »

La lettre, conforme au caractère d'Olga, était franche et directe, et elle n'était pas toute rose non plus. Arvid, le pauvre gars, avait connu son ultime accident : il était tombé au travers d'un appontement pourri et on ne l'avait découvert que quelques jours plus tard, tout emmêlé dans un vieux filet, tanguant sous le quai. Il n'avait pas encore soixante ans. La réaction d'Olga à son veuvage, ce ne fut pas tant l'affliction, même si Arvid et sa gentillesse sans bornes lui manquaient, qu'une inquiétude omniprésente pour avoir perdu son ancrage. Jugeant sa maison vide peu pratique, elle s'en remit à la merci de Wilmer, mais était déterminée à ne jamais jouer les belles-mères critiques et désapprobatrices. Elle s'occupait de ses petits-enfants quand elle était sollicitée et les adorait comme il se devait, mais la plupart du temps, elle s'éclipsait. Elle était engagée dans un bon nombre d'activités en ville, certaines moins futiles que d'autres. Durant les dernières années de la vie d'Arvid, à l'insistance de ceux qui la connaissaient et l'admiraient, Olga s'était chargée du secrétariat de la Fédération suédoise des pêcheurs en eaux intérieures et, en un rien de temps, elle s'était rendue indispensable. À présent, elle était impliquée dans le syndicat qui représentait la pêche suédoise en mer Baltique et, bien qu'elle ne serait jamais une pêcheuse ni un homme de quelque variété que ce soit, il était impensable qu'une négociation collective se fasse sans elle.

Skuld, quant à elle, conçut une affection et une admiration immédiates pour ma sœur, et leurs missives s'envolèrent bientôt avec une régularité séduisante. Mais dès qu'Olga suggérait à sa petite-fille de lui rendre visite à Stockholm, Skuld répondait par un silence qui ne lui ressemblait pas. Ses idées de la civilisation étaient obscurcies par l'exposition limitée qu'elle en avait eue, pourtant je ne pouvais, de bonne foi, les réfuter. Nous allions toujours à Longyear une fois par an pour voir MacIntyre – il nous rendait visite également, certaines années jusqu'à trois fois au cours de l'été – et ce campement agité, avec son bruit et sa saleté, suffisait à mettre à l'épreuve la tolérance qu'avait Skuld pour la vie en dehors du Nord aride. Le Raudfjord était le seul foyer dont elle voulût.

71

Notre monde, austère et organisé comme un diorama, fut renversé en 1941. On était au début du mois d'août, quand le second d'un bateau norvégien vint à terre et nous annonça la nouvelle que nous devions partir. Tous. Tapio sortit parler à l'homme et je restai dans la cabane, comme à mon habitude. C'était aussi devenu, pour ma consternation, l'habitude de Skuld. Fini, le temps où elle courait follement et sans entraves sur la plage avec tous les marins qui jetaient l'ancre. Elle venait d'avoir quinze ans et elle était posée. Si elle avait pris la tutelle de Tapio au sérieux, à présent elle abordait sa vie et son travail avec une gravité qui le disputait même à la sienne. Cette maîtrise de soi désarçonnait et intimidait les hommes, même ceux qui la connaissaient depuis son enfance. À son tour, leur incertitude en sa présence ne faisait qu'augmenter sa réserve. Elle savait que les choses n'étaient plus comme avant et elle refusait de se colleter avec ce changement.

Skuld avait les qualités de Tapio et d'Helga : la concentration et la force de volonté du premier, la compassion et la franchise désarmante de la deuxième, toutefois je me demandais si Skuld n'en avait pas pris un peu plus du côté de Tapio au fil des ans. Tenait-elle un tant soit peu de moi ? Si oui, j'aurais l'impression de me lancer des fleurs, car j'étais fier de tout ce qu'elle faisait. Elle admirait les célèbres habitantes du Spitzberg – Wanny Woldstad en premier chef – mais n'arrivait pas à comprendre pourquoi elles étaient reparties, pourquoi elles n'avaient pas été, apparemment, plus attachées à notre côte froide. Je crois qu'elle avait l'intention d'en faire davantage qu'elles, de ne pas tisser de liens trop forts ni se créer des conflits de loyauté, pour devenir plus que l'égale de n'importe quel chasseur arctique.

L'apparition du second à Alicehamna n'était pas une surprise totale. Depuis environ un an nous entendions des bruits de bottes. J'avoue que, lorsque MacIntyre m'avait dit qu'Hitler avait envahi la Pologne, je n'y avais guère prêté attention. Mais quand les Allemands occupèrent la Norvège et le Danemark, en 1940, même les plus isolés d'entre nous durent ouvrir les yeux.

« Qu'est-ce qu'un nazi ? avais-je demandé à Tapio à l'époque.

— Un mauvais Allemand. »

Je lui avais jeté un coup d'œil perplexe.

« Non, je veux dire pire que d'habitude. C'est un parti politique fasciste qui contrôle aujourd'hui leur pays plongé dans l'ignorance et suralimenté. Ils mettent tous leurs problèmes sur le dos des Juifs et veulent contaminer la terre entière avec leur vision du monde insidieuse, en tuant tous ceux qu'ils détestent. C'est peut-être une bonne chose que ton ami anarchiste ait été expédié en Sibérie. Je n'aurais jamais imaginé dire ça un jour, mais il est mieux chez les Russes. »

Nous étions un an plus tard, et la guerre nous avait rattrapés, même nous. Tapio dit que l'Allemagne allait attaquer le Svalbard. Le second lui avait raconté que les colonies étaient évacuées. Même les mines allaient être détruites, pour éviter qu'elles soient exploitées à des fins malveillantes. Les armées britannique, canadienne et norvégienne unissaient leurs efforts pour nous emmener en lieu sûr. (Le raid était pompeusement nommé Opération Gauntlet.) Tout le monde allait partir pour l'Angleterre, la Norvège étant désormais hors de question. Près de deux mille Russes figuraient dans le lot, qui pourraient ensuite rentrer chez eux comme ils le jugeraient bon.

« Je n'ai pas envie d'aller en Angleterre, Papa, dit Skuld. Ni en Suède.

— Moi non plus. »

Nous fîmes quand même nos préparatifs. Ce fut Skuld qui le prit le plus mal, même s'il n'y avait guère de temps pour la tristesse ou la peur. Le marin avait dit qu'un bateau reviendrait chercher tous les chasseurs à la fin du mois d'août et que nous devions prévoir de voyager léger.

Heureusement, le fruit de nos travaux d'hiver avait déjà été vendu aux marchés britannique et américain au printemps, nos finances étaient donc bonnes. Le coup le plus dur, ce fut notre petite bibliothèque, qui allait devoir rester à Raudfjordhytta. Nous fîmes un dernier voyage à Biskayarhuken, principalement parce que je voulais récupérer les photos d'Helga, puis nous attendîmes notre sauvetage.

À notre entrée dans le port de Longyear, la ville était en plein chaos. Il y avait des soldats partout ; seuls les chiens les dépassaient en nombre – pour certains enchaînés devant des tentes de fortune, pour beaucoup en liberté, et pour tous aboyant comme des fous. Je crus que Sixten allait perdre la tête. Il tremblait jusqu'au bout des griffes et lançait des regards affolés dans tous les sens comme s'il était commotionné.

MacIntyre nous fit entrer. Je me rendis compte que mon inquiétude à devoir laisser quelques affaires derrière moi n'était rien, comparée à la sienne. Mais c'était un visionnaire, et depuis le début de la guerre, il avait envoyé régulièrement des caisses de ses biens les plus précieux à des parents en Écosse. Pendant deux jours, en attendant que les bateaux partent pour la Grande-Bretagne, tandis que Tapio allait et venait, vaquant à ses propres préparatifs, MacIntyre, Skuld et moi passâmes beaucoup de temps à discuter ou à rester assis en silence comme des personnes frappées par un deuil récent. Skuld et moi étions parfaitement d'accord sur le fait que la Suède était une destination inenvisageable. MacIntyre insistait pour que nous allions en Écosse avec lui à la place. Nous y serions les bienvenus, et en sécurité. Je savais que ses paroles étaient judicieuses et j'étais presque incapable de supporter la pensée d'être séparé de lui, mais j'avais d'autres idées en tête. Je n'avais pas quitté l'archipel du Spitzberg depuis 1916. J'avais cinquante-sept ans. Les circonstances avaient concouru à me mettre sur la route et peut-être était-ce une chance, ma seule véritable chance, de partir à la recherche d'Helga.

« Les Vikings ont-ils colonisé l'Écosse ?

— Tu parles qu'ils ont essayé ! dit MacIntyre avec une certaine véhémence. Mais si tu me demandes s'il y aurait une possibilité de trouver Helga là-bas, je peux te dire avec certitude que non. J'ai fait des enquêtes. Beaucoup d'enquêtes. »

Je sentis alors que mon ami – qui approchait les soixante-quinze ans ou peut-être même les avait dépassés, chaque année ajoutant des rides à son front mais ne servant qu'à affûter davantage son intellect et sa curiosité – avait probablement épuisé des ressources considérables dans la recherche que je ne commençais que maintenant. *Eh bien*, songeai-je, *il a sa façon, j'ai la mienne.*

« Il faut que j'aille ailleurs, alors.

— As-tu envisagé l'Islande ? demanda-t-il, me regardant avec sa perspicacité habituelle.

— Non. Pour dire le vrai, je ne sais pas bien où c'est.

— On peut remédier à ça, dit-il en sortant des cartes. Il se trouve que ces exécrables et présomptueux Britanniques ont jugé bon d'envahir le pays l'année dernière, car les Danois avaient été neutralisés et l'Angleterre avait peur qu'une flotte de navires allemands prenne résidence au milieu de l'Atlantique. Ensuite l'Angleterre a eu le culot, il y a environ un mois, de céder le contrôle de l'Islande aux États-Unis. Je connais un officier ou deux dans l'armée américaine et je crois que je pourrais vous arranger le voyage en toute sécurité, à toi et Skuld. »

Bien sûr qu'il le pouvait. Peut-être MacIntyre concoctait-il ce plan depuis des années, prévoyant de subtils rebondissements géopolitiques que les gens comme moi n'auraient jamais soupçonnés. Et il souhaitait tout autant que moi avoir des nouvelles d'Helga. Nous soumîmes donc ce plan à Skuld, qui accepta.

Le jour de notre départ de Longyear, je traînais à l'embarcadère, impatient de partir, en scrutant les nuages bas, redoutant d'y voir des avions de guerre allemands.

Je faillis buter contre un homme assis contre un poteau pourri, la tête pendante.

« Excusez-moi », dis-je.

L'homme était visiblement ivre. Il avait des poches sous les yeux, le cou grisâtre et plissé. Il paraissait beaucoup plus vieux que MacIntyre, mais au bout d'un moment, bien que presque vingt ans se soient écoulés, je reconnus en lui quelqu'un qui était en fait plus près de mon âge. C'était Sigurd, le trappeur norvégien misanthrope du Camp Morton. Les années n'avaient pas été tendres envers lui – aussi peu, certainement, que lui envers elles.

« Sigurd, dis-je. Quelle agréable surprise de te trouver ici, après tout ce temps ! »

Il leva la tête, déployant beaucoup d'énergie pour ne pas me reconnaître.

« Le hideux Suédois, lâcha-t-il enfin. Ton chien est avec toi ?

— J'ai un chien avec moi, mais pas celui auquel tu penses. Il est mort depuis des années, hélas.

— Dommage, dit Sigurd. Je me souviens qu'il avait quelques qualités malgré tout. Pour un chien. » Il regarda autour de lui avec son air revêche habituel. « Le Spitzberg part en couille.

— Ça en a tout l'air.

— Non, ça partait déjà en couille avant. Les Allemands pourraient difficilement empirer les choses. Ça devient beaucoup trop civilisé, ici.

— Où vas-tu aller ? lui demandai-je.

— Je sais pas. En Antarctique ? Je vis avec un léger scorbut depuis si longtemps que si je passais en dessous – ou au-dessus – des soixante-quinze degrés de latitude, je saurais pas quoi faire de moi-même. Le froid est la seule chose qui retient mes fibres. »

Chaque pas était une nouvelle séparation, mais on est moins triste – moins vulnérable aux affres du départ et au chagrin, aux regrets et à la nostalgie qui l'accompagnent – quand on ne laisse personne sur le rivage. Flanqué de Skuld et de Tapio sur la rampe de poupe, je n'avais pas pensé à accorder un dernier regard au Raudfjord ni à ma petite cabane qui se fondait rapidement dans le vaste paysage, tel un élément géologique parmi tant d'autres. Je ne pensais qu'à l'étape à venir, dans son entière impénétrabilité.

La même chose se produisit lorsque nous appareillâmes de Longyear, car nous avions maintenant MacIntyre avec nous, ainsi, apparemment, que tout l'archipel, et l'agitation environnante ne laissait pas de place aux moments de calme réflexion. Aussi je ne m'attardai pas sur mon passé dans cette ville, qui avait peu à m'apprendre de toute façon. Nous entendîmes les explosions tandis que nous avancions doucement dans l'Isfjord, faisant cap vers l'ouest. On aurait dit de lointains coups de tonnerre, un son rare et incongru dans le haut Arctique. J'essayai d'imaginer les mines en train de s'effondrer, mais me trouvai aussitôt transporté sous l'avalanche qui m'avait englouti – je tressaillis et m'arrachai mentalement de là.

Plus tard dans la soirée, lorsque nous passâmes la pointe sud de Sørkapp Land et que Sørkkapøya dériva dans le brouillard – alors que j'aurais pu avoir un dernier aperçu du Spitzberg, de sa côte inhospitalière et froide qui se dressait, grise et escarpée, dans la pâle lumière vespérale d'un automne arctique –, je me réchauffai à l'intérieur. Il régnait une atmosphère d'angoisse conviviale à bord du bateau plein à craquer. Peu de gens étaient restés dehors sur les ponts pour regarder. Un chasseur entra plus tard que la plupart, et des larmes embuaient ses vieux yeux plissés. *Le pauvre*, songeai-je, sans penser à m'appliquer l'épithète.

Et avant même que j'aie pu m'y préparer, nous étions arrivés à Liverpool. Le bruit et l'agitation étaient épouvantables. Tous les marins criaient, et je n'avais aucun moyen de savoir s'ils criaient la même chose. Les passagers se voyaient bousculés vers la sortie, les Russes agitant la tête avec un sombre désarroi, les Norvégiens l'air déprimé. Toutes les surfaces de Liverpool qui entraient dans mon champ de vision, certes étroit, étaient occultées par la crasse. C'était mon premier aperçu de l'Angleterre et je n'étais pas emballé. Nous aurions été complètement perdus, Skuld, moi et le pauvre Sixten, qui montrait les dents et mordait la corde qu'il avait autour du cou en chien sauvage qu'il était, sans MacIntyre et Tapio. Manifestement, le natif d'Helsinki savait circuler dans la cohue d'une grande ville aussi bien que sur un glacier parcouru de crevasses. MacIntyre et lui nous guidèrent d'une main ferme, en nous donnant des ordres et des indications, jusqu'à un coin du port beaucoup moins bondé où des marins américains, cigarette au bec, traînaient en attendant qu'on vienne les chercher pour les ramener à leur navire.

MacIntyre leur parla d'un ton des plus empressés. Ils jetèrent un coup d'œil vers nous, hochèrent la tête et reprirent leur inactivité.

« Restez avec ces hommes, nous dit MacIntyre. Leur bateau est à destination de Reykjavík. Et maintenant, nous devons nous quitter. Prends soin de toi, mon cher Sven. Je t'aurais bien demandé de veiller sur Skuld, mais elle a déjà reçu la stricte instruction de veiller sur toi et je lui fais davantage confiance pour s'acquitter de la tâche.

— Tu dois partir tout de suite ? demandai-je, une fois de plus redevenu, en sa présence, le jeune homme à la dérive et apeuré.

— Hélas oui, notre bateau part pour Islay dans l'heure. Nous avons intérêt à être à bord. »

Alors seulement, je me rendis compte que je n'avais aucune idée de là où Tapio allait. C'était généralement le cas.

« Je vais passer quelques semaines chez Charles, dit ce dernier, devançant ma question. Ensuite je ne sais pas. Il est peu probable que je retourne en Finlande. Il n'y a rien pour moi là-bas. Le Groenland est une possibilité. Dès que je serai installé quelque part, je te le ferai savoir. Par Charles. »

Il avait le visage sombre, une expression glaciale. Je savais que c'était signe d'une émotion réprimée au prix d'un grand effort.

Nous nous sommes tous embrassés. Tapio et MacIntyre, à tour de rôle, se sont accroupis pour prodiguer des mots gentils et des conseils à Sixten. Puis ils sont partis à grands pas, vite avalés par l'horrible mêlée.

J'aimerais pouvoir dire que j'ai quitté mes amis les plus chers sur un geste mémorable – un serment, une déclaration de mon amitié indéfectible. Mais si j'en crois mon expérience, les adieux sont rarement mémorables, sauf dans le cas d'une mort. Ce sont toujours des moments bousculés, gauches. On n'a jamais le temps de dire ce qu'on aurait aimé dire. On est réduit à gager que l'autre connaît ses sentiments et qu'on restera dans sa mémoire tel qu'on l'était.

72

L'Islande. Je ne raffolais pas démesurément de l'endroit. Je sus presque à l'instant où nous débarquâmes à Reykjavík qu'Helga n'y serait pas. Je ne sais pas exactement comment je le savais, mais je le savais. Je sentais que ce n'était pas son genre de pays, tout simplement.

Il avait sa beauté naturelle, c'était sûr – lumineuse *Grimmia*, eau scintillante, roches volcaniques de toutes les teintes imaginables, du noir à l'arc-en-ciel de la rhyolite –, néanmoins c'était un terrain ingrat, pratiquement impossible à traverser, avec ses champs de lave tranchante et ses rivières gonflées que ne freinait aucune végétation. Il y avait rarement assez de neige pour circuler. Tout semblait suspendu dans un purgatoire entre gel et dégel. Jamais je n'aurais imaginé qu'il y eût un pays capable de faire paraître l'intérieur du Spitzberg aisément accessible, et pourtant si.

Les Islandais étaient moroses et pleins de ressentiment. L'invasion britannique les avait profondément offensés, vu qu'ils se considéraient comme amis et cousins de tous les êtres éclairés, et la cinglure n'en devint que plus vive avec la passation de leur administration aux Américains. Ils se sentaient, je crois, comme des enfants placés, en butte à la méfiance de leur famille d'accueil. C'était un affront qui se ravivait à tout bout de champ, et ils étaient encore secoués par une crise économique qui avait duré une décennie – le pays dépendait presque exclusivement de l'exportation des produits de la pêche, marché notoirement capricieux – et par un siècle de très mauvais temps. De plus, les Américains étaient grossiers et détestables.

Skuld et moi, nous quittâmes Reykjavík dès que nous le pûmes. Elle ne supportait pas plus que moi la vie en ville – peut-être moins. Nous fîmes appel à une relation de MacIntyre et nous installâmes dans une petite maison à la lisière de Vík í Mýrdal, à la pointe la plus au sud de l'île. Nous trouvâmes tous deux à nous employer aux docks, côte à côte. Les dockers nous regardaient avec méfiance, parce que nous n'étions pas islandais, parce que j'étais plutôt vieux et Skuld une jeune femme. Rien de cela n'aurait fait des qualifications acceptables en période idéale, mais vu la pénurie d'ouvriers compétents, surtout si loin de la base navale américaine, on nous avait engagés. Je portais mes fourrures et mes peaux parce que j'y étais habitué et que je n'avais rien d'autre. Skuld s'habillait comme elle l'avait toujours fait – une tenue un peu androgyne, pantalon en peau de phoque et grosse veste en toile cirée, les cheveux relevés sous une toque de renard. Nous fumions tout en travaillant – elle avait volé une pipe de maïs de la poche arrière d'un militaire américain – et cela semblait faire pencher la balance en sa défaveur, aux yeux des Islandais notoirement dans la retenue. Une femme docker, c'était une chose ; une femme fumeuse de pipe, tout autre chose. Il y eut des grommellements. Ça devint pour les hommes une source de railleries, qui tournèrent court, cependant, face à son indifférence à l'opinion publique et sa compétence sans égale pour toutes les tâches qu'on lui confiait.

Lorsque le contremaître eut le culot de lui demander ce qui l'avait rendue si peu féminine et où elle avait attrapé cette sale habitude, elle baissa les yeux sur sa pipe comme si elle la voyait pour la première fois et eut un rire bref et sans joie. On aurait tellement dit le rire de Tapio que je dus regarder à deux fois pour m'assurer qu'il n'avait pas surgi de la brume, comme il en avait coutume.

« À ce rythme, tu vas réserver le manger et le boire à la province des hommes », dit-elle dans son islandais grossier mais parfaitement intelligible, qu'elle avait acquis en quelques mois.

Après cela, le contremaître ne posa plus de questions outrecuidantes. Skuld devint rapidement une des dockers les plus respectés de Vík. On la sollicitait, que les tâches exigent une main ferme et compétente, un esprit réfléchi, ou les deux. Il est tout à fait possible qu'on ne m'ait gardé que par égard pour elle.

Pauvre Sixten, en revanche. Il ne sut pas s'adapter. Je ne sais toujours pas comment il avait survécu aux longues traversées en bateau et à la grande proximité de tant d'autres humains et chiens, mais le vieux gaillard avait la volonté de vivre chevillée au corps. Le troisième voyage – Liverpool à Reykjavík – avait été le pire. Au départ, il avait été mis à la cale avec tous les autres chiens, alignés dans des cages en grillage. Mais il avait vite appris à ouvrir le loquet de sa cellule et il en profitait pour se promener à sa guise et tourmenter les autres chiens, fous d'être enfermés, en mangeant leurs rations et en déambulant devant eux le poil hérissé, les babines retroussées. Les Américains essayaient de consolider la porte de sa cage avec de la corde, mais il attendait qu'ils soient partis pour la ronger aussitôt. J'eus beaucoup de mal à les dissuader de le balancer par-dessus bord. Sa chance – et la mienne – fut qu'il se gagna le cœur de quelques garçons de ferme américains. Ces derniers connaissaient les particularités des chiens de troupeau – leur vive intelligence et leur tempérament réfractaire et obstiné. Sixten leur rappelait leur chez-eux et ils le prirent sous leur aile. Comme les chiens n'étaient pas autorisés dans les minuscules cabines des passagers civils ni dans la cabine commune des militaires, ils cachaient Sixten, qui en était fort aise, dans la coquerie du bateau. Le chef cuisinier était un jeune homme du Montana, le caporal-chef Wall, et plus les manières de Sixten se distinguaient, plus ça lui plaisait. Wall n'aurait pas toléré qu'on lui fasse du mal, et c'est ce qui permit à Sixten d'arriver en vie et intact en Islande.

Mais l'Islande l'acheva. La pêche commerciale était une chose que j'avais toujours comprise. L'élevage des moutons non, or, malheureusement, l'intérieur de l'Islande n'est bon que pour des ruminants aux pieds agiles, à la charpente menue, à l'appétit omnivore et à la piètre estime de soi. Il y avait des moutons partout. La race de Sixten le poussait à vouloir les rassembler, mais comme il n'avait pas une once de dressage ni d'expérience, son obsession naturelle tournait à la menace. Il fut abattu dans les quatre premiers mois de notre installation à Vík. Je ne vis jamais son corps. Une femme de fermier eut pitié de moi et eut la gentillesse de venir me trouver pour m'annoncer la nouvelle – les gens des alentours de Vík savaient à qui appartenait le vieux chien à moitié sauvage qui s'échappait régulièrement et, faisant fi des barrières et des ordres raisonnables qu'on lui lançait, courait après les moutons. Sixten mourut comme il avait vécu, esclave d'une boussole interne dont l'aiguille parfois pointait juste, et parfois tournoyait follement comme s'il dansait littéralement perché sur le Pôle magnétique.

C'est ainsi qu'une période sombre s'assombrit encore. J'aurais voulu partir, mais je n'aurais pas pu traverser le blocus. MacIntyre, qui avait deviné notre point de chute presque avant que nous ne le connaissions nous-mêmes, écrivait souvent. Il n'avait pas eu de nouvelles de Tapio mais nous garantissait qu'il fallait bien plus qu'un carnage international catastrophique et la fin potentielle d'une civilisation éclairée pour porter un coup sévère à notre ami finlandais. Skuld écrivit à Olga depuis Vík, et leurs lettres ne tardèrent pas à reprendre leur ballet. La honteuse neutralité de la Suède, depuis si longtemps source d'irritation pour Tapio, valait à Olga et Wilmer une relative sécurité. Olga dit que notre sœur Freyja était morte, mais victime de la pneumonie, et non de la guerre. La vérité, c'est que j'avais presque oublié l'existence de Freyja. La nouvelle glissa sur moi sans plus d'effet qu'une marée ponctuelle.

MacIntyre avait dit qu'il fallait faire le dos rond pendant les années de guerre, peu importe leur durée, et c'est ce que nous fîmes. Nous vécûmes près de quatre ans en Islande. Il ne se produisit pas grand-chose de notable – je passai le temps dans une obscurité croissante – hormis un incident, un jour où Skuld alla à Reykjavík faire un achat pour la pêcherie de Vík et qu'un militaire américain lui fit des avances. Lorsqu'elle refusa tout net et qu'il tenta de la retenir, elle lui ouvrit la paume de la main jusqu'au pouce avec un couteau de chasse.

En 1945, la guerre enfin terminée, MacIntyre nous envoya d'étranges nouvelles concernant le Spitzberg. Elles étaient tour à tour affligeantes et porteuses d'espoir. Il s'avérait que les Allemands avaient occupé l'archipel après notre évacuation. En 1942, les Norvégiens avaient tenté de le libérer et, malgré les assauts des avions de guerre nazis, ils étaient arrivés à occuper Barentsburg. L'Allemagne répondit en 1943 par l'Opération Zitronella, durant laquelle neuf destroyers nazis et deux cuirassés pénétrèrent dans l'Isfjord et rasèrent Longyear, Barentsburg et Grumant. Pyramiden, trop à l'écart, échappa à leur attention. Les Allemands avaient également établi des stations météorologiques en divers lieux, notamment à Reinsdyrflya.

Des nazis dans nos chasses. Tapio serait très contrarié. J'essayai de les imaginer s'abritant dans une de mes cabanes et la seule pensée qui me venait à l'esprit, c'était de brûler tout lieu à tel point contaminé par la haine, et de le reconstruire de zéro, avec des bois flottés propres et neufs.

La bonne nouvelle, c'était que les gens y retournaient. La reconstruction des colonies et des mines avait commencé. MacIntyre était tenté d'aller voir s'il restait quelque chose de son cabanon. Il se demandait si nous aimerions le rejoindre. Skuld, naturellement, en brûlait d'envie. Elle souhaitait reprendre possession de nos terres et reconstruire. Elle souhaitait renouer avec la vie qui l'avait façonnée.

Ce fut, je crois, un coup dur pour nous deux quand j'informai Skuld de mes projets. Le retour au Spitzberg n'en faisait pas partie.

« Je me rends compte qu'Helga est peut-être allée en Normandie, lui expliquai-je. J'ai pensé tenter le voyage. »

Des nombreux pays colonisés et remodelés par nos colériques ancêtres, le nord de la France était un point de départ aussi bon qu'un autre, me semblait-il. Je n'avais alors aucune idée du rôle central de la Normandie dans la guerre.

« Papa, c'est ridicule ! Tu es trop vieux pour te lancer dans une quête absurde à la recherche de Mère.

— Et pas trop vieux pour chasser et piéger dans les étendues gelées ?

— Jamais trop vieux pour ça, dit-elle. En plus tu vas détester l'Europe.

— Comment tu le sais ? Écoute, je suis déjà passé sous la ligne de glace. Laisse-moi au moins profiter d'un avantage des latitudes sud.

— Mais je ne peux pas rentrer sans toi. Je n'ai pas envie.

— Tu as dix-neuf ans. Tu es une femme accomplie. Ou presque. Et tellement plus forte – infiniment plus compétente – que je ne l'étais à trente-deux.

— Je sais, dit-elle, à sa manière directe. Je veux dire que tu me manquerais trop. Bruceneset ne serait pas le même sans toi, Papa. Le Spitzberg ne serait pas le même.

— Je crois que le Spitzberg resterait le même s'il vêlait en précipitant tous les humains jusqu'au dernier dans la mer bouillonnante.

De toute façon, je dois trouver ta mère. Je dois continuer à chercher. »

Skuld serra pensivement sa pipe entre ses dents. Quelques mois plus tôt, le robuste petit épi avait souffert d'une brûlure, qu'elle avait réparée avec une infecte résine de chantier naval. Depuis, la pipe dégageait une odeur nauséabonde en chauffant. Ça m'inquiétait. Je plongeai la main dans ma poche, en sortis ma pipe et la déposai au creux de sa paume.

« Ta Charatan ? D'Oncle Illya ? Non, Papa, je ne pourrais pas.

— N'est-ce pas que je vais partir pour un pays d'artisans oisifs ? dis-je. Ces gens qui produisent les fromages et le cognac qu'on sait ne peuvent pas être radicalement incompétents en fabrication de pipes, quand même. »

À présent, nous étions tous les deux au port de Reykjavík. Son voyage allait l'emmener d'abord à Oslo, puis à Tromsø, et de là aux ruines de Longyear City. Je lui avais confié une longue lettre pour MacIntyre et une pour Tapio, au cas où elle apprendrait où il se trouvait. Mon bateau était à destination de la côte meurtrie du nord de la France. J'avais donné ma parole que j'écrirais dès que je m'arrêterais pour plus que le temps d'un repas, et Skuld en avait fait autant. Elle était là devant moi, la fille que j'avais élevée, qui s'était élevée elle-même. Je songeai que, si je ne partais pas bientôt, j'allais me briser. Elle avait les yeux si clairs. La fierté et le chagrin emplissaient mon cœur à ras bord, mais restaient distincts, comme l'essence et l'eau. Je n'aurais pas su dire lequel des deux affleurait.

Je pris sa main dans la mienne, une main de docker forte et calleuse, et regardai à l'intérieur. Elle tenait un billet tapé à la machine, marqué *Norway* et, en dessous, le nom qu'elle avait donné : *Skuld Svalbardsdottir*.

ÉPILOGUE

Dieppe, France, 1946

Je crois que je suis peut-être enfin sur sa piste. Mon français est déplorable, mais il est passé assez d'Anglais par ici l'année dernière pour que je puisse me faire raisonnablement comprendre. Il semble qu'une personne correspondant à la description d'Helga – et à son caractère – ait été vue et reçue par quelques rares pêcheurs et campagnards. Cependant tout le monde a perdu la notion du temps. La guerre a manifestement commotionné la nation entière, et les gens circulent l'air sonné, le regard dans le vague. Tout autour de moi, je vois des signes du grand bouleversement hideux. Algues et débris rejetés sur la rive par un ouragan sans pitié.

Du bureau où j'écris dans ma petite cabane – à peine plus grande que Raudfjordhytta –, je vois les ruines du port de Dieppe, occupée par les Allemands et attaquée par les Alliés en 1942. Il faut aller en Antarctique, apparemment, pour trouver une ville qui n'ait pas été rasée par les uns ou par les autres. Mais au pied des falaises crayeuses il y a l'océan, et ses flots agités par la houle me rappellent qu'il reste des forces que le temps ne peut entraver, plus anciennes que le ravage.

Ma vie est si étrangement paisible, ici, que je souhaiterais presque ne pas avoir à reprendre mes recherches. Comme je n'avais quasiment rien dépensé en Islande et rien du tout au Spitzberg avant cela, j'ai largement de quoi vivre en bonne économie, ce pour un certain temps. J'ai plaisir à voir les animaux dans la nature sans me sentir obligé de leur tirer dessus. Et, après une vie passée parmi des Scandinaves et des Britanniques, je trouve les gens d'une gentillesse troublante. Les habituelles réactions à mon visage – curieuses, gênées ou rebutées – sont rares. Un avantage de cette guerre brutale, c'est qu'elle a happé, à la façon d'une tempête, de jeunes garçons et en a recraché beaucoup, partout dans le globe, avec la gueule amochée, plus ou moins comme moi.

Le calvados est excellent. Il y a juste une semaine, assis sur une pierre au bord de la route, j'ai regardé des vaches bringées nettoyer le verger d'un fermier en aspirant tous les fruits tombés et pourris comme un grand banc de morues flatulentes. Le soleil chauffait les cicatrices de mon visage – me donnant presque l'impression de les recoudre. C'était un moment d'une telle tranquillité que mon cœur balbutia et je m'endormis.

Je ne peux m'empêcher de me demander pourquoi je continue à chercher. Je suis peut-être un imbécile, mais pas encore un vieil imbécile. Je sais bien que mes chances de retrouver Helga sont aussi minces qu'une coquille de moule. Plus minces encore mes chances de la retrouver en vie. Et, les plus minces de toutes, mes chances de la retrouver à la fois en vie et désireuse d'être retrouvée. Mais je suis mû par le désir de lui raconter un peu ce qu'est devenue Skuld. Je veux qu'elle sache qu'elle n'a pas eu tort de me faire confiance ; qu'il y a encore dans le monde des forces tapies, plus grandes que la douleur et le désespoir. J'ai payé le prix cher pour l'apprendre.

Et j'aimerais tant montrer ces mots à Helga. C'est elle, après tout, qui m'a pressé d'écrire, il y a tant d'années. J'y rechignais alors, arguant que la dernière chose qu'on a envie de faire, quand on se débat désespérément contre les confins de sa solitude, c'est de passer plus de temps seul, pour regarder à l'intérieur de soi. « C'est retourner le couteau dans la plaie, disais-je à l'époque. Revivre ma vie sur papier ressemble à une cruauté infligée à moi-même et aux malchanceux qui se retrouveraient à lire l'histoire. Et qui en aurait envie ?

— Si tu ne consignes rien, répondait-elle, les gens que tu aimes ne se souviendront que du squelette de ce que tu as vécu. Ton esprit mourra avec toi. S'il faut que tu écrives pour quelqu'un, écris pour Skuld. Écris pour moi. »

Aussi finirai-je la tâche, et si je trouve Helga, ce sera une chose que je pourrai lui laisser, au cas où elle désirerait que je la laisse. Mais je crois que si je trouvais Helga en Normandie – la semaine prochaine, je vais passer quelques jours à Fécamp, explorer et poser des questions – j'arriverais peut-être à la convaincre de séjourner ici quelque temps avec moi. Ensemble, nous pourrions nous entraîner à respirer lentement et faire très peu de choses. Et si nous prenions des forces ou étions gagnés par l'impatience, voire les deux, nous pourrions pousser vers l'est et entrer dans le continent soviétique. Je connais le nom du village de Ludmilla. Il est gravé dans mon esprit comme une invocation sacrée. Peut-être que nous la trouverions là-bas, et le doux Misha lui aussi, et que nous pourrions partir tous les quatre, de plus en plus loin, jusqu'aux lointaines limites de l'Asie, et peut-être alors, découvrir où est Illya. Nous pourrions graisser la patte d'un fonctionnaire inconsolable, malheureux d'avoir été stationné si loin de tout, et libérer notre ami. À l'âge de soixante-deux ans, on peut se laisser aller à de telles rêveries. J'en ai vu assez pour savoir que rien n'est probable, mais tout est possible.

Marie apporte le courrier. Quelquefois elle passe même s'il n'y a pas de courrier. Le plus souvent, il n'y a pas de courrier. Nous nous asseyons à la table, je sers du thé et nous bavardons de choses et d'autres dans un anglais approximatif. Son mari et elle craignent que je ne mange pas assez, alors ils m'apportent du pain, du saucisson, des fromages ronds. J'insiste pour que Marie mange un peu avec moi, et elle le fait.

En général, un chien errant la suit sur son trajet, pistant le fumet de ses saucissons aussi sûrement qu'une sterne vole du nord vers le sud. Il est entièrement brun, du nez à la queue – un lointain descendant de chien de berger –, avec des yeux calmes et une attitude vigilante et réservée. Depuis quelques après-midi il ne réclame plus, comme à son habitude, de partir après ses rondelles de saucisson. Je lui ai fait un lit avec des serviettes de toilette près du poêle de la cuisine, j'ai laissé la porte d'entrée entrebâillée toute la nuit et je l'ai trouvé encore là le lendemain matin, l'air parfaitement à l'aise. Je me suis pris à l'appeler Rollo.

Aujourd'hui, non sans une certaine emphase, Marie m'a tendu une lettre.

« Enfin quelque chose pour vous, monsieur Sven, dit-elle. Les nouvelles que vous attendiez, peut-être ? »

J'ai immédiatement reconnu l'écriture – le tracé ferme, rapide – ainsi que la tache de sang caractéristique d'un phoque du Groenland.

Raudfjordhytta, mai 1946

Cher Papa,

Je t'écris pour te dire que j'ai repris possession de nos chasses à Raudfjordhytta.

Mais avant, j'ai été saisie de scrupules et j'ai donc fait un détour par la mer Baltique pour aller voir Olga à Stockholm. Je suis ravie de rapporter que cette dernière – qui a presque ton âge, après tout – fait preuve d'un allant remarquable. Elle m'a fait faire des promenades interminables dans la ville, et au pas de charge. Elle m'a même emmenée dans une librairie, Papa ! Elle attaque le schnaps à midi, au déjeuner, et poursuit avec régularité jusqu'au soir, quand elle se retire. Elle dit qu'elle est trop âgée pour se soucier encore de modération, malgré Oncle Wilmer qui lui fait les gros yeux, qu'il faut savoir profiter de tout ce qui rend la vie plus supportable et qu'elle espère que tu en fais autant, s'il te reste un peu de bon sens. Elle parle de toi avec beaucoup de chaleur et elle est ravie que tu écrives enfin. Elle dit qu'elle a toujours su qu'un jour, tu serais apprécié pour ton esprit.

Quant à Raudfjordhytta, la cabane a besoin de quelques réparations, rien de grave. Tu seras content d'apprendre que les Allemands n'y ont pas mis les pieds, même s'il y a des signes que quelques renards, pour ne pas dire plus, sont passés. Mieux vaut des renards que des nazis. Et tu ne devineras jamais qui s'est matérialisé comme un nuage de vapeur peu après mon arrivée : Oncle Tapio. Il a repris les constructions de Biskayarhuken avant le début de l'hiver. Il voulait me demander l'autorisation d'abord – ridicule, n'est-ce pas ? –, mais il a dit qu'il avait attendu trop longtemps et fini par s'impatienter. Comme d'habitude, il est difficile de deviner ce qu'il avait fait avant. Ce qui est clair, c'est qu'il n'a pas chômé. Maintenant il construit des kayaks à un rythme effréné et il les vend tout le long de la côte. Il dit qu'il va m'apprendre. Il dit aussi qu'il a eu peur que je devienne paresseuse et complaisante sans sa supervision, mais la vérité c'est qu'il ne me corrige jamais. Je crois qu'il se sent seul. Je crois que tu lui manques. C'est une joie de le voir enjamber les crevasses d'un bond à son âge avancé, comme si être sans cesse en mouvement allait empêcher les années de trouver prise sur lui. Je crois qu'il mourra ici un jour, dehors, et je sais que c'est la fin qu'il désire.

Je termine là pour aujourd'hui car il y a beaucoup de travail à faire. Écris vite pour me raconter ce que tu fais et si tu avances dans tes recherches pour retrouver Mère. Charles a juste dit que tu avais loué une maison en Normandie et que tu étais peut-être en passe de devenir sédentaire. Je vais veiller à ce que le poêle soit toujours allumé à Raudfjordhytta au cas où tu veuilles revenir. J'espère que ce sera le cas.

D'ici là, ou d'ici que les nornes en décident autrement, je demeure ta fille aimante, etc.

Skuld

NOTE HISTORIQUE

Le personnage de Stockholm Sven est inspiré d'un véritable chasseur spitzberguien dont on ne sait presque rien. (J'ai changé son nom de famille au cas où il aurait des descendants en vie qui pourraient désapprouver cette histoire imaginée.) Christiane Ritter mentionne Sven à plusieurs reprises dans son mémoire *Une femme dans la nuit polaire* (1938) – peut-être le livre le plus célèbre jamais écrit sur le Svalbard –, bien qu'elle ne l'ait jamais rencontré. Cette histoire, à son tour, la mentionne.

Selon certaines sources douteuses, Sven eut le visage mutilé lors d'une avalanche pendant son premier hiver dans les mines de Longyear ; il en serait resté complexé et porté à une vie monacale. Il fut intendant au Camp Morton pendant quelque temps, avant de se retirer au Raudfjord. C'est là, dans les années 1920, qu'il construisit sa cabane, laquelle tient toujours debout, et qu'il vécut – entièrement seul – le restant de ses jours. À ce qu'on suppose.

REMERCIEMENTS

Je remercie :

Ma femme-lectrice-manager-promotrice-adepte, Eilis O'Herlihy.

Mes parents, Tina et Matt Miller.

Mon éditeur, Ben George, gentleman d'une sagesse et d'une perspicacité incomparables.

Mon agent, Esmond Harmsworth, pour sa générosité intrinsèque et son soutien indéfectible, avec toute ma gratitude pour Ann Collette qui m'a orienté vers lui.

Phil Condon, Bryce Andrews, Colleen Chartier, Garon Taylor-Tyree, Kate MacLean, Nick Zigelbaum, Mariah Raymond, Jackson Evans et Ned Maturin O'Herlihy, qui ont lu des pages et fait du feu.

Patrick O'Brian, Beryl Bainbridge et Frans Bengtsson, sources d'inspiration.

Lalo, vieille ombre, qui continue de vivre dans ce livre.

Ma brillante éditrice et fervent soutien de l'autre côté de l'océan, Maÿlis de Lajugie, ainsi que Mona de Pracontal, la meilleure traductrice dont on puisse rêver.